COLLECTION FOLIO

Rétif de la Bretonne

Les Nuits de Paris
ou le
Spectateur-nocturne

*Préface de
Jean Varloot*

*Textes choisis
et commentés
par Michel Delon*

Gallimard

Seconde édition revue (1987).
© *Éditions Gallimard, 1986.*

PRÉFACE

Rétif de la Bretonne est resté depuis deux siècles un méconnu. Les sujets et surtout les titres de ses romans le font rapprocher de Laclos et de Sade, ses contemporains, et ses confessions (Monsieur Nicolas) *lui ont valu le surnom insultant de « Rousseau du ruisseau » : comparaisons paresseuses qui vont à l'encontre du caractère original de l'œuvre et de l'auteur. Plutôt que de tenter une apologie, nous croyons que le meilleur moyen de redresser l'image de Rétif est de donner à lire* Les Nuits de Paris, *— ou du moins un choix qui donne une idée juste de cette œuvre énorme (3 360 pages pour les seuls sept premiers volumes), foisonnante et beaucoup plus diverse que le titre ne le laisse supposer. Écrite à la première personne, elle pourrait s'appeler « Mes nuits dans les rues de Paris », compte tenu que le noctambule se présente comme un « spectateur » (c'est le sous-titre), qui, comme ce mot le suggérait alors, prend des notes en journaliste, et parfois commente en moraliste le fait divers. Mais on trouve bien d'autres éléments dans le montage que l'écrivain offre au lecteur : il intercale parmi ses petits récits les chapitres d'un long roman « antique », le voyage d'Épiménide dans la Grèce, animé de ses idées philosophiques et politiques. Et puis les personnages se multiplient, le petit groupe d'amis s'élève jusqu'au monde des gens de lettres, et pour finir, le « hibou » des ruelles sordides est tenté par la critique d'art.*

Nous avons, Michel Delon et moi, essayé de rendre compte de cette diversité, en nous gardant bien de regrouper les « Nuits » de façon thématique ; nous suivrons au contraire leur progression jusqu'en 1788, date à laquelle Rétif les considéra comme achevées.

Ces Nuits *sont donc de Paris, et non d'Athènes ou de Londres, et ce Paris n'est pas vu par un étranger comme Sterne, qui en décrivait les monuments ; de même que son ami Sébastien Mercier, pourtant auteur d'un Tableau de Paris, Rétif le suppose connu (ce qui nous oblige à renseigner le lecteur par mainte note explicative). Ce Paris peut sembler restreint à un usager du métro, mais c'était celui du piéton, promeneur solitaire comme Rousseau, paysan de Paris comme Aragon. La jeune ouvrière de la place Maubert, qui s'est perdue après avoir livré un travail de couture rue Notre-Dame-de-Nazareth, dit : « Je ne connais pas ce quartier. » La capitale se limitait alors à nos six premiers arrondissements, qui faisaient vingt quartiers. C'est le Paris du plan de Turgot, — ou plutôt de Bretez, — qui date de 1739, du plan cadastral de Verniquet, établi de 1774 à 1791 ou de l'ingénieur Maire, qui est de 1808. Si ce n'est par la vente aux « bourgeois », comme biens nationaux, des domaines des ordres religieux, il ne changera pas malgré les grands projets des chefs d'État ; peut-être même avait-il subi plus de transformations au XVIIIe siècle que dans la première moitié du XIXe. Rétif en note quelques-unes, comme la destruction du petit Châtelet, proche de chez lui. Même s'il ne se considère pas comme un vrai Parisien, il s'est attaché à cette monstrueuse ville devenue sa patrie, et l'on peut aisément tracer l'enceinte de son Paris personnel, et le suivre à travers ses quartiers (« mes rues », dit-il).*

C'est d'abord celui de la place Maubert, la rue de la Bûcherie, où il habite auprès des imprimeurs et des libraires dont le domaine « syndical » est aux Cordeliers, et non loin de l'Hôtel-Dieu, qui, en bordure de rivière dans l'île de la Cité, est relié par des passerelles à ses annexes de la rive gauche, en face de l'École de médecine, — ce qui permet d'entendre les hurlements de femmes en couches depuis la rue de la Bûcherie.

C'est ensuite le quartier que nous appelons toujours le Marais, après le passage obligé des ponts dont certains sont encore à péage. Rétif connaît bien le quartier de la Grève, les rues d'artisans, tisserands, couteliers, etc., autour de Saint-Gervais et de la place Baudoyer ; mais il donne à sa promenade de badaud nocturne un centre : l'hôtel de la rue Payenne où habite la mystérieuse « Marquise » à qui il rapporte ses choses vues. Plus au nord, il mène ses « excursions » dans la rue de Saintonge, où est enfermée sa bien-aimée Victoire, et arpente volontiers les boulevards, grouillants des amateurs de petits spectacles forains, jusqu'à la porte Saint-Denis et à ce préau des Lazaristes où se tient la foire Saint-Laurent, domaine des parades et des bateleurs.

En revenant par la place des Victoires, il traverse le quartier des Halles où les cabarets sont des lieux de débauche, le Palais-Royal où il cherche les belles filles. Il admire la rue Saint-Honoré, commerçante et opulente, pousse rarement jusqu'au jardin des Tuileries dont il n'aime pas les promeneurs, trop aristocrates à son goût. Il rentre alors par le Pont-Neuf, la Cité, mais son cœur est dans l'autre île, où il passe par le Pont-Rouge et va, au point le plus oriental, apposer sur les pierres des « marques » qui doivent éterniser les dates et les femmes de sa vie.

Le Rétif des Nuits ne s'enferme pas dans ce vieux Paris cher à son cœur. Ses « excursions » le mènent aussi dans les faubourgs : celui de Saint-Germain, où s'installe la bonne société, mais surtout celui de Saint-Marcel, poussant au-delà de la barrière de Fontainebleau (notre place d'Italie) jusqu'au hameau de Maison-Blanche, où festoient brutalement les mariniers venus du port aux vins, dit Saint-Bernard.

On le voit, et c'est là sa première originalité, ce Paris n'est pas celui des palais et des hôtels particuliers, décor des Liaisons dangereuses et du drame bourgeois, c'est celui du peuple entier, à une époque où les classes sociales, comme au Moyen Age, cohabitent encore : la ségrégation, par exemple rue Saint-Honoré, est verticale, elle dépend de l'étage. Et le réseau habité est loin d'occuper toute la surface urbaine, accaparée qu'elle est en grande partie par des espaces encore verts, — jardins et même « coutures » ou cultures, lieux interdits par des murs princiers et surtout par les enceintes qui isolent les immenses propriétés des communautés religieuses. Le promeneur en est réduit au tissu, aussi dense qu'exigu, de voies souvent étranglées par les empiétements des riverains, soucieux d'étendre leur chez-soi ou d'accroître leurs revenus. Il risque d'y recevoir les déjections tombant des fenêtres (il est pourtant ordonné de crier « gare à l'eau ») ; les ordures s'y ajoutent à la fange des chevaux et de bien d'autres animaux, avant d'être, en principe, balayées : depuis Charles VI, les magistrats n'avaient pu, en général, que réprimer et non prévenir la pollution, tout au plus organiser des dépotoirs comme celui qui servira à élever le belvédère du Jardin des plantes ; ce qui explique qu'à Paris comme ailleurs des ruelles portent le nom de Merderet (déformé en Verdelet). Les rues sont bordées ou plutôt dominées par des maisons hautes et étroites, se continuant par plusieurs cours qu'on atteint par une « allée » plus ou moins fermée, plus ou moins « secrète » ; l'on y accède, pas toujours directement, à un escalier qui peut offrir à l'étage un « cabinet d'aisance » (ce que le dictionnaire de Trévoux appelle un « lieu pratique pour y faire ses nécessités »), s'il n'est pas dans la cour ou si même il s'en trouve un...

Préface

Tel est le décor parisien de Rétif : il restera si bien celui de nos romanciers jusqu'au milieu du siècle suivant qu'il est facile d'illustrer telle scène des Nuits *à l'aide d'une page de Balzac, d'Eugène Sue ou de Victor Hugo : ceux-ci sentiront en effet, contrairement à Rétif, la nécessité de peindre un décor en voie de disparition. Si ses premiers lecteurs, pas plus que lui, n'en éprouvaient le besoin, ceux d'aujourd'hui auront avantage à se reporter aux images exposées plusieurs fois ensemble au musée Carnavalet : elles les aideront à imaginer comment on vivait de son temps à Paris.*

Les milieux parisiens qui se retrouvent dans les Nuits *vont de la « bonne bourgeoisie », en passant par la « bourgeoisie commune », aux « ouvriers » et « ouvrières », — des « oisifs », souvent « polissons », aux mendiants plus ou moins débrouillards et aux « filles du commun ». Rétif évoque beaucoup d'activités invisibles de l'extérieur des maisons et pénètre parfois dans l'intimité des logements, mais il présente surtout les Parisiens dans la rue : outre qu'elle est lieu de passage, le travail s'y étale jour et nuit. C'est d'abord que les industries de transformation sont restées* intra-muros *: la « grande-boucherie », en plus des abattoirs, comprend des annexes qu'occupent les tanneurs, les mégissiers, peaussiers, corroyeurs, selliers, baudroyers et chapeliers ; les Halles débordent sur tout l'environnement jusqu'au cimetière des Innocents. Mais surtout de petits vendeurs s'y sont rattachés : fripiers, « harengères », — qui crient bien fort la marchandise qu'elles portent sur leur tête dans un panier, — « regrattiers », c'est-à-dire chiffonniers, et beaucoup d'autres métiers de la rue, bien particuliers. Une main-d'œuvre flottante, chassée des provinces par la disette, est à la recherche d'un travail quotidien, et souvent réduite à la mendicité et à la délinquance. La rue est le domaine de la marginalité. C'est pourquoi tant de quartiers,* *comme celui des Halles, sont plus ou moins des coupe-gorge où les « sergents » hésitent à s'aventurer, en tout cas un territoire de violence dont les cabarets sont les points forts. Ce déclassement explique l'importance de la prostitution, seule issue dans ce monde de détresse qui relie le jour et la nuit.*

La rue est aussi un lieu de distractions collectives : elles vont des feux de joie (bien antérieurs aux feux d'artifice proprement dits) à l'exaltation burlesque du carnaval, des exécutions sur la place de Grève aux folies inopinées d'une jeunesse travailleuse mais non intégrée au monde des adultes, avide de sensations fortes, de gestes sans contrôle et de transgressions sociales exceptionnelles, y compris le viol collectif. La fête, même violente, sert de détente au menu peuple urbain, encore imprégné de la brutalité des campagnes, et porte à son point culminant un besoin de liberté qui n'a rien de commun avec le libertinage des hautes conditions sociales, sinon en lui offrant une pâture.

Sébastien Mercier avait bien vu que Paris, ville unique, poussait les mœurs à l'extrême, avivant les contrastes du tableau. Rétif eut le génie de les accentuer encore : ce fut l'idée du « Spectateur-nocturne ». A celui-ci l'obscurité offre une première facilité : elle le protège, même s'il ne s'enveloppe pas d'une cape ; il peut intervenir, anonymement ou non, doué d'un pouvoir occulte : « Tout est à moi pendant la nuit. » Mais la fonction essentielle de la pénombre est de renforcer l'acuité du regard. Le diable de Lesage avait soulevé les toits, le « hibou » cerne une image et filme. Le silence favorise encore son ouïe naturellement fine, complice de la prise de vue.

Rétif se veut en effet un observateur perspicace, et la qualité de son témoignage a été reconnue par les historiens récents de la France urbaine ; ils sont d'accord avec le responsable de l'exposition de 1934, qui souhaitait qu'on réunît les « morceaux les plus évocateurs entre ceux qui dépeignent Paris », considérant que ce serait « un document inestimable et aussi un très beau livre ». Nous reviendrons plus loin sur le « réalisme » chez Rétif, — ce concept n'est pas le même pour l'historien et pour le critique littéraire, — mais il faut préciser son rôle de « spectateur ». A lire ses récits au jour le jour (on dirait plutôt à la nuit la nuit), on a parfois l'impression de prendre connaissance d'un rapport de policier ou d'indicateur : il se traite lui-même d' « indagateur » et ne méprise aucunement les dénonciateurs, qu'il fait même récompenser en tant que « citoyens zélés ». Mais aucune preuve n'a été découverte d'une appartenance de Rétif à la police avant la Révolution, de près ou de loin.

Il est vrai que ses promenades nocturnes ne sont pas, d'habitude, menées au hasard. Bien qu'il prétende parfois n'avoir pour but que le souci de régaler d'anecdotes la Marquise, la fantaisie apparente du moment, qui dépend d'abord du calendrier urbain, est une curiosité programmée par un jugement de valeur, par la notion du bien et du mal. La preuve en est le passage presque permanent de l'observation à la réflexion morale. L' « homme à l'affût » devant les bains publics nous confie : « J'observais combien ces bains mesquins, que pourraient avoir de pauvres sauvages, annonçaient la malpropreté de la plus grande ville du monde ! » Et si l'on récapitule quelque peu ces remarques, on découvre aisément les deux premières motivations qui guident à la fois le choix du spectacle et la morale qui en est tirée : une éducation religieuse, des origines sociales.

Le spectateur nocturne est parfois pris pour un ecclésiastique, un prêtre des Missions étrangères, et se conduit comme un directeur de conscience. Il accorde beaucoup de valeur à la confession, au point d'en prôner la généralisation masochiste (voir « La Tête faible ») et en reçoit volontiers (voir « L'Homme qui ne dépense rien », « L'Homme échappé au supplice »). Mais ce n'est pas pour garder secrets ces aveux ; car il « *cherche chaque soir les vices et les abus pour les exposer au grand jour* » ; *nous sommes tentés d'ajouter : du haut de la chaire, dans un sermon.* Ce réalisme moral va jusqu'au rigorisme dénonciateur, à la limite de la diffamation. Faut-il expliquer cette démarche en rappelant les ancêtres huguenots de Rétif, sa formation janséniste à Auxerre, puis à Bicêtre, où l'on ajouta Augustin à ses prénoms ? Dans la 81ᵉ Nuit, il reproche à un janséniste d'être, dirions-nous, intégriste, parce que cet « homme aux cheveux plats » s'oppose en fanatique à la dévotion des femmes du peuple pour la Vierge Marie. Néanmoins sa morale est austère, il est partisan de la simplicité des funérailles, il prône le travail : « *la religion veut qu'on s'occupe utilement pour soi-même et pour les autres* », et met au-dessus de tout la voix de la conscience (voir « L'Homme échappé au supplice »).

Cette austérité ne va pas sans un certain manque d'intérêt pour ce que nous appelons aujourd'hui culturel et frappe par une allergie totale au plaisant. Ce moraliste, qui ne s'aide pas de l'ironie, n'a de pire ennemi que les fêtes d'allure païenne, parades et farces : selon lui, elles excitent et entretiennent la lubricité, et poussent les filles à jeter la pudeur au-dessus des feux d'artifice. Dans ses condamnations, au sens premier de ce mot, on démêle parfois mal si le critère est religieux ou humain, d'autant qu'il y associe des remarques banales, par exemple sur la méchanceté des vieillards : contrairement à l'auteur des Bijoux indiscrets, il n'a pas reçu de formation théologique et ne fait guère de différence, quant à leur gravité, entre les vices et les abus. Il est souvent plus juge que pasteur, et c'est peut-être la raison qui lui fait inventer le personnage de la bienfaitrice, dont il sollicite, pour ses ouailles en danger, la charité et le salut.

Il y eut beaucoup de « grandes » dames pour se dévouer ainsi, mais la nouveauté, du temps de Rétif, est que ce ne sont plus des femmes de la noblesse, veuves le plus souvent, supérieures ou non *d'un couvent ou de l'Hôpital général ; elles sont des laïques, appartenant d'habitude, — parfois avec une particule achetée facilement, — à la haute bourgeoisie parlementaire : la « Marquise » de Rétif est « proche parente d'un président à mortier ». Quelles que soient leurs convictions personnelles (pensons à la calviniste Mme Necker), lorsqu'elles répondent aux sollicitations qu'on adresse à leur charité, elles obéissent moins au souci de leur vie éternelle qu'aux élans de la sensibilité, elles réagissent devant l'injustice. Ce n'est donc pas par une procédure purement imaginaire que la Marquise des Nuits devient l'associée du redresseur de torts : ce qui étonnerait, c'est qu'il se soit cru encore obligé d'avoir recours à cette espèce de sainte laïque et vivante à quelques mois de la Révolution, si l'on ne comprenait rapidement qu'il songe d'abord à l'action individuelle, garante de la bonne conscience. Il raconte avec complaisance ses interventions personnelles dans des scènes telles que « Le Trou au mur ». Il prouve ses capacités physiques, comme dans « L'Échelle de corde » ou « L'Assassiné » ; s'il sait se battre, comme dans la 136ᵉ Nuit, il sait aussi s'enfuir à toute vitesse... « Nous devons, dit-il virilement à la Marquise, être hardis jusqu'à la témérité ; c'est le lot de notre sexe et une qualité en nous. » C'est seulement lorsque les risques sont trop gros pour ses protégées qu'il appelle la garde ; mais d'habitude il les amène à sa collaboratrice, qui accueille, puis place les filles en danger.*

Quelle qu'ait été la réalité de son action personnelle, — qui annonce plutôt Rocambole que Jean Valjean, — quel qu'ait été le degré de laïcisation de la charité à cette époque, Rétif n'a pas été motivé seulement, nous l'avons dit, par sa culture chrétienne, mais aussi par ses origines sociales. La preuve en est qu'il ne dirige pas l'attention de son lecteur vers les gens du peuple en traçant de leur existence un tableau misérabiliste, à la manière des écrivains « poissards » du milieu du siècle. Non qu'il se considère comme faisant lui-même partie des « couches inférieures de la roture » : il gravit les échelons d'une promotion due à son intelligence et à son talent. Mais cette ascension, qui provoque chez d'autres le mépris pour leurs origines, suscite ou renforce dans ce travailleur une espèce de solidarité indéracinable et même une sympathie pour les « infortunés », les « ouvriers ». C'est là un élément essentiel de son originalité, et il a frappé les historiens au point qu'ils expliquent cette « autobiographie populaire » par l'intersection d'une enfance plébéienne et d'une destinée d'adulte.

Nous avons signalé plus haut la présence des « ouvriers » dans les rues nocturnes de Paris. Rétif ne leur consacre pas, bien entendu, une étude d'histoire économique ou de sociologie, mais il dirige souvent sur eux son observation. Il lui arrive d'énumérer leurs métiers, quand il les dépeint à la foire Saint-Laurent ou à l'Académie des Billards. Il souligne leurs précaires conditions de vie, il fait dire à la jeune couturière qui avoue son dégoût pour le travail : « Je n'aime pas un métier où l'on ne gagne plus de quoi vivre. » Partant d'une situation où les couples se forment avant ou sans mariage et souvent se défont, il pose le problème de l'enfance abandonnée en des remarques corroborées par tous les documents judiciaires. S'il explique un peu sommairement les sottises des jeunes ouvriers par l'absence de travail « fatigant », s'il accorde une importance excessive aux scènes d' « insubordination familière » auxquelles ils s'abandonnent, il montre aussi que leurs moments d'ivresse stupide s'expliquent par un manque total d'avenir. De telles « observations » sont devenues banales depuis Zola, mais Rétif avait toute raison de dire, il y a deux siècles : « Ce sont une multitude de petites choses, vues et senties par l'Observateur qui fréquente toutes les classes, mais qui échappent aux autres hommes. »

Ainsi l'attention privilégiée que les Nuits *accordent à la « classe des ouvriers » les marque d'un caractère unique pour* l'époque, et l'auteur en a été conscient, sinon parfaitement, assez du moins pour signaler cette originalité. Mais peut-être s'attribuait-il plus de mérite devant la postérité quand il se hissait, par une démarche plus abstraite et plus générale, du niveau de l'observateur au niveau du réformateur. Bien des scènes décrites par le « Spectateur-nocturne » ont pour conclusion, non pas une banale réflexion moralisante, mais une proposition d'ordre administratif, qui vise à mettre fin à une carence, à une insuffisance, plus rarement à un excès. Sans tenter d'en dresser la liste, on peut relever d'abord celles qui ne requièrent pas de mesures nouvelles, mais une application de celles qui existent ; il faut donner plus « d'attention à la tranquillité nocturne des citadins », supprimer la pollution des rues et des cimetières, humaniser les maternités et les hôpitaux, tout en fournissant aux élèves chirurgiens les moyens d'apprendre l'anatomie par des dissections... Il suffit, pour obtenir ces changements, que beaucoup de citoyens interviennent auprès des autorités comme Rétif auprès du prévôt des marchands qu'il connaît. Mais les réformes d'ensemble ne peuvent être décidées que par ceux qui gouvernent la ville et tout le pays, et il convient que les leur proposent ceux qui en sont capables. Réforme de la « voierie », — nous dirions urbanisme, — qu'il faut pousser plus loin que celle des années 1760. Réforme de la justice, moins pour adoucir le sort des prisonniers que pour rendre logique l'échelle des peines, prendre en considération la situation de famille des coupables, rendre enfin moins barbares les exécutions capitales, dont l'effet sur le public va à l'encontre de leur juste nécessité. « Quand le supplice est trop grand pour le crime, on est atroce, on manque l'effet ; on n'effraie pas, on indigne. » Rétif avait-il lu Les Deux Amis de Bourbonne ?

 L'esprit de réforme était fort ancien en 1785. Il avait paru des dizaines sinon des centaines d'opuscules, dus à des citoyens « zélés », intitulés souvent Mémoire sur la réformation de la police en France *(le mot « police » désignant le régime politique en général)*. *De grandes théories avaient été formulées, comme celles des physiocrates, dits aussi « économistes ». Rétif ne manque pas de s'y référer, et rappelle expressément que des mesures ont été déjà prises, en particulier par Turgot, et le sont encore de son temps : il dit même dans sa 319ᵉ Nuit :* « aujourd'hui que tous ceux qui gouvernent ne cherchent que le bien public ». *Il pensait sans doute avoir contribué à ces efforts par une série de livres « sur la réformation », intitulés d'un néologisme terminé par « -graphe » : on repérera donc aisément dans la liste de ses ouvrages* Le Pornographe *(1769)*, La Mimographe *(1770)*, Les Gynographes *(1777)*, L'Andrographe *(1782)*, Le Thesmographe *(1789)*, qui encadrent la période des* Nuits. *L'importance accordée par Rétif au sort des femmes expliquait mal* Le Pornographe *(peu apprécié de Diderot) où il proposait de multiplier le nombre des « filles publiques » en justifiant la prostitution par l'Antiquité, mais il insère dans les* Nuits *un « Règlement pour le choix et le soulagement des ouvrières » qu'il met en rapport avec* Les Gynographes. *Si l'on tient compte des nombreux « règlements » qu'il propose, des idées prêtées à Épiménide et des réflexions dont il parsème ses pages, et sans y chercher trop de cohérence, il est possible de préciser quelques-unes des grandes idées politiques qu'on trouve dans* Les Nuits de Paris. *Elles semblent d'abord fort hardies.*

Rétif se déclare pour une certaine forme de collectivisation et contre la propriété du sol. Il se range ainsi aux côtés de Jean-Jacques Rousseau et pose que le peuple est, en dernière analyse, la seule réalité politique : « On ne songe pas assez à ce qu'est le peuple, et que tout est pour lui, même dans une monarchie ; le Souverain est le chef légitime, le réunisseur du pouvoir ; le peuple est la nation, et les Grands des exceptions, des privilégiés, qui lorsqu'ils sont trop nombreux, annoncent comme *les frelons, la destruction de la ruche* » (76ᵉ *Nuit*). Si l'inégalité entre les hommes a pour cause première une différence entre les espèces animales et les constitutions physiques, elle peut disparaître (au risque d'utiliser la stérilisation) et, en tant que préjugé, doit être combattue.

Mais ce peuple-nation est celui des campagnes, seul productif : « *Je ne connais pas les économistes. Je suis même tenté de les regarder comme des systématiques dangereux. Mais ils ont un excellent principe ; c'est que la culture, la campagne et la pâture des bestiaux sont le seul fond réel, et que tout le reste n'est que luxe* » (219ᵉ *Nuit*). Il faut donc améliorer le bétail, mais maintenir le campagnard à la terre : « *Le paysan doit aller à sa chose, comme le cheval, avec des œillères, qui l'empêchent de voir ailleurs que devant lui.* » Il faut défendre le paysan contre le grand propriétaire, mais le riche est utile s'il s'occupe au développement de la culture ; il doit simplement éviter le luxe, « *monstre qui, sous l'apparence de faire du bien à quelques travailleurs, dévore l'État* ». Quels sont ces travailleurs, sinon les « ouvriers » des villes, objets de sympathie, mais que la concentration urbaine pousse aux vices et aux crimes, et, chose plus grave, aux « attroupements » et à l'émeute, que Rétif condamne formellement. « *Toute fermentation populaire est un mal ; quiconque l'excite est coupable du crime de lèse-société (...). Je suis pour la subordination. Elle doit être entière. J'obéirais au magistrat, et surtout à l'Autorité, eussent-ils tort, comme mon bras doit toujours obéir à ma tête. Toute résistance des membres affaiblit un corps politique.* » Ces déclarations, antérieures de quelques mois au 14 juillet 1789, peuvent s'interpréter diversement, mais elles expliquent d'avance les détours surprenants de l'histoire de la première République. L'autorité, nécessaire pour unifier les poids et mesures, pour repousser les ennemis, justifie-t-elle la dictature jacobine et le détournement de mineure commis par Bonaparte ? La pensée *politique de Rétif abonde en contradictions. Il est pour le peuple, mais contre le relèvement des salaires, pour une certaine ébauche de sécurité sociale (146ᵉ Nuit), mais contre le renversement des classes, condamné par la bouche du « guetteur » dans la 285ᵉ Nuit : « Les enfants commandent aux pères, et les ouvriers aux maîtres ! On ne voit plus que ces derniers faire la cour aux premiers ! » Nous voilà loin d'un discours révolutionnaire et même utopique, et revenus à ce prêche, qui annonce celui de Guizot : « Je souhaite que le peuple lise ce que j'écris, pour devenir économe, laborieux » (179ᵉ Nuit). Aussi ne s'étonne-t-on pas si Rétif ne s'attaque pas à certains « abus » de l'Ancien Régime, la vénalité des charges, la ferme générale des impôts, et s'il défend le commerce et, plus généralement, la suprématie de l'argent. Ne va-t-il pas jusqu'à rêver d'être un grand propriétaire ? Il n'écarte ce souhait que par crainte de n'être plus lui-même : souci caractériel, conscience de son génie, ou refus de trahir sa classe ?*

Ces contradictions ou cette instabilité dans les idées n'empêchent pas Rétif de se considérer comme un « philosophe ». Le mot, on le sait, recouvrait bien des niveaux de pensée chez les hommes des Lumières, du simple esprit critique à la métaphysique, mais signifiait un premier accord sur quelques thèmes : « Les mêmes idées, pour certaines matières, se trouvent dans toutes les têtes pensantes. » Mais notre philosophe se croyait une tête suffisamment pensante pour concevoir un véritable « système ». Il ajoutera à Monsieur Nicolas, *en 1796,* La Philosophie de Monsieur Nicolas, *en trois tomes, et l'on a retrouvé et publié en 1977 un* Généographe *où il tente de réfuter le* Système de la nature *du matérialiste d'Holbach. Comme Voltaire, il dénonce comme dangereuse la diffusion de l'athéisme : « On ne doit attaquer les préjugés du peuple qu'avec ménagement, et lorsqu'ils sont réellement nuisibles », dit-il dans la 81ᵉ Nuit.*

Les Nuits *contiennent en effet un « système », qui est disséminé selon les occasions de la « réflexion », ou qu'il faut chercher dans les chapitres du voyage d'Épiménide que le Spectateur lit presque chaque soir à la Marquise, — mais dont nous n'avons pu donner que quelques extraits. Le truchement d'un personnage antique était alors courant, et Barthélemy publiait au même moment son* Voyage du jeune Anacharsis, *autre feuilleton de voyage philosophique. Épiménide n'avait rien de fictif ; on le plaçait parfois au nombre des sept sages de la Grèce, et l'on savait, grâce à Cicéron, qu'il était resté endormi cinquante-sept ans dans une caverne avant d'apporter au monde les fruits de sa méditation. « Tout le monde, écrit Diderot dans l'*Encyclopédie*, connaît le long sommeil d'Épiménide ; c'est, selon toute apparence, l'allégorie d'une longue retraite. » C'est aussi, par inversion, l'appel à l'anticipation, dont était friand un public pour qui Rétif imagina l'an 1888, comme Mercier l'an 2440.*

Épiménide est un « philosophe ». Médecin, il lutte contre la peste ; moraliste politique, il condamne la propriété et l'esclavage ; mais il est aussi « physicien » : on lira le « Système de l'eau », hypothèse générale sur la formation du monde. Ces « conjectures » se veulent de la plus haute philosophie. Revenant apparemment sur les critiques qu'il avait exprimées dans La Découverte australe, *l'auteur des* Nuits *se déclare le disciple de Buffon et l'invoque comme un prophète : « Tire le voile, ô Buffon ! ôte à ton siècle la cataracte qui ferme son œil au beau jour ! » Il demande à l'auteur des* Époques de la nature *de reculer « les bornes de l'histoire » en établissant l'égalité par les moyens du naturaliste : « Le flambeau de ton divin génie fera disparaître l'aveugle ignorance, le préjugé stupide, l'idiote superstition, la crédulité ridicule. » Cette confiance dans la science et dans la nature ne fait pas de Rétif, selon son mot, un « matiériste » : sa « sagesse bornée », écrit-il dans la*

111ᵉ *Nuit, attend encore beaucoup de celle de la « Souveraine intelligence ». Contre les épicuriens, il se range avec les stoïciens, sans cependant les attaquer en ennemi. Il ne s'indigne pas quand il s'entend traiter (au café où il écrit la croyance aux songes) de « philosophe athée ». Et surtout, il rapporte dans* Monsieur Nicolas *ses entretiens philosophiques avec Élise Tulout, musicienne, très cultivée, qui contribue à son éducation, lui sert de lectrice et conseillère, qu'il appelle « La Fille d'esprit », dont il ne se croit pas digne : « Élise n'était pas encore incrédule ; elle ne l'osait, mais elle voulait le devenir, par de bonnes raisons ; c'est ce qui nous engageait dans des discussions métaphysiques, qui duraient des après-dîners entiers. »*

Quoi qu'il en soit des compétences qu'il eut en métaphysique, Rétif était, dirions-nous, un intellectuel et les ouvrages qu'il a consacrés à certaines des questions du moment le classent parmi les « gens de lettres » de son temps. C'est une erreur ou une malignité que d'avoir confondu en lui l'ouvrier typographe qui « compose » un texte et l'écrivain qui compose un ouvrage : Balzac, lui aussi, fut accusé d'avoir tenu une imprimerie. Au contraire, la fréquentation du monde des « libraires », c'est-à-dire des éditeurs, le mettait au contact des littérateurs, et la seule particularité qui le distingue de ces derniers fut de pouvoir contrôler sur pièces l'impression de son texte, et au besoin, sous la Révolution, de la réaliser lui-même.

Qu'il se voulût écrivain, les preuves en sont nombreuses. Il n'est nul besoin d'y inclure sa manie des graffiti, sinon pour le désir qu'elle traduit de subsister dans l'avenir. Il suffit de jeter un coup d'œil sur la très longue liste de ses ouvrages ; il fait maint renvoi à tel ou tel d'entre eux dans les Nuits *et il en a publié assez pour se considérer comme célèbre et destiné à le rester.*

Mais la valeur d'une œuvre ne tient pas à sa longueur ; elle dépend de l'image originale qu'elle offre aux lecteurs de toute époque, et l'excès dans la diversité n'y contribue guère. Pendant longtemps, Rétif a cherché son image. Il s'est égaré dans le labyrinthe du roman épistolaire sans constituer un « corps d'histoire suivie », sans engendrer de personnages qui puissent se mesurer avec ceux de Prévost, par exemple. Ceux que l'on côtoie dans les Nuits, *de Dorval à De Villebranche en passant par M. Nouglans, et même Du Hameauneuf, ont une réalité collective : c'est le grand intérêt de ce petit monde, mais l'absence ici de héros fictif apparaît comme une rupture avec la tradition romanesque, au moment même où Rétif renonce au genre pour trouver enfin la formule qui convient à son génie, l'autobiographie :* Monsieur Nicolas *va, selon l'expression de Pierre Testud, le placer « dans la logique de sa création littéraire » et faire passer « du déguisement au dévoilement ».*

L'enfantement de Monsieur Nicolas *fut pénible, et dura de 1783 à 1796. Les sept volumes des* Nuits *(en laissant de côté les* Nuits révolutionnaires *qui leur servent de postface) se situent donc au centre de cette prise de conscience du créateur ; ils reflètent son cheminement, ses essais en toute direction, y compris celles dont il se détournera, — mais au moment où il se targue encore d'une inspiration surabondante. « Vous m'étonnez tous les jours, lui dit sa Marquise, et vous m'ouvrez une carrière immense, au moment où je vous croyais réduit aux répétitions de choses déjà vues. »*

Il y a en effet de tout dans les Nuits, *comme dans un bazar ou un magazine. On peut y négliger la fiction du journal personnel (on a retrouvé l'authentique* Journal *de l'auteur), sinon pour la technique qui consiste à isoler le ou un fait dominant dans un espace chronologique régulier. Mais cette façon de « coller » à l'événement fait penser tout de suite à un genre d'écriture déjà bien vivant : le périodique. Rétif se trouve* à l'aise dans la fiction du quotidien. Le premier quotidien français, le Journal de Paris, ne date que de 1777, mais il existait depuis longtemps des gazettes ou journaux périodiques, les uns tournés vers l'information, les autres plus « littéraires ». Parmi les premiers, mentionnons les Affiches, annonces et avis divers, parce que l'auteur des Nuits y pille des faits divers, et qu'il ne recule pas devant la publicité en renseignant ses lecteurs sur la vente d'une eau « préservative » ou sur l'ouverture du cours payant du physicien Deparcieux. Il s'apparente davantage aux seconds par des comptes rendus de livres (comme le Voyage de Cook) et de représentations théâtrales (louant à la fois une comédie de Palissot et Le Père de famille de Diderot) ; il ira jusqu'à rendre compte d'un Salon, mais en moraliste, s'adjoignant un spécialiste des beaux-arts.

Cette précaution est signifiante. Rétif se considère bien dans les Nuits comme un confrère des journalistes contemporains (il fait référence au Journal de Paris dans la 359e et cite longuement le Mercure de France dans la 373e), mais le second titre qu'il donne à son ouvrage renvoie à d'autres modèles, remontant à plus d'un demi-siècle : The Spectator d'Addison et Steele, Le Spectateur français de Marivaux. Ce dernier avait eu des imitateurs, médiocres et surtout incapables de trouver la formule convenant à un public : ils hésitaient entre les idées (Le Socrate moderne) et les « histoires » visant « le cœur des femmes », comme disait Voltaire de l'un d'eux. Rétif, on l'a vu, rivalise avec les journalistes « philosophiques » ; il fait aussi de son Spectateur un recueil littéraire, en y insérant d'abord ses propres œuvres, tel Le Rêve de M. de Fontlèthe ou cette pièce proposée en 1787 aux Comédiens-Italiens, Sa mère l'allaita ! Mais surtout, il le nourrit d' « anecdotes ». Il en invente alors sans perdre haleine : il enfourne dans Les Contemporaines 777 « nouvelles » en 1001 « histoires » ; il *lance à d'autres le défi d'écrire des* Nuits *de Chaillot ou de la montagne Sainte-Geneviève... Une telle prolixité suppose la répétition ou plutôt (car il s'interdit de commercialiser deux fois la même) de nouvelles versions, mais, bien entendu, va à l'encontre de toute sélection d'auteur.*

Le lecteur, quant à lui, n'a que faire de trier dans cet ensemble entre le conventionnel et le personnel, entre reportage et fiction. Le domaine qu'il découvre n'est plus celui du journalisme, encore moins celui du roman, c'est celui du conte. Il reconnaît en Rétif un conteur-né, souvent banal, mais talentueux et parfois génial. Il n'attend pas de lui, pourvu qu'il y trouve plaisir, un type de conte plutôt qu'un autre, et pourquoi pas un conte de fées ou un conte « populaire » : le premier tire son charme du mensonge accepté d'avance, le second mène le jeu de la vraisemblance, au moins jusqu'à la morale et au clin d'œil adressé aux connaisseurs. Rétif avait achevé et fait imprimer en 1784 un Oribeau, *où le temps se passe à entendre des contes fantastiques et dont il tire « La Fée Ouroucoucou » pour la lire à la Marquise pendant la 76ᵉ Nuit. Son éditeur avait complété le titre ainsi : « ou les Veillées du Marais » ; les* Nuits *en sont d'autres pour la Marquise et les lecteurs.*

Un conteur n'a pas de style. Au besoin il invente des mots, et Rétif prend soin de le signaler avec une ostentation provocatrice (171ᵉ Nuit). Son Glossographe *est-il un manifeste pour la « néologie », ou celui du « primat de l'expressivité et de l'imagination dans le maniement du langage, si fécond pour sa postérité poétique » (Jean-Robert Armogathe) ? Mais quand on lit dans les* Nuits *des pages entières de « patois » et cette affirmation que le peuple de Paris appauvrit la langue, on se demande si l'invention verbale n'est pas chez lui une façon de communier avec la joie créatrice d'un peuple encore possesseur de sa langue.*

On imagine par là combien notre auteur donne de mal, pour

le classer, aux historiens de la littérature. La solution paresseuse fut longtemps de le qualifier de « réaliste », qu'on voulût l'écraser sous la « vulgarité » de ses récits ou admirer en lui le précurseur de Balzac et Zola. Pierre Testud a montré que c'était l'ignorer presque totalement et a étudié l'art et la personnalité du peintre dans son tableau. Sans doute faut-il ajouter que le détail compte peu dans la vérité d'un tableau d'ensemble, que les variantes d'une même « histoire » n'en changent pas la signification et que les meilleurs juges du « réalisme » sont les contemporains puis les historiens des mœurs. Mais assurément Rétif identifie avec la vérité sa vérité, ou plutôt le choix qu'avec bonne conscience, il opère dans la réalité : « L'utilité est mon premier but, rien d'utile que le vrai. » Et surtout il sait que l'artiste doit rendre son tableau émouvant et pittoresque.

L'épigraphe des Nuits *est empruntée au poète Ovide :* Nox et amor. *Traduisons : les femmes et la nuit. Les femmes plutôt que la femme. Si l'on en croit ses romans et ses journaux intimes, Rétif ne vit que pour elles et par elles. Elles attirent d'emblée son regard, ses compliments : elles sont son auditoire ; et il s'attache à les classer dans sa galerie de portraits, qui va de Boucher à Greuze, des houris de la place Dauphine à la « respectable mère, encore aimable à quarante ans malgré ses malheurs ». Si l'on veut chercher cependant une figure centrale et symbolique dans ce féminin pluriel, on n'y trouvera ni une Paméla ni une Clarissa Harlowe, ni une Fanny Hill, mais un groupe de Madeleines faibles et pénitentes, qui, à leur façon, éclairent les nuits de Babylone.*

La nuit, ou plutôt le clair-obscur, dont on a vu la valeur de contraste pour l'observateur, devient aussi chez Rétif un parti pris d'écrivain. Diderot avait, dans le Salon de 1767, *« radoté », selon son mot, « sur les idées accessoires des ténèbres et de l'obscurité ». « La nuit (...) met l'imagination en jeu (...). La clarté est bonne pour convaincre ; elle ne vaut rien pour émouvoir (...). Soyez ténébreux. Les grands bruits ouïs de loin (...), la plainte d'une femme qui accouche (...), il y a dans toutes ces choses, je ne sais quoi de pénible, de grand et d'obscur.* » Le poème de Diderot surgit dans la campagne, la poésie de Rétif annonce celle du cinéma en noir et blanc, associant le passé et l'utopie, le vécu et le rêvé : « *Le réalisme rétivien est inséparable de l'onirisme* » (Michel Delon).

Il n'est donc pas étonnant que l'auteur des Nuits ait été reconnu comme un des leurs par les poètes, de Nodier et Baudelaire aux surréalistes et que Paul Valéry l'ait placé « *fort au-dessus de Rousseau* ». La complexité de sa personnalité, de sa pensée, de son art ne saurait plus le faire tenir à l'écart de notre patrimoine. Souvenons-nous de ce que Marivaux disait des « *feuilles volantes* » de son Spectateur : « *Prenez la peine de voir ce qu'elles sont.* » Laissons-nous donc guider par le spectateur nocturne au long des rues parisiennes, écoutons-le renouveler sans cesse les contes de son « *livre vivant* », et prenons plaisir, serait-ce malgré lui, à son feu d'artifice.

Quand il suit des yeux, en octobre 1788, l'achèvement « *à la casse* » de ses Nuits, Rétif s'indigne du « *pétardage* » qu'a déclenché la rentrée du Parlement, c'est-à-dire le rappel de Necker. Va pour l'illumination, mais des fusées ! des pétards ! l'« *effervescence nocturne* » fait trembler le « *philosophe* », car — il a raison — aux lumières de la joie elle associe la menaçante poudre qui parlera huit mois plus tard à la Bastille et fera de Paris spectateur un acteur, une capitale souveraine. Mais l'écrivain, lui, ne voit pas clair dans son propre rôle : le spectateur nocturne est aussi acteur, par l'écriture ; il projette, de l'ombre sur la scène, un personnage tout nouveau, il fait, bon gré mal gré, éclater Paris dans la littérature.

Jean Varloot.

Les
Nuits de Paris
ou le
Spectateur-Nocturne

Nox et amor.

Dans le cours de vingt années, c'est-à-dire, depuis 1767, que l'Auteur est Spectateur-nocturne, il a observé pendant 1 001 nuits, ce qui se passe dans les rues de la capitale. Néanmoins pendant ces vingt années, il n'a vu des choses intéressantes que 366 fois [1]. On n'en inférera pas, qu'il n'arrive des scènes frappantes dans les rues de Paris, que le vingtième des nuits, mais que le Hibou-Spectateur, qui ne décrit que ce qu'il a vu, ne s'est rencontré avec les événements qu'une vingtième partie de ses courses. Il a commencé les *Nuits* dès qu'il a eu son année complète d'événements. Il a donné à cet ouvrage la forme animée du récit; parce qu'effectivement, il a rendu compte à une femme de tout ce qu'il voyait. On vous présente avec confiance ces tableaux nocturnes, ô concitoyens! comme les plus curieux qui aient jamais existé. Ils instruiront, en étonnant.

Vous y verrez non seulement des scènes extraordinaires, mais des morceaux philosophiques, inspirés par la vue des abus qui se commettent sous le voile ténébreux que la nuit leur prête; des histoires intéressantes, en un mot, tout ce qui peut exciter la curiosité.

Première Nuit.

Il était onze heures du soir. J'errais seul dans les ténèbres, en me rappelant tout ce que j'avais vu depuis trente ans. Tout à coup une idée me frappe : mon imagination s'embrase. Mais les idées confuses qui se présentent, ne me permettent pas de les classer. Dans ce désordre d'idées, j'avance, je m'oublie, et je me trouve à la pointe orientale de l'Île Saint-Louis. C'est un baume salutaire, qu'un lieu chéri ! Il me sembla que je renaissais : mes idées s'éclaircirent ; je m'assis sur la pierre, et à la tremblante lumière de la lune, j'écrivis rapidement :

PREMIÈRE NUIT.
PLAN.

Hibou ! combien de fois tes cris funèbres ne m'ont-ils pas fait tressaillir, dans l'ombre de la nuit ! Triste et solitaire, comme toi, j'errais seul, au milieu des ténèbres, dans cette capitale immense : la lueur des réverbères, tranchant avec les ombres, ne les détruit pas, elle les rend plus saillantes : c'est le clair-obscur[1] des grands peintres ! J'errais seul, pour connaître l'Homme... Que de choses à voir, lorsque tous les yeux sont fermés*! Citoyens paisibles ! j'ai veillé pour vous ; j'ai couru seul les nuits pour vous ! Pour vous, je suis entré dans les repaires du vice et du crime. Mais je suis un traître pour le vice et pour le crime ; je vais vous vendre ses secrets... Pour vous, je l'ai guetté à toutes les heures de la nuit, et je ne l'ai quitté, que lorsque l'aurore le chassait, avec les ténèbres ses fauteurs... Ô jeune et tendre beauté, qui dors tranquille sous la garde sacrée d'une mère vigilante, tu ne sauras jamais ce qu'endurent les infortunées de ton sexe, de ton âge, de ta beauté, de ton innocence !... Mais pourquoi ne le saurais-tu pas ? Je veux t'instruire. Je veux que tu frissonnes, en t'applaudissant de ton bonheur !... Je veux vous épouvanter, jeunes filles des conditions communes, que guette le séducteur barbare ! Je veux vous montrer l'abîme et la sentine infecte du vice, couvert d'œillets et de roses... Jeune homme ! tu souffres impatiemment le joug imposé par un père sage : tu vois, ou plutôt tu crois voir un parc immense de plaisirs ! C'est un bosquet de douze pieds de profondeur, qui masque une voierie[4] !... J'ai voulu tout voir pour toi. Viens, lis, instruis-toi. Je me suis sacrifié à l'avantage de mes concitoyens. J'ai exposé ma santé, ma vie, mon honneur, ma vertu ; le fils du plus honnête

---

* SUJET DE LA Ire FIGURE[2].
Le Hibou-Spectateur, marchant la nuit dans les rues de la capitale. On voit au-dessus de sa tête, voler le Hibou, et dans les rues, un enlèvement de filles ; des voleurs qui crochètent une porte ; le guet à cheval et le guet à pied[3].

« Que de choses à voir, lorsque tous les yeux sont fermés ! »

et du plus vertueux des pères !... Mais je ne l'ai pas exposé en vain ; je te serai utile. Tu verras, jeune homme, combien le mal est commun, combien le vice est laid, et combien on paie cher ses trompeuses douceurs !... Pères, mères de famille ! préparez une couronne ! C'est pour vous, c'est pour vos enfants, que je me suis fait Hibou ! Le froid, la neige, la pluie, rien ne m'arrêtait ; je voulais tout voir, et j'ai... presque tout vu : car, on ne saurait être partout... Que d'autres peignent ce qui arrive le jour ; moi, je vais crayonner les iniquités nocturnes... J'ai vu ce que personne que moi, n'a vu. Mon empire commence à la chute du jour, et finit au crépuscule du matin, lorsque l'aurore ouvre les barrières du jour.

Ô mes chers concitoyens ! je vous aime, je vous chéris : jamais le vice ne m'a fait haïr les vicieux, un seul excepté ; un seul[5] que je veux un jour vous dénoncer. Depuis vingt ans, j'écris, guidé par l'amour du vrai, du beau, de l'utile ; car l'utile est toujours l'honnête, malgré la vaine distinction du philosophe éloquent de l'ancienne Rome[6]. Que mes vils détracteurs[7] montrent des vues comme les miennes ; qu'ils prouvent, comme moi, qu'ils n'ont pas écrit une ligne, par un autre motif que le bien public ! Je les en défie, et je leur déclare, que j'aime mieux ma rustique élocution, que tous les charmes vains de leur brillante littérature. Je suis fier de moi, de mes vues, des projets que j'ai proposés. Souvent mes détracteurs ont à rougir des traits délicats échappés à leur plume.

Mon Lecteur, j'écris pour être votre ami ; pour vous dire des choses, et non pour vous faire entendre des sons. Vous allez voir, dans cet ouvrage véhément, passer en revue les abus, les vices, les crimes ; les vicieux, les coupables, les scélérats, les infortunées victimes du sort et des passions d'autrui : ceux et celles qui, n'ayant rien à se reprocher, sont déshonorés par le crime qu'ils n'ont pas commis. Vous y verrez des filles, des femmes, des catins, des espions, des joueurs, des escrocs, des voleurs. Vous y verrez des actions secrètes et généreuses, qui relèvent l'Humanité, qui la rapprochent de son divin Auteur. Vous y trouverez de la morale, de la philosophie... Mon Lecteur, je suis père, je suis époux, je suis beau-père, je suis aïeul. De ces quatre qualités, une seule me rend heureux : mais si elle venait à manquer, car la mort n'épargne pas plus la jeune fille qui vient de naître, que le vieillard octogénaire accablé d'infirmités... Si tout venait à me manquer, je n'aurais pas, comme tant d'insensés, recours au lâche suicide ; ma philosophie me soutiendrait... Et c'est elle que je vous montrerai.

A tout ce que j'annonce, j'ajouterai des morceaux vigoureux, tirés d'un ouvrage non publié, qui m'appartient, et dans lequel l'écrivain s'anatomise lui-même, pour dévoiler les ressorts du cœur humain [8].

Voilà, mon cher Lecteur (et ce n'est point ici une vaine formule) ce que je vais vous donner. Il est, dans la littérature, de méprisables insectes, semblables à la sauterelle. Ils se traînent sur les poétises [9] des hommes-auteurs, et les donnent au public, incapables qu'ils sont de rien produire d'eux-mêmes. Ils s'enrichissent, tandis que le vrai poète, le véritable inventeur, quelle que soit sa facilité, demeure pauvre, et périt de tous les maux attachés à l'humanité. Lecteurs, distinguez l'auteur du compilateur. Honorez le premier ; et ne donnez au second, que le degré d'indulgence qu'il mérite...

C'est ainsi qu'une belle nuit d'été, assis à la pointe orientale de l'Île Saint-Louis, je réfléchissais, en attendant l'aurore. Dès qu'elle brilla, je rentrai dans ma retraite, et m'assoupis quelques heures, comme l'Homme-de-nuit [10].

Deuxième Nuit.

LA VAPOREUSE [1].

Plaisirs bruyants! vifs et délicieux plaisirs que l'urbanité donne aux heureux du siècle, que laissez-vous, quand vous êtes évaporés? L'ennui, l'affaissement, la langueur, l'inertie absolue, les vapeurs.

On était en automne : minuit sonnait. Je revenais de la rue Saintonge, et je traversais les rues solitaires du Marais... Mais qu'étais-je allé faire à la rue Saintonge [2]? Jamais je ne manque à la visiter à certaines époques, depuis longtemps! le 14 septembre; le 2 octobre, et le 9; le 1er janvier; le 25 mars; le 9 mai; le 2 juillet; et lorsque je suis parvenu au coin de la rue de Normandie, au pied de la terrasse d'un petit jardin, je regarde une croisée en face, et mes yeux se remplissent de larmes : une douleur vive, quelquefois délicieuse, abreuve mon âme, et je m'écrie, ou je chante :

> C'est là qu'était Victoire,
> Objet plein de douceur!
> Larmes en sa mémoire,
> Vous coulez sur mon cœur!

> Elle me fut ravie,
> Par des parents cruels !
> Ils ont rempli ma vie,
> De regrets éternels !

Je revenais de la rue Saintonge, et j'étais... dans la rue Payenne. Une maison neuve réfléchissait vivement la lumière de la lune. Je lève les yeux, et j'aperçois, à la fenêtre, une femme belle encore, assise sur des carreaux[3], mais la tête et le bras penchés en dehors sur l'appui du balcon. Je m'arrête. Des gémissements profonds et sourds frappent mon oreille. J'avais encore l'imagination exaltée. Je venais de pleurer Victoire. J'élève la voix ; mais d'un ton doux et touché : — Ô vous qui gémissez, durant le silence des nuits consacrées au repos, qu'avez-vous ? Sans doute, vous êtes malheureuse ? Je le suis aussi : j'erre seul, depuis que j'ai perdu la compagne chérie que l'amour m'avait donnée-... Et je me tus.

L'infortunée souleva sa tête ; elle retira son bras, et s'appuyant sur le balcon, elle me dit à voix basse : — Qui êtes-vous ? — Un homme-de-nuit. — Qu'est-ce qu'un homme-de-nuit ? — Je vous l'apprendrai, si vous voulez lire. — Lire ! Ah ! c'est d'un dégoût insupportable ! — Vous lirez l'Homme-de-nuit. — Mais, c'est un conte ! Je veux savoir ce que vous êtes. — J'aime la nuit. Je suis plus libre que dans le jour ; tout est à moi, pendant la nuit. Je me couche à l'aurore ; je dors deux heures ; à midi, je me couche encore, jusqu'à deux ; quatre heures de sommeil sont assez. — D'où venez-vous, à cet instant ? — S'il faut vous le dire, je vous le dirai : car je suis vrai, et vous avez touché mon âme par la pitié. Je suis un amant malheureux, qui erre seul, dans le silence de la nuit. Je viens de pleurer mon amie, à l'endroit même où je fus heureux. — Vous avez des souvenirs ; vous pleurez ; vous errez ; vous courez ! Allez, allez, vous n'êtes pas malheureux !... C'est moi, moi, qui m'ennuie ; moi, qui rassasiée de tout, ne sens plus rien. — Belle, qui que vous soyez, votre état n'est pas sans remède ! Vous avez de la fortune, sans doute ; vous n'avez rien perdu des biens de la vie ; seulement vous ne les sentez pas : mais on peut vous ranimer ! Dites, dites-moi, êtes-vous fille, épouse, ou veuve ? — Je suis épouse ; je suis riche... Mais j'oublie, que je réponds à un inconnu. Qui êtes-vous ? — Je suis le fils d'un homme honnête et pauvre. Je suis pauvre moi-même ; mais j'ai du courage. Je travaille pour vivre, et je vis péniblement ; mais le courage me soutient. — Ah ! voilà le bonheur ! Les richesses sont un poison lent !... Mais, homme pauvre, vous avez eu de l'éducation ? — Je vous ai dit, que j'eus un père honnête homme, qui me forma pour la peine et le travail : mais ce n'est pas tout : une femme [4], une divinité bienfaisante, dirigea les premiers élans de ma sensibilité. J'ai toujours depuis adoré son sexe ; je lui dois tout, l'éducation, les sentiments élevés, le plaisir, le bonheur, et des peines chéries, qui me sont aussi précieuses que le bonheur. — Cet homme pauvre sent vivement : il a des plaisirs, il a des peines ; il vit, il est heureux ! et moi, je languis, je végète !... Les richesses sont le plus grand des maux !... — Cette femme riche, jeune, belle, n'est pas heureuse, je le vois ! mais ce n'est pas la faute des richesses ; c'est la sienne. Son âme n'a pas assez d'énergie, pour chercher des plaisirs analogues au ton de ses nerfs ! Elle ne sait pas être bienfaisante !... — Homme pauvre, que dis-tu là ? — Je dis les vérités de la femme riche qui vient de me parler. — Il a raison !... Passe demain, homme pauvre, à cette même heure ; car l'aurore va paraître. Je veux te donner tout le détail de mes maux. — Femme riche, je ne te réponds pas de passer demain. Si je passe, c'est parce que cette route m'aura plu, et que j'aurai conservé de toi un souvenir agréable. — Voilà le premier être qui me contredit !... — Je le crois ! (dis-je tout bas) riche et, jolie... — Tu es pauvre, et tu n'obéis pas ! — Dans ma pauvreté, je suis libre comme l'air. C'est mon idole que la liberté ; j'aurais quitté ma patrie ; je cesserais de voir ces rues, qui me rappellent, et mes amis, et des femmes adorées, si je ne pouvais y être libre : mais je le suis. — Libre, sans fortune : car, qu'as-tu ? mille, douze cents livres de rente peut-être ?... — Mille, douze cents livres de rentes[5] !... Je serais un Crésus... Je ne les ai pas... Je ne voudrais pas les avoir... Je vis de mon travail : mes rentes, ce sont mes bras, mes talents. Je n'ai pas un sou de rente. Et c'est là ce qui fait bondir mon cœur de joie. Personne, personne, dans l'univers, n'est mon esclave, et ne travaille gratuitement pour moi. Je n'ai point d'affaires, point de procès à craindre ; pas la moindre inquiétude de tous les renversements politiques, physiques et moraux. Tant que le lien nécessaire entre les hommes subsistera, je vivrai ; ce lien, c'est le besoin qu'ils ont les uns des autres... — Et si tu deviens malade, homme pauvre ? — La sagesse veut que l'homme, chaque jour, mette à part un dixième de sa journée ; car il est des hommes qui sont malades un vingtième de leur vie, et qui dépensent alors le double. — Cet homme m'étonne ! mes vapeurs m'ont quittée... Homme pauvre, à demain, je t'en prie ! Je crois que je vais dormir. — Femme riche, puisque tu m'en pries, je reviendrai demain-... Et je me retirai.

Cette conversation est à peu près telle qu'elle fut tenue. En quittant la Vaporeuse, je me hâtai de me rendre chez moi. L'aurore commençait à paraître. Et je me dis en moi-même : — Je compterai d'aujourd'hui la seconde Nuit. Car cette femme m'a intéressé. La première servira d'introduction. Et lorsque je l'aurai vue longtemps, je ferai un livre de nos entretiens. Je l'intitulerai, *Les Nuits du Hibou-Spectateur ;* car je ne considérerai que les choses nocturnes ; assez d'autres voient les événements du jour-. Après ce plan tracé, je me couchai, je dormis deux heures. Je m'éveillai ; je travaillai... et le soir vint.

Troisième Nuit.

SUITE.

Je songeais à la Vaporeuse, et je ne manquai pas de passer dans sa rue ; elle m'en avait prié. A minuit, j'étais sous ses fenêtres. La lune, qui retardait, ne les éclairait pas encore. Cependant, la femme riche m'aperçut.

— Est-ce toi, homme pauvre ? me dit-elle ; (car elle daigna plaisanter avec moi). — Oui, femme à vapeurs, c'est moi-même. — Reçois ce paquet, et va-t'en. Car tu m'as rendu le sommeil, et je vais dormir-... Un paquet tomba ; je le ramassai. — Dois-je lire, ou garder ? — Tu liras, et demain, tu reviendras à la même heure. —

Sois polie ! ou je ne reviendrai pas ! — Je te prie de revenir. — Tu me pries ; je reviendrai. — Tu n'as pas de nouvelles de ta Victoire ? — D'où vient[1] m'affliges-tu ? Victoire n'est pas la seule que je pleure ! — Tu es pauvre ! et tu fus aimé ? — Ô femme riche ! si je te disais combien je le fus !... et par qui ? — Je ne voulais pas te parler ce soir : mais je ne saurais m'en empêcher. Homme pauvre, le bonheur t'a donc souri ? — Ô femme riche ! la Nature m'avait tout donné ; sensibilité exquise, jugement sain, goût du solide, aversion de la futilité, tempérament de fer et de feu ; une philosophie qui me mettait au-dessus de tout : malade, je suis comme les animaux, je n'ai que le sentiment de mon mal, et non les frayeurs de la mort ; c'est un repos. J'aime le plaisir avec emportement ; je souffre la peine avec courage. Une femme... ce fut une femme, qui, profitant de ces dispositions naturelles, m'éleva l'âme. Elle n'est plus... depuis longtemps !... Elle se nommait Colette[2]. Je ne pleure Victoire que sept fois l'année, et dans la rue Saintonge ; je donne tous les jours, et partout, des larmes à Colette. — Colette ! quel nom ! — Ah ! c'est le plus beau des noms ! car c'était la plus belle des femmes. — Tu feras l'histoire de Colette, et tu me la donneras. — Je te la donnerai, et tu adoreras Colette. — Était-elle riche ? — Oui, relativement à moi. — Quelles sont les femmes que tu as aimées ? — Je puis te les nommer : Marie fut la première, mais j'étais enfant ; Nannette la seconde, j'entrais dans l'âge des passions ; Jeannette la troisième, c'est mon premier amour. Marie-Jeanne vint ensuite, sans effacer sa rivale. Colette remplaça tout, absorba tout ; si j'aimai d'autres femmes, c'est qu'elles étaient de son sexe, c'est que quelquefois elle le voulut... Manette fut la sixième ; Madelon la septième ; Colombe la huitième ; Marianne la neuvième ; Henriette la dixième (car je ne dis rien de Zéfire) ; Victoire la onzième. — Tu as aimé onze femmes ? — Je n'en aimai qu'Une. Avant Colette, c'était effervescence ; après Colette, c'était ressemblance ; je n'ai jamais aimé qu'une femme ; et la preuve, c'est que je la voyais seule, dans celles que je recherchais. Je te l'ai dit. Elle m'avait fait adorer son sexe. Au mot de femme, je songeais à Colette, je la voyais ; je me disais, Colette est femme, et c'est une femme que cette jolie personne. — Tu me feras connaître ces femmes. Je suis bien aise de t'avoir parlé ! Tu n'es pas comme les êtres moulés[3] que j'ai vus ; tu sors de la règle, et tu me tires de l'uniformité... Va, lis, et reviens demain. Tu m'écriras à ton tour, et chaque jour, je lirai ce que tu m'apporteras-. Je partis sans répondre. Je me couchai sans lumière ; je ne lus que le lendemain.

LETTRE DE LA VAPOREUSE.

« Comment se fait-il, que la vue d'un inconnu, et quelques paroles qu'il m'a dites, m'aient tirée de mon anéantissement ? Je brûle de m'occuper, d'écrire ; d'écrire ce qui m'est arrivé, pour qu'il le sache. Homme pauvre, je n'écris que pour toi.

» Je me nomme Alexandrine[4]. Je passe pour belle. J'étais gaie dans mon enfance, et tant que je ne pensai pas. Je devins mélancolique entre quatorze et quinze ans. J'étais formée. La soif des plaisirs entra dans mon cœur à seize ans : mais elle était vague, et sans objet déterminé. J'aurais voulu que mon cœur eût été rempli. Je n'entrevis qu'un jeune homme qui m'aurait plu, que j'aurais aimé, chéri. Tant que je ne le connus pas, je m'en formai la plus délicieuse idée : je le vis de près ; c'était un sot, un fat, un égoïste, un homme sans âme, qui parlait sans penser, et pensait sans parler, faute de trouver jamais l'expression qui pouvait rendre son idée. Cet homme me dégoûta de tous les autres, parce que c'était le seul que j'avais trouvé aimable. Je devins d'une tristesse profonde, et je restai comme anéantie pendant deux ans.

» J'en avais dix-huit, quand on m'annonça que j'étais demandée en mariage, par le Marquis De-M****[5], l'homme d'esprit, homme de lettres, et d'un mérite qui avait fait sensation dans le monde. Je le vis ; il me déplut. Je l'écoutai : son esprit me réconcilia un peu avec sa figure ; — Ah ! (pensai-je) si le Marquis De-Fontanges avait eu le mérite du Marquis De-M****, que je l'aurais aimé- ! Je retombai dans ma tristesse.

» On ne s'en embarrassa guère, et tout alla, comme si j'en avais été charmée. Mon mariage se fit. Je n'en fus ni aise, ni fâchée. Végéter femme, végéter fille, c'était la même chose. Je vins occuper un hôtel, tenir une maison ; m'habiller le matin, recevoir du monde, tenir table, jouer, ou aller soit au spectacle soit à la promenade, souper, veiller tard, et me coucher. Cette vie suspendit pendant quelque temps mon ennui. Mais bientôt sa monotonie me laissa retomber dans moi-même.

» J'avais alors tout à souhait : ma jeunesse, ma beauté, l'amour de mon mari, faisaient que les amusements se présentaient sans cesse ; je n'avais rien à désirer ; parties, robes, bijoux, dépense de toutes les espèces, il m'offrait tout ; peut-être que si j'avais eu le temps de désirer, quelque chose m'aurait tiré de mon inertie. Mais rien. On prévenait jusqu'à l'apparence du désir. Je fus dégoûtée d'être aimée, d'être admirée, d'être amusée ; je dirais même d'être estimée ; je me sentis insensible au mépris comme à la louange ; rien ne m'affectait plus. Je tombai complètement dans ce malheureux état, au bout de quatre ans de mariage. Mon mari s'éloigna de moi, et j'y fus insensible. Un amant se présenta. Il ressemblait à Fontanges ; je soulevai mon attention pour le voir, et je ne fus pas même tentée. J'ai végété jusqu'à la journée d'hier, dans un état approchant du sommeil léthargique, s'il n'avait pas été quelquefois insupportable.

» Je me mourais hier, quand tu m'appelas. Je ne sais quoi d'intéressant, dans le son de ta voix, retentit à mon cœur. Je sentis le désir de me lever, de te répondre. Quand tu parlas de Victoire, je t'entendis avec plaisir. La suite de ton entretien m'intéressa. Je fus émue ; je me sentis la force de marcher, de parler, de vouloir. Je distinguai parfaitement les objets. Je me couchai ; je dormis, et ce matin, je me suis senti un vif désir de t'écrire. Je l'ai satisfait. J'ai attendu la nuit avec impatience. J'ai tressailli de plaisir, en voyant les ténèbres. A demain, homme pauvre. Ne manque pas, et tâche de te faire estimer. La Marquise De-M****. »

La lecture de cette lettre me fit plaisir. Je résolus de continuer à voir cette femme la nuit, à la suite de mes tournées nocturnes, dont le but n'était d'abord que de rentrer en moi-même, et de me recueillir. Je ne songeais pas encore à examiner les abus, à rassembler des faits : ces idées me sont venues par la suite, excitées par une foule d'observations non prévues. Je me contentais de les exprimer sans ordre, sans détails ; ce n'étaient que des ressouvenirs, ou plutôt des rappelles-mémoire ; je vais y mettre de l'ordre ; j'apporterai plus d'attention aux circonstances, et je pénétrerai les causes.

Quatrième Nuit.

SUITE.

Le soir, à l'heure de quitter mon travail, je vaguai dans les environs du quartier de la Marquise. Mais il n'était pas l'heure de la voir : j'avançai jusqu'à la rue de la Haute-Borne[1], au-delà des boulevards. — Il faut que je donne à la Marquise l'histoire de *l'Homme-de-nuit* (pensai-je). Entrons quelque part, pour l'écrire : cela me délassera-. Je revins sur mes pas, et j'entrai dans un misérable cabaret à bière de la rue Basse-du-Rempart[2], derrière l'Ambigu-comique et les danseurs de corde. Je me fis donner une lumière, un pot, et six échaudés[3]. Je tirai mon papier, mon écritoire, et j'écrivis :

L'HOMME-DE-NUIT.

Ô Nature ! je t'adore humblement prosterné. Pourquoi l'homme insensé ferme-t-il les yeux à ta céleste clarté ! un seul jet de cette lumière divine, éclairerait les mortels, et chasserait loin d'eux les ténèbres de la superstition... Tire le voile, ô Buffon ! ôte à ton siècle la cataracte qui ferme son œil au beau jour !

Un soir, las de chercher des moyens de diminuer la différence morale et politique des hommes, leur différence physique s'offrit à ma pensée. Un hibou, sorti du Temple [4], me fit naître une idée vaste. Je me rappelai d'abord, ce que notre Pline dit des Nègres-blancs [5], dont la vue faible ne peut supporter la lumière du jour, et qui ne commencent à voir parfaitement, comme les chauves-souris, qu'au crépuscule. Je me rappelai les efforts que fait cet auteur illustre, pour prouver que leur blancheur est une maladie : mais que dira-t-il de leur vue ? Est-ce une maladie ? Je comparai tous ses efforts à ceux qu'il a faits, pour nous persuader que les animaux ne sont que des machines : et je souris : car j'avais lu l'histoire du castor [6]. Je me rappelai d'avoir vu, dans mon village, une famille entière, dont la moitié des enfants étaient bruns, et les autres roux ; les roux clignotaient la paupière pendant le jour, et voyaient dans l'obscurité : je me rappelai que les Anciens m'avaient dit, que de tout temps cette famille s'était ainsi trouvée mi-partie, et que cela venait des ancêtres. Je me rappelai que ces enfants nyctiluques [7] se portaient parfaitement bien ; qu'ils étaient sains, vigoureux, sans aucune maladie de la peau ; seulement la lumière les faisait clignoter. Je pensai que le mélange avait affaibli en eux le naturel, et que ces hommes descendaient originairement de père ou de mère nyctiluques. Je songeai ensuite, qu'il est d'autres pays que la Guinée, comme l'isthme de Panama, où l'on trouve de ces Nyctiluques, ainsi que des Hommes-à-queue [8]. J'ai conclu de toutes ces réminiscences, qu'il y eut autrefois des Hommes-de-nuit, qui voyaient et agissaient la nuit ; que ces hommes, par une admirable sagesse de la Nature, ont dû être les naturels, les aborigènes de la zone torride ; que les nègres actuels de cette zone brûlante, y sont venus de pays un peu plus tempérés ; qu'ils ont trouvé incommode pour eux qu'il y eût des hommes nocturnes, et qu'ils les ont peu à peu chassés ou détruits, au point qu'il ne s'en est échappé que quelques individus, dont un petit nombre se sera mêlé par le mariage avec les Hommes-de-jour ; il y a même beaucoup à présumer, que le mélange n'a eu lieu que par les femmes nocturnes, que quelques Hommes-de-jour auront surprises endormies.

J'ai ensuite réfléchi sur le but de la Nature ; et j'ai vu, qu'outre celui que j'ai indiqué, de rendre les pays brûlants plus commodes à ceux qui les habitaient, elle en a eu encore un autre. C'est que, non seulement elle a voulu que tout fût plein de vie ; que la vie fût répandue partout ; mais qu'il n'y eût aucun temps où cette vie n'agît ; elle a semblé craindre, en ne faisant que des animaux de jour, que le sommeil ne fût universel, et n'offrît sur un hémisphère entier l'image de la mort.

Oui, les espèces d'hommes ont été différentes. Il y a eu des géants : on n'en peut douter ; tout l'atteste : il y a eu des pygmées[9] : l'homme a été aussi varié dans ses proportions que le chien domestique dans les siennes ; et le singe, espèce voisine de la nôtre, dépose encore pour cette vérité.

La destruction des géants ne doit pas surprendre. Comme la différence entre les hommes, soit de jour, soit de nuit, soit géants, soit moyens, soit pygmées, ne venait que du climat, il est sensible que le nombre des Hommes-moyens et des Hommes-de-jour, devait surpasser infiniment celui des autres. Or, les Hommes-moyens n'ont pas trouvé commode d'habiter un même pays, avec des êtres, qui pouvaient écraser une douzaine d'entr'eux d'un coup de poing : ils se sont trouvés humiliés de la comparaison ; les géants auront, dans l'occasion, laissé peut-être échapper des marques de mépris : ils auront subsisté, ils auront même été rois, chefs, tant que le genre humain aura été naïf, ignorant, sauvage : mais une fois policé, impossible que le grand nombre ait pu supporter, sans jalousie, la vue d'un être plus puissant et plus parfait : les Hommes-moyens les auront détruits peu à peu, après les avoir rendus odieux ; ils les auront représentés comme sanguinaires, féroces, cruels, surtout les derniers, qui, se voyant affaiblis, se seront retirés dans les antres des montagnes, et auront massacré bon nombre de leurs ennemis. Ce ne sont pas ici des conjectures vagues (pensais-je) : on voit encore des moutons géants en Sicile, où la fable met aussi des hommes géants assez modernes, et où elle suppose qu'est leur tombeau. Ne trouve-t-on pas des tombeaux d'anciens chefs de peuples barbares, dont les ossements prouvent que c'étaient des géants ? témoin celui de Theutobochus, découvert dans le Dauphiné, au milieu du dernier siècle, etc., etc.

Toutes les espèces d'hommes pouvaient se mêler, comme celle des chiens ; mais ce devait être une grande honte pour une géante, de succomber avec un homme moyen ! C'est de là que sont originairement venues les idées de l'inégalité politique : elle est imitative de l'inégalité physique qui existait autrefois. On dit encore, par métaphore, un grand homme ; une grande princesse ; un grand roi. Une grande princesse se déshonorerait en écoutant son valet de pied, qui est cependant de la même espèce ; mais on entend cela figurément aujourd'hui, par un reste des mêmes idées qu'avaient naturellement les géants, à l'égard des hommes moyens.

Quant aux pygmées, on doit sentir que les hommes moyens les ont détruits, par mépris pour ces êtres faibles, et qui ne pouvaient leur être d'aucune utilité. Ils ont préféré de se faire des esclaves de leurs pareils, dont les forces sont bien plus proportionnées à leurs besoins. Cependant, comme il se trouva quelques géantes assez humaines pour écouter des hommes moyens ; qu'il y eut des géants qui devinrent amoureux de femmes moyennes ; de même l'espèce du milieu s'abaissa quelquefois à celle des pygmées, par occasion, par goût, par nécessité. De là ces différences dans la stature des nations mêlées ; différences plus multipliées aujourd'hui, mais beaucoup plus affaiblies qu'autrefois, et qui, à la longue, disparaîtraient presqu'entièrement, si on avait soin d'interdire le mariage à tous les êtres mal constitués, c'est-à-dire, si l'on établissait une loi, par laquelle tout homme ridiculement petit, bossu, bancroche, etc., ne pourrait épouser qu'une veuve de quarante ans.

Je pensai ensuite, que la mythologie grecque, quoiqu'emblème de la physique, était aussi fondée sur des personnalités [10]. Je crois que Jupiter, Mars, Apollon, etc., ont été des géants, qui s'abaissaient fort souvent à des femmes moyennes, lesquelles s'en trouvaient ordinairement fort mal : aussi les géants leur faisaient-ils presque toujours violence. L'histoire de Sémélé [11], mère de Bacchus, me confirme surtout dans cette idée : elle ne put accoucher de son demi-géant ; car ce qu'on nommait les demi-dieux, les héros, ce furent d'abord ces demi-géants, des géants métis, plus forts que les hommes moyens, et plus faibles que les géants ou les dieux. Il y a donc apparence que ces héros si forts de l'Antiquité, descendaient des géants ; mais que plusieurs générations moyennes les avaient remis à peu près au niveau des autres. Ces géants dégénérés étaient tous rois ou chefs ; les hommes moyens encore sauvages se mettaient volontiers sous leur conduite.

Je crois que les plus grands ennemis qu'eurent les géants, ce furent leurs bâtards, qu'ils méprisaient sans doute, comme nous méprisons plus les métis, qu'un beau nègre. Ainsi, lorsque la fable nous représente les Titans foudroyés par Jupiter, il y a toute apparence que c'est l'histoire de temps fort anciens qu'elle nous fait, et que les prêtres-poètes-médecins-sorciers d'alors, nous ont décrit de cette manière la mort des derniers géants. Grâces en soient rendues à Jupiter ! car je crois que les géants, s'ils étaient mêlés parmi nous, seraient fort incommodes, à moins qu'ils n'eussent la bonté de vouloir bien nous servir d'éléphants. Mais que Jupiter n'a-t-il en même temps anéanti les fatales idées d'une prétendue inégalité !...

Je m'arrête. Ne croyons pas que la fable soit toute fable. Il y a plus d'histoire qu'on ne pense ! et au lieu de retrancher à celle-ci, pour le donner aux temps fabuleux, un homme de génie reculerait fort loin les bornes de l'histoire.

Buffon ! puissant génie ! c'est à toi de préparer cette révolution ! Le souverain a mis entre tes mains tous les moyens de connaître la vérité[12], la Nature : scrute la Nature, trouve la vérité ! Ne te laisse point épouvanter par les clameurs des pygmées ; ton génie est fait pour les écraser. Tel le Père du jour chasse devant lui les ténèbres, les chimères, les fantômes, les vaines frayeurs, et les mensonges de la nuit. Tel aussi, ô Buffon ! le flambeau de ton divin génie fera disparaître l'aveugle ignorance, le préjugé stupide, l'idiote superstition, la crédulité ridicule ; tu les pousseras devant toi, et ils tomberont dans le gouffre du néant : l'Univers étonné dira pendant un jour : — Ils ne sont plus- ! le lendemain on niera qu'ils aient jamais été !

En finissant cette pièce, je sortis de la chambre, je payai, sans faire attention aux curieux regards du tabagiste [13], et je courus chez la Vaporeuse.

Je l'aperçus, et sans rien dire, je lui présentai mon paquet au bout de ma canne. Elle le prit sans parler. Et je lui dis adieu par un geste.

En m'en revenant, je pris par la rue Saintonge : je donnai des larmes à Victoire, et je suivis le boulevard. La nuit était belle : je marchais sans penser où j'allais ; je rentrai dans la ville, par la porte Saint-Martin ; je pris la rue Greneta [14], par distraction, puis la rue Bourg-l'Abbé [15].

Je n'avais pas fait cinquante pas dans cette dernière, que je fus frappé du son d'une voix plaintive, qui me parut partir d'une maison vis-à-vis. Je levai les yeux, et j'entendis distinctement ces paroles, prononcées dans l'appartement du premier étage, dans lequel il y avait de la lumière, et dont une des fenêtres était ouverte :

« Ô ma chère Éléonore [16] ! mon amie, ma tendre, ma fidèle amie, tu ne respires plus ! mais tu vis dans mon cœur ! ta belle âme animera la mienne, jusqu'au dernier soupir ! »

Après ces mots prononcés, la fenêtre fut fermée par

un homme en chemise ; la lumière s'éteignit, et je n'entendis plus rien. Je me retirai, tout ému.
[...]

Sixième Nuit.

LES DEUX JEUNES FILLES.

Le lendemain [...], je sortis de chez moi. Je retournai du côté du cabaret à bière, profondément occupé d'une idée. J'admirais comme Paris dévore ses environs, et convertit en rues stériles, des jardins nourriciers, et je me dis à moi-même : un homme qui reviendrait au monde dans cent ans, verrait les choses bien changées-! Cette idée m'attachait fortement ! Elle me rappela l'ancien Épiménide[1], qui dormit, dit la fable, selon quelques-uns, vingt-sept ans ; cinquante-sept suivant d'autres, et soixante-quinze d'après une troisième opinion ! Je fus absorbé dans une agréable rêverie. Je n'observais pas encore la capitale, autant que je l'ai fait depuis : la Marquise, malgré ses vapeurs, m'intéressait ; je résolus de faire l'histoire d'Épiménide, pour l'amuser. Plein de cette pensée, j'entrai dans le même cabaret à bière de la veille. Je demandai un pot, six échaudés, et une lumière. J'écrivis. Mon histoire m'amusait moi-même. Je riais, en la traçant avec rapidité. A deux pas de moi, étaient couchées deux jeunes filles du marchand, l'une de dix-huit, l'autre de quatorze ans. Je ne m'en doutais pas ; et souvent je pensais tout haut ce que j'écrivais. Enfin, lorsque j'en fus au vieux Ergaste[2], qui demande l'aumône, je m'écriai : — Citoyens ! ayez pitié d'un pauvre esclave abandonné, puni d'un crime qu'il n'a pas commis-!... On avait fait naguère une procession de captifs rachetés par les Mathurins et les Moines de la Merci[3]. La plus jeune des deux filles tira le rideau, et se mettant à son séant : — Pauvre esclave ! ma sœur tremble ! elle a peur de vous ! Pour moi, je voudrais bien vous entendre conter, ce que vous avez souffert chez les Barbares de Barbarie ? — Dormez, ma fille (lui répondis-je) : lorsque ma relation sera faite, je vous la lirai-. La sœur aînée me voyant doux et bonasse, se rassura, et se mettant aussi à son séant, elle me montra une charmante figure. — Comment ! vous avez été esclave ! — Oui, ma fille, des passions. — Des passions ! ce sont des gens de la Barbarie ? — Les passions sont de tous les pays : mais, dormez, charmante fille, et me laissez écrire ; et puissiez-vous ne jamais connaître les passions, qui m'ont rendu malheureux. — Oh ! je l'espère ! Je vous réponds bien, que je n'ai pas envie de m'embarquer, pour être prise par les Barbares ! — Les passions sont bien méchants ? (me dit la cadette). — Ce sont les plus horribles ennemies qu'ait l'homme ! s'il ne sait pas les dompter, elles le précipitent dans mille écarts. — Comment ! ce sont donc des femmes ! (reprit la cadette). — Je vois ce que c'est (dit l'aînée avec quelque suffisance), ce sont les amazones : j'en ai entendu parler-... Elles auraient sans doute jasé quelque temps, si leur père, homme dur et grossier, n'était venu les apostropher fort brutalement d'un coup de baguette, qui pourtant ne toucha que le bois de lit. Toutes deux firent aussitôt le plongeon dans les draps ; et je continuai d'écrire.

Lorsque je me sentis fatigué, je cessai, je payai, et je pris le chemin de la rue Payenne.
[...]

Septième Nuit[1].

[...]

LE TROU AU MUR

En m'en revenant, je m'écartai de ma route, distrait par une idée que j'exposerai quelque jour, sous le titre du *Coucher,* du *Rêve,* et du *Lever* : je me trouvai à la place Saint-Michel. Je marchais légèrement et sans bruit, à l'ombre des maisons, comme le guet. Un bruit sourd frappe mon oreille. Je m'approche. Trois hommes faisaient un trou au mur, à côté de la porte d'une maison. Je saisis le marteau[2], et je frappe un coup terrible, en disant : — Mes amis ! pourquoi faire un trou ? voici la porte : on va vous ouvrir-... Ils n'entendirent pas les derniers mots ; les vibrations du heurtoir ébranlèrent leurs fibres, et surtout leurs jambes. Ils se mirent à fuir, abandonnant leurs instruments. On ouvrit, et je fis voir au portier le travail qu'on faisait pour le soulager dans son emploi.
[...]

Dixième Nuit.

[...]

LE ROMPU.

Je sortis sans répondre, voyant bâiller la jeune femme de chambre. Je pris mon retour par la rue Saint-Antoine et la Grève[1]. On avait roué la veille trois assassins : je ne croyais pas avoir cet horrible spectacle, que je n'avais jamais osé contempler. Mais comme je traversais, j'entrevis un malheureux, pâle, demi-mort, souffrant des douleurs de la question donnée vingt heures auparavant, qui descendait de l'Hôtel de Ville, soutenu par le bourreau et par le confesseur. Ces deux hommes si différents, m'inspirèrent un sentiment inexprimable ! Je voyais le dernier embrasser un malheureux, dévoré de la fièvre, infect, comme les cachots dont il sortait, couvert de vermine ! Et je me disais : — Ô Religion ! voilà ton triomphe-!... Je regardais l'autre, comme le bras terrible de la loi... Mais je me demandai : — Les hommes ont-ils droit de donner la mort ?... même à l'assassin, qui a traîtreusement, cruellement ôté la vie-? Je crois entendre la Nature me répondre un Non ! douloureux !... — Mais le vol ? — Non ! non ! (s'écrie la Nature) ! les riches barbares n'ont pas cru trouver assez de sûretés violentes ; au lieu d'être amis et frères, comme leur religion le prescrit impérativement, ils ont préféré les

gibets-... Voilà ce que me dit la Nature... Je vis un spectacle horrible, quoique le supplice fût mitigé... Le malheureux avait révélé ses complices. Il fut étranglé avant les coups. Un tourniquet placé sous l'échafaud serra une corde passée sur le cou du patient, qui fut suffoqué. Pendant longtemps le confesseur et le bourreau lui tâtèrent le cœur, pour sentir si l'artère battait encore, et on ne donna les horribles coups, qu'après qu'il ne battit plus... Je m'en allai, les cheveux hérissés d'horreur...
[...]

Onzième Nuit.

[...]

LA FEMME VIOLENTÉE.

Je m'en allais rêveur, quand en passant devant une maison, dont l'allée[1] était ouverte, j'entendis des cris perçants dans l'escalier. Surpris, je monte rapidement. — Qui monte là-? (s'écria une voix d'homme). En même temps on se précipite dans l'escalier : je me jetai dans un cabinet d'aisance. L'homme passe, l'épée nue à la main[2]. Je montai pour lors, et je trouvai une jeune personne échevelée, en larmes, à genoux. — Je viens à votre secours (lui dis-je). Quel est ce furieux? — Ah! sauvez-moi la vie-! A ce mot, avoué par la jeune personne, je ne craignis plus rien. Je fermai la porte, et

je mis les verrous. Ensuite j'ouvris une fenêtre. Je vis le furieux revenir, son épée à la main. Arrivé à la porte, il la trouva fermée. Sa rage n'eut plus de bornes. La jeune personne tremblait. Toute la maison s'étant éveillée, on me parla par les fenêtres ; et je demandai du secours. On vint à moi, après que par adresse, on eut désarmé le furieux. On le conduisit chez un commissaire, qui l'envoya en prison. Je ferai l'histoire de la jeune personne, qui se mit au couvent le lendemain matin. Je passai la nuit sur un matelas dans sa chambre : deux femmes partagèrent son lit.
[...]

Treizième Nuit.

SUITE DE LA FEMME VIOLENTÉE.

En sortant le soir, j'espérai que le hasard, qui m'avait si bien servi pour la jeune tapissière, me serait également favorable pour la femme violentée. Je pris par le Pont-Neuf, et je me trouvai place de l'École, devant sa porte. Tout à côté, demeurait un fondeur de galons [1], qui avait six filles. L'aînée était charmante, et je l'avais souvent remarquée, quoiqu'elle fût de la première jeunesse, l'été précédent, lorsqu'elle se promenait, le soir, sur le quai de l'École, avec une jolie petite marchande de couleurs sa voisine. J'entrai dans cette maison, et je demandai, si l'on avait entendu parler de l'aventure arrivée pendant la nuit de la veille.
— Oui (me dit le fondeur) ; en savez-vous quelque

chose? — C'est moi qui ai secouru la jeune personne.
— Ah! racontez-nous comment vous l'avez délivrée-.
Je dis ce que j'avais vu. — A présent (ajoutai-je) ne
pourriez-vous pas me donner quelques lumières? —
Certainement! Nous allons vous dire ce qu'est la jeune
personne, et ce qu'est l'homme qui la violentait.

La dame, malgré sa jeunesse, est mariée depuis un
an: son mari est un habile musicien, qui ne se
trouvant pas apprécié à Paris, est allé tenter la fortune
à Londres. En partant, il pria un de ses amis, qui est
peintre, de venir journellement chez sa jeune épouse,
de lui donner la main à la promenade et de l'accompagner au spectacle: ce dernier article ne devait rien
coûter, à cause des connaissances d'acteurs qu'avait le
musicien. Tout se fit d'abord comme le mari l'avait
désiré. La jeune dame était gaie; quand l'ami de son
mari paraissait, elle montrait une joie franche et naïve.
C'est dire qu'elle était très aimable: ajoutez, qu'elle
est très jolie. Le peintre est plus jeune que le mari;
c'est un bel homme; il se crut sûr d'un triomphe facile.
Ses premières tentatives furent repoussées avec douceur. Le peintre devint impudent à un point qu'on ne
peut exprimer. La jeune dame en fut affligée; mais elle
s'en plaignit modérément. C'est ainsi que la passion
du perfide ami fut portée à l'extrême.

Il employa d'abord tous les moyens possibles de la
soumettre. Ne pouvant y réussir, il leva le masque; il
resta malgré elle dans sa chambre la nuit; il la menaça
de la déshonorer, en écrivant à son mari, en disant à
tout le monde, qu'il l'avait surprise avec le domestique. Cependant tout fut inutile; la jeune dame pleurait, mais elle ne cédait pas. Dans le voisinage, on
entendait quelquefois du bruit; mais on ne savait à

quoi l'attribuer. Enfin avant-hier il avait résolu d'en passer la fantaisie, comme il s'exprimait à elle-même. Il resta, en dissimulant sa mauvaise volonté, à jouer au piquet jusqu'à minuit. La jeune dame avait de la défiance : elle voulut le renvoyer. Le peintre causa jusqu'à une heure. Elle le pria de se retirer. — Non ! lui dit-il ; c'est aujourd'hui qu'il faut sauter le pas- ! La jeune dame montra la plus grande fermeté, en bravant ses menaces : il devint furieux. Il tira son épée, et lui déclara qu'elle était à sa dernière heure, si elle ne cédait pas. Elle employa d'abord les remontrances amicales, les prières. Une attaque violente fut la réponse du méchant homme. L'infortunée s'écria. C'était sur les deux heures ; tout le monde était endormi ; on s'éveilla, mais on ignorait, si les cris partaient de la rue, ou s'ils venaient d'un appartement. Il faut cependant que quelqu'un ait ouvert la porte de l'allée, et qu'on ait pas osé monter. Vous avez été plus hardi.

Ce matin, la jeune dame a pris le parti de se mettre au couvent, auprès d'une de ses parentes, jusqu'au retour de son mari. Le méchant homme a tout nié devant le commissaire : mais les témoins l'ont fait mettre en prison. La jeune dame est résolue de le disculper, de tout son pouvoir ; à moins que son mari ne veuille une vengeance ; ce qu'elle ne présume pas-.

Voilà ce que me dit, devant toute sa famille, le père de la jolie Charlote, à laquelle je rendrai service un jour. En sortant de cette maison, je me rendis à l'hôtel de la Marquise. Je lui racontai l'histoire de la jeune épouse du musicien.

[...]

Dix-septième Nuit.

[*Le narrateur craint d'importuner la Marquise en lui lisant l'histoire d'Épiménide, au fur et à mesure qu'il la compose.*]

Madame (lui dis-je), peut-être ferais-je bien de m'en tenir à mes aventures nocturnes ! Je crains que la lecture de mes ouvrages ne soit pas assez amusante... — Pas assez amusante ! Elle m'occupe profondément, elle me fait penser : je n'ai plus d'ennui, depuis que vous me les lisez ! Ah ! gardez-vous bien de me priver du plaisir le plus pur que j'aie jamais goûté !... D'ailleurs votre Épiménide m'instruit... Je ne vous interromps pas ; je suis le fil des raisonnements, et je tâche de comprendre seule. Je préfère la physique d'Épiménide, au récit de ses aventures-. Ainsi rassuré, je continuai sans scrupule.

SYSTÈME DE L'EAU.

Le prêtre d'Égypte[1], qui se nommait Psammès (continua Épiménide), posait d'abord pour principe, qu'autrefois tout était couvert d'eau, sans qu'une seule partie du globe fût à découvert. Il allait plus loin, et son opinion rentre parfaitement dans la vôtre ; il regardait comme une vérité démontrée par le bon sens, qu'originairement le globe n'était qu'une boule d'eau, dans laquelle étaient dissous tous les sels, qui depuis ont formé les différentes concrétions. Que par le moyen de la chaleur du soleil, les germes lancés de cet astre, avec la lumière (car il soutenait que tous les germes vivants ou végétants venaient du soleil), accrus sans cesse et fortifiés par de nouveaux rayons, avaient donné naissance aux plantes marines, effets de rayons germinants, ou lumineux, c'est la même chose, qui n'étaient point encore assez fortifiés. Que les rayons continuant à s'accumuler sur la boule d'eau, ils avaient concréé[2] des germes assez puissants pour faire les anémones, les orties de mer[3], les huîtres. Qu'à cette époque, les rayons continuant toujours, les huîtres avaient, par les débris de leurs coquilles, formé les concrétions terrestres et pierreuses; pierreuses par les débris de leurs coquilles; terrestres ou végétales, par la putréfaction de leur substance. Qu'aussitôt (mais après des millions de siècles) que la masse pierreuse fut assez considérable, elle s'accumula au centre de la boule d'eau, qui s'organisa par la vertu animante du soleil, et d'embryon aqueux, devint elle-même un gros animal solide. Que la matière pierreuse continuant, elle forma le noyau et la masse solide du globe, auparavant aqueux, et sur cette masse, les montagnes, qui croissent encore dans le sein des eaux. Que par ce moyen, lorsque la grande quantité de matière, tant pierreuse que végétale, eut fait apparaître la matière sèche au-dessus des eaux, les sels dissous dans l'eau, et fixés par la substance animale qu'ils composent, à l'aide du soleil, en vinrent à former toutes sortes d'animaux et de plantes, sur le type et le modèle de leurs prototypes qui sont dans le soleil. Que jamais, comme le prétendait un autre prêtre, les animaux marins n'étaient devenus terrestres; mais que la force du soleil dardant sur une terre neuve, avait envoyé, sur l'élément sec, des germes qui avaient réussi, à raison de son humidité alors très grande ; humidité qui le rendait capable d'engendrer, au moyen du germe envoyé par le soleil. Que depuis, et pendant un certain temps, l'accord du soleil et de la terre, forma toutes les espèces, en commençant par les plus brutes, jusqu'à l'homme, qui dans ces premiers temps fut beaucoup plus grand, plus puissant et meilleur qu'il n'est de nos jours. Que de même les espèces des animaux étaient plus grandes et plus fortes, ou plutôt, que les dernières espèces nées, et les premières détruites, étaient autres que celles d'aujourd'hui, qui sont plus anciennes, et qui peuplent uniquement le globe, depuis que les espèces vastes et puissantes ont péri, par l'effet de son épuisement : car quoique le soleil envoie toujours également ses rayons, néanmoins l'élément aride l'étant trop, et l'humidité diminuant sans cesse, par la concrétion des sels en pierre, au moyen de la formation des coquillages, il n'y a plus assez de vigueur aqueuse pour sustenter l'espèce des animaux trop vastes ; le plus gros est aujourd'hui l'éléphant, qui diminue de jour en jour, et qui finira par s'anéantir, comme l'espèce des hommes géants. Que la matière pierreuse augmentera jusqu'à la fin des siècles, au point qu'il ne restera plus aucune humidité, et qu'alors la planète n'aura plus aucune plante, aucun animal vivant : mais cela n'arrivera qu'insensiblement d'abord, par la cessation de toutes les grandes espèces ; de sorte qu'après l'éléphant, le bœuf, le cheval, le chameau cesseront ; ensuite la chèvre, la brebis, le cochon ; puis le lièvre, le lapin ; enfin les rats, les souris. Il n'y aura plus un jour que des insectes, dont les plus gros seront les géants du monde ; ensuite les plus petits, jusqu'aux cirons, qui ont commencé les premiers de tous les animaux terrestres, et qui finiront les derniers. Qu'après l'extinction du dernier animalcule, la terre, absolument pétrifiée, sera engloutie par le soleil, dont elle se sera insensiblement approchée, pour y être fondue, dissoute, réduite à ses premiers principes; c'est-à-dire, en eau. Que néanmoins, elle ne sera pas individuellement lancée de nouveau hors du soleil, comme les eaux des fleuves absorbées par la mer, et repompées par le soleil, ne sont pas toujours les mêmes qui composaient chaque fleuve, mais des eaux prises sur la masse totale; de même, la planète renouvelée par le soleil (supposé qu'il la régénère), serait prise de la surabondance de sa substance; il la lancerait hors de lui, par un ressort que la pléthore de cet astre mettrait en action, et elle serait parfaitement aqueuse, tout y étant dissous. Elle n'aurait pas d'abord son mouvement réglé, car elle serait lancée par une force si grande, qu'elle s'éloignerait quelque temps en ligne droite, ou presque droite, conservant toujours la forme d'une goutte d'eau, c'est-à-dire la rondeur, qui est la forme naturelle de tout corps isolé, par une raison que les prêtres d'Égypte en donnaient. C'est que tout corps isolé ayant un centre, auquel toutes les parties se rapportent, il ne peut se faire qu'une des parties environnantes soit plus éloignée du centre qu'une autre partie; et comme les parties intérieures du globe y tiennent autant que celles de la circonférence, aucune ne peut déplacer l'autre, à moins d'une force majeure, comme une convulsion; et le reste.

Telle est, ô sage Thalès, la doctrine, bien conforme à la vôtre, que me découvrit autrefois un prêtre de Memphis. J'espère aller jusqu'à Thèbes-aux-cent-portes, pour y trouver des lumières encore plus grandes.

Thalès paraissait enseveli dans une méditation profonde, en écoutant Épiménide. Il ne revint à lui-même, que lorsque le prêtre de Jupiter lui parla de la fameuse Thèbes-aux-cent-portes[4]. — Ce que vous venez de me dire, s'écria-t-il, est admirable! mais un seul point m'embarrasse. Qu'est-ce que ce mot, la planète n'aura pas d'abord son mouvement réglé? Est-ce que la terre a un mouvement? Elle est stable, ce me semble? — Je vous ai dit les propres paroles du prêtre; et j'étais alors trop jeune pour les bien comprendre; je ne le fis pas expliquer : mais à ce voyage-ci, je tâcherai de m'instruire parfaitement. Que je serais heureux, si je trouvais ce savant prêtre encore en vie! C'est ce qui va me faire précipiter mon départ-.

[...]

Vingt-quatrième Nuit.

[...]

LA NUIT DES HALLES.

J'allai voir les cabarets des Halles, dont j'avais beaucoup entendu parler. Je croyais y trouver des scènes frappantes. Je n'y vis que de la débauche : des gens qui fumaient, ou qui dormaient; des filles perdues crapuleuses, avec des escrocs de billard ou d'académie[1], qui se battaient ou se disaient des injures. Quelques tristes libertins, qui étaient venus là croyant s'y divertir, et qui s'ennuyaient. J'allais me retirer, très mécontent de ce repaire du sale libertinage, autorisé pour les pourvoyeurs[2], qui ne s'en servent pas, lorsque j'aperçus une jeune blonde très jolie, qu'amenait une espèce de monstre femelle. Elle lui offrit de l'eau-de-vie, et je m'aperçus qu'elle voulait l'enivrer. Je bénis l'Être suprême de me trouver là. La jeune fille ne put avaler l'eau-de-vie. Je m'approchai d'elle. Le monstre femelle me tint alors les propos les plus infâmes, en me faisant observer, que c'était un objet tout neuf. La jeune fille s'efforçait d'être effrontée, et ne pouvait y réussir. Je proposai de sortir. Ce qui fut accepté. — Menez-nous chez vous, me dit le monstre. Je marchai, tenant la main de la jeune fille, et je pris le chemin de la rue Payenne, persuadé que j'allais faire un grand plaisir à la généreuse Marquise. Je ne me trompai point. Elle finissait ses lettres, quand je frappai. La femme de chambre parut au balcon. Je fis le signal, et l'on m'ouvrit. Je présentai la blonde à la Marquise, dans mon parloir. Car on se rappelle que je ne la voyais que par une grille, semblable à celles des religieuses. J'avais laissé le monstre à la porte. On dressa un lit à la jeune fille, dans le parloir même, et je sortis. La vieille m'attendait. — Fuyez! (lui dis-je) ; ou la Marquise De-M****, qui demeure dans cet hôtel, va vous faire arrêter-! On n'imaginerait jamais avec quelle célérité le gros monstre s'échappa.

[...]

Trente et unième Nuit.

[...]

LES DÉBRIS DE CADAVRES.

En m'en revenant, je passai par la rue Saint-Martin, la rue de Gesvres, le pont au Change, et le pont Saint-Michel. Au coin de la rue de la Huchette, à l'endroit nommé le Cagnard, je vis fuir des jeunes gens, qui remontèrent la rue de la Harpe. J'allai voir ce qu'ils avaient fait au Cagnard; et je trouvai... les membres d'un enfant ouvert. Je frémis... Mais il n'y avait là rien à faire pour moi; je me retirai.

Le lendemain matin, je vins chez l'apothicaire du coin, pour l'informer de ce que j'avais trouvé sous ses fenêtres. Il se mit à rire. Ce sont des restes d'anatomie. On refuse des cadavres aux jeunes chirurgiens [1], et ils sont obligés d'en voler, ou d'en acheter : lorsqu'ils les ont disséqués, ils ne savent plus qu'en faire. Quatre se chargent du corps divisé; deux précèdent, et deux suivent, pour avertir : on a soin de tenir ouvertes, sur la route, quelques allées, dont on sait le secret, et l'on s'y réfugie, en cas de danger. Enfin l'on arrive ici pour y jeter les débris, et l'on se sauve. — Pourquoi ne pas donner légalement des corps aux chirurgiens ? — C'est la question que font tous les gens de bon sens : on devrait leur abandonner le cadavre des criminels, et les corps des gens convaincus [2], qui meurent en prison;

ceux des hôpitaux qui ont eu des maladies extraordinaires. J'avais même proposé, dans un petit mémoire, de donner à l'amphithéâtre public, certains scélérats vivants, pour faire sur eux des expériences, qui rendissent leur mort doublement utile à la nation, dont ils ont été le fléau : mais on m'a éconduit avec horreur, comme un anthropophage-. Satisfait de cette explication, je quittai l'apothicaire, en l'assurant que j'étais du même avis que lui.

Trente-deuxième Nuit.

LES VIOLATEURS DES SÉPULTURES.

Le soir, en allant chez la Marquise, je voulus passer par le cimetière Saint-Séverin[1] : il était fermé. Je pris par la ruelle des Prêtres, et je vins écouter à la grille. J'entendis quelque bruit. Je me tins assis sous la porte du presbytère. Au bout d'une heure, un homme ouvrit la grille du cimetière, et quatre jeunes gens sortirent, emportant un corps dans son linceul. Ils prirent par la ruelle des Prêtres, par la rue Boutebrie, par la rue du Foin, et se précipitèrent dans une petite maison obscure de la rue de la Harpe, à trois ou quatre au-dessus[2].

J'allai chez la Marquise, et je lui rendis compte de l'emploi de mon matin, ainsi que de ma soirée.

[*Après avoir lu à la Marquise un exposé de la physique égyptienne telle que l'a rapportée Épiménide, le narrateur engage avec elle une discussion sur le droit aux hypothèses et sur la liberté d'expression.*]

— Je ne saurais vous exprimer combien vous venez de m'étonner, par toute cette physique que Psammès débite à votre Épiménide ! Vous venez d'agrandir mon âme, d'étendre mes idées. Quand tout cela ne serait pas vrai, cela fait penser.

— Ce système est entièrement conjectural, Madame, répondis-je : mais je publierai un jour ces idées d'Épiménide, du moins celles que lui révéla le prêtre Psammès, pour donner à penser à nos savants[3], et les engager à remonter d'une manière éclairée aux causes premières. Un homme ne saurait en imposer aux autres hommes, pour peu que ceux-ci veuillent réfléchir : car ils ont tous les mêmes organes, pour vérifier ce qu'on leur dit. C'est ce qui doit enhardir les philosophes, et tranquilliser les chefs du gouvernement. Qui est dangereux ? le charlatan, qui se cache, s'enveloppe ; qui assure qu'il dit la vérité ; qu'elle lui a été révélée, et qui cherche à subjuguer l'esprit des faibles par des secrets, de prétendus effets miraculeux. Allons publiquement, ouvertement ; disons bonnement : voilà une idée qui m'est venue dans la tête, ou dans celle d'un autre. Mes contemporains ! examinez-la, dans vos moments de loisir ; elle vous fera peut-être trouver des choses beaucoup meilleures, que celles que vous pensez. — Avec ces sentiments-là (reprit Mad. De-M****), on est sûr de ne jamais indisposer personne. Mais, est-ce que le prêtre d'Égypte ne parlera plus à Épiménide ? — Pardonnez-moi. Ils auront encore un entretien sur la morale, c'est-à-dire, sur tout ce qui regarde la conduite de l'homme, comme individu social, sous les rapports de fils, d'époux, de père, de citoyen et de magistrat-.

SUITE DES VIOLATEURS.

En m'en retournant, il me prit idée d'aller à la maison des garçons chirurgiens, pour voir ce qu'ils faisaient du corps qu'ils venaient de voler. Parvenu à la porte de l'allée de leur amphithéâtre, je la poussai ; elle céda, et je montai au troisième, où j'avais vu de la lumière. Je m'approche doucement de la porte, et je vois... sur une grande table, le corps... d'une jeune fille de dix-huit ans, enterrée de la veille. On avait déjà ouvert la poitrine... Je connaissais les parents[4] ; je me retirai, pénétré de douleur. Mais je gardai le silence. Que ne donne-t-on des criminels aux étudiants !

Trente-troisième Nuit.

LES BALS.

Le lundi, je résolus de continuer à voir les folies qui se font dans Paris, pendant les jours gras[1]. Dans une sortie que j'avais faite le jour, mon indignation avait été vivement excitée par le manque de police, qui permet à des enfants, à des Savoyards du coin des rues, de gâter avec des matières grasses, les habits des femmes ! On voit, avec une surprise inexprimable, que dans la capitale même de la France, le sexe des grâces soit insulté, couvert de boue ! C'est une horreur ! mais de grande conséquence ! elle influe sur les mœurs. Dans tout pays, où les femmes ne seront pas honorées en public, comme des objets sacrés, plus que les prêtres même, il n'y aura pas de mœurs... Je faisais ces réflexions en marchant, lorsqu'au coin de la rue du Petit-Pont, j'entrevis un garçon de 15 ans, qui mettait de la fange sur la robe d'une jeune dame ! Le mari, ou bien un parent, ou peut-être un inconnu, la suivait ; il applique un coup de bâton d'épine sur la tête du jeune garçon, et le renverse. J'accours. Il était sans mouvement, la tempe ouverte. J'appelle. On le porte à l'Hôtel-Dieu ; il était mort : tous les secours furent inutiles. La correction était trop rigoureuse ; mais l'administration de la police n'a-t-elle pas à se reprocher cet accident, comme cent autres arrivés avant et depuis ?

Je racontai ce trait funeste à la Marquise, et il la toucha vivement. [...]

BAL PAYÉ.

Nous étions dans le Carnaval : on voyait dans les rues des masques qui allaient au bal, ou qui en sortaient. Je ne connaissais pas encore de particuliers qui donnassent ce divertissement chez eux, et je n'avais jamais vu le bal de l'Opéra. Le seul où je me fusse trouvé, était celui des jeunes gens, à Auxerre, dont je rends compte dans *Monsieur Nicolas.*

J'examinais tout ce qui s'offrait à mes regards, et j'allais insensiblement, sans penser à mon chemin. Je me trouvai au carrefour de Buci. Là, j'aperçus une jeune et jolie personne, dont je connaissais la mère, seule avec deux jeunes gens. Ils se glissèrent chez Coulon, qui donnait au public, pour son argent, bal et collation. J'entrai comme les autres, et j'allai me placer sur une banquette, dans le coin le plus obscur. Ce fut de là que j'observai.

Depuis que j'étais à Paris, j'avais bien entendu parler d'efféminés[2]; mais ou ces gens-là ne sortent jamais, comme les bourdons des abeilles, ou ils se déguisent. Ce fut au bal que je les vis, pour la première fois, dans toute leur turpitude. Il vint à celui de Coulon cinq à six beaux, dix fois plus femmes que les femmes. Ils furent aussitôt environnés; mais ils se faisaient valoir. L'essaim des coquettes effrontées les recherchait, les provoquait, allait jusqu'à les poursuivre; tandis que les fats s'éloignaient, non d'un air timide, mais d'une manière cent fois plus impudente, que s'ils avaient attaqué. J'observais ensuite les jeunes filles; elles dévoraient des yeux les fats, qui souvent leur apportaient un insolent hommage. Alors les innocentes rougissaient de plaisir et de corruption. J'étais émerveillé! ou plutôt indigné! Les deux élégants qui étaient avec la jeune personne de ma connaissance, ne paraissaient pas des fats du premier ordre; on ne pouvait les mettre qu'au second rang, ou peut-être au troisième. Aussi la petite coquette parut-elle les traiter avec indifférence; elle donnait toute son attention aux efféminés. L'amant fut blessé de la conduite de sa belle : il se fâcha. Les efféminés qui voltigeaient, s'en aperçurent, et comme la jolie Virginie était un objet neuf, ils l'environnèrent. Elle fut comblée, la jeune folle! Alors l'amant, petit élève de Saint-Côme[3], outré de jalousie, se précipita au milieu des hommes-femmes, comme un nouvel Énée parmi les Ombres guiorantes [4], et les écarta de droite et de gauche, avec autant de facilité, que si leurs corps n'eussent été qu'une vapeur légère. Ils ne se fâchèrent pas ; ils riaient blanc, et si fadement, que je m'en sentis le cœur attiédi. Cependant le jeune carabin s'était saisi de la main de sa maîtresse, et la voulait emmener. Elle résista, et mit quelque dignité dans sa défense. Le jeune homme, secondé par son camarade, voulut employer la force. Je m'approchai pour lors. Virginie, en me voyant, fut confondue. Elle dit aux jeunes gens, qu'elle ne les connaissait pas, et qu'elle était venue au bal avec son oncle (en me montrant). Je ne crus pas devoir contredire ce mensonge : le carabin intimidé, se retira doucement, avec son camarade, et ils allèrent se placer dans un coin de la salle. Je fis alors entendre à Virginie, qu'elle était obligée de s'en venir avec moi, sur-le-champ, de peur de se déshonorer tout à fait. Elle me demanda une seule contredanse, que je lui laissai danser. Mais pendant ce temps, j'envoyai chercher sa mère, qui soupait en ville tout à côté, dans la rue Mazarine. Elle arriva, comme Virginie finissait. Elle rougit, elle pâlit, en voyant sa fille. Virginie revint à moi vivement, et me remercia, dans les termes les plus flatteurs, de la complaisance que j'avais eue de la mener au bal. — J'étais sortie sur la porte (dit-elle), pour voir les masques ; Monsieur passait. J'ai fait deux pas avec lui, pour mieux voir, et nous avons suivi les masques jusqu'ici-. On s'en retourna sur-le-champ. Mais en chemin, je dis la vérité à la mère, et cette pauvre femme versa des larmes. On verra reparaître cette Virginie.

Trente-quatrième Nuit.

LE GARÇON EN FILLE.

Le lendemain soir était le Mardi gras. Je devais souper avec la Marquise, dans son appartement, en présence de sa femme de chambre, et des deux jeunes Demerup, qui avaient une petite table pour elles trois. Je voulais arriver de bonne heure : mais le hasard en disposa autrement.

J'avais pris par la rue Saint-Honoré. Au coin de celle de Champ-Fleuri, je vis un petit groupe de monde. Je m'approchai. C'était une sorte de jeune fille d'environ seize ans, dont on admirait la gentillesse. Je fus surpris de sa beauté douce et naïve. Je l'abordai, pour lui demander, ce qui la faisait remarquer? Elle me sourit, et rien au monde de si charmant que son sourire. Je ne savais que penser, lorsque l'enfant, sans parler, leva ses jupes, et montra ses culottes. Je compris alors, que c'était un petit garçon, qui s'amusait d'une manière peu convenable : ceci devrait bien engager notre police à défendre les mascarades de toute espèce, et jusqu'au délire du Carnaval. Je fis quelques représentations à l'enfant. Tandis que je lui parlais, un carrosse bourgeois s'arrête : celui qui était dedans met la tête à la portière et s'informe : on lui présente le petit garçon. — Il n'est pas possible ! s'écrie-t-il, c'est une fille !... Parbleu ! je veux m'en assurer-. Le petit garçon veut fuir. Deux laquais l'arrêtent : on le met dans la voiture... Je tire le voile sur les suites de cette histoire horrible... Qu'il suffise de savoir que cet enfant est aujourd'hui un efféminé, qu'il occupe une place au*** ; que cette funeste aventure a causé, outre la perte de ses mœurs, le désespoir de ses parents [1].

[...]

Trente-neuvième Nuit.

LES FEMMES PAR QUARTIER [1].

— Vous variez toujours vos récits (me dit la Marquise, lorsque je fus arrivé chez elle). Ne voyez-vous donc jamais les mêmes choses ? — Pardonnez-moi, lui répondis-je ; mais alors je ne vous en parle pas. Ainsi je ne puis vous taire ma découverte de ce soir, parce qu'elle est neuve. Je crois en vérité, que toutes les coutumes des peuples, dont les voyageurs parlent comme fort extraordinaires, se trouvent dans le royaume, et même à Paris ! J'ai entendu parler d'un certain usage de je ne sais quels Tartares, chez lesquels le mari change avec un autre de femme, de ménage et d'enfants : de sorte que, par ce moyen, les hommes de ce pays, lorsqu'ils se déplacent, arrivent toujours chez eux. Il existe aujourd'hui une société de quatre hommes à Paris, qui demeurent dans quatre quartiers différents, l'un au faubourg Saint-Honoré, l'autre au faubourg Saint-Marcel, près les nouveaux boulevards projetés ; un troisième au faubourg Saint-Antoine, près la rue de la Raquette ; enfin le quatrième près la Courtille [2]. Cette société ne ressemble pas tout à fait aux Tartares, mais elle a un régime approchant.

En sortant ce soir, j'ai rencontré un homme de ma connaissance, appelé Pascal, que j'ai connu peu fortuné, mais qui est devenu très riche. Il donnait la main à une jolie personne, pour monter en voiture. J'ai été charmé de son double bonheur. Je ne sais s'il m'a vu ; mais il ne m'a rien dit ; et vous savez, Madame, que ce n'est jamais au pauvre à saluer le riche le premier, ni même à lui adresser la parole. Tandis que je considérais le bonheur de Pascal, je me suis senti toucher sur le bras. C'était par une dame Sellier, ancienne femme de chambre de la Princesse d'Épinoi ; auparavant, et dans sa première jeunesse, riche, jolie, heureuse ; aujourd'hui, dans sa vieillesse, pauvre, laide, et réduite à faire une des cuisines publiques de cette capitale, où l'on mange à quatre sous. — Vous regardez là bien attentivement votre ancien camarade ! Oui, madame ; je me réjouis de son bonheur. — Savez-vous ? Savez-vous ? — Je ne sais rien. — Vous allez dire, qu'à présent que me voilà vieille femme, j'aime à jaser, à médire : et vous aurez raison. Jeune et jolie, on a bien autre chose à faire qu'à parler des autres ! pour peu qu'on ait de prudence, on ne médit pas ; on sent qu'on aura besoin d'indulgence. Et puis, on a une certaine bonté, que donne le contentement. On est toujours de belle humeur ; parce que tout le monde vous prévient, et vous fait politesse ; on voit tout du beau côté. Mais à mon âge, avec ma pauvre figure enlaidie, et ces habits, qui ne la relèvent pas, on est méprisé de tout le monde ; on est de mauvaise humeur, on voit tout en laid ; on n'a plus besoin d'indulgence, et l'on n'en a pour personne. La première idée de la méchanceté des diables vous est venue d'une femme bien laide, autrefois jolie : on voudrait salir ce que les autres admirent ; on se venge du bonheur de la jeunesse, en la dénigrant ; on crache au visage du bonheur, parce qu'on n'a plus l'espérance qu'il vienne à nous, et si l'on accueille encore le plaisir, c'est celui des vilaines âmes, celui de ce Frelon[3], dont on dit tant de mal, celui des sots qui rient à la mauvaise comédie, des tours fait à un père, à une mère, à un oncle ; celui d'un gueux, qui éclabousse une femme bien mise, ou qui voit son carrosse verser dans la fange. Tel est, mon cher Monsieur, celui que je vais goûter avec vous ce soir, si vous voulez me donner un moment. Vous le devez : car vous vous rappelez sans doute, qu'à votre arrivée à Paris, il y a quinze ans, j'étais encore passable, et que vous me fîtes un doigt de cour. Je ne fus pas cruelle, vous le savez : j'aimais à former la jeunesse, et si vous n'avez pas été heureux, ce ne fut brin ma faute[4]. Ainsi je ne suis pas scrupuleuse. Cela doit vous faire voir, que ce que je vais vous dire, est purement l'effet de ma vieillesse, de ma laideur et de la méchanceté qui en est la suite : je ne puis voir les heureux, sans en mal parler : mais par un reste de principes, je ne calomnie pas, je ne fais que médire.

Pascal, votre ancienne connaissance (car je ne dirai pas votre ancien ami, s'il l'avait été, il le serait encore), Pascal est devenu riche, par des moyens qui n'auraient pas été de votre goût. Il s'est associé avec quatre autres, tant pour les affaires, que pour tout le reste. Mais c'est le reste qui est singulier ! Imaginez-vous que ces drôles-là, profitant de l'obscurité de leur nom, quoiqu'ils aient une aisance de seigneurs, ont voulu être plus heureux que les grands, plus honorés qu'eux. Et voici comment. Ils ont choisi, dans la bourgeoisie commune, quatre jolies filles, honnêtement élevées, qui leur plussent également à tous quatre ; ils les ont épousées, en tirant au sort ; ils ont ensuite tourné l'esprit de leurs femmes avec adresse, car on est facile à séduire, entre 16 à 18 ans, et ils leur ont si bien doré la pilule, qu'ils les ont fait consentir, au bout de trois mois, non pas à recevoir chez elles un des amis pour mari pendant trois autres mois, mais à les aller passer chez lui. Voilà trois ans que cela dure, et pendant l'année chacun de ces messieurs a les quatre femmes, trois mois chacune.

C'est par un effet du hasard et de mon expérience de ce qui se passe dans le monde, que j'ai su cela. Je connais Pascal, et beaucoup ! vous le savez ? Avant sa fortune, et dans le temps qu'il la commençait obscurément, il avait un autre arrangement, mais pour de ces filles entretenues du commun, comme il en est tant à Paris, qui font métier de vivre aujourd'hui avec un homme, demain avec un autre. Il s'était de même associé avec quatre de ses camarades clandestins, et ils changeaient tous les trois mois. Quand il a été marié, j'ai tout su par une de ces filles-là, qui m'a dit : — Je le connais ; il ne pourra garder sa femme, et je l'attends au bout des trois mois, s'il va jusque-là-. Elle le guettait donc. Mais elle eut un pied-de-nez, quand elle lui vit une autre jolie femme, fraîche, brillante, honnête. Elle ne sut que penser, et vint me conter cela. Je fis mes informations moi-même. Je découvris tout, parce que je ne suis pas une sotte, et que mes habits, mon air, et le reste... me font regarder comme sans conséquence. Vous pouvez vous assurer du vrai. Ils sont quatre : ils changent de femmes tous les trois mois, et ils prétendent, que c'est par un bon motif, qu'ils

préviennent par quatre changements secrets, et sans scandale, mille aventures ruineuses et déshonorantes-.
[...]

Quarantième Nuit.

[...]

LA PORTE CROCHETÉE.

Je passai par l'ancienne et gothique rue de la Barillerie[1], en m'en revenant. J'allais la quitter, pour prendre celle de la Vieille-Draperie, que les Parisiens regardaient autrefois comme leur belle rue, lorsque j'entendis un bruit sourd du côté du pont Saint-Michel. Je m'avançai, mais avec précaution. Près la rue de la Calandre, le bruit s'éclaircit : une porte de maison était entr'ouverte : deux hommes de mauvaise mine, dont je n'étais pas encore aperçu, paraissaient faire le guet aux deux angles. Je ne pouvais approcher, sans être vu. Je me tins coi un instant. Je vis alors deux autres hommes sortir chargés, marcher à l'ombre des maisons, et au moindre bruit, entrer dans les allées à secret. Je ne pus douter que ce ne fussent des voleurs : mais je n'étais pas assez fort, et je ne pouvais aller au corps de garde du Marché-Palu, qu'en passant devant eux. Je marchai bruyamment. Aussitôt, sentinelles et voleurs tout disparut, comme s'ils se fussent enfoncés sous la terre. Je sentais bien qu'ils étaient entrés dans des allées à secret; mais sonder les portes n'était pas sûr pour moi. Je frappai à grands coups à la porte des volés, qui s'éveillèrent avec peine. Jamais ils n'avaient eu pareil assoupissement. La raison en était simple; mais ils l'ignoraient, et je ne la sus qu'après les avoir quittés. Ils firent de grandes lamentations; ils appelèrent les voisins. Je dis ce que j'avais vu. Une servante de la maison volée souffla aux oreilles de ses maîtres, que je pourrais bien être un des voleurs. On lui dit, que cela n'était pas vraisemblable, et qu'aucune raison, étant inconnu, ne m'obligeait à demeurer, après avoir frappé. Je donnai ma demeure, et je me retirai. Mais on me suivit, et je m'en aperçus. Je voulus voir si je pourrais échapper à mes espions. Je marchai vite, et parvenu vis-à-vis une allée dont je savais le secret, je m'y jetai tout d'un coup; puis j'écoutai. — Il est fondu ici comme un fantôme-! (disait-on). Mais on passa. Tandis que j'étais là, quelqu'un remua auprès de moi, me toucha, et me dit tout bas : — Ma foi, tu as bien fait d'entrer! Ils te tenaient. Mais si on venait à la porte, je connais les aîtres[2], et tu n'aurais qu'à me suivre-. Je répondis plus bas encore : — C'est la fille qui est cause qu'on m'a poursuivi. — Est-ce qu'elle est soupçonnée-? A ce mot, j'eus le premier soupçon moi-même. — Oui, oui. — Ah! il faut se mettre en sûreté! — Elle avait du laudanum (ajoutai-je). — Non, c'est de l'opium qu'elle a mis dans le vin-! Instruit, je sentis le danger de la compagnie que j'avais. — J'entendis marcher plusieurs personnes, et sans m'inquiéter que ce fussent ceux qui m'avaient poursuivi, j'ouvris subitement la porte de l'allée, et je sortis. Le voleur sortit aussi, et se trouva au milieu de tous ses camarades. L'obscurité me sauva. Je demeurai un peu en arrière, et je m'échappai. Je courus au corps de garde de la place Maubert; mais je ne vis pas déboucher les voleurs par la rue de la Bûcherie, ni par la rue Galande. J'ai toujours présumé depuis, que c'étaient des habitants du bout de la première de ces deux rues, ou de celle des Trois-Portes. Je fis ma déclaration au corps de garde, et j'allai me coucher.

Le lendemain matin, on vint chez moi. J'ouvris. On me demanda, pourquoi je m'étais enfui si vite la nuit, à tel endroit? Je rendis compte de mes motifs, et de ce que j'avais entendu, excepté ce qui regardait la fille. Je remis au soir. On s'était informé de moi, et grâce à mon voisinage, on ne me fit point arrêter.

[...]

Quarante-huitième Nuit.

[...]

L'ÉCHELLE DE CORDE.

En sortant de l'hôtel, je pris la rue Saint-Louis, celle Boucherat[1], et j'allai sur les boulevards, dans la résolution de revenir chez moi, en suivant dans toute sa longueur la rue Saint-Denis. Il était deux heures. Près de l'église du Sépulcre[2], j'aperçus quelque chose à l'ombre. Je m'approche. C'était une échelle de corde, apposée contre le mur entre deux auvents. Le haut tenait à une fenêtre d'escalier au second. J'admirai comment les amoureux s'exposaient à se casser le cou. J'étais fort tenté d'y monter! mais après une légère tentative, de sérieuses réflexions, occasionnées par la dureté du pavé, me retinrent dans les bornes de la discrétion. Je sentis néanmoins que si j'avais été amoureux, j'en aurais fait la folie. Pendant que toutes ces idées m'occupaient, je vis l'échelle s'agiter. Je me mis prudemment à l'écart. On sortait par la fenêtre de l'escalier. Une femme conduisait des yeux le téméraire, qui parvint lentement sur le carreau. La jeune personne lui envoya plusieurs baisers napolitains[3] et retira l'échelle, dont elle resta dépositaire, sans doute parce que ce n'était pas la dernière fois qu'on devait en faire usage.

J'étais fort curieux de connaître le personnage assez amoureux, pour courir un si grand danger, et à part moi, je disais : — Il faut que ce soit un oisif ; car les hommes occupés font un peu plus de cas de leurs jours utiles. Il marcha ; je le suivis. A l'entrée de la rue Aubry-le-Boucher était un cabriolet, gardé par un jockey[4] : l'amoureux y monta, et partit comme l'éclair, éveillant, dans sa route, par un bruit de tonnerre, tous les pauvres malades qui commençaient à s'endormir... J'ai toujours été surpris, que la police moderne donnât si peu d'attention à la tranquillité nocturne des citadins. Des gens du peuple crient, chantent impunément ; des chiens hurlent, aboient ; des fiacres pesants, des chars rapides ébranlent au milieu de la nuit les maisons et les cerveaux. Il me semble, que dans un pays bien réglé, le repos des gens de travail devrait être respecté ; qu'il devrait être défendu aux oisifs, aux libertins, aux soupeurs en ville, et surtout aux chiens, de le troubler... Mais nous ne verrons pas cela.

Je ne pus suivre le cabriolet, quoique je courusse de toutes mes forces. Mais j'entendais de loin le bruit unique qu'il faisait. Ainsi je continuai de courir. Heureusement, on fut quelque temps à ouvrir. J'approchais, lorsqu'il entra dans la cour. J'étais arrivé, lorsqu'on le rangea, et qu'on détela le cheval : la lumière, la marche du jockey, qui achevait de tout serrer, m'indiquèrent suffisamment la maison. Je la remarquai bien (il n'y avait pas encore de n°)[5], et je me retirai.

Quarante-neuvième Nuit.

SUITE DE L'ÉCHELLLE DE CORDE.

Dans la journée, j'avais été reconnaître la porte du grimpeur, et je m'étais informé de son nom. C'était le fils d'un homme de finance très riche. Il ne s'agissait plus que de savoir qui était la jeune personne de la rue Saint-Denis. J'y étais allé. Je m'étais informé à une espèce de fruitière, qui m'avait appris ce que je voulais savoir.

[...]

Je sortis à une heure. En m'en revenant, je ne manquai pas d'aller par les rues Saint-Louis et Boucherat. A la porte de l'hôtel, où le cabriolet était rentré la veille, je vis le jeune homme en sortir. Il partit lestement. Je le laissai courir. Mais comme je m'y étais attendu, je trouvai le cabriolet arrêté dans la rue Aubry-le-Boucher. Je cherchai des yeux l'échelle de corde, et je ne trouvai rien. En effet, on devait la retirer, pour ne la jeter qu'à l'instant du départ. Je

m'assis sous le portail de l'église du Sépulcre, et
j'attendis. Le guet passa, et m'aperçut. — Que faites-
vous là-? me dit fort durement le caporal. Je répondis,
que j'attendais quelqu'un, et qu'on ne devait pas
tarder. L'escouade m'examina, et me laissa. L'idée
m'était venue de leur dire, d'attendre avec moi. Mais
la réflexion, que je pouvais perdre d'honneur une
imprudente, m'arrêta, et me fit changer d'avis. Je
présumai que de longtemps il ne passerait d'escouade,
et je pris ma résolution, dans le cas où l'on mettrait
l'échelle quelque temps avant de s'y confier. Ce fut ce
qui arriva au bout d'un quart d'heure, après que le
jeune homme eut attentivement regardé dans la rue. Il
allait descendre. Il rentra. Je ne vis plus de lumière
dans la pièce de devant : la curiosité l'emporta sur la
prudence. Je montai. J'exposais ma vie, de plusieurs
manières ; je le sentais ; et un pouvoir plus fort que tout
au monde me faisait avancer péniblement vers le but.
Arrivé à la fenêtre, j'hésitai si j'entrerais : c'était une
plus grande imprudence encore : mais enfin une
réflexion m'y détermina. Je songeai que le jeune
homme était seul, et qu'un roi, seul, n'est pas plus fort
qu'un autre homme. Il pouvait avoir des pistolets ;
mais cette idée ne me vint pas. J'entrai donc. Je retirai
l'échelle de corde, et je la cachai : ensuite, je m'approchai de la porte d'un cabinet, où les deux amants
étaient fort occupés. Ils parlèrent enfin. — Mon ami !
laisse-moi ! Si tu restes plus longtemps, tu feras naître
des soupçons. — Ce n'est que la seconde fois, que je
sors la nuit, et j'ai donné des raisons. Ton odieux mari
doit revenir demain... Est-il possible, que tu n'aies pas
eu assez de confiance en moi, pour me confier ton
bonheur ! — J'ignorais la force de mon amour ! Je ne

l'ai sentie, qu'après le sacrifice !... Je ne t'ai pas confié le soin de mon bonheur !... et je t'abandonne ma réputation, ma sûreté, mon honneur !... Au-dessous de toi, par la naissance, je t'aurais fait faire un mauvais mariage. Je l'ai fait, moi, ce mauvais mariage ; je me suis immolée... Mon mari ne recevra qu'une injure, celle que je lui fais depuis hier. Je devais les prémices à l'amour. Il les a reçues ; il ne les a point ravies. A présent, que j'ai satisfait mon cœur, je vais obéir au devoir. Je prouverai à ma pieuse tante, qu'une dévote, avec la passion que j'ai dans le cœur, serait perdue à jamais, et qu'une élève de philosophe sait tout accorder, l'amour et le devoir... Oui, mon ami, l'amour a cueilli la fleur : mais le reste est à l'hymen. Je m'attacherai à mon mari, comme compagne, je le seconderai dans ses affaires ; il se louera de moi. Je n'aurai point de remords de ce que je t'ai accordé ; je me devais quelque chose. J'aurais commis un crime, si ma faiblesse, ou mon indulgence pour moi-même avait des suites : mais elle n'en aura pas... Du moins de celles qui troublent le ménage. Si tu m'as rendue mère, il ne le saura pas ; et il ne sera pas malheureux. Et moi... j'adorerai mon amant dans ce gage précieux de sa tendresse. Adieu, adieu pour jamais, idole de mon cœur ! Je ne serai pas malheureuse : l'idée que tu emportes ce que j'ai de plus précieux, me sera toujours présente ; et elle me consolera toujours... Adieu ! Adieu ! ne diffère plus. — Pour jamais !... (répéta l'amant avec concentration). — Oui ; si je te voyais une seule fois, après le retour de mon mari, après que je serai devenue sa femme tout à fait, je serais criminelle... Adieu ! — Un moment ! je ne puis quitter si vite... ce que je perds pour toujours... Car je te connais : tu n'es femme que par les charmes; tu es un homme pour la fermeté; toute ta conduite me montre ce que j'ai perdu!... Un moment! — Non, et je ne céderai plus. Il faut partir. L'heure où j'ai résolu de devenir mad. L. v. q. e. est arrivée. Je l'ai suspendue. Je ne veux plus la suspendre; je ne le dois plus?... Dans un instant, je ne serai plus ton amante. Quitte-moi, avant ce moment fatal-!... L'amant se mit à ses genoux : — Suspens! suspens ce moment cruel! ô femme forte! ou je meurs de douleur à tes pieds! — Je ne le suspendrai pas... Ô mon ami! laisse-moi!... Et l'échelle-...

A ce mot, l'amant ouvrit la porte, et courut à la fenêtre. Je m'étais jeté derrière un lit : il ne me vit pas. — L'échelle! l'échelle! (s'écria-t-il). On l'a retirée. — Mon ami (dit la jeune personne), cela est impossible. On ne peut entrer ici que par ma chambre. — La voilà! (reprit l'amant); elle a été retirée-. Et il la remit. — Tu l'as retirée, et tu ne t'en souviens plus. — Oui, je vois qu'il faut que je l'aie retirée... Mon trouble est extrême auprès de toi : j'oublie tout, je m'oublie moi-même; je ne vois que ma déesse... Ne m'oublie pas! — Va, je ferai mon devoir : mais rappelle-toi la mort de Julie[1]... Ce sera la mienne... Adieu-.

L'amant descendit. L'amante le conduisit des yeux, et retira l'échelle. J'entendis rouler la voiture. Elle passa sous les fenêtres, et je vis fondre en larmes la femme prétendue forte. Elle était accablée; les sanglots l'étouffaient. Elle s'évanouit presque. Je pris ce moment, pour sortir de ma cachette, et je vins à son secours. En reprenant ses esprits, elle se jeta dans mes bras, puis elle me repoussa. — Comment es-tu rentré-! Elle revint encore à moi : — Ne profanez pas les baisers de l'amour! (lui dis-je); ce n'est pas votre amant-. Au son de ma voix, elle demeura interdite. Elle leva les yeux, me regarda; mais elle ne s'écria point. — Écoutez-moi (repris-je), et ne dites pas un mot, que je ne me sois expliqué-. Je lui racontai tout ce que j'avais fait; comment j'étais monté; ce que j'avais entendu : je lui découvris ce que j'étais; je lui parlai de la Marquise, pour moi l'image de la divinité. Enfin je lui témoignai de l'estime : je lui dis, qu'elle avait du caractère, et ce qu'on nomme de la vertu, malgré sa faiblesse.

— Je vous ai écouté, me dit-elle; vous l'aviez exigé : mais la surprise que vous venez de me causer, ne m'aurait pas permis de vous interrompre. Vous ne cacherez rien à la Marquise? — Non : mais... c'est pour vous obliger : c'est un appui que je donne à votre force sur vous-même, plutôt qu'à votre faiblesse... Adieu, madame. Je sens qu'il n'est pas décent que je reste plus longtemps avec vous-. En ce moment, le cabriolet repassa, il s'arrêta un instant, et nous entendîmes un cri douloureux. La jeune dame pâlit. — Si vous pensez juste, (lui dis-je) ce cri de douleur doit vous fortifier. Soyez digne, par votre force sur vous-même, d'un homme vraiment tendre-! Elle sourit légèrement. — Vous ne pouvez sortir (ajouta-t-elle) : Jugez! s'il vous voyait descendre! Il vous tuerait! et quelle idée il prendrait ensuite!... — Observez que nous entendrons revenir la voiture. — Et s'il était descendu! qu'il fût à l'écart-! Cette observation m'arrêta. Nous causâmes quelque temps. Je ne parlai que de la Marquise, et de la manière dont je l'avais connue. La jeune dame avait raison. La voiture revint. Je conseillai d'ôter la lumière de la pièce de devant, et nous vîmes le jeune homme remonter dans son cabriolet. Il s'éloigna rapidement. Je descendis un instant après. J'étais à peine à terre, qu'il passa des gens qui allaient à la Halle. L'échelle de corde ne fut pas retirée, mais jetée, comme il avait été convenu : je la ramassai, je l'emportai. Je l'ai gardée jusqu'en 1776, que j'en fis présent à l'infortuné Mairobert[2]. Il était cinq heures lorsque je rentrai chez moi.

Je dormis jusqu'à 9 heures, je rédigeai le trait que je viens de raconter, et je m'occupai de la morale des anciens Égyptiens, qui devaient être le sujet de notre lecture la nuit suivante.

Cinquante-deuxième Nuit.

[...]

[LA MORALE DES ÉGYPTIENS.]

LA PROPRIÉTÉ[1].

Personne, dans l'état de société, n'est propriétaire exclusif de son bien, de ses talents, de sa vertu, de sa beauté, de sa force, de ses lumières. Par le pacte social, il a mis tout cela en commun : les maux, les abus, les vices ne viennent que de l'idée mal digérée qu'ont les hommes, qu'ils sont propriétaires de quelque chose, dans l'état de sociabilité. On ne peut donner et retenir. Voyez les sociétés d'animaux vivant en commun, telles que celles des castors et des abeilles ; nous pouvons les prendre pour modèles, malgré notre raison ; parce que les animaux paraissent dirigés par une vue droite et unique. Ce n'est pas que leur instinct soit plus sûr que notre raison : mais ils sont bornés ; ils ne voient qu'une chose, et n'en sont jamais détournés. Les hommes au contraire ont une foule d'intérêts opposés, qui se croisent : voilà ce qui nous fait déraisonner. Avec notre raison, nous ferions mieux que tous les animaux, si nous l'écoutions sans distraction.

— Voilà une idée lumineuse ! (dit Épiménide) ; elle ne m'était pas encore venue ! et j'ai souvent admiré la sûreté de l'instinct, tandis que j'étais affligé de l'insuffisance de notre raison.

— Comme je vous le disais (reprit Psammès), examinez les animaux vivant en société : personne, dans ces républiques, ne possède rien exclusivement ; tout est à tous ; c'est une admirable fraternité. J'ai quelquefois examiné les castors, qui commencent à disparaître du Nil, les abeilles, les fourmis, avec un plaisir attendrissant : j'enviais leur sort ! Mais revenons... Tout le mal qui existe dans le monde vient de la propriété. C'est mal à propos qu'on la croit utile, pour donner aux hommes de l'énergie ; il est d'autres moyens à lui substituer, et qui sont moins dangereux. Beaucoup d'Égyptiens parlent encore aujourd'hui avec horreur d'un ancien ministre qu'eurent autrefois les Parohs, petits rois de la Basse-Égypte. Ce ministre, par sa prudence, avait amassé, à vil prix, les grains dont on ne savait que faire, pendant plusieurs années consécutives de fertilité, pour le vendre très cher, durant une famine qui succéda. Il dépouilla, dit-on, les sujets de toutes leurs propriétés, qu'ils cédèrent au roi, lequel par là devint le seul propriétaire. Pour moi, loin de blâmer ce ministre, je le loue ; il s'acheminait vers la réforme que je désire ; il mettait toutes les terres en commun ; puisque le roi ne pouvait que les donner à cultiver au peuple, à des conditions égales, et que ces conditions devaient tenir lieu de l'impôt, pour la défense du pays, les ouvrages publics, et le reste. Heureuse l'Égypte, si elle était restée dans l'état où l'on prétend que l'avait mise l'Hébreu Joussouph[2] ! Mais, hélas ! bientôt la propriété particulière est revenue, avec tous ses abus ! Elle a de nouveau isolé les hommes ; elle a produit l'ambition, l'orgueil, l'avarice, le vol, l'assassinat, la séduction de la femme et de la fille du pauvre ; c'est-à-dire, qu'elle a tout perdu[3].

[...]

LES PASSIONS.

Un point important de la morale de nos sages, c'est l'usage des passions. Nous ne pensons pas, comme les Gymnosophistes[4] indiens, qu'il faut les anéantir, mais les surveiller, les régler, sans néanmoins y apporter trop de contention. La base de toutes les passions, c'est la sensibilité, qui s'exerce par deux passions principales, l'*amour*, la *haine*, l'*appétit*, la *répulsion*. Nos sages ont fait, sur deux colonnes, la liste des passions, à la tête de l'une est le mot *agréable* : *pénible* se trouve à la tête de l'autre. Nos affections ainsi classées, se montent à près de trois cents nuances, dont je vous donnerai la liste[5].

Les passions sont les effets de la sensibilité, la sensibilité elle-même, modifiée de toutes les manières possibles. Lorsqu'une passion s'élève, nos sages nous enseignent, non à l'empêcher de troubler l'équilibre, puisque par là, nous resterions dans un éternel et mortel repos, mais à prévenir l'excès. Ainsi, nous ne condamnons pas la colère ; c'est un mouvement naturel, que la Nature nous a donné dans sa sagesse ; mais nous empêchons que la colère ne nous fasse faire des actions mauvaises et irréparables. Nous disons à nos élèves : la colère est bonne, puisqu'elle est un puissant ressort de la Nature, pour repousser votre destruction. Mais, si vous vous y abandonnez, au point de blesser, ou de tuer, vous faites un acte mauvais pour les autres, et nuisible pour vous-même. La jalousie est bonne ; elle est donnée par la Nature, comme un ressort ajouté à l'amour, afin de contribuer à la propagation : mais si la jalousie vous fait poignarder votre femme, elle est mauvaise, et va contre le but de la Nature, qui ne vous l'a donnée, que pour écarter vos rivaux, et vous faire travailler à vous rendre plus aimable qu'eux. L'envie est bonne ; c'est un sentiment de douleur très naturel, de compassion pour nous-mêmes, d'irritation secrète, en voyant la prospérité d'autrui : mais si ce sentiment, que la Nature a aussi donné au singe, ne nous porte pas à imiter, pour égaler, et qu'il nous fasse uniquement sécher de douleur, ou haïr l'heureux, en cherchant à le rabaisser, l'envie est nuisible, il faut la réprimer, et réduire l'envie à n'être qu'émulation. L'appétit charnel est bon, excellent ; mais s'il nous porte à faire des excès destructifs, au viol, à la crapuleuse débauche, à la prostitution, il est le plus infâme des vices. La haine est bonne ; c'est un sentiment qui nous éloigne du mal, et de l'objet qui peut nous en faire : mais s'il nous portait à détester les hommes, à leur faire du mal, alors il nous perdrait nous-mêmes, en perdant les autres. L'amour, l'affection, ce que vous nommez la philanthropie, est un bien sans doute ; mais on peut en abuser, en aimant des objets ou des choses pernicieuses, et faire un très grand mal ! On peut faire beaucoup de mal, en voulant être très bon ; tel serait un roi, qui voudrait rendre heureux tous ceux qui l'environnent, en les comblant de biens et de pouvoir. Il ne pourrait leur donner des biens qu'aux dépens de son peuple, et du pouvoir, qu'en dégradant plusieurs de ses sujets à être esclaves. Un roi qui veut être bon, ne le peut, qu'en rendant tous ses sujets également participants de sa bonne volonté... Je ne passerai pas en revue les autres passions ; mais je vais vous exposer une idée de nos prêtres qui éclaircit encore cette importante matière.

L'homme a toutes les passions des animaux, au même degré de force. Au lieu, que dans les derniers, telle passion est prédominante. Je vais vous détailler cette idée.

Le tigre a bien une partie des passions, comme l'appétit amoureux, la cruelle avidité, la ruse, et le reste ; mais après l'appétit amoureux, ou plutôt, en concurrence avec lui, l'avidité cruelle est sa passion prédominante, et il la sent avec une force inconcevable. Le lion a en outre le sentiment de sa puissance, la fierté ; l'hyène, plus faible que le tigre, a la cruauté plus basse encore. Le loup est couard et bassement vorace ; le renard est moins bas, plus alerte, va plus à découvert, quoique plus faible, et il a moins d'intelligence. L'ours est une espèce de singe grossier, mais très intelligent, qui a la colère, la réflexion, la vengeance raisonnée. Le singe a particulièrement la passion de l'émulation et de l'imitation, la malice qui est autre que la méchanceté ; il ressemble beaucoup à l'homme par les passions ! autant qu'il en approche par la figure. Le chien a pour passion principale, dans l'état de domesticité, la flatterie, l'attachement, la fidélité. L'éléphant, grand et puissant animal, a toutes les passions précédentes, excepté l'imitation du singe ; mais il a de plus que ce dernier, la pudeur. Le castor a le raisonnement, l'entente, l'esprit et le goût de société, et il est destitué des passions qui peuvent le faire en mésuser. La brebis et le lièvre ont la crainte et la terreur au plus haut degré.

Il n'est donc pas une passion qui ne soit dominante, dans quelques-uns des animaux ; et cette passion les absorbe, obture leur entendement, le raisonnement, la réflexion. Au lieu que dans l'homme, toutes les passions sont mutuellement dans un juste équilibre ; à moins que volontairement, ou par faiblesse de constitution, il ne se ravale à la condition des brutes[6], en se laissant dominer par une passion unique, qui détruit l'équilibre. La brute n'est pas maîtresse d'être raisonnable : la passion prédominante, la domine nécessairement ; et c'est ce que dans le langage ordinaire, on nomme l'instinct. Si la brute, toute brute qu'elle est, avait les secours des hommes, c'est-à-dire, la parole, les instructions d'autrui, l'expérience écrite, et le reste, elle pourrait quelquefois surmonter sa passion prédominante ; et alors le tigre pourrait devenir doux, à un certain point : mais chaque individu est abandonné à lui-même, et n'a que ses propres sensations. Et il le faut bien, pour que l'espèce qui tient le sceptre, l'homme, puisse le conserver ; car si les éléphants raisonnaient comme nous, il y a longtemps qu'ils auraient détruit, ou asservi l'espèce humaine[7] !

Mais nos sages agitent une autre question. Est-ce la conformation des brutes, qui fait qu'elles ont une passion prédominante ? Est-ce par un effet de leur organisation, qu'elles n'ont pas un langage communicatif, et la faculté de se transmettre leur expérience individuelle, comme les hommes se la donnent les uns aux autres ? Quelques Shotim[8] disent, que c'est par un effet de l'organisation intérieure des animaux, et ils pensent, que si l'homme était détruit, il se retrouverait une sorte d'égalité sur la terre entre toutes les espèces. Les Shoen, qui sont d'autres prêtres, soutiennent au contraire, que si l'espèce humaine était détruite, le modérateur de l'animalité n'existant plus, la plus perfectible[9] des autres espèces cessant d'être abâtardie et réprimée, parviendrait petit à petit au raisonnement, au langage communicatif, aux métiers, aux arts. Les animalistes prétendent que, dans ce cas, les carnivores, non réprimés, se multiplieraient prodigieusement, et finiraient par détruire tous les herbivores, après quoi ils périraient eux-mêmes. Mais les matiéristes[10] se moquent de ce dernier sentiment ; ils disent, qu'il y aurait toujours équilibre, que les carnivores diminueraient à proportion des herbivores, et qu'ils suivraient ainsi la même gradation, le nombre des dévoreurs ne pouvant jamais être que le millième environ des individus à dévorer... Je reviens aux passions.

L'homme les a toutes, dans une sorte d'égalité ; l'une sert de contrepoids à l'autre. Cependant, pour se déterminer à l'action, il faut, non pas qu'il soit entraîné par une seule passion, comme les animaux, car alors il serait brute, mais qu'il y ait un degré d'énergie dans telle ou telle passion, occasionnée par tel ou tel objet. Plus l'homme est homme, c'est-à-dire, éloigné de se laisser emporter par une seule passion, plus il est sage, plus il est éloigné de la brute. Et plus il est faible, plus sa vue morale est courte, moins il a de pouvoir sur lui-même; et plus il est au-dessous de la brute; parce que celle-ci va machinalement, au lieu que l'homme emporté par une seule passion, a néanmoins des lumières acquises, qui le rendent plus dangereux que l'animal. Nous devinons toujours ce dernier; mais l'homme méchant et borné donne souvent le change.

L'effet de la morale, relativement aux passions, est d'aider les hommes à être hommes, en les éclairant, en les avertissant, en leur communiquant les lumières des sages. Un homme averti que tel mets est dangereux, ou s'abstient d'en manger, ou n'en prend que pour l'absolue nécessité. De même, un homme averti de la marche des passions, ne cherche pas à les détruire; il les modère à l'aide du rayon céleste de la raison; il les balance l'une par l'autre; il oppose au désir effréné de la vengeance, la crainte salutaire de la réaction de l'être trop puni : à la passion effrénée pour telle femme, les dangers physiques, moraux et civils auxquels il s'expose en la satisfaisant, la vue de la représaille sur son épouse ou sur ses filles : à la convoitise du bien d'autrui, il oppose le désir de la conservation paisible de ce qu'il possède; il a recours à la sage philosophie de la réciprocité. Car toute la science de la morale se réduit, à se comporter tellement, que les autres non seulement n'aient pas à se venger de nous, mais qu'ils soient rendus justes par notre exemple ; qu'ils soient même rendus bienveillants à notre égard, par la considération de notre philanthropie universelle.

[...]

LA FILLE OUTRAGÉE.

En m'en revenant, je fus témoin d'une horrible aventure. Voici le fait. Une jeune fille du commun, fort jolie, était recherchée en mariage par un tailleur, fils de maître, mais pauvre. Ils s'aimaient tendrement. La jeune fille, qui était brocheuse [11] travaillant chez une maîtresse, avait sa chambre, et s'entretenait, quoique son père et sa mère vécussent. Mais c'est assez l'usage à Paris, dans la classe des ouvriers, d'abandonner leurs enfants à eux-mêmes, dès qu'ils peuvent se suffire. Ainsi la jeune Victoire était sa maîtresse. Le dimanche elle allait à la promenade avec son futur, de l'agrément de son père et de sa mère. Ces jeunes gens n'auraient pu que gagner à être écoutés ; ils ne parlaient que de la manière dont ils se seconderaient mutuellement, et le reste. Un libertin, relieur de profession, et connaissance particulière du jeune amant, voyait avec des yeux jaloux un bonheur dont il n'était pas digne. Il regardait Cagnettet (c'est le nom du tailleur), comme un nigaud, et il disait quelquefois, que c'était dommage, qu'il eût... une aussi jolie fille que Victoire. Le jour du crime et du malheur, la jeune personne passa devant le méchant, qui causait avec deux ou trois semestres [12]. Elle était d'une propreté appétissante. Le relieur la salua, et elle lui rendit le salut en rougissant, mais avec un charmant sourire. Ce fut ce qui causa le mal. Le méchant interrogé par les semestres, quelle était cette jolie fille ? leur dit sa manière de penser. Plusieurs vauriens ensemble s'enhardissent au crime. Un des semestres, dit, qu'il fallait l'enganter (noble expression) ! Le méchant, leur apprit qu'elle irait sans doute à la promenade avec son Jocrisse. On fit un détestable complot. Les amants sans défiance, allèrent du côté du Clos-Payen[13]. Ils furent suivis. A la brune, comme ils s'en revenaient, ils furent abordés par le méchant, qui se montra seul. Il les engagea si fortement à entrer dans un cabaret, qu'ils y consentirent, quoiqu'avec répugnance. Le méchant tâcha de prodiguer le vin. Il fit mettre du blanc dans la carafe à l'eau ; il y mêla de l'eau-de-vie ; enfin il fit tout ce qu'il put ; mais il n'aurait pas eu grand succès, à cause de la sobriété de Victoire et de son amant, s'il n'avait employé une sorte de violence pour les retenir. La naïveté, la timidité de la jeune fille lui devinrent funestes. Elle pressait son amant de s'en aller ; mais elle n'eut pas le courage d'insister assez fermement. Elle se leva, elle sortit plusieurs fois, et le méchant la fit toujours rentrer. On resta jusqu'à dix heures. Les semestres cependant étaient entrés : mais ils s'étaient mis à une autre table. Quand on fut prêt à sortir à dix heures sonnées, les semestres cherchèrent querelle à Cagnettet. Le méchant feignit de prendre son parti. Les semestres qui craignaient une visite de leur inspecteur, sortirent ; et le méchant conseilla de rester, de peur qu'ils n'attendissent à la porte. On resta donc. Victoire était tremblante, et se promettait bien de ne plus revenir seule avec son amant. On partit à onze heures. Le méchant dit, qu'il apercevait les semestres. Il fit passer les deux amants par-derrière les chantiers.

Ce fut là, que les semestres feignirent d'attaquer Cagnettet, et que le méchant feignit encore de le défendre. Victoire effrayée, et qui, malgré elle, avait bu trop de mauvais vin, se trouva mal. Ce fut dans cet état, que les misérables abusèrent... Je tais des horreurs... A deux heures un quart, j'étais sur le pont de la Tournelle. J'entendis au loin, comme une voix plaintive. Je crus que c'était quelqu'un des malheureux destinés aux galères [14]. Cependant, j'avançai. La voix s'éloignait. J'allai toujours, et guidé par elle, j'arrivai sur la scène. C'était Cagnettet attaché, qu'on faisait taire, lorsqu'il criait fort. Il était seul en ce moment. — Ayez pitié de moi- ! (me dit-il.) Je le déliai. Il m'apprit ce qui se passait à quelques pas de nous. A cette horrible nouvelle, je m'écrie comme un furieux : — A moi ! Ici la garde- ! Ces mots firent fuir les quatre misérables, et nous trouvâmes Victoire seule, mais dans un état à faire horreur... Tous ses habits étaient déchirés ; elle était à terre les mains attachées... Nous la déliâmes, et la soutenant sous les bras, nous la conduisîmes. Arrivés à sa chambre, nous lui donnâmes des secours, et nous la mîmes au lit. Son amant resta auprès d'elle.

Le lendemain, je sortis dès le matin, pour aller la voir. Je la trouvai au désespoir : mais ni elle, ni son amant, ne voulurent porter plainte, et ils me prièrent de me taire. On me dit, dans la journée, que le méchant, que je connaissais, et les semestres, étaient disparus tous quatre.

[...]

Cinquante-septième Nuit.

[...]

L'ASSASSINÉ.

A mon retour, je marchais fièrement couvert d'un beau manteau à collet galonné. Un homme passe à côté de moi, me donne un coup dans le côté, prend le coin du manteau, en décharge mes épaules, en couvre les siennes, et court. Je fus surpris ; mais comme je suis preste à la course, j'eus bientôt rattrapé mon homme : un coup de poing sur une épaule lui fit faire une pirouette ; je pris un coin du manteau, j'en déchargeai les épaules du voleur, et j'en couvris les miennes : je le priai ensuite de ne plus s'adresser à moi ! Il parut me mesurer des yeux, et voyant de la résolution dans les miens, il s'éloigna. Je m'en revins content de moi.

Je ne sais, comme il se fit, que je passai par la rue Saint-Séverin. Vis-à-vis l'église, il me sembla, que j'entendais fuir par la petite rue des Prêtres. Je m'approchai. J'entrevis alors quelque chose sur les marches de l'église. Je voulus reconnaître ce que c'était. Je touchai... C'était un homme nageant dans son sang. Il était déjà froid, sans mouvement. Je ne sus que penser. L'horreur et l'effroi firent hérisser mes cheveux. L'homme était mort ; son cœur ne battait plus : à qui m'adresser ? que faire ? J'y réfléchissais, lorsque j'ouïs marcher. Je me retirai à l'écart, et j'entendis : — Il a eu ce qu'il mérite. Mais il ne faut pas le laisser là... On découvrirait tout. Il faut, ou le jeter à l'eau, ou bien le porter à l'amphithéâtre ; nous frapperons, et nous nous retirerons avant qu'on descende-. Ils prirent effectivement le corps, et le portèrent à la chambre de dissection de la rue de la Harpe. Ils frappèrent quatre grands coups, et se retirèrent précipitamment. Les garçons-chirurgiens[1] descendirent, et montèrent l'homme chez eux. Que dirai-je ? Ce fut un bonheur. Ils lui trouvèrent encore de la vie, et ces bons jeunes gens, qui volaient des morts quelquefois respectables, au lieu de le disséquer, firent une autre étude plus utile encore, celle de rappeler à la vie, un homme au plus bas degré, par la perte de son sang. J'ai su depuis qu'ils se cotisèrent, pour des consommés, lorsqu'il en eut besoin, et qu'ils nourrirent l'homme jusqu'à ce qu'il pût se faire connaître. Ce ne fut qu'au bout de huit jours d'une espèce de léthargie. L'homicide était un artiste célèbre, brutal et colère à l'excès, dans le vin ; son talent lui fit trouver des protecteurs : mais ils l'effrayèrent, et ce dernier attentat corrigea son caractère féroce, ou du moins l'empêcha de donner la mort.

[...]

Soixante et unième Nuit.

L'AVEUGLE ÉCLAIRÉ.

Avant d'aller chez la Marquise, je faisais toujours quelqu'excursion, afin de maintenir dans l'abondance, mon magasin d'anecdotes. Je n'étais pas amoureux de la Marquise; mais je lui étais attaché, comme à un être d'un ordre supérieur, par ses vertus, par ses charmes; et je redoutais plus qu'elle-même une rechute dans le malheureux état où je l'avais trouvée. J'allai dans le quartier, qui est comme la quintessence de l'urbanité française. Ce n'est pas la Cour, mais il vaut peut-être beaucoup mieux; car il a un ton souvent meilleur; il corrige la Cour elle-même; il lui porte la loi impérieuse de l'usage national, et la force de s'y conformer. Il la siffle, si elle ne lui plaît pas, et la force à changer. Ce quartier, qui est comme le cerveau de la capitale, c'est la rue Saint-Honoré, unie au quartier du Palais-Royal. La rue Saint-Honoré ne paraît composée que de marchands : mais il est une infinité de gens de goût dans les étages supérieurs, et surtout dans les rues adjacentes. Il est même des étrangers, qui ne vivent que là, sans y demeurer. Ils quittent le matin leur demeure, au faubourg Saint-Germain, au Marais, à la Chaussée d'Antin, et le reste, pour venir dans le beau quartier manger, faire leur partie, causer, se promener; ils ne rentrent chez eux que le soir, et ne connaissent du Marais, du faubourg Saint-Germain, ou du quartier Montmartre, que leur appartement.

Je restai jusqu'à dix heures et demie, à voir des choses, que je dois mieux voir et mieux dire, dans la suite de ces Nuits. Comme je m'en revenais, du bout de la rue de Richelieu, j'aperçus un falot[1], au coin de la rue Saint-Nicaise, qui éclairait un aveugle, assis de l'autre côté de la rue Saint-Honoré. Je croyais que c'était l'effet du hasard, lorsque j'entendis l'aveugle crier : — Suis-je bien éclairé ! — Oui, oui, répondit le falot; on vous voit comme un soleil. — Bon ! bon !... Les maraîchers commencent-ils d'arriver ? — Oui, j'ai déjà vu passer deux chevaux avec chacun deux sacs en croix. — Ont-ils donné ? — Non. — Misérable ! C'est que tu n'as pas éclairé ! Qui veux-tu qui me devine, si tu ne m'éclaires pas ?... Je vais être attentif ; je flairerai tout ce qui se passera, et à chaque maraîcher qui ne donnera rien, je rabattrai son aumône manquée, sur ce que je dois te donner. — Je les avertirai ! — Ne t'en avise pas ! notre arrangement découvert, on ne donnerait plus rien-. Le falot, qui s'était approché, s'éloigna, et dirigea la lumière sur l'aveugle. J'attendis, pour voir ce qui allait se passer.

Au bout de quelques minutes, ne voyant arriver personne, je m'approchai, pour donner une petite aumône. Je m'aperçus que l'aveugle me flairait. Il se mit à réciter quelques prières. Je passai, mais je revins. — Quel est cet homme qui vient de me donner ? — Je ne l'ai pas vu (répondit le falot.) — C'est un homme qui travaille à l'imprimerie, ou qui touche beaucoup de papiers imprimés... Il m'a donné deux liards-. Un instant après deux filles publiques s'approchèrent, et firent leur aumône, sans parler. Lorsqu'elles furent éloignées, l'aveugle dit : — Ce sont deux de ces demoiselles ! je les ai senties... Elles sont apparemment de la grande maison ? J'ai pensé leur demander, si on leur refusait l'eau ? Je n'en voudrais pas, moi, pauvre aveugle, et si[2] elles sont jeunes et gentilles ! j'aime la propreté... Voici un maraîcher ; à ta place- ! Je ne le voyais, ni ne l'entendais encore. Il arriva, et fit son aumône d'un liard, pour lequel il eut des prières. Une fille seule, qui sans doute à cause de la fraîcheur de la nuit, était enveloppée dans une pelisse bleue, et qui sortait d'une allée voisine, survint alors : — Pinolet, envoie-moi donc quelqu'un. Il y aura pour toi ; tu sais que je ne suis pas ingrate. — Oui, ma bonne demoiselle ; si je flaire quelqu'un qui ait de l'or ou de l'argent-. Elle se retira. Des joueurs quittaient l'académie[3] du coin de la rue des Bons-Enfants. Un d'eux s'approcha de l'aveugle, et lui donna une pièce. L'aveugle, au lieu de prier, l'appela : — Monsieur, avez-vous un logement ? est-il loin ? Je suis un pauvre aveugle, qui ne voit pas : mais je m'intéresse à vous. — Mon ami, je retourne à mon hôtel garni, faubourg Saint-Honoré. — C'est bien loin ! Ici près, tout à côté de l'Académie, il y a une jeune brune, si jolie, si douce, si honnête... Je ne vous l'enseignerais pas, si je ne savais combien elle est honnête et douce. Allez-y de ma part : c'est dans la première allée après le café, à la porte grillée, au second. Allez, allez-... Le jeune homme, qui avait beaucoup gagné, y alla, et je le vis entrer ; puis je revins à l'aveugle. — Je suis bien aise (disait-il au falot, qui se rapprochait souvent), d'avoir envoyé ce jeune homme à Eustoquie ; elle est bonne fille, et d'une probité !... J'ai senti que ce jeune homme était doux, généreux, et très porté pour les femmes. Aussi, j'ai remarqué, qu'il n'y a de bons que les hommes qui aiment les femmes, et les femmes qui aiment les hommes. — Vous êtes heureux de flairer comme ça, père Pinolet, la figure, l'habit, la propreté, les qualités, les défauts ! Je donnerais mes deux yeux et mon falot, pour être comme vous. — Ah ! mon pauvre Aurillac ! vive la vue ! J'aimerais mieux être décrotteur voyant, que d'être ce que tu sais que je suis, étant aveugle : car enfin, tu sais que je suis bien payé. J'ai flairé l'autre jour cet assassin, qui venait de tuer son frère ; je l'ai amusé ; la famille le faisait poursuivre ; je l'ignorais ; je l'ai envoyé chez Eustoquie ; et quand j'ai eu flairé des gens bien émus, et tout en sueur, je leur ai demandé ce qu'ils cherchaient. Ils me l'ont dit : — Vous l'aurez dans une demi-heure-. J'ai envoyé avertir Eustoquie de tout. Elle a bien fait payer l'homme ; mais elle ne l'a pas livré. Elle se défiait seulement ; qui tue son Frère, peut tuer une fille : mais à un certain signal, elle lui a dit : — Voici la visite de nuit ; sortez par cette porte-... Il est descendu par l'escalier de la rue Saint-Honoré ; il a fait quatre pas, et la famille s'en est emparée. Ils en ont fait ce qu'ils ont voulu. Mais on dit, dans le public, qu'on n'a pu le rattraper. Je t'en casse[4] ! on rattrape qui l'on veut... Voici des maraîchers-.

Aussitôt l'aveugle s'est mis à réciter à voix haute les prières communes, qui lui ont fait donner quelques liards. Le jour allait poindre : le temps des aventures nocturnes était passé ; je me retirai chez moi. Mais je reverrai cet aveugle.

Soixante-deuxième Nuit.

LE SOLITAIRE.

[...]
J'étais fort avancé dans la rue de l'Arbre-Sec[1], lorsque j'aperçus, devant moi, un homme qui regardait curieusement dans toutes les boutiques. Son œil, son air, sa méfiance, tout donnait à penser. — Ah ! si mon odorat (pensai-je), avait la finesse de celui de Pinolet, je jugerais cet homme-! Mes yeux remplacèrent mon nez. J'observai qu'il regarda beaucoup dans

la boutique d'une jolie orfèvre ! Il continua sa route. Comme nous étions vis-à-vis la boutique d'un marchand papetier, il en sortit une jolie femme, qui dit, qu'elle allait revenir dans un quart d'heure, qu'elle voulait dire bonsoir à sa cousine, à deux ou trois maisons au dessus. Le marchand lui donna la main. Vis-à-vis le cabaret voisin, deux harengères se disputaient, et employaient les expressions les plus grossières. — Passons (dit l'homme) ; cela souillerait la pureté de tes oreilles-. Je vis par là que c'était un mari qui respectait son épouse. Cependant j'avais perdu l'homme de vue. Je courus pour le joindre. Je ne vis rien. Il me vint alors en pensée, qu'il pouvait s'être éclipsé dans la maison où venaient d'entrer la papetière et son mari. Je ne savais que penser, et le prenant pour un amateur de jolies femmes, j'étais tenté de m'éloigner. Cependant je montai lestement dans l'escalier. Le premier était fermé : la porte du second était ouverte : c'était chez la cousine de la jolie femme. Il me vint dans la fantaisie de monter au troisième. Je sentis un homme. Comme je ne lui supposais que des vues de curiosité, je continuai de monter, comme si j'avais été de la maison, et j'ouvris une porte de cabinet d'escalier. Je n'attendis pas longtemps : la jolie femme quitta sa cousine, qui la reconduisit avec deux lumières, une portée par la domestique qui allait devant, et l'autre par la maîtresse, qui suivait. Je descendis légèrement. Je vis clairement l'homme entrer dans l'appartement. Il en sortit un instant après, et descendit. Je ne voulais pas le perdre de vue : je le suivis. Nous trouvâmes la dame et la domestique, qui remontaient. Il salua : on le lui rendit, et nous passâmes. Arrivés dans la rue, mon homme me regarda, feignit de l'irrésolution, et coupant un carrosse, qui passait, disparut à mes regards. Au même instant, la dame du second ouvrit sa fenêtre, et cherchait à voir sortir les gens qu'elle avait rencontrés. Je me doutais de quelque chose ; je remontai ; je frappai doucement, et l'on vint m'ouvrir. Je m'exposais. La servante, dit que j'étais le voleur ! Je racontai ce que j'avais vu. L'on me fit entrer. Un enfant de dix ans était au lit. Elle avait vu l'homme s'avancer sur la pointe du pied, décrocher deux montres, et sortir aussitôt. Elle avait été si saisie, qu'elle n'avait pu ni crier, ni même se remuer. Elle dit comme il était habillé : je l'avais dit avant qu'elle parlât, et sans qu'elle m'entendît. Je fus justifié par là. Je dis, qu'on pouvait rejoindre cet homme ; je détaillai ses traits, je donnai ma demeure ; je me réclamai de la Marquise, dont la connaissance m'enhardissait, et je sortis.

Je trouvai l'aveugle à sa place. Je lui dis, ce qui venait d'arriver, en le priant d'employer ses connaissances, pour faire rendre les deux montres, et préserver les citoyens. Il me dit de repasser. Je courus chez la Marquise.

Après mon récit et ma lecture, je revins à l'aveugle. Ces courses ne m'ont jamais fatigué ; je suis leste, et je dois à mes parents une forte constitution. C'est le présent inestimable que font à leurs enfants les parents vertueux... — Votre homme a passé (me dit l'aveugle) ; mon falot l'a vu ; je lui avais donné son signalement, et il l'a engagé à me faire l'aumône. Je l'ai flairé. Il avait les deux montres d'or, et quelques pièces d'argenterie dans ses poches, avec un peu de fer. Ce sont apparemment des boucles. Demain je vous donnerai sa demeure-...

Je quittai l'aveugle très content; mais je voulais savoir où il demeurait lui-même. J'attendis. J'étais épié à mon tour, et je m'en aperçus. Je m'écartai, mais je fus toujours suivi. Néanmoins, je vis l'aveugle rentrer, et je me retirai ouvertement.

[...]

Soixante-troisième Nuit.

[*Le lendemain, le narrateur va donc trouver l'aveugle.*]

— Pinolet, et notre homme d'hier? — Il demeure dans la Nouvelle Halle[1], au quatrième. Il a une femme et six enfants : il travaille tout le jour, et vole le soir, parce que son travail ne suffit pas. — Comment faire pour un tel homme? — Il doit être arrêté dans deux jours, parce qu'on veut savoir encore quelque chose, son dépôt, ou s'il a des receleurs-. Je connaissais le dépôt; mais je me tus. — Bonhomme (ajoutai-je), que signifie ce que je viens de voir à la Nouvelle Halle? Des orgues et des vielles donnent un concert très agréable sans qu'on les paie? J'ai seulement observé, qu'ils allaient toujours sous les fenêtres d'une jolie fille? — Quoi! vous n'avez pas senti, qu'ils sont payés par ces filles, pour les faire connaître? Quand une abbesse[2] a une jolie débutante, elle avertit les orgues, qui viennent jouer sous ses fenêtres. Elle fait paraître une fois ou deux la jeune enfant; et d'ailleurs les amateurs savent ce que cela veut dire. — Ah! j'entends! — Ce n'est pas tout. Quelquefois l'organiste, ou le vielleur, ou le violon, ou la basse, ou le triangle, sont les amoureux d'une fille ; et ils lui donnent une sérénade, pour l'achalander. — Ah ! je ne savais pas cela ! — On ferait un beau livre (dit en riant Pinolet), de ce que vous ne savez pas ! Allez, mon pauvre provincial, allez vous instruire. — Bonhomme ! vous me traitez mal ! — C'est par amitié : car d'honneur, je vois que vous êtes une bonne casaque ! Vous ne voyez, que quand on vous dit : Regarde ! et vous ne savez les choses, qu'après qu'on vous les a expliquées-. Pinolet riait de bon cœur, et je me retirai, profondément occupé de ce que je ferais pour le voleur. Je pris ma résolution : car ses enfants me touchaient.

[...]

LES MOUCHARDS.

Je modérai ma marche, lorsque je fus arrivé dans le pourtour, et j'observai. Je découvris bientôt, que j'étais environné de trois mouches[3], auxquelles n'échappait aucun de mes mouvements. Je m'assis. Je demeurai jusqu'au jour, feignant de dormir. Les mouches passèrent successivement devant moi, très doucement, et je m'aperçus qu'elles me signalaient. Lorsqu'il fut grand jour, et que le monde parut, je me retirai. Je fus poliment reconduit jusque chez moi, par une des mouches. Je dormis une heure. Ensuite, j'exécutai ce que j'avais résolu. Je parus le jour dans les rues !... En sortant, mon hôtesse me dit : — Un homme de mauvaise mine, et qui m'avait l'air de n'avoir pas dormi, s'est informé de vous : j'ai répondu comme je le devais : mais je le crois un espion-. Je sortis, observant bien, si je n'étais pas suivi. J'entrevis dans une porte cochère, un homme qui rentra en m'apercevant. Passé le coin de rue, je m'arrêtai court, collé contre l'angle. Mon homme arrive haletant. Je me jette à lui, et lui serrant la gorge, je lui déclare, que si je l'apercevais sur mes pas dans toute la journée, c'était fait de lui. Je m'aperçus d'un coup d'œil fait à un passant, et je vis que c'était la précaution inutile. Je pris un autre moyen ; ce fut d'user de mon agilité. Dès que je me vis dans une rue libre, je courus avec tant de rapidité, que j'étais bien sûr de laisser loin derrière moi, tout ce qui prétendait me suivre. Arrivé à l'entrée de la rue de l'Arbre-Sec, un homme me fixe un instant, et me suit. Que faire ? Mon signalement était donné : je ne pouvais plus faire un pas, sans être suivi. J'admirai cet enchaînement, qui produit la sûreté ; mais qui n'est pas sans de grands inconvénients ! Que d'hommes, dont l'existence est perdue, uniquement occupés à suivre les actions des autres !... Je m'esquivai encore par la rapidité de ma course, et j'arrivai chez les gens auxquels les montres avaient été volées.

Je leur dis ce que j'avais découvert et je les engageai à venir avec moi chez l'homme. Nous partîmes. Je fis faire un détour. Nous montâmes, et nous trouvâmes la femme avec ses enfants. Elle était aimable, bien élevée : les enfants étaient jolis. Nous parlâmes de son époux. Elle le loua les larmes aux yeux. C'était un homme de famille honnête, réduit à la condition d'ouvrier, et qui se tuait de travail. Nous la prîmes en particulier, et je lui dis tout ce que je savais. La femme pâlit ; elle se trouva mal. Elle ne connaissait pas le cabinet du cinquième. Nous l'engageâmes à le faire ouvrir devant nous, et nous y trouvâmes les deux montres, qu'on reprit. Les autres vols furent ôtés sur le champ, pour être restitués d'après l'indication du mari. Je promis à l'infortunée, que si elle était innocente, la Marquise s'intéresserait pour elle et pour ses enfants, auxquels il fallait sauver l'honneur. Les bonnes gens de la rue de l'Arbre-Sec s'attendrirent, et lui promirent aussi quelques services. Nous envoyâmes avertir son mari, par la cuisinière d'une voisine. Il vint. Je vis son désespoir. Son gain n'était pas suffisant ; il volait, mais peu... Que faire ? Sans les enfants... On le déguisa en servante, et il alla dans un couvent qui lui fut indiqué. Là, exactement renfermé, il travaille du matin au soir, et fait le double d'ouvrage d'un autre homme... Vingt ans d'une pareille conduite peuvent expier tous les crimes, excepté l'homicide, qui est sans remède et sans compensation... Ô juges ! qui condamnez si légèrement à la mort ! sachez que rien ne peut expier votre négligence ! Si vous aviez eu pour le voleur solitaire une autre peine que la mort, une peine qui ne perdît pas ses enfants innocents, on ne vous l'aurait pas arraché !...

Tous ses enfants sont élevés aujourd'hui ; deux de ses filles surtout sont charmantes et vertueuses. Et tout cela était perdu par nos lois, faites par le riche, qui ne sait rien pardonner au pauvre !

[...]

Soixante-douzième Nuit.

LE FEU DE LA SAINT-JEAN[1].

J'aime quelquefois autant la folie des anciens usages, ou leur simplesse bonasse, pourvu qu'ils ne soient pas nuisibles, que la sagesse des nouveaux.

C'était le soir de la veille de Saint-Jean. Tout le monde allait à la Grève voir tirer un feu mesquin ; du moins tel était le but du grand nombre. Mais certaines gens en avaient un différent. Les filous regardaient cette fête comme un bénéfice annuel ; d'autres, comme une facilité pour se livrer à un libertinage brutal. Toutes les occasions d'attroupement, quelles qu'elles soient, devraient être supprimées, à cause de leurs inconvénients. L'Original[2] m'accompagnait, sans que je le susse. Je l'aperçus à l'entrée du quai de Gesvres. Nous marchâmes ensemble : — Si vous voulez observer (me dit-il), il faut un peu vous exposer. Ce n'est pas à la lisière de la tourbe que rien se passe : Avançons-. Je sentis qu'il n'avait pas tort, et quelque répugnance que j'y eusse, je perçai la foule à la suite de mon conducteur. On me parut d'abord assez tranquille. Mais, en écoutant la conversation, je compris qu'un groupe d'ouvriers orfèvres et horlogers de la place Dauphine ne formait un cercle, et ne rassemblait adroitement, au centre, de jeunes personnes assez jolies, que pour les rendre victimes de l'imprudente curiosité qui les aveuglait. — Attention ! (me dit M. Du Hameauneuf). J'observai donc la manœuvre, qui se continuait. Je jetai les yeux sur un autre groupe. Celui-ci travaillait différemment. Il encerclait tous les gens qui paraissaient avoir de l'argent et des montres. On les poussait par un petit mouvement ondulatoire, dont ils s'apercevaient à peine ; et celui qui les faisait avancer plus brusquement, était celui qui se plaignait davantage de la presse. Tout ce monde resta honnête, jusqu'aux premières fusées. — Attention ! (répéta Du Hameauneuf). Sans moi, vous étiez entraîné ; mais nous nous sommes soutenus à nous deux-. J'observai que les ondulations redoublaient. Je ne regardais nullement les fusées, et je m'aperçus que les filous en faisaient de même : il me parut qu'ils glissaient la main dans les poches ou les goussets, lorsque la fusée s'élevait, et qu'ils retiraient l'hameçon pendant les cris et les trémoussements qu'excitait chaque baguette tombante. Mais bientôt je quittai cette scène, pour l'autre.

Les compagnons orfèvres agissaient de leur côté. Les imprudentes renfermées dans les différents cercles qu'ils formaient, me parurent enlevées les unes à deux pieds de terre, les autres couchées horizontalement sur les bras ; quelques-unes étaient au milieu d'un double cercle. Toutes étaient traitées de la manière la plus indigne, et quelquefois la plus cruelle. Leurs cris n'étaient pas entendus, parce que les polissons choisissaient les instants de la chute des baguettes, et que dans les autres moments, ils poussaient eux-mêmes des cris, qui couvraient ceux de leurs victimes. Du Hameauneuf perçait les différents cercles comme une tarière, et m'y faisait pénétrer. — Ne dites pas un mot ! (m'avait-il recommandé) : nous serions étouffés-. Nous vîmes des choses horribles ; entr'autres, au milieu d'un triple cercle, une jeune fille avec sa mère, qu'on rendait témoin et participante des infamies faites à sa fille. Cette infortunée se trouva mal... Le reste du récit ne peut se faire. Le feu finit heureusement, et ce fut pour la dernière fois. Le prévôt des marchands fut instruit de ce que nous avions vu ; et cette cause, réunie à une autre, fit cesser un dangereux enfantillage. Les filous et les polissons s'écoulèrent comme l'eau, et les insultées se trouvèrent entourées de gens tout différents, qui n'imaginaient autre chose, sinon qu'elles avaient été trop pressées. L'Original me dit alors : — Les clercs et les ouvriers des professions qu'on nomme relevées, se permettent, dans toutes les occasions où ils se trouvent confondus avec la foule, des actions atroces. La raison en est simple ; le travail de ces jeunes gens-là n'est pas fatigant, et laisse au corps toute sa vivacité : ensuite ils se corrompent mutuellement par la communication, et dès qu'ils se trouvent avec des femmes qu'ils peuvent toucher, ils suivent tous les écarts d'une imagination déréglée. Voyez de l'autre côté, ces gens sans bourse, sans montre, sans boucles de souliers, ni de jarretières : ils ont été enlevés, portés par leurs officieux valets de chambre, qui formaient cercle et file. Ceux du cercle donnaient à ceux de la file : arrêtez-vous les premiers, vous ne leur trouverez rien ; tout est déjà sorti de la place, à la fin du feu-.

Ici, je dis à l'Original, que je le quittais, pour aller à mes affaires. Il me rappela, que nous devions nous voir le lendemain soir, et nous nous séparâmes. J'étais indigné de ce que je venais de voir, et de la dépravation de l'espèce humaine. J'avais reconnu parmi les insulteurs, un Flamand nommé Calkus, que je résolus

d'épouvanter, en le menaçant de le déclarer. Il
s'enfuit, et quitta la capitale.

[...]

LE MAL SANS REMÈDE.

Je revins par la Grève. Le silence et la solitude
régnaient dans le même lieu, où peu d'heures auparavant commandaient le trouble et la confusion. Je
m'arrêtai à réfléchir : — Les bonnes gens, proche[3] des
cimetières, ont peur des revenants. Ici, l'on vient se
réjouir dans le même endroit, qui si souvent retentit du
cri des malheureux, immolés à la sûreté publique, où si
souvent coulent les larmes de ceux qui vont périr d'une
mort moins cruelle en apparence ! C'est là que naguère
une infortunée, qui voulait sauver son honneur, a payé
de sa vie une erreur de trouble, plutôt qu'un sentiment
de cruauté envers son fruit[4] ! Cette loi est trop
sévère-!... Je réfléchissais, lorsque j'aperçus à l'entrée
de la rue du Mouton, un homme qui arrivait en robe
de chambre. Je me tins coi. Il s'avance, cherche du
pied le pavé qu'on déplace pour le gibet, et s'age-
nouille : — Ô ma pauvre Marie ! pardonne ! pardonne-
moi ! Voilà trente ans que je viens à pareil jour, te prier
de me pardonner !... et je sens que je ne le suis pas
encore-! Il pleura ; il se leva : — Malheureuse jalousie-!
Il s'en alla sanglotant. Je le suivis. L'on saura quelque
nuit la cause de cette conduite ; car je ne la connus que
longtemps après.

[...]

Soixante-seizième Nuit.

[...]

L'INCENDIE.

La tête remplie de ce que je venais de lire, je marchais, réfléchissant aux abus de la faveur, et jetant les fondements d'une autre Juvénale[1], lorsque je me trouvai dans une rue que je ne reconnus pas. Je levai la tête, pour m'orienter à la vue des étoiles. Une colonne de fumée s'élevait, et rabattue par le vent, remplissait la rue où j'étais. J'avance, et je vois la fumée sortir de la maison d'un épicier de la rue Saint-Antoine. Je m'écrie, — Au feu! au feu[2]-! Aussitôt tout le voisinage met la tête à la fenêtre; mais personne ne descendait. Je cours au corps de garde. L'escouade sort, et se rend à la maison. Les pompiers sont avertis. Ils arrivent tard, et la maison brûlait intérieurement. Comme tout se fait dans ces occasions! Ainsi que d'autres, je pourrais louer le zèle, si j'avais vu quelque chose de louable! mais non; j'ai vu agir machinalement, insensiblement, détruire sans raison, secourir gauchement; s'embarrasser fort peu du salut public et du salut particulier. J'ai vu traiter durement des gens qui auraient volontiers, secouru, et qui contraints s'enfuyaient. J'ai vu l'abus de l'autorité, la déraison exiger l'humanité, toujours si active, quand on ne la commande pas. Toutes les fois que vous mettez quelque part du militaire subalterne, tout se fait mal, et d'une manière révoltante. On ne songe pas assez à ce qu'est le peuple, et que tout est pour lui, même dans une monarchie ; le Souverain est le chef légitime, le réunisseur du pouvoir ; le peuple est la nation, et les grands des exceptions, des privilégiés, qui lorsqu'ils sont trop nombreux, annoncent comme les frelons, la destruction de la ruche... Le feu avait pris dans la cave, où l'on travaillait la nuit, à je ne sais quelle distillation. La boutique était pleine de drogueries et d'épiceries ; tout fut consumé : mais la maison périt seule, à cause de sa solidité. On acheva de détruire, en la secourant, ce que les flammes épargnaient. Je n'ai jamais vu faire aussi peu de cas des particuliers ! Les soldats employés hors de leur ville, sont féroces ; les hommes employés dans leur ville même, si elle est grande, sont barbares. D'où vient l'homme se dénature-t-il si facilement ? doit-il, comme l'arbre, ou comme l'animal, habiter toujours le sol où il est né ? Je le crois : la nature semble l'avoir voulu, puisqu'on empire, dès qu'on change (les exceptions opposées sont rares) ! La patrie[3] n'est donc pas un vain mot ! Il est d'autant plus puissant, ce talisman vainqueur, que le territoire est moins étendu. Le moyen de diminuer le patriotisme, est d'étendre les États ; il se délaie alors, comme une goutte d'esprit-de-vin, dans un muid d'eau, et n'a plus de puissance. Naissons et mourons sur le terrain de la patrie, de la ville, du bourg ou du village où nous sommes nés, si nous voulons être heureux et vertueux. Le cosmopolite est un monstre[4] ; l'homme qui change de royaume, est dénaturé ; celui qui change de province l'est un peu moins ; qui ne change que de ville ou de bourg, l'est fort peu ; mais celui même qui ne fait que s'établir à une lieue du sol natal, change pourtant encore en pis. C'est une vérité que j'étudie depuis trente ans, et que tout m'a confirmé... Nos grands génies, les sublimes... Mais ne nommons personne, de peur de les fâcher... Nos grands moralistes, qui disent de si belles choses sur l'éducation, ne se doutent même pas des principes de cette science : Rousseau lui-même conseille de faire voyager[5]; il a raison, s'il veut élever un égoïste, ou un tyran bien dur, bien féroce; à chaque pays qu'il voit, l'homme perd un degré de sensibilité. On sent qu'il faut excepter de cette règle M. Howard[6]. D'où vient les Anglais sont-ils plus patriotes que nous? Est-ce à cause de leur gouvernement? Leur gouvernement est l'effet, non la cause. Ils sont patriotes, et ils ont leur gouvernement, parce qu'ils sont dans une île resserrée. Les Irlandais de même. Les Hollandais, acculés à l'Océan, sont patriotes, à raison de leur situation isolée. Ils ont chez eux des antipatriotes, parce que ces hommes sont vicieux, et ne tiennent à rien; ce sont des êtres corrompus, prêts à changer de pays, d'existence et de maximes. Les Suisses sont patriotes, parce qu'ils sont isolés et morcelés. Mais c'est une folie à toute république, quelle qu'elle soit, d'avoir des sujets...

C'est ainsi, qu'après avoir aidé à éteindre le feu, je réfléchissais, en m'en revenant.

Soixante-dix-septième Nuit.

[...]

L'HOMME AUX LAPINS.

Les événements qui se suivent, ne se ressemblent guère ! Je pris par la rue des Francs-Bourgeois, qui me conduisit dans la Vieille rue du Temple, d'où je parvins dans celle de la Verrerie. Je voulais revoir la boutique du coupable épicier, savoir si la femme était morte, et faire connaître cet empoisonneur[1]. Mais auparavant, je rencontrai, vis-à-vis la rue des Billettes, un vieillard, avec un sac, qui ramassait toutes les épluchures d'herbes jetées au coin des bornes. Il prenait garde qu'elle ne fussent salies ; car alors il les rebutait. — Monsieur (lui dis-je), que faites-vous de ces herbes ? Je vais vous aider-. Et je me baissai, pour choisir les feuilles de laitue les plus belles, et la fourniture de salade, que la paresse fait jeter, de sorte que la culture du cerfeuil, et le reste, est presque vaine. Le vieillard me répondit : — Monsieur, je suis vieux. Il ne m'est plus possible de travailler de mon métier de compagnon charpentier. J'aurais pu, comme d'autres, m'abandonner à la fainéantise, être à charge au public dans les hôpitaux, ou mendier, avec un certificat. Mais auparavant, j'ai voulu essayer toutes les ressources qui me restaient. J'en ai tenté quelques-unes. Gratter les ruisseaux ; cela ne vaut rien ; ce n'est pas un état.

Ramasser des chiffons ; cela est trop sale, et peu lucratif. Les bouteilles cassées ont leurs gens, qui entendent cette partie. Enfin, un jour par hasard, j'allai dans une maison où je vis des lapins dans un grenier. Je sentis qu'on pouvait tirer parti de cet animal, en étendant l'idée. Je suis logé par bas [2], rue de l'Oursine [3], à côté d'un jardin ; la salle est grande ; j'y ait fait une espèce d'alcôve pour moi avec des planches de bateau, que j'ai obtenues de mon ancien maître, et j'ai mis des lapins dans le reste. On m'en a donné de petits ; j'ai acheté un père et une mère ; j'ai fait des cases pour ceux qui doivent être retenus, et qui tueraient les petits, comme les gros mâles et les femelles qui allaitent. J'ai multiplié mon troupeau, pendant plusieurs mois sans y toucher ; j'en ai à présent trois cents en rapport ; ce qui me met à même d'en vendre tous les jours. Je suis content. Cela m'occupe, m'amuse et me nourrit. J'entends à gouverner ces petits animaux-là ; je les tiens propres ; je vends l'engrais qu'ils fournissent au maître du jardin, pour des herbes, du foin et de la paille, outre quelqu'argent. J'observe un régime pour ceux à vendre, qui les rend égaux aux lapins de garenne ; c'est que pendant quinze jours, je ne les nourris que de foin odoriférant, au lieu d'herbes vertes et de choux. Je réserve ce dernier aliment pour les mères qui allaitent, et pour mes vieux mâles, que je renouvelle tous les quatre ans : car je les engraisse à cet âge, et je les tue. Depuis que je suis monté comme il faut, je retire un écu par jour de profit net de ma petite ménagerie, outre le contentement ; car vous ne sauriez croire combien cela me faisait de mal au cœur de voir tant de bonnes herbes perdues ! Cependant la honte m'empêche de les ramasser le jour. D'ailleurs, ayant voulu le faire une fois, en traversant l'île Saint-Louis, les enfants se mirent à crier après moi. J'ai pris le parti de faire du jour la nuit, et de la nuit le jour : je sors deux ou trois fois avec mon sac ; j'épuise les herbes de mon quartier d'abord ; ensuite je vais au loin, parce que je choisis ce qu'il y a de meilleur. Je fais sécher de l'herbe dans les allées du jardin, pour l'hiver ; je serre tout cela dans une espèce de soupente, que j'ai fabriquée au-dessus de ma tête. Je suis heureux enfin, et j'en suis venu à ce point, que mon existence m'est précieuse... Ah ! si j'avais eu plus tôt cette ressource !... Voulez-vous voir mon petit royaume-? J'y consentis, et j'arrivai chez le vieillard à trois heures et demie.

Tout était d'une extrême propreté. Dès qu'il parut, tous ses sujets libres accoururent à lui, et les autres passèrent leurs têtes par les trous de leurs épinettes. Il distribua la nourriture fraîche, et en mit une partie sécher, suivant son usage. Je vis son grenier. Les différentes familles bien ordonnées de ses lapins, dont quelques-unes étaient blanches angora. — Celles-ci, me dit-il, sont pour la curiosité ; je les vends plus cher. Les familles grises, sont pour les rôtisseurs ; ce sont elles que je multiplie davantage ; je ne garde aucun mâle ni femelle blancs pour porter-. J'admirai l'industrie de cet honnête vieillard, et je pensai, avec quelque consolation, qu'il venait de m'indiquer une ressource innocente pour l'âge de la caducité, si j'y parvenais.

[...]

Quatre-vingtième Nuit.

[...]

LA TÊTE FAIBLE.

Je partis, et comme je ne me sentais pas apesanti par le sommeil, je voulus allonger le chemin. Je montai la rue Saint-Jacques ; je pris celle des Grecs, et je me trouvai sur le haut de la Montagne. Un silence profond régnait partout. Je m'arrêtai un instant à regarder le ciel : Sirius, le brillant Sirius allait se coucher ; on ne distinguait plus Orion ; le Bouvier déclinait ; l'Ourse était au-dessous du pôle, et Cassiopée au zénith. Dans ce moment de tranquillité, une voix sourde frappe mon oreille ; j'entends des cris inarticulés, semblables aux hurlements : je cours du côté de Saint-Étienne ; les sons s'éclaircissent. C'est un homme du peuple ! — *Je souis danna ! je souis danna-!* Je m'approche de cet infortuné, que je reconnus à son langage pour un Auvergnat... — Malheureux ! qu'avez-vous ? D'où vient cette chaîne... cet air effrayant ! — *Je souis danna !* mon confessour me l'a dit. — Il vous a dit aussi, que Dieu était miséricordieux ! Quel que soit le crime que vous avez commis, avec le repentir, le changement, des efforts pour réparer le mal, il est rémissible. — *Quoi qu'osa !* — Oui, croyez-moi. — Bon Paire ! (avec ma redingote, et le reste de mon arrangement, on me prend souvent, surtout le soir, pour un prêtre des

Missions étrangères) : — *Bon Paire! ç'ast-il vrai?* — Oui, vrai, vrai, comme Dieu même, qui l'assure, dans les Écritures sacrées, et particulièrement dans le saint prophète Isaïe. — *Voulez-vous me confessa?* — Je le pourrais, puisque l'apôtre nous dit : *confessez-vous les uns aux autres ;* mais cela n'est pas nécessaire-... Cependant le bonhomme me dit son péché. Il était grand en effet, et de nature à ne pouvoir le faire entendre ici : mais il ne faisait tort à personne ; pas même à sa femme, alors enceinte, qui en avait été l'objet[1]. Je le consolai ; je le rassurai, en l'engageant néanmoins au repentir ; je le ramenai chez lui. Le matin, j'allai trouver le jeune moine confesseur, pour lui faire des représentations, qu'il reçut mieux que je ne m'y étais attendu. Il me promit d'achever de remettre la tête à ce pauvre homme.

Quatre-vingt-unième Nuit.

L'HOMME AUX CHEVEUX PLATS.

Ma journée fut employée au travail, comme à l'ordinaire. Le soir, j'eus une nouvelle scène de fanatisme. A dix heures, en passant devant la porte du commissaire de la place voisine de ma demeure, j'y vis la foule rassemblée. Je m'informai. Des femmes du peuple me répondirent, que c'était un blasphémateur de la Vierge. Je crus devoir entrer dans l'étude. J'y trouvai seul, avec le clerc, un homme à cheveux plats, tranquillement assis. Je leur demandai, ce que c'était que le blasphémateur? — C'est monsieur (me dit le clerc), qui reste ici, jusqu'à ce que la populace soit écoulée. — Expliquez-moi, je vous en prie, monsieur, dis-je à l'homme aux cheveux jansénistes [1], pourquoi vous êtes accusé de blasphème? — Croyez, monsieur (répondit l'homme), que je n'ai point blasphémé. Voici le fait : je passais par la rue Saint-Victor : au coin de celle du Mûrier, étaient trois femmes, qui causaient, en paraissant consoler une d'entr'elles. La plus âgée lui disait : — Adressez-vous à la bonne Sainte Vierge ; elle vous entendra : c'est mon recours à moi : la bonne Vierge n'est-elle pas partout-? J'ai cru devoir relever cette expression, dans la bouche d'une femme pieuse, et qui méritait d'être éclairée : — Vous dites une hérésie, ma bonne : c'est Dieu seul qui est partout-. Les trois femmes m'ont regardé un instant en silence ; et je me préparais à leur expliquer les vrais principes, quand la vieille qui avait parlé, s'est écriée : — Ah! l'athée! l'huguenot! qui dit que la bonne Sainte Vierge n'est pas partout-! Ce mot m'a fait entourer par une populace sortie en un instant des maisons ; on s'est jeté sur moi : j'ai demandé le secours de la garde, et à venir devant M. le commissaire-.

Je souris : — Monsieur, dis-je au bonhomme, vous avez commis une haute imprudence! on ne doit attaquer les préjugés du peuple qu'avec ménagement, et lorsqu'ils sont réellement nuisibles ; celui-ci ne l'est pas, quoique ce soit réellement une erreur. — Quoi! monsieur, vous voulez qu'un vrai chrétien voie l'erreur, sans la combattre! — Oui, quelquefois. — Vous laisseriez subsister une erreur? — Pourquoi pas! — C'est la morale des jésuites toute pure. — Les jésuites peuvent avoir eu des torts ; mais ce n'étaient pas des

sots. — Vous êtes un moliniste, monsieur! — Non,
monsieur. — Ah! vous êtes donc... des honnêtes gens.
— Mais je le crois. — Vous êtes bien mitigé! — Oh!
oui, très mitigé, monsieur! on ne saurait trop l'être-. A
ce mot, le bonhomme se recueillit, s'assit (car il s'était
levé en parlant), et ne me dit plus rien. Ce mot, mitigé,
l'avait scandalisé. J'allai voir si la populace se dissi-
pait. Je ne vis plus qu'une dizaine de personnes. Et
comme je connaissais le commissaire, je pris sur moi,
de dire à la garde de faire entrer ces curieux. A ce
mots, tous se retirèrent, et je rentrai, pour inviter le
janséniste à sortir. Ce qu'il fit. Je l'accompagnai
jusqu'au-delà de la fatale rue du Mûrier, avant de
prendre congé de lui. Sa froideur fut extrême : j'étais
mitigé. Je conclus de sa conduite, qu'il se trouvait dans
tous les partis des sots, qui outrent les choses, et qui
sont cause de tout le mal.

[...]

Quatre-vingt-sixième Nuit.

[...]

SUITE DU LAPINISTE.

En m'en revenant, je trouvai le lapiniste, qui
m'apprit un trait singulier, dont il avait été témoin
oculaire.

Un laquais avait formé le projet de voler son maître,

en toute sûreté, c'est-à-dire, sans lui faire de mal, et sans pouvoir être reconnu. Il avait remarqué le lapiniste. Il donna des soupçons sur lui : — Cet homme est un espion : voyez comme il va la nuit sous prétexte de ramasser des herbes !... C'est un voleur, disait-il, une autre fois... On en entendra parler quelque jour, ou plutôt quelqu'une de ces nuits-... L'occasion s'étant présentée de faire son coup, parce qu'on avait fait des paiements considérables à son maître, l'infidèle valet abusa de la confiance, prit vingt-quatre mille livres en or, et déguisé sous des habits tout semblables aux miens, il sortit mystérieusement la nuit ; mais par ses précautions, et par les avis qu'il avait donnés, il fut aperçu. Il s'enfuit, dès qu'il n'en put douter ; il cacha l'argent, revint par une porte de derrière, et se mit au lit. Cependant le laquais son camarade, qui l'avait vu, avait été éveiller son maître, qui compta son argent, et vit combien on lui avait volé. Il fit appeler le fourbe, qui feignit de s'éveiller, et qui jeta les hauts cris contre moi. On le crut. L'ordre de m'arrêter fut obtenu. Rien n'était plus naturel. Je ne sais pas trop ce qui me fût arrivé, puisque deux témoins avaient vu sortir un homme habillé comme moi ; mais je n'eus pas ce malheur : la fille du portier, grande et jolie blonde de 18 ans, avait un amoureux, d'une condition au-dessus d'elle, qui venait toutes les nuits lui parler à une fenêtre grillée. Cette fille avait entendu quelque bruit, et craignant que ce ne fût son père ou sa mère, elle avait été regarder dans la cour. Elle avait vu le valet déguisé ; elle l'avait reconnu, et elle avait cru qu'il était là pour l'épier, parce qu'il était fort épris d'elle, fort jaloux, et qu'il l'avait assurée, qu'il voulait absolument devenir riche, pour l'épouser.

Elle dit à son amant : — Mon Dieu, monsieur, retirez-vous bien vite ! voilà Saint-Alexis qui rôde, déguisé comme le ramasseur d'herbes ; il va sortir, pour vous examiner- ! L'amant se retira donc. Mais il vit sortir le valet par la petite porte ; il sut où il allait, et il le vit revenir. Quand Saint-Alexis fut rentré, l'amant frappa doucement à la fenêtre, et sa maîtresse revint causer avec lui, jusqu'au bruit que fit le vol. Alors on sortit. On aperçut l'amoureux, qui ne voulant pas être reconnu, se mit à s'enfuir si vite, qu'on ne put le joindre. On ne douta pas que ce ne fût le voleur, ou son complice. Le valet fut bien content ! surtout de ce qu'on n'avait pas attrapé l'homme, dont les réponses auraient prouvé l'innocence. On vint chez moi. Je n'étais pas sorti cette nuit-là, pour une colique. Les voisines qui m'avaient assisté, l'assurèrent ; et cela bien prouvé devant le commissaire, je fus laissé chez moi. Dans la journée, ce trouble nocturne fit du bruit. L'amant de la blonde revint le soir, et sa craintive maîtresse lui dit ce qui était arrivé, en l'engageant à se retirer. — Je sais à présent quel est le voleur ! (dit l'amoureux) : demain nous verrons-. Et il s'éloigna fort à propos ! car on faisait le guet autour de la maison. Il fut cependant arrêté, mais sans compromettre sa maîtresse. On le mena devant le commissaire. Il dit, qu'il n'était pas le voleur ; mais qu'il savait où était le vol, et qu'il allait conduire au dépôt. Saint-Alexis était présent ; il pâlit. — Assurez-vous de cet homme ! (dit le galant). On s'en saisit : l'on alla dans sa chambre ; l'hôte reconnut le valet pour son locataire ; les 24 mille livres furent trouvées cachées dans la petite chambre, et Saint-Alexis convaincu, fut mis en prison. Il y est mort avant le jugement. On trouva dans sa poche ce billet : « L'amour pour Eufrasie m'a fait chercher à m'enrichir ; l'amour, la honte et la jalousie me déterminent à mourir ! »

Quatre-vingt-septième Nuit.

LE VOLEUR DES FILLES.

Il est impossible d'imaginer, combien ceux qui ne veulent pas travailler, ou qui regardent un travail utile comme au-dessous d'eux, inventent, à Paris, de moyens bizarres de subsistance. Mais, et je le dis avec certitude, il n'en est point, pour la tranquillité, qui égale le travail, lorsqu'on est sans fortune. Depuis 1755, jusqu'en 1767, c'est-à-dire, pendant 12 années, j'ai vécu à 50 sous et à 3 liv. par jour[1]. Depuis la dernière époque, j'ai vécu de mes ouvrages : mais il est des gens qui ne veulent pas travailler. J'ai rendu mon travail plus amusant que leur fainéantise, et j'ai subsisté en bon citoyen, en me rendant utile de plus d'une manière. Car je pensais : — On doit toujours faire ce qu'il serait bien que tout le monde fît-. Et avant d'agir, je me suis toujours dit : — Serait-il à propos que tout le monde fît ce que je sais faire-? Et si ma conscience répondait, *Oui*, je le faisais ; et si elle répondait *Non*, je m'abstenais. Un travail utile, et prescrit, remplit mes journées ; les promenades nocturnes, qui étaient mon plaisir, ont toujours été utiles, ou j'ai du moins toujours cherché à les rendre telles.

Tout le monde ne se ressemblait pas, dans les

hommes avec lesquels j'ai vécu! combien d'âmes
basses, crapuleuses, atroces! parmi ceux avec lesquels
je vivais en 1757 et 58, dans une imprimerie de factums
fort connue[2], il en était un, que je rencontrai 15 ou
16 ans après, se promenant sur le pavé de Paris, la
canne à la main, et ne travaillant plus. Je fus surpris!
Mais je crus que cet homme avait un emploi. Je ne
m'informai pas. Enfin, à la soirée où nous en sommes,
étant sorti sur les 8 heures, pour faire ma tournée chez
mes nouvelles connaissances, je vis Dubois devant
moi, rue Saint-Honoré. Il avait une redingote de
travail. Je ralentis mon pas, uniquement, pour ne
point être abordé de cet homme, dont la compagnie
m'aurait distrait. Tout près de la rue d'Orléans, à
deux boutiques au-dessous de celle de la belle Laurens,
qui vivait encore, Dubois se glissa dans une allée de
filles. Je ne vis là rien d'extraordinaire, sinon que cet
homme était encore libertin un peu tard. Je pensai
ensuite, que peut-être y avait-il dans le fond de cette
maison une imprimerie clandestine... Ces idées me
rendirent curieux. J'entrai légèrement. La porte des
filles était ouverte; elles étaient deux à la fenêtre. Il y
avait sur le lit une robe et une jupe. Je regardais d'un
fond obscur. J'aperçus Dubois. Il prit la robe et la
jupe; mit le tout sous sa redingote, et sortit. Il me
heurta dans l'escalier, sans me voir. Je fus surpris.
Mais je ne comprenais pas encore. Je le suivis néanmoins. Il entra dans une autre allée; au-dessous de la
rue d'Orléans, où il prit un mantelet. Plus bas encore,
il mit dans sa poche des souliers neufs. Je me disais en
moi-même: — Cet homme a-t-il une commission
particulière pour rendre les filles soigneuses-? Il arriva
ainsi à la porte d'Eustoquie. Je fus surpris de voir qu'il

Le Voleur des filles

montait. Il trouva la porte fermée, et redescendit. Je le quittai. Je frappai. Eustoquie vint m'ouvrir ; elle était avec son futur. Je lui dis ce que je venais de voir. — Ah ciel ! c'est un voleur. Je laissais ma porte ouverte, lorsque j'étais à la fenêtre ; on est entré deux ou trois fois ; la première, on m'a pris des boucles d'oreille sur la commode, à côté de la fenêtre ; la seconde, un mantelet ; la troisième, une chemise que j'avais préparée. Depuis ce moment, j'ai tenu ma porte fermée le soir, et même le jour-. Je retrouvai Dubois, qui rôdait dans le quartier. Il m'aperçut alors, et disparut un instant après. Je le crus caché quelque part, et j'attendis mais en vain.

Il me prit alors fantaisie d'aller dans les maisons où il s'était introduit. Dans la dernière, on ne s'était pas encore aperçu du vol. Mais on se rappela que ce n'était pas le premier. Dans la maison de la robe et de la jupe, on accusait une jeune malheureuse, et j'entrai pour la disculper. Partout on se proposa de tendre des pièges au voleur.

Il était tard, j'allai chez la Marquise, et je racontai l'anecdote de ma soirée.

En m'en revenant, je trouvai le lapiniste, qui m'avait pris en amitié, et qui m'attendait. Je lui parlai de Dubois. — Ah ! je le connais ! (me répndit-il). Mais je ne savais pas ce qu'il faisait. Je l'ai cru un trouveur. — Qu'est-ce qu'un trouveur[3]-? Le lapiniste me dit ce qu'il entendait par là. Mais comme j'ai vu cet homme par moi-même, on aura son article dans la suite. Je me retirai plus tôt que de coutume ; il n'était pas encore trois heures.

[...]

Les Nuits de Paris. 5.

Quatre-vingt-neuvième Nuit.

LE CONVOI.

Le soir, en sortant, je voulus passer par la rue des
Bernardins. Un convoi, que le peuple nommait
superbe, me ferma le passage, et je fus obligé de
rétrograder, pour prendre la rue de Bièvre[1], cette rue
qui me fut si chère depuis, mais encore ignorée.
Lorsque je fus parvenu sur le quai de la Tournelle, je
n'en fus pas moins arrêté par le convoi. Plus de
300 pauvres caparaçonnés d'étoffe, précédaient le
corps. Une double bande de prêtres et de chantres
marchait sur deux lignes, armée de cierges. Le chant
était agréable, et en faux-bourdon[2]. Toute la cérémo-
nie avait l'air d'une pompe ; aussi l'appelait-on pompe
funèbre. Les rues étaient remplies, et tout le monde
était aux fenêtres. Je me rappelai le charriot des morts.
— Ainsi, jusqu'au dernier moment subsiste la différence entre le pauvre et le riche ! Mais à quoi sert-elle ?
Que signifie cette pompe, pour porter, non pas dans
son tombeau particulier, mais dans un amas renfermé
de cadavres décomposés, ce nouveau cadavre ! Pré-
tend-on honorer le défunt, ou témoigner la joie de la
succession qu'il laisse ? Quelle est cette stupide curiosité du peuple, qui se foule, pour voir mener au
sépulcre, un riche qui lui ferait horreur, s'il était
découvert ? Une seule chose conviendrait, en ce cas ;
des porteurs en deuil, une famille, ou des amis en
pleurs, accompagnant le corps d'un père, ou d'un ami,

porté dans un champ isolé, proche de la ville, ou dans un jardin, où il serait inhumé ; c'est-à-dire, enterré couvert d'un linceul, et recouvert de terre végétale. Voilà ce que disent la nature et la raison. Pourquoi chacun n'a-t-il pas son tombeau isolé ? Les Égyptiens, en embaumant les corps, n'avaient pas raison ; un faux respect les portait à retenir la partie ligneuse et sablonneuse des corps, sans dissolution, par respect pour un individu vertueux, dont ils voulaient conserver le simulacre : ne réfléchissant pas, que d'après leurs propres principes, ils retardaient le retour à l'animation des parties composantes[3]. Mais cette doctrine n'étant pas la même parmi nous, toujours est-il certain, que le seul usage, vraiment sensé, consisterait à rendre le plus promptement possible, à la dissolution végétale, ce qui lui appartient, et dans des endroits séparés, non dans une fosse commune, et dans un terrain, où des millions d'hommes dissous, depuis des siècles, doivent répandre des miasmes mortels sur les villes, à proportion de leur étendue ! C'est une des principales causes de l'insalubrité de Paris pour les femmes enceintes ou nourrices, et surtout pour les enfants. Ces exhalaisons continuelles, qui sont nulles pour des corps vigoureux, formés ailleurs, qui peut-être les fortifient, ou qui tout au moins donnent à leur vie une qualité expansive à l'excès, qui dégénère souvent en libertinage ; ces exhalaisons continuelles accablent la faible enfance, et l'obstruent ; elle devient rachitique, et périt. Ce qui redouble la cause du mal[4].

Les convois devraient se faire modestement et sans luxe ; il y est scandaleux ; ces pauvres rassemblés, sont détournés de leurs occupations ; ils remplissent ensuite les cabarets, et y dépensent plus qu'ils n'ont reçu. Les convois ne sont utiles qu'aux enfants de l'hôpital, auxquels ils font prendre l'air, et dont ils suspendent les opérations meurtrières. C'est une sorte de fête indécente et, coûteuse, contraire à son objet, qui dérange en vain de leurs études une foule de jeunes ecclésiastiques, arrache les chantres à leurs professions. La manière légère dont se font les convois affaiblit encore la religion, dans l'esprit du peuple... Tandis que ces réflexions m'occupaient, je vis une jeune fille, de mon voisinage, parler avec beaucoup d'action à un jeune homme. Je m'approchai derrière eux : — Je profite de cette occasion (dit la petite personne), pour vous répondre de bouche ; c'est la seule que j'aie de sortir le soir. — Les riches du moins, en mourant, favorisent l'amour, que l'intérêt contrarie (répondit le jeune homme). — Observez tout de l'œil, et convenons de nos démarches. Je me suis séparée de ma mère et de ma tante, comme pressée par la foule. — Écartons-nous ? (reprit tout bas le jeune homme). — Oh non ! ma mère pourrait s'en apercevoir ! — Elle pourrait plutôt nous apercevoir, si nous restions. Vous direz que vous avez été séparées par le reflux-. Il l'entraîna moitié gré, moitié douce contrainte. Ils allèrent jusqu'à la pointe orientale de l'île Saint-Louis. Je n'osais les suivre pas à pas, de peur d'être reconnu : mais j'eus tort. Je passai par la rue de Bretonvilliers [5] afin de les joindre à la pointe, sans affectation. La solitude était absolue ; le beau convoi avait tout attiré après lui. Comme j'approchais, les cherchant des yeux et de l'oreille, j'entendis un petit cri, et comme des pleurs. Je marchai alors sans précaution... J'arrivai trop tard... La jeune personne était en désordre, et son inexpérience venait de la perdre... Je ne le sus qu'en leur parlant. Elle me reconnut, et vint auprès de moi. Elle était en larmes. Son amant, peu délicat, n'avait rien ménagé. Je lui parlai fermement. Il se fâcha... Que faire! Je pouvais nuire à la jeune personne; je me retirais. Elle voulut me suivre, et je la ramenai jusqu'à sa porte, en lui conseillant de tout avouer à sa mère. Elle le fit. Le jeune homme, loin de réparer ses torts, les aggrava, et résista même à ses parents, qui voulaient le mariage. La jeune personne, sentit alors toute l'étendue de sa faute, qui n'eut pas les suites qu'on en devait craindre. Je ne sus tout cela que dans le temps; mais je finis.

J'allai chez la Marquise.

FILLE PERDUE.

J'étais attristé par ce que j'avais vu dans la soirée. Je m'en revenais triste, malgré les assurances que m'avait données la Marquise, d'être utile à la jeune imprudente, qui était de la bonne bourgeoisie. Je m'écartai dans le Marais, et je me trouvai dans la rue Pastourelle[6]. Parvenu dans l'endroit le plus solitaire de la rue du Chaume, j'admirais le silence profond qui régnait, lorsque j'entendis soupirer et marcher. J'allai au-devant des pas de femme, qui frappaient mon oreille. Je vis une fille d'environ 14 ans, d'une charmante figure. C'était une petite ouvrière de la place Maubert, que je remis tout d'un coup. Elle eut peur de moi. Je la rassurai, en lui disant que j'étais son voisin. En effet, elle reconnut mes traits. — Hé! pourquoi (lui dis-je), une jeune personne comme vous, est-elle dans les rues à pareille heure? — On m'a envoyée porter de l'ouvrage, rue Notre Dame-de-Nazareth. Je ne connais pas ce quartier, quoique je sois de Paris. On m'a retenue un peu tard à essayer, à découdre et recoudre quelque chose, à la robe, au jupon. Je ne reconnaissais pas du tout mon chemin. J'ai demandé à une boutique de pâtissier; deux garçons m'ont apparemment exprès mal enseignée; ils m'ont fait prendre une rue qui m'a menée sur les boulevards. J'étais désolée! je me suis informée à la première femme que j'ai rencontrée, qui m'a fait reprendre le chemin que je quittais. J'ai trouvé deux laquais à une porte cochère, qui m'ont dit... des... polissonneries, et qui m'on fait prendre encore une rue tout opposée... J'ai trouvé une autre femme, qui me voulait emmener... Je n'ai plus osé demander, et je marche au hasard depuis trois heures, que toutes les boutiques sont fermées. — Je ne vous enseignerai pas votre route (lui dis-je), mais je vais vous ramener à votre porte, que je connais très bien-. La jeune fille n'était pas sans défiance. Elle ne m'avait jamais parlé; elle ne me connaissait que de vue. Je la rassurai de mon mieux, en l'entretenant de choses honnêtes. Elle m'apprit, que ses parents, qui tenaient une espèce de messagerie, et qui étaient à leur aise, lui faisaient apprendre le métier de couturière pour l'occuper, et pour qu'elle sût tenir l'aiguille; qu'elle mangeait et couchait à la maison paternelle, et qu'on devait être bien inquiet!... Elle se reconnut, lorsque nous fûmes au pont Marie, et je m'aperçus alors que j'acquérais sa confiance. — Je trouverai à présent mon chemin (me dit-elle), mais je vous en prie! accompagnez-moi jusque chez nous! Tant que je ne me suis pas reconnue, je n'avais peur que d'une chose, c'était de ne pas me retrouver. Je ne craignais pas même les mauvaises rencontres ; je ne songeais qu'à mon chemin : mais à présent, que je me reconnais, il me prendrait, si j'étais seule, une frayeur,... que je ne saurais vous dire ! — Je me garderai bien de vous laisser ! (lui dis-je) ; il est à propos que j'apprenne à vos parents, comment je vous ai trouvée-. Elle me remercia ; et moi, la voyant un peu rassurée, je lui fis observer, en traversant le pont de la Tournelle, la Grande Ourse et l'Étoile polaire : je lui dis que, si j'étais égaré, la nuit, dans les rues d'une ville inconnue, ou bien dans une grande forêt, pourvu qu'avant de sortir je me fusse orienté, je reviendrais tout près de ma demeure : au lieu que, pour elle, les rues étaient un vrai labyrinthe pendant la nuit. Je tâchais ainsi de la distraire. Elle m'écoutait ; mais elle était tremblante, et elle fut obligée de s'appuyer sur mon bras, qu'elle avait d'abord refusé. Je sentis, qu'il lui fallait du ménagement. Nous arrivâmes. Les parents étaient en l'air : ils rentraient ; on venait de la chercher. — Du calme ! (leur dis-je) : il n'est rien arrivé à votre fille ; je vous en réponds. Mais elle est tremblante ; et la moindre chose lui causerait un saisissement mortel-. La petite Louisette était adorée ; sa mère l'embrassa ; Louisette pleura. On la mit au lit ; on lui donna un bouillon ; puis un peu de vin, et elle s'endormit. On se promit bien de gronder la maîtresse, qui envoyait si loin une jeune fille de cet âge, et de cette figure, à la nuit tombante. Ces bonnes gens m'ont toujours aimé depuis.

Quatre-vingt-dixième Nuit.

LA FILLE HONTEUSE.

Il n'est pas d'être dans la nature, qui ne soit méchant. Tout individu aime à faire du mal, à détruire son semblable, et les autres êtres. Les herbivores même ne sont pas innocents; ils frappent ils mordent, ils écrasent. L'homme aime à détruire, pour détruire. Mille fois je me suis senti le cruel désir de tuer une belle grosse mouche à miel noire ou bourdon, qui venait sucer à ma fenêtre les fleurs des pyramidales, et j'avais besoin de la réflexion[1], pour m'en empêcher. Quelle est donc la cause de ce sentiment destructeur, qui est naturel à tous les êtres? Est-ce la conservation personnelle, aux dépens des autres existences? Est-ce une impulsion de la Nature, qui, en même temps qu'elle vivifie tout, veut que tout cesse, et met autant de moyens de destruction, que de production? Il faut le croire. Qu'est-ce donc que la vertu, dans l'homme social? C'est l'effet d'un sentiment moral et factice, fondé sur la réciprocité, qui nous fait continuellement surmonter la nature, pour faire du bien aux autres. Est-ce uniquement le goût du plaisir, ou le désir de la propagation, qui fait que tant d'hommes cherchent à dégrader les filles, les femmes? Non : dans le régime social, c'est un sentiment d'ogre, un sentiment oppressif, qui porte des êtres cruels à plonger dans la prostitution dégradante, à perdre, pour la société, une jeune infortunée ; qui d'abord excita leur admiration, puis leurs désirs brutaux...

A ma sortie du soir, je passai dans la rue d'Orléans-Saint-Honoré[2], cherchant la suite d'anciennes aventures, et surtout à revoir ce quartier chef, que j'ai nommé le cerveau de la capitale et du royaume. J'avançais, en réfléchissant sur les deux rencontres de la veille, lorsque j'aperçus à l'entrée de la boutique d'un épicier, une jeune fille assez mal mise, qui venait d'acheter une bougie. Elle ne rentra pas ; elle vagua un peu. Une femme du commun l'observait : — Bon ! Rosette ! tu es honteuse ! Il ne faut pas l'être ! Continue, va ! tu auras bientôt toute honte bue- ! Ces mots firent éloigner la jeune fille, que je suivis. Elle s'en aperçut, et ralentit sa marche, observant néanmoins, si on ne la regardait pas. Elle me fit un signe, et se glissa dans une allée. Je crus que c'était sa demeure. Non. La jeune infortunée,... corrompue, par des hommes peu délicats, se comportait dans les allées, comme les filles des jardins publics... — Ma fille ! (lui dis-je avec douceur) ; vous êtes jeune, vous êtes fraîche encore ; vous êtes d'une jolie figure : quel malheureux métier commencez-vous là ? Qu'espérez-vous devenir par le libertinage ? Il n'a que des maladies, la dégradation et l'hôpital à vous présenter, non pas dans le lointain, mais tout près de vous ! Avez-vous donc un éloignement insurmontable du travail ? — Du travail ! Non ; mais de celui qu'on me fait faire ; je n'aime pas un métier où l'on ne gagne plus de quoi vivre. — Quel est ce métier ? — Couturière. J'ai voulu épiler des chapeau. Le maître... n'a pas été content de mon ouvrage, et il m'a dit, que je n'étais bonne qu'à être comme les filles de la rue Saint-Honoré ! Il m'a fait beaucoup endêver[3]! et moi, voyant que tout le monde rebutait mon ouvrage, désolée, j'ai... j'ai... — Ma fille! quel état voulez-vous? — Oh! les modes. — Venez avec moi; je tâcherai, s'il est possible, de vous procurer ce que vous désirez-? Ce ne fut pas sans difficulté qu'elle consentit à me suivre. Cependant elle vint. En route, elle me raconta différents assauts, qu'elle avait essuyés de la part de ses voisins, des maîtres et des compagnons chapeliers, en un mot de la part de tous ceux qui connaissaient sa misère : il semblait que tout le monde se fît un jeu de la plonger dans l'abîme, et y trouvât un grand avantage!... C'était cependant, de la part de plusieurs, une méchanceté purement gratuite, comme celle des mauvais sujets, qui se moquent d'une insensée, pour la mettre en fureur; car ils n'auraient pas osé lui *toucher*, de peur de s'en repentir... Je l'écoutais avec une douloureuse indignation.

Nous arrivâmes chez mad. De-M****, et je laissai la jeune Fanchette avec la femme de chambre, tandis que j'expliquais à la plus généreuse des femmes, ce qui se passait. Mad. De-M**** ne crut pas devoir mettre une jeune fille de cette espèce en apprentissage de modes, du moins tout de suite; elle la vit sans en être vue, et la fit conduire dans une maison de travail, gouvernée par deux veuves sages; on la tint à part les premiers jours, en la compagnie de deux femmes instruites et prudentes, dont l'emploi était d'épurer les élèves, avant de les mettre avec les autres.

Je m'en revins seul, l'âme libre et joyeuse : — Combien ne dois-je pas à l'adorable Marquise! (pensais-je), pour les jouissances qu'elle me donne! Comme elle élève mon être! Je suis pauvre; je ne puis rien; et par elle, j'ai de la puissance! Je n'envisage plus le malheureux avec le désespoir de ne pouvoir le soulager ! Je ne suis pas forcé, comme autrefois, de m'endurcir par impuissance ! je dois à la Marquise une existence nouvelle et délicieuse !... Ô femme ! il n'est pas d'homme dans le monde, qui ait ton excellent cœur, ta généreuse sensibilité ! Tu es pour moi le premier des êtres, et l'image de la divinité même-!

Je ne rencontrai, en revenant, qu'un ouvrier allemand, ivre et battu, pour avoir mal parlé des Français, devant des Provençaux : je le ramenai dans la rue de la Tisseranderie, où il logeait ; je fus obligé de le déshabiller et de le coucher.

Quatre-vingt-onzième Nuit.

LE XIV SEPTEMBRE[1].

C'était le second anniversaire de ma visite à Victoire, rue Saintonge. A huit heures moins un quart, je sortis de chez moi, rempli d'un sentiment douloureux, mais non sans douceur. Victoire était toujours à Sainte-Aure, et dans la journée même j'avais eu de ses nouvelles. Je passai sous les fenêtres de son couvent[2], et je fis entendre ma voix, en la portant au-dessus le plus élevé. Dès que j'eus cessé de chanter, j'entendis qu'elle me répondait par un couplet de la romance de Gabrielle de Vergi[3], que nous avions chantée ensemble deux années auparavant. Lorsqu'elle eut fini, j'exprimai le plus mélodieusement possible : « Je vais pleurer à la rue Saintonge ». J'y arrivai à 9 heures. Je lus ma date : *14 7.^{bris} 1769.* (Elle a été ôtée par une réparation, au mois d'auguste 1787.) Je me concentrai ensuite : je repassai dans mon esprit les événements arrivés depuis deux ans !

Qu'ils étaient multipliés ! Ces Nuits ne sont pas les Mémoires de ma vie J'avais pensé mourir en 1770 ; tout avait été interrompu. Je n'avais pas été chez la Marquise, depuis le 17 avril, jusqu'au 8 septembre ; mais je lui avais quelquefois écrit... Mes larmes coulèrent ; je m'affligeai, à la vue de mes malheurs ; les biens qui me restaient, et qui m'élevaient encore en ce moment au-dessus des deux tiers des hommes, me consolèrent ; ma douleur devint douce, et mes larmes coulèrent plus facilement. Je mélodiais en pleurant, tout ce que me suggérait mon cœur trop rempli.

[...]

Quatre-vingt-dix-septième Nuit.

[...]

L'HOMME ÉCHAPPÉ AU SUPPLICE.

En m'en revenant, je longeai jusqu'à la rue Montmartre. Je [...] me disais à moi-même : — C'est une cruelle situation, que celle de se trouver sous la flétrissure des lois, sans l'avoir mérité ! — C'en est une bien plus cruelle, d'avoir flétri sa famille, en le méritant- ! (dit une voix qui venait d'une fenêtre au-dessus de ma tête). Je m'arrêtai interdit. Un homme sort de la maison, et vient à moi. — N'êtes-vous pas le Spectateur-nocturne ? — Oui. — J'ai entendu parler de vous. — Le comment ne me fait rien, mais cela m'étonne ! — C'est au fond d'un cachot. — Que me dites-vous ! — Je dis la vérité. J'y étais ; je l'avais mérité. Un enchaînement de circonstances heureuses a rendu la preuve impossible. Je suis sorti. Mais je ne ressemble pas à ceux qu'enhardit l'impunité ! Je frémis aujourd'hui du danger que j'ai couru... J'accomplis 28 ans. Je suis marié. A l'âge du développement de la raison, je méprisai ceux qui m'avaient élevé, parce que c'étaient des hypocrites. Je méprisai la religion et les lois ; je n'eus plus de frein : mon intérêt fut ma loi suprême ; je fis une infinité de choses méchantes et répréhensibles. Je ne craignais plus rien. Je n'avais attention qu'à me cacher. Je volai. Je vous le dis, parce que je vous connais. Vous avez sauvé le Solitaire[1]. Vous êtes un homme éclairé, mais bon. Comment l'êtes-vous ! — Par réflexion. Jamais, depuis longtemps, je ne fais rien, que je ne me demande *Que voudrais-je qu'on me fît ?* Et souvent, après cette demande, j'agis contre mes principes, c'est-à-dire, que je suis égoïste pour les autres, sans remords. Car je fais ce que je sens que je voudrais qu'on me fît, si j'étais à leur place ; et souvent cela n'est pas absolument juste ; mais cela est bon ; ce qui n'est pas la même chose. La réciprocité, pour qui ne croit rien, n'est-elle donc pas un lien suffisant ? Si tu fais mal, les autres ont, comme toi, la pensée, des mains, des bras, des pieds, et ils te feront mal. Où en serons-nous ? Si au contraire nous faisons bien, c'est un excellent excitatoire que nous donnons aux autres. Voilà quelle serait la doctrine à prêcher. Car toute doctrine religieuse en vient là par ses détours. — Spectateur-nocturne, me dit l'homme, tu viens de jeter dans mon âme un trait de lumière ! Oui, je serai bon, afin qu'on le soit à mon égard. — Sois juste, et ne prétends pas à être bon ; tu ne le mérites pas ; tu as été méchant : mais sois juste-! L'homme s'arrêta, me regarda. — Qu'est-ce qu'être juste ? — C'est partager avec les autres tout ce que tu as au-delà de ton nécessaire, et leur rendre tous les services qui dépendent de toi. — C'est n'être que juste ! — Non. — Ô Spectateur-nocturne ! j'ai donc été bien injuste !... Car j'ai souvent fait ce que je n'aurais pu souffrir qu'on me fît. — Tu aurais donc amené sur la terre la guerre et le malheur ! Tu as fait tout ce qui était en toi, pour perdre le genre humain... Je... Mais non... Je me mets à ta place, et je serai juste envers toi, en te faisant ce que je voudrais qu'on me fît. Que veux-tu de moi ? — Que tu me recommandes à la Marquise... et que tu ne me trahisses pas !... que tu me serves... afin que je devienne juste ? — Nous te servirons, du moins je l'espère ; mais vois, combien nous serons au-dessus de toi ! — Voilà ma demeure (dit l'homme) : je te la montre avec confiance. Qui a sauvé le Solitaire, ne me perdra pas. — Je me perdrais aussitôt moi-même-. L'homme se retira. Il fut servi, et il est devenu juste.

[...]

Quatre-vingt-dix-neuvième Nuit.

[*Le narrateur rôde au Palais-Royal à la recherche d'une jeune femme noble qu'il y a rencontrée une fois.*]

L'ARBRE FÉTICHE.

Ce fut encore au Palais-Royal que j'allai : je me tins dans l'allée d'entrée, et je n'avançai dans l'allée du bassin, que jusqu'au neuvième arbre en boule. Tandis que j'attendais, un homme vint à passer fort près de moi. Il comptait les arbres à droite en sortant du palais, et il s'exprimait en latin, *Prima, Secunda,* et le reste. Parvenu au neuvième, il s'inclina, en disant, *Salve, Arbos nona! Arbos ô nona! salve. Tuam religionem servo*[1]! Je le reconnus pour l'homme qui accompagnait, la veille, les deux femmes du bassin : il avait l'air faussement bénin. Je pensai que c'était un fou. D'ailleurs, je craignais de manquer à voir les femmes qui entraient, ou qui sortaient. Je revins du côté de la porte. Ne découvrant personne, et commençant à désespérer de rencontrer celle que j'attendais, je revins dans l'allée. J'aperçus encore l'homme, auprès de son neuvième arbre ; il me parut comme en oraison. Je revins à la porte : je retournai. Je ne vis plus l'homme. Je revins à la porte. Enfin, en rentrant dans l'allée, j'aperçus deux personnes assises au pied du neuvième arbre. C'était l'homme, et une jeune personne, que je connaissais de figure, parce que je la rencontrais souvent recouverte de sa calèche. Elle était peu jolie ; mais c'était une laideron agréable. Elle affectait surtout une grande propreté[2] ! elle était parfaitement bien faite, et tout ce qu'elle portait était du goût le plus exquis. Ils tournaient le dos au grillage du gazon. Je fus un peu curieux d'entendre ce que pouvait dire à une fille honnête, un homme que je regardais comme un fou. J'entrai dans le gazon, et je vins derrière eux, à la faveur de l'obscurité : — Mon bonheur m'enchante ! (disait l'homme), et l'amour m'a rendu superstitieux ! Croiriez-vous que ce neuvième arbre, sous lequel je vous ai vue pour la première fois, est devenu mon fétiche ! Je l'invoque ; je le salue, en ces termes : ô neuvième arbre, je te salue ! Je te salue, ô neuvième arbre, et je ne méprise pas ton culte !... Je sais qu'un pareil hommage est une chimère : mais si je ne le rendais pas, et que je ne vous vîsse pas ensuite, je crois que je l'attribuerais à cet oubli, et je n'ose m'y exposer-. La fille sourit, et tint compte à son amant de cette déraison, et de sa superstition pusillanime. — J'espère (reprit l'homme), que vous aurez bientôt ce que nous désirons : je laisserai ma femme, et nous irons-... Il cessa de parler. J'aperçus un autre homme, qui venait le long de la même allée : il s'arrêta de même au neuvième arbre, et s'inclina. Je crus que c'était pour se moquer de l'amant. Je me trompais. Il passa, quand il eut salué respectueusement. J'élevai alors la voix : — Messieurs, lequel de vous deux est imitateur de l'autre ? Monsieur (montrant le premier) vient de dire, que ce neuvième arbre est son fétiche : est-ce à votre imitation ? car vous venez de compter les arbres comme lui, et de saluer celui-ci respectueusement ? — Je vais vous expliquer ce que vous voulez savoir (répondit le second). En 1766, j'eus une affaire très désagréable, qui m'occupait sérieusement, et m'obligeait d'aller fréquemment rue Neuve-Saint-Augustin. Je traversais le Palais-Royal. Dès la première fois, vis-à-vis cet arbre, et presque sous son feuillage, il me vint une excellente idée. Je passai. Une seconde fois, je n'avais rien trouvé depuis trois jours qui me satisfît. Et vis-à-vis cet arbre, au même endroit que la première fois, il me vint une excellente idée, dont je fis usage. Enfin une troisième et une quatrième fois, la même chose arriva. Je fus surpris de cette singularité ! Je pris l'arbre en affection ; je le remarquai ; je le saluai ; je le pris pour mon fétiche. Depuis, quand je suis dans une situation très embarrassante, je viens à cette place, et presque toujours il arrive que je m'en retourne éclairé. Lors donc que je passe, je compte les arbres, et lorsque je suis devant le neuvième, je dis tout bas : *Salve Arbos nona ! Arbos, ô nona ! salve !* Et je reviens sur mes pas, s'il m'arrive de l'avoir oublié. Car c'est là, dans la place même qu'occupent monsieur et madame, que me vint l'idée, qui termina ma désagréable affaire. J'avais passé l'arbre, sans le saluer, et il ne m'était rien venu. Je revins le saluer, et l'idée lumineuse se présenta. Je me ferais scrupule à présent de passer sans le saluer-. Le second ayant cessé de parler, le premier, c'est-à-dire l'amant, se leva, et fut se jeter à son cou. — Sans y penser, messieurs (leur dis-je), sans le vouloir, vous venez de me donner l'histoire de l'origine de toutes les superstitions [3]. Je vous suis obligé de cette école. Adieu-. Et je me retirai.

J'ai revu depuis ces deux hommes. L'un... Pour l'autre, il était honnête. J'ai tâché d'être témoin de leur conduite lorsqu'on arracha leur fétiche 12 à 13 ans après. Ils fondirent en larmes, et firent en sorte d'en avoir le bois, qu'ils partagèrent comme frères, et qu'ils emportèrent chez eux. J'en conclus que l'amant aimait encore sa maîtresse.

[...]

Cent deuxième Nuit.

LES TUILERIES.

Sans espoir de revoir au Palais-Royal les femmes qui m'y avaient intéressé, je fis une excursion jusqu'aux Tuileries. J'y avais été le jour autrefois ; il y avait deux ans que je les avais fréquentées le soir, pour décrire ce qui s'y passait de relatif au travail qui m'occupait. Je fus témoin, un dimanche dans l'après-dînée, d'un événement, qui marque toute la futilité de ces fats, de ces petits-maîtres, qui déshonorent mal à propos la Nation, qui les méprise, et ne leur ressemble pas. Une jeune personne charmante se trouvait au bas de la terrasse des Feuillants. Un fat la regarde, et la trouve jolie. Il rencontre un autre fat, et lui dit, qu'il vient de voir une femme charmante. — Il faut voir ça- ! Il court avec son semblable ; ils suivent la jeune personne avec affectation ; ils la regardent impudemment. — Parbleu ! (dit le second), il faut nous amuser, et faire foule autour d'elle ! Tiens, fais comme moi-. Ils redoublèrent alors d'effronterie ; s'arrêtèrent, la fixèrent. Le public étonné, cherchait des yeux. On voyait un objet charmant ; on le considéra. Tout le monde voulut voir, et ne vit rien. On se presse; on s'étouffe : les promeneurs et les promeneuses accourent de tous les coins du jardin, et la jeune personne fut exposée à être suffoquée, parce qu'un fat l'avait trouvée jolie. Elle fut obligée, pour se garantir, de s'accoter à un arbre. Son père, qui paraissait un ancien officier, repoussait avec peine les importuns; il fut obligé de mettre l'épée à la main, pour se faire faire passage, et sortir. Sa figure vénérable, les expressions polies qu'il avait d'abord employées, pour obtenir la liberté de se retirer, tout avait été inutile. On dit, que dans un mouvement douloureux, voyant sa vie et celle de sa fille exposées, il s'écria : — *Ô Français, Français! vous êtes plus cruels que les sauvages! ils ont respecté ma fille, parce qu'elle était belle-!* Il sortit enfin, à l'aide des Suisses[1], par la porte des Feuillants[2].

[...]

Cent huitième Nuit.

LE LUXEMBOURG[1].

Je n'avais vu qu'à demi le jardin solitaire du faubourg Saint-Germain. Je sortis avant huit heures, et je montai la rue Saint-Jacques. Vis-à-vis la boutique de la dame veuve Duchêne, j'aperçus une très jolie personne, qui marchait doucement, en s'arrêtant sans cesse, et regardant souvent derrière elle. Je me mis à l'examiner. Elle alla jusqu'à la rue Saint-Dominique[2], dans laquelle elle avança au-delà du cul-de-sac. Elle

revint sur ses pas, redescendit la rue Saint-Jacques, et
vis-à-vis Louis-le-Grand, trouva un jeune homme,
qu'elle cherchait sans doute ; car ils s'unirent comme
l'aimant et le fer. Ils descendirent, prirent la rue des
Mathurins, celles des Cordeliers, des Fossés-M.-le-
Prince, des Francs-Bourgeois, d'Enfer et Saint-Dominique[3], dans laquelle la jeune personne demeurait
avec sa mère, veuve d'un artiste. Lorsqu'elle fut
rentrée, et que je me fus assuré que le jeune homme
était étudiant en médecine, j'allai au Luxembourg. Il
était neuf heures un quart, et j'étais fâché d'avoir
manqué la plus belle heure de la soirée ; car on ne
vaque pas si tard à ses affaires dans le faubourg Saint-
Germain, que dans le quartier Saint-Honoré. Je suivis
l'allée des Chartreux ; je revins par la grande allée ; je
retournai par celle du Palais, à l'entrée de laquelle je
trouvai assise une femme, mise en dame, et qui
pleurait. Je ne puis voir souffrir un être humain, sans
m'y intéresser vivement. Cette dame n'était plus
jeune ; elle me paraissait fort laide. Je l'abordai. —
Madame (lui dis-je) vous pleurez ? Seule, ici, à l'heure
qu'il est ! Oserais-je vous demander le sujet de votre
chagrin ? — Enfin (dit-elle brusquement, et en se
levant), en voilà un, qui me demande ce que j'ai ?...
Croiriez-vous que je suis ici, à cette place, depuis les
trois heures, c'est-à-dire au grand jour et à l'heure où il
vient le plus de monde à la promenade, sans que
personne ait pris le moindre intérêt aux larmes que je
répandais- ! En même temps elle se retourna : — Vous
voyez ! (dit-elle à des gens, que je n'apercevais pas
encore) ; j'ai gagné la gageure. Car il n'est pas encore
dix heures. Mais c'est de si peu, qu'en vérité-... Deux
hommes et une jeune femme s'approchèrent alors. —

Parbleu! il n'y avait peut-être que cet homme-là capable de s'intéresser à vous, et il faut que le hasard l'ait amené pour nous faire perdre! — Un moment! (dit la jeune dame), il faut savoir ce qu'il aurait fait. Si Monsieur est honnête homme, comme je le crois, il faut qu'il nous dise, dans la sincérité de son cœur, ce qu'il aurait fait pour Madame, laide, vieille et pauvre? — C'est suivant la position de Madame (répondis-je). Si elle avait été dénuée de tout, il aurait bien fallu l'aider à vivre, et j'ai quelqu'un de riche, à qui je l'aurais efficacement recommandée. Si les peines de Madame n'avaient exigé que des conseils et des consolations, je conseille et je console aussi bien qu'un autre. Si ses peines étaient imaginaires, j'aurais tâché de lui procurer des distractions, en lui fournissant des occasions d'exercer la bienfaisance; il n'est rien de tel, pour amuser! — Fort bien! (dit la vieille dame, avec un son de voix très agréable), et je vois que j'ai réellement gagné!... Je n'ai pas séduit l'être compatissant (poursuivit-elle); ainsi, je ne veux pas qu'il me croie laide plus longtemps... — Demandez-lui auparavant, ce qu'il est! (dit un des hommes). — Nous n'avons pas mis pour condition, que je n'exciterais la sensibilité que d'un prince, d'un duc, ou d'un marquis, d'un comte, d'un évêque ou d'un abbé? Nous avons vu de tout cela ici, depuis les trois heures, sans effet: mais votre gageure est absolue. — Il est vrai! (reprit l'homme). Mais obligez-nous? — Qui êtes-vous? (me demanda la vieille dame, avec un son de voix fort jeune). — Le Spectateur-nocturne. — Je m'en doutais! (s'écria l'homme)... J'aurais bien dû l'excepter (dit-il à la jeune dame), car j'en ai entendu parler à la marquise De-M****, et nous aurions gagné la gageure-! Lorsqu'il eut cessé de parler, la dame ridée me dit : — Monsieur le Spectateur-nocturne, je ne veux pas que vous me croyiez vieille et laide-. En même temps elle dénoua dessous son menton un cordonnet, qui retenait une pellicule, et elle me montra la plus charmante figure. Que l'on juge de ma surprise et de ma joie! c'était la dame que j'avais tant cherchée au Palais-Royal! J'ignore, si elle m'avait reconnu, ou si l'envie de gagner la gageure, lui avait fait passer sur l'éloignement qu'on lui avait inspiré pour moi. Elle me témoigna quelque surprise, de ce que je me qualifiais moi-même de Spectateur-nocturne. Ce fut ce qui amena une grande explication de ma part! Mais j'ignore l'effet que cela produisit. Je ne devais plus revoir la duchesse, quoique sa compagnie me donnât, devant elle, des témoignages d'estime. Serait-ce que les grands, une fois prévenus, ne reviennent jamais?...

[...]

Cent onzième Nuit.

[FEU D'ARTIFICE.]

Le 14 mai, j'étais convalescent. A huit heures du soir, je me sentis la force de sortir, et j'allai jusqu'aux Tuileries. On donnait un feu, pour une grande réjouissance ; mais je n'en vis rien, assis que j'étais sur les marches du palais, qui descendent au parterre. Le bruit épouvantable que j'entendis ensuite, ne me surprit pas ; c'est l'ordinaire dans les réjouissances tumultueuses. Je sortis, appuyé sur le premier bâton que j'eusse porté, depuis que j'étais à Paris, et je sortis seul par la porte du Pont-Royal, que je traversai seul. Mais bientôt une foule innombrable me suit. J'entends des pleurs, des gémissements. Jamais soirée ne fut si désastreuse ! On assignait au désordre mille causes imaginaires ! Il n'y en avait que deux ; les filous et les libertins ; je m'en convainquis dès le lendemain. On se rappelle le dernier feu de la Saint-Jean[1]. Ce fut la même chose à la place Louis XV ; les filous voulaient voler ; ils foulaient : les libertins avoir telles et telles femmes ; et ils les firent périr, en périssant avec elles. Les filous firent le plus de mal, et le commencèrent : les libertins cependant en causèrent beaucoup, parce qu'en voulant se baisser, ils furent renversés, foulés aux pieds. Une troisième classe, les polissons, contribua aussi au désordre. Il faut faire entendre ce que c'est. A Paris, le citadin, et les étrangers naturalisés, ont une façon de penser dure, égoïste. Ils regardent tout ce qui les entoure avec mépris ; ils n'ont pas respectivement de compassion. Si quelque chose les affecte, ils poussent, ils renversent, pour y aller ; les hommes, les femmes sont pour eux des masses inanimées, qu'ils terrassent, qu'ils foulent aux pieds, et plus ils font de mal, plus ils ont de gloire et de plaisir. C'est une prouesse, dont ils parlent le lendemain. Les filous et les libertins voulaient bien de la presse et de la confusion ; mais non faire ce qui arriva : les polissons au contraire, en voyant l'effet, le redoublaient, au risque de périr eux-mêmes. Ils augmentaient le mal, en montant sur les corps entassés, en les foulant sans pitié. Sans eux, personne peut-être ne serait tombé... Je vis, ce soir-là, un amant désespéré, qui avait conduit sa maîtresse au feu, retourner la chercher ; ne pas la trouver ; pressentir son sort funeste, et mourir de douleur. Elle arriva comme il expirait... On a loué l'action de ces grenadiers des gardes, qui portèrent leur colonel. Il faudrait la beaucoup blâmer. En attendant un peu, leur colonel ne risquait rien ; et en le portant, en écartant la foule, qui peut dire à combien de malheureuses victimes ils ont causé la mort la plus cruelle !... Ô maîtres du monde, croyez-moi, ne donnez que des fêtes individuelles ; il appartient à Dieu seul de réjouir en masse toute la nature !

J'étais trop faible pour aller chez la Marquise.

Cent douzième Nuit.

LE JARDIN DES PLANTES[1].

Triste, effrayé de tout ce que j'avais entendu la nuit précédente et dans la journée, j'allai chercher une promenade tranquille. L'air m'avait un peu fortifié. Je pris par la rue Saint-Victor, et j'arrivai au Jardin des plantes. Il faisait encore jour. Mais le soleil était couché ; la soirée était belle. Je regardai le labyrinthe. Il me prit une envie démesurée d'aller respirer l'air pur, au-dessus de cette éminence. Mais les portes en étaient fermées. Un homme du quartier me dit, que les sous-préposés se réservaient cette partie du jardin, pour leurs parties fines. Je frémis d'indignation. Je cherchai tant, que je trouvai une petite porte au-dessus des forges, par laquelle j'entrai. Je n'eus pas fait trente pas, que j'entendis parler et rire dans un bosquet. Je m'avançai doucement, et je vis sur le gazon les débris d'une collation copieuse, autour de laquelle étaient couchés, quatre beaux couples d'amants, qui riaient, jasaient... Je l'avouerai, cette joyeuse compagnie m'offrit l'image du bonheur. Je n'en fus point jaloux, je ne fus point de mauvaise humeur. Une réflexion me vint seulement : — Ils sont là bienheureux ! mais il faut qu'une peine compense ces plaisirs-là ? Oh ! qu'elle sera grande- ! Je m'éloignai sans bruit. Sur la descente orientale, j'aperçus quelques autres couples, mais séparés. Je ne décrirai pas leurs amusements ; ils avaient raison de tenir les portes fermées. J'allai de là sur le monticule vis-à-vis, observant de marcher toujours à couvert. Je vis d'autres sociétés. Enfin je fus aperçu par deux garçons de jardin. Ils vinrent à moi furieux : — Comment êtes-vous entré ici ? — Par la porte. — Vous n'êtes pas de la compagnie ! — Non. — Vous êtes... — Vous êtes des insolents ; et taisez-vous, ou je vous ferai voir, que cet endroit doit être ouvert ; il ne renferme aucune plante rare, et le Jardin du roi, ne doit pas être l'asile du libertinage-. A ce mot, un de ces sous-préposés, qui faisaient fermer les portes du labyrinthe, s'approcha, me regarda, et ne dit mot. Il fit bien. Je ne sortis pas. Je me promenai ouvertement partout, et je suivis la dernière compagnie. Je vis par la mollesse des sous-préposés à mon égard, qu'ils n'étaient pas autorisés... J'allai chez la Marquise pour la première fois depuis trois mois ; je lui racontai ce que je venais de voir, et elle en écrivit à l'intendant du Jardin. L'abus dura quelque temps encore ; enfin, il a cessé, par les ordres de Buffon.

Je lus à mad. De-M**** une juvénale, intitulée, *Le Tragique et le Comique*, composée durant ma maladie.

LA FILLE QUI S'ÉVADE.

Je m'en revins doucement, et sans excursion, vers le minuit. Au milieu de la rue Saint-Antoine, je vis sortir une fille nue en chemise, qui se sauvait. Elle prit par la petite rue Percée[2]. Je n'avais pas la force de courir. Un instant après, il sortit de la même maison, un homme, en bonnet de nuit, ses bas non liés, qui courait de toutes ses forces. Je le laissai courir, ne sachant pas si je devais lui indiquer de quel côté la jeune fille avait pris. Tandis que je réfléchissais immobile, une femme d'un certain âge sortit de la même maison, en courant comme les autres; enfin une fille domestique. Tous, à l'exception de la fille, avaient descendu la rue Saint-Antoine. La domestique m'aborda, pour m'interroger. — Avant de vous répondre (lui dis-je), il faut me dire ce que signifie ce que je viens de voir. Une jeune personne est sortie nue, en courant. Un instant après, un homme; puis une femme; enfin, vous. — Si vous avez vu ma jeune maîtresse, dites-moi de quel côté elle a pris, et venez, je vous parlerai en marchant-. J'y consentis. — Suivez-moi (lui dis-je). Et je marchai le plus vite qu'il me fut possible. — Ma jeune maîtresse (me disait la fille) est bien malheureuse! Son père et sa mère, que vous venez de voir courir après elle, veulent qu'elle se fasse religieuse[3], pour mieux marier son frère. Les parents de la fille qu'il doit épouser, dans trois ou quatre jours, prétendent que la sœur ait prononcé ses vœux. Elle ne le voulait pas. On l'a fait venir ce matin à la maison, pour la mieux sermonner. Mais on n'a pu réussir. On l'a maltraitée. Enfin ce soir, à l'instant où on la faisait coucher, la porte s'est trouvée ouverte un moment, comme elle était toute nue, sa mère venant d'emporter ses habits ; elle en a profité, pour descendre, et s'enfuir. Elle va probablement chez sa tante, qui demeure près l'Orme-Saint-Gervais, dans une petite rue, qui passe derrière Saint-Jean-en-Grève[4]-. Tandis que la fille parlait, je regardais de tous côtés. J'aperçus dans un enfoncement, quelque chose de blanc. J'y allai. C'était la jeune personne, en chemise, sans chaussure. — Ne craignez rien (lui dis-je), Mademoiselle. Je vais vous procurer un asile-. Je l'enveloppai de mon manteau ; je dis à la domestique d'aller lui chercher quelques habits, et de lui donner ses souliers, attendu qu'elle avait les pieds blessés par des éclats de bouteille cassée. La fille courut chercher ce que je lui demandais, ou peut-être avertir les parents. Je fis traverser rapidement la rue Saint-Antoine à la jeune personne, nous prîmes la rue des Billettes, la rue du Roi-de-Sicile, la rue Pavée, et nous parvînmes dans la rue Payenne. Je fis le signal. On vint m'ouvrir, et j'appris à la Marquise la rencontre que je venais de faire. On donna des habits à la jeune personne ; on visita ses pieds, dont elle souffrait beaucoup, on les pansa, et on l'envoya dans la communauté qui recevait les protégées de la Marquise.

En m'en retournant, je revis la fille domestique avec son maître et sa maîtresse, qui venaient de la rue Percée. Ce qui me fit soupçonner la fille de trahison. Je me tins à l'écart, jusqu'à ce qu'ils se fussent éloignés par la rue Culture. J'arrivai chez moi très fatigué.

Cent treizième Nuit.

SUITE DU JARDIN.

J'osai retourner au Jardin des plantes, malgré ce qui m'était arrivé la dernière fois. Je m'aperçus que j'étais observé : le Suisse avertit les sous-préposés de mon arrivée. Je tâchai de pénétrer dans le labyrinthe. Un homme vint m'ouvrir la grande grille. J'entrai. Je ne trouvai d'abord personne, quoique je furetasse partout. J'allais, je venais : enfin au pied d'un cyprès, j'entrevis plusieurs personnes, qui paraissaient s'entretenir. A mesure que j'approchais, je distinguais le sujet de la conversation, qui roulait sur la botanique. On m'aperçut. Sans doute on savait que j'étais là. — Tenez, dit un des jeunes gens, voici un savant botaniste ; il faut le prier de résoudre la question ? — Je ne connais rien à la botanique (leur dis-je). Mais je me connais en mœurs, et je sais que vous êtes des libertins, qui fermez au public une partie de ce beau jardin, pour le faire servir à vos parties et à celles de vos amis. Je sais ce que j'ai vu l'un de ces jours, et je me propose d'en instruire des personnes en état d'y porter remède. Adieu. Je n'ai besoin ni de jeunes étourdis tels que vous, ni de vos questions-. Je m'éloignai, en achevant ces mots. Mais je revins par-derrière une haie de buis. — Quel est cet homme ! (disaient les jeunes gens). C'est sûrement quelqu'un comme il faut ; on le voit à son assurance-. Ils appelèrent le garçon de jardin, pour lui demander, si j'étais sorti ? Cet homme dit, qu'il ne m'avait pas vu. Je profitai de ce moment, pour me glisser dans le grand jardin, par la grille entr'ouverte. Je passai du côté du limonadier, où étaient quelques personnes qui se rafraîchissaient. Ces gens faisaient des plaintes de la clôture du labyrinthe, et j'entendis qu'on était instruit des motifs. Le limonadier, qui avait ses raisons, soutint, que c'était par décence, qu'on le fermait, parce qu'il s'y faisait des parties scandaleuses. — Quand cela serait ? (lui dis-je) : mais cela n'est pas. Un endroit est toujours décent, dès qu'il est public, parce que personne n'y est sûr de n'être pas vu. Au lieu qu'à présent, le labyrinthe est le repaire de la débauche, parce qu'elle est assurée de se dérober à tous les yeux-. Je parlais avec tant de véhémence, que cet homme fut intimidé. Il se tut. Je m'éloignai. Comme j'étais dans la grande allée des Tilleuls, vis-à-vis la porte d'entrée, je vis arriver une jolie compagnie, qui monta par le petit escalier à côté des forges. Le souper fut commandé chez le Suisse, et l'on alla se divertir. J'hésitais, si j'entrerais, ou non. Tandis que je réfléchissais, je vis tout ce monde sortir précipitamment, ainsi que les jeunes gens qui m'avaient parlé. Je me cachai derrière un gros buisson, et j'entendis qu'on disait : — Il ne sortira pas aujourd'hui ! qu'il soit ce qu'il voudra-. La joyeuse compagnie quitta le jardin, et l'on dédommagea le Suisse des préparatifs commencés. Je sortis après tout le monde. Je ne sais si je risquais quelque chose avec ces gens-là : je ne le crois pas. On ferma les portes, et le dessein n'était sans doute que de me faire coucher dans le labyrinthe.

J'allai directement chez la Marquise. Je lui racontai l'emploi de ma soirée ; après quoi je lui lus une pièce intitulée, *La Politique.*

La Marquise me parla de la jeune fille de la veille. Elle avait fait écrire à ses parents, pour leur annoncer, que n'étant pas dignes de disposer de leur fille, une autre personne l'avait recueillie, et l'avait mise dans un endroit honnête et sûr.

Je passai devant la porte de ces gens à mon retour, et je vis de la lumière à leurs fenêtres. Il me vint alors une idée, qui pour ne pas être trop philosophique, me parut néanmoins propre à produire un bon effet sur de pareilles têtes. Je criai de la rue, en me tenant collé contre les maisons, et à la manière des anciens oublieurs[1]. « — Ô vous, qui rendez malheureux vos enfants, par d'injustes dispositions, tremblez ! La confusion, la honte, la douleur, le désespoir vont tomber sur vous- » ! Je prononçai lentement, et avec l'accent d'un inspiré. J'ai su depuis, que l'effet de ces paroles avait été au-delà de mes espérances. La domestique, qui la veille avait trahi sa jeune maîtresse, en ne me trouvant plus, s'était formé de moi une étrange idée, qui s'était changée en une autre, par la lettre de la Marquise. En m'entendant le soir, elle avait frissonné. Ses maîtres mêmes furent persuadés que j'étais un être extraordinaire, envoyé par la Providence au secours de leur fille. Ils descendirent pour me trouver. Mais j'étais déjà bien loin.

Cent quatorzième Nuit.

JARDIN DE SOUBISE[1].

J'abandonnai le Jardin des plantes, pour ne pas familiariser avec ma vue, les jeunes gens que je voulais morigéner. J'étais faible, et je ne sortais pas tous les soirs. L'on était au commencement de juin. C'est le temps où la Nature est revêtue de sa belle robe à fleurs. Je m'acheminai vers le Marais dès ma première sortie et en attendant l'heure de voir mad. De-M****, j'entrai dans le jardin de l'hôtel Soubise. Je me crus dans le séjour de l'innocence et de la candeur. Une foule d'enfants, avec leurs bonnes, folâtraient autour du bassin. De jeunes filles, plus grandes, mais ayant cette touchante naïveté de l'adolescence, se promenaient sous les marronniers. Dans le parterre, garni de légumes et d'arbres à fruits, je trouvai une nation entière. C'étaient tous les Juifs bas-mercantiers[2] qui célébraient le samedi. Les pères, les mères, les enfants, les servantes, tout était confondu. Ils parlaient allemand entr'eux, et ne se mêlaient pas avec le reste du monde. Ils me prirent sans doute pour un des leurs. Je marchais gravement, et j'écoutais. Par ce que je vis et ce que j'entendis, il me semble que l'innocence et les mœurs patriarcales règnent encore parmi eux. La servante parlait à son maître et à sa maîtresse, comme une sœur ou une fille, suivant son âge. Les enfants étaient respectueux et tendres. Les pères et les mères paraissaient ne respirer que pour eux. Je fus édifié des sentiments de ces pauvres Juifs ; car pour les riches, on sait trop que c'est autre chose. Le spectacle était uniforme ; d'ailleurs ils se disposaient à partir. J'allai de l'autre côté, où se promenaient les adolescentes chrétiennes.

Elles étaient toutes aimables, et il y en avait de charmantes. Elles me prirent pour un Juif, et j'entendis, qu'elles se disaient entr'elles, — C'est un Juif ! mais il ne faut pas en avoir peur ; ces gens-là observent bien leur loi ; ils sont bons, bien unis entr'eux-. Elles s'assirent sur un banc. J'allai m'asseoir derrière elles au pied de la terrasse. Elles me perdirent de vue, et j'entendis alors une conversation vraiment intéressante, par sa candeur, sa naïveté.

— Moi, j'aimerais bien ces Juifs, s'ils n'étaient pas juifs ! (dit une jeune personne). — Qu'est-ce que cela veut dire ? — Oh ! je le sais bien moi, sans qu'elle le dise ! C'est qu'elle voudrait avoir un mari, un jour comme ça. N'est-ce pas ? — C'est ce que j'ai voulu dire. Car il ne faut pas mentir. — Moi, je ne veux pas me marier. Ma tante me dit que tous les hommes sont méchants ; et en effet, je vois dans les ménages, que toutes les femmes sont malheureuses, plus ou moins. — Ma bonne amie (dit une des plus grandes), as-tu observé, si ce n'était pas quelquefois la faute de la femme ? Pour moi, je t'assure que maman est très heureuse avec mon père ! Et tous les jours elle nous dit : — Mes enfants, respectez bien votre père ! c'est un homme si bon, si honnête, si laborieux dans son état, si estimé, si entendu, que notre bonheur à tous dépend de lui... Ne pourrais-je pas avoir le même avantage ; surtout si je laisse choisir à mon père et à ma mère, qui ont bien de la prudence, de la raison, et qui m'aiment, oh! comme jamais on n'aima son enfant... Aussi, je le leur rends bien. — Je ne pense pas comme Sofie, moi? Nous avons le même âge ; j'ai quinze ans, et elle aussi : mais je ne vois rien chez nous qui m'engage au mariage. Ma mère était belle ; mon père l'adorait ; et depuis qu'ils sont mariés, elle n'a jamais pu faire sa volonté. Toujours des contradictions, à la moindre dépense! Aussi, ma mère me dit-elle, que le meilleur des hommes, qui est mon père, ne vaut rien-. Une petite éveillée prit alors la parole. — Cela s'appelle raisonner tout de travers! Parce que le père de Mademoiselle est le meilleur des taquins, il s'ensuit que tous les hommes valent moins que lui! Mais vous sentez bien, ma'm'selle, qu'un homme qui ne dirait pas ce qu'il dit, serait meilleur que lui, pourtant? — Ce n'est pas cela! (s'écria une autre). Ne voyez-vous pas que la mère de mon amie est une folle, et que si Victoire est riche un jour, comme elle le sera, elle devra sa fortune à la sagesse de son père? Elle a raison de dire, que c'est le meilleur des hommes : car j'ai entendu dire à mon père, qui est le plus savant, le plus éclairé des hommes, à ce que dit ma mère, que sans la force d'esprit du père de ma bonne amie, toute sa fortune serait dissipée, parce que sa maman a la tête légère. Et si pourtant elle est bonne femme et bonne mère. — Ce n'est donc pas comme Madame... Sa fille n'est pas ici?... C'est cette pauvre Irène... Ah! qu'elle est malheureuse! Sa mère ne l'aime pas! et elle la fait souffrir, souffrir! jusque-là que ma mère dit, que lorsqu'on a une mère comme ça, on est dispensée de l'aimer. — Non, ma'm'selle! (dit la troisième qui avait parlé); rien ne dispense d'aimer sa maman! Quand vous serez mère (si Dieu vous en accorde le bonheur)!

seriez-vous bien aise d'être haïe de votre enfant ? — Si j'avais le malheur d'être méchante mère, cela me serait bien indifférent ! — Mais ma bonne amie, reprit la même, cela ne serait pas indifférent pour votre fille ! Irène aime sa mère, qui ne l'aime pas, et maman dit, qu'elle a trouvé, par là, le moyen de se rendre avantageuse la haine de sa mère : car cela est bien beau, d'aimer une maman qui ne nous aime pas, uniquement parce qu'elle nous a donné la vie, et qu'elle est notre mère ! — Oh oui ! oh oui- ! (dirent à la fois dix de ces aimables jeunes filles). Je vis qu'elles allaient se lever ; parce que l'une d'entr'elles observa qu'il se faisait tard. Je m'approchai : — Charmantes filles ! (leur dis-je) je viens d'entendre votre conversation, et je ne saurais vous dire combien elle m'inspire d'estime pour vous ! Votre sexe, à l'âge où vous êtes, a toutes les vertus aimables : ah ! gardez, gardez toute votre vie cette inestimable candeur, qui vous rend intéressantes, et qui vient de m'attendrir aux larmes- ! Elles m'écoutaient interdites, sans me répondre. Je crus devoir leur en sauver l'embarras ; je m'éloignai. Elles sortirent toutes, et j'entendis qu'elles disaient : — Il est bon homme, ce Juif ! il avait presque les larmes aux yeux en nous parlant. — C'était autrefois le peuple de Dieu. — Il le sera encore un jour. — Oui, avant la fin du monde. Mais celui-là sera-t-il damné ? — Non ! non- ! dit une des plus jeunes. Les autres n'osèrent décider, si je serais damné ; mais elles en tremblaient !... Je demeurai quelque temps après le départ de ces aimables filles. Ensuite j'allai chez la Marquise plus tôt qu'à l'ordinaire.

Je restai seul environ une demi-heure, en attendant qu'elle parût à sa grille. On me demanda, si je voulais quelqu'un pour me tenir compagnie ? Je remerciai, parce que j'allais écrire ce que je venais de voir et d'entendre, pour le lire à mad. De-M****. Elle parut comme j'écrivais. Elle fut enchantée ! — Vous mettez tout à profit- ! (me dit-elle). Je lus ensuite la juvénale intitulée, *La Superstition*.

[...]

Cent vingt et unième Nuit.

FOIRE SAINT-LAURENT[1].

Depuis quelque temps, j'avais grande envie de revoir le spectacle des danseurs de corde. Je ne pouvais mieux choisir que cette nuit. Les spectacles du boulevard étaient à la foire Saint-Laurent. Après avoir parcouru les beaux boulevards, je poussai jusqu'à la porte Saint-Martin, et j'allai à la foire, qui se tient dans le préau des Lazaristes. Tous les baladins (et autrefois l'Opéra-Comique) sont obligés de s'y rendre. C'est, dit-on, pour donner de la vie à cette foire inutile, et si parfaitement inutile, qu'on est obligé d'y envoyer des baladins, pour la vivifier. C'est le commerce seul, qui devrait attirer, et le public, et les baladins. Mais il n'est pas de pays, où l'on connaisse moins le commerce, et les moyens de le favoriser, qu'en France. La Ferme générale[2] anéantit l'industrie nationale, la repousse dès qu'elle veut prendre l'essor, et finira par la détruire. Il faudrait des franchises, et la Ferme n'en veut pas ; elle ne rêve qu'à des profits immenses : mais on n'en fait pas d'immenses sur des pauvres; elle tire peu de chacun, et elle les épuise tous, pour s'engraisser de leur sang, pour étaler ensuite une folle et criminelle opulence. Une franchise, cependant, accordée aux deux foires Saint-Laurent et Saint-Germain, qui seraient toutes deux ôtées des mains des moines, lesquels ne peuvent décemment les conserver, attirerait en France les étrangers, et surtout donnerait occasion aux marchands de Paris, de vendre et de faire vendre tous leurs gardes-boutiques. La Ferme même y trouverait son compte, par une circulation plus abondante, et la consommation des autres denrées. Mais l'esprit financier est le poison lent de l'État. Quand chargera-t-on les peuples de verser eux-mêmes leurs contributions dans le trésor public!... Telles étaient mes réflexions, de la porte Saint-Martin, à l'enclos Saint-Laurent.

Arrivé dans le bazar, je vis quelques boutiques mesquines et mal fournies, des coureuses étalant des modes, comme les araignées tendent leurs toiles, des billards, des cafés, des tabagies, et surtout des baladins. Les parades[3] commençaient, avec un vacarme épouvantable, et faisaient déserter jusqu'aux billards. Je me crus en Espagne. Je me mêlai dans la foule, et j'examinai ce qui se passait à la parade, dans un endroit moins large et plus concentré que le boulevard. Je remarquai d'abord, que la foule était particulièrement composée de trois sortes de personnes, de filous, d'apprentis, non encore avancés, qui ne gagnaient pas leur chandelle, et dont quelques-uns n'étaient pas plus sûrs que les premiers; enfin d'enfants de famille, qui s'échappaient. Il y avait aussi des ouvriers peu actifs, ou de ceux qui ne peuvent travailler à la lumière, et des étrangers. Les filles étaient particulièrement des coureuses novices, des couturières, des frotteuses, des gazières, et des filles d'artisans. Il n'était pas possible qu'il se commît là des désordres, comme dans les grandes foules, mais on s'y essayait. On profitait des pointes ordurières de la parade, pour expliquer aux jeunes filles les choses relatives à l'indécente bouffonnerie. De temps en temps, il y avait un petit reflux, pendant lequel les escamoteurs tâchaient d'opérer. Des polissons jouaient des tours aux filles, dans les moments de grande attention, et après une indécence bien caractérisée, ils se retiraient au cri de la jeune personne, que les camarades de l'insolent environnaient d'un air de morgue affectée, les yeux fixés sur la parade. Je vis avec sa mère, une jeune fille qui fut si gravement insultée, dans un moment où elle riait de tout son cœur, qu'elle s'en trouva mal. Elle était même blessée. Je fis des reproches à sa mère, de ce qu'elle amenait sa fille dans un endroit pareil. On fut obligé d'appeler un chirurgien... Je détourne les yeux de cette infamie. Un jeune provincial perdit sa montre, sa tabatière, sa bourse et son mouchoir. Je crois même, que ce ne furent pas des filous de profession qui le dépouillèrent, mais de très mauvais plaisants, que son air neuf et sa physionomie admirative avaient beaucoup divertis.

Le sujet de la parade, était Cassandre grossièrement dupé par Léandre, secondé, comme de raison, par Colombine et par Pierrot. L'indécente coquine employait les moyens les plus coupables, de la manière la plus effrontée, pour duper Cassandre, en lui faisant payer sa dot. Elle le caressait, le flattait; et donnait ainsi la leçon la plus efficace aux novices qui l'écoutaient. Cette Colombine était jolie ; elle était même, contre l'ordinaire des paradeuses, mise avec une sorte de goût voluptueux. Ce qu'elle disait, ce qu'elle faisait n'en était que plus propre à séduire. Dans cette occasion, tandis qu'elle caressait Cassandre, dont elle pressait la tête contre sa poitrine, le beau Léandre chatouillait le creux de la main du vieillard, qui s'imaginant que c'était Colombine, jouait un pantomime semblable à celle de la danse des Nègres. Ce fut à cette farce, que la jeune fille fut insultée, et elle n'avait pas été la seule. Le lubrique vieillard excitait une frénésie universelle parmi la jeunesse exaltée, et l'on vit une partie des femmes et des filles obligées de s'écarter, ou de fuir.

Une sage police a supprimé ces parades, qui ont absolument cessé en 1777, à la dernière foire Saint-Ovide de la place Louis XV. Je n'entrai pas chez Nicolet, comme je me l'étais proposé. Je remis à la nuit suivante [4]. J'aidai à ramener chez elle la jeune fille insultée. Nous la portâmes doucement à quatre, c'est-à-dire que nous nous relevions de 50 en 50 pas. Elle fut très incommodée, et garda le lit six semaines. Il n'est pas nécessaire que l'on m'entende plus clairement. Elle était jeune, blonde, et très jolie.

J'allai raconter l'emploi de ma soirée à la Marquise. Ensuite, je lui lus une petite juvénale, intitulée, *L'Ami de la maison*.

DUEL DE DEUX ABBÉS.

Comme je savais que la foire ne fermait qu'à 2 heures, j'y retournai, pour voir les suites des représentations nocturnes des bas-farceurs[5]. J'arrivai au préau comme on en sortait. Je vis une dame âgée, avec son mari, et une jeune personne charmante, leur fille. Ils se retiraient tranquillement. Deux abbés, mis en petits-maîtres, et que j'ai connus depuis pour deux maîtres de musique, suivaient à quelque distance, et se disputaient avec vigueur ! Je compris, que l'un avait soufflé à l'autre cette charmante écolière. Je ne croyais pas que cette dispute pût avoir des suites fâcheuses, entre deux êtres pareils, ordinairement très lâches : ainsi, je marchais fort tranquillement, sans trop les observer. Au moment où je m'y attendais le moins, vis-à-vis une petite rue, ils s'éclipsèrent avec vivacité. Cette démarche m'étonna. Je m'arrêtai, et j'entendis un coup de pistolet. J'accourus. Un second se fait entendre. Un des abbés passa près de moi en courant, et disparut. J'allai pour lors porter secours au blessé, qui, peut-être, n'en avait plus besoin. Je trouvai l'autre abbé, plein de vie, cherchant son chapeau. — Vous n'êtes pas mort ? (lui dis-je). — Non ! que voulez-vous dire ? — Votre homme fuit, et vous venez de vous battre au pistolet... — Paix ! paix donc ! — Ne craignez rien... Mais, dites-moi ; quel est le sujet de votre querelle ? — Une écolière, qu'il m'a enlevée en s'en faisant aimer. C'est un mauvais sujet ; et c'est plus pour l'intérêt de la jeune personne, que pour le mien que je me suis battu. Il croit m'avoir tué. Je vais me tenir renfermé ; je ferai courir le bruit que je suis mort ; il fuira, et mon but sera rempli. Je préserverai ainsi la jeune personne d'une séduction inévitable-. Je ne savais trop, si je devais approuver ou blâmer. Je quittai l'abbé cru mort, et je marchai vivement. Je rattrapai les parents de la jeune personne, et je trouvai le prétendu vainqueur avec eux. Il me reconnut, et ma présence l'effraya au point, qu'il s'enfuit en me voyant aller droit à lui ! A tout événement, j'appris aux parents ce qui se passait ; bien sûr que cette découverte ferait expulser les deux maîtres de musique. Ce fut mon avis ; qu'on suivit dès le lendemain. Mais on apprit alors, que les deux lâches ayant chacun chargé le pistolet de l'autre, n'y avaient mis que de la poudre ; que tous deux étaient tombés exprès, et que celui qui s'était enfui le premier, était le plus adroit. Il s'était traîné, avant de s'échapper, parce qu'il pensait avoir réellement tué son rival, cru plus généreux que lui dans la charge du pistolet[6].

[...]

Cent vingt-sixième Nuit.

L'HOMME QUI NE DÉPENSE RIEN.

En sortant, au bout de la rue du Fouarre, que j'habitais alors, tout à côté de l'égout de l'Hôtel-Dieu, je trouvai un homme, vêtu d'une espèce de blode[1] de toile cirée. Il avait une longue barbe, des savates, un vieux chapeau, un bas noir et un gris. Sa figure extraordinaire me frappa d'autant plus, que cet homme, d'environ 40 ans, ne me paraissait pas infirme. Je l'abordai : — Monsieur, (lui dis-je) pardon ! Êtes-vous dans l'état qu'annonce votre habit ? — Oui, et non (me répondit-il). Je suis dans une profonde misère, parce que je ne possède rien. Et cependant, comme je vis sans manquer, que je vis content, je ne suis pas misérable. — Oserais-je vous demander, monsieur, quel est votre genre de vie ? (Je répétais le mot de monsieur, à cause de la grande révérence qu'on doit à l'homme pauvre). — Vous me paraissez un bon enfant ; car vous vous intéressez à moi, et il ne m'était pas encore arrivé de rencontrer un être compatissant. Depuis que je suis tombé dans une indigence absolue, par l'injustice des hommes, il m'est venu dans l'idée de subsister, sans rien avoir, sans rien prendre, sans rien dépenser. J'en ai fait le serment, que je tiendrai. C'est un gros chien de mon voisinage, dont le maître est mort, et dont personne ne voulait, qui m'a donné l'exemple. Ce chien n'ayant plus d'ordinaire réglé, s'est mis à étudier les lavoirs des cuisines, et surtout il a bien gravé dans sa tête, l'heure à laquelle les cuisinières jettent leurs lavures. Il y allait d'avance, faisant sentinelle, pour écarter les chiens parasites. Il s'emparait alors de tout ce qui était jeté, peaux, os demi-rongés ou dégarnis, carottes, panais, et le reste ; il faisait ventre de tout, et se portait bien, quoiqu'il jeûnât un peu rigoureusement les vendredis et les samedis. — C'est un être vivant (pensai-je) ; tout lui profite, parce qu'il n'a de dégoût pour rien : il faut en faire autant. Ce chien peut m'être utile ; la prévoyance du lendemain lui manque ; je lui prêterai la mienne-. Je me liai donc d'amitié avec le gros chien, et nous allâmes ensemble. Je ramassais tout ce que je trouvais, herbes, fruits demi-gâtés, mais bons encore. J'ôtais au chien tout ce qui était viande, je lui broyais les os dans une pierre creusée, au moyen d'une autre façonnée en pilon, et je parvins à l'accoutumer à se contenter de chasser les parasites. Nous étions partout les plus forts et les plus raisonnables. J'allais dans les ateliers, et montrant mon chien, je recevais pour lui les vieilles croûtes, et le pain durci. Les os à moelle ne nous manquaient guère ; je les flairais, et s'ils étaient frais, nous en mettions le pot au feu, en y joignant des feuilles jetées, de laitue, ou de chou, suivant la saison, et nous en faisions deux soupes copieuses ; la mienne était du pain le meilleur et le plus propre ; tout le contour et les os broyés, étaient mis dans celle du chien. Après un repas, sinon délicat, au moins nourrissant, nous nous couchions ensemble, l'hiver, pour nous échauffer, dans un dessous d'escalier, appartenant au chien, car il en était en possession avant moi, et on ne m'y souffrait qu'à cause de lui : dans l'été, nous avions souvent pour asile un fumier de jardinier, où nous avions creusé une cabane. Pour faire notre cuisine, nous nous étions arrangés avec une marchande de crêpes du Port-au-blé, moyennant un sachet de broutilles tous les jours ; car je ramassais les petits brins de bois et de charbon, que je voyais ; surtout aux maisons où l'on déchargeait du bois : mon camarade, lui, traînait une heure ou deux sur le port, le chariot des enfants du quartier, à six liards un sou[2] par tête ; ce qui nous composait un petit pécule... Hélas ! j'étais trop heureux, tant que le gros chien mon camarade a vécu !... Il cessa de vivre : j'héritai de tout le pécule. Faible dédommagement de la perte d'un ami vrai ! La nuit, ce cher compagnon m'échauffait les pieds ; le jour il me défendait contre les enfants, qui me respectaient alors, à cause de l'air imposant de mon compagnon... (ils me poursuivent aujourd'hui) ! Il me défendait contre les hommes méchants et jaloux !... Il n'est plus !... Ah ! vous ne sauriez croire combien j'ai perdu !

On m'a renvoyé de sous l'escalier, où j'ai dit qu'on ne me souffrait qu'à sa considération ! Que je l'ai pleuré !... J'ajouterai, que lorsque mon cher camarade fut mort, je l'écorchai ; sa peau retournée me sert à mettre mes pieds l'hiver ; je fis rôtir la chair, et je la mangeai en pleurant !... L'amitié que j'avais pour lui ne m'a pas permis de jeter ses os ; je les porte sur moi, et j'ai prié la bonne veuve Sellier, qui veut bien m'héberger, de les coudre avec moi, ainsi que la peau, quand je serai mort...

— Mad. Sellier[3] ? (lui dis-je) ; mais je la connais ! — Ah ! vous connaissez donc une bonne femme ! — Elle ne m'a jamais parlé de vous ! — Je l'ai priée de se taire. Pour continuer ; depuis la mort de Pataut, mon cher camarade, je me suis accoutumé à me passer des secours que j'en recevais pendant notre société. Je trouve dans les rues des fourneaux cassés, que je rajuste un peu, et je les vends : j'arrange les assiettes et les gobelets invalides. Je connais trente vendeuses de restes, et mon pauvre chien me sert encore ; je vais ramasser, comme pour lui, ce qu'elles ne peuvent plus vendre ; on le met à part. Rien ne me répugne. La gelée de bouillon jetée au coin des rues, ni les restes des haricots ne sont plus perdus. Je les mange. J'ai même de ce qu'il y a de meilleur en fruits, comme des fraises ; je suis les marchands, et je ramasse ce qu'ils laissent tomber, jusqu'à ce que j'en aie un plat. Enfin, depuis dix ans, je n'ai pas dépensé un sou. Je n'ai point de linge. Je me garnis en hiver, de peaux de lapin jetées par ceux qui les épilent, ou que je trouve devant les portes, et que je couds ensemble. Je ne perds rien ; je ramasse tout ; les plus petits morceaux d'étoffe : et quant au fil, je vous assure qu'il n'est pas rare à Paris ;

j'en trouve plus qu'il ne m'en faut, de toutes les couleurs. Tenez, j'ai là une espèce de veste, qui est de trois mille six cents morceaux : je couds en me reposant, ou lorsqu'il pleut. Voilà ma vie. J'ai trouvé quelquefois une pièce de monnaie, et jusqu'à 12 sous : ce peu d'argent, uni à ce que j'avais déjà de la succession de mon chien, forme une somme de 45 l. 10 s. 3 deniers. On ne sait pas ce qui peut arriver ; j'ai précieusement serré ce petit trésor.

— Mais, que ne faites-vous quelque travail ? (lui dis-je). Votre conduite est étonnante, extraordinaire ! vous ne vous faites point raser, vous raccommodez vos haillons ; vous ne dépensez rien ; vous vivez de ce qui serait perdu. C'est un mal de moins que certaines gens : mais vous n'êtes d'aucune utilité pour la société. — Ah ! elle m'a indignement traité ! elle m'a ôté les biens, l'honneur, la vie ! Je ne lui dois plus rien ! J'ai renoncé à elle... Sachez que je suis un malheureux gentilhomme, échappé des prisons-... Il m'acheva son histoire, qui me fit frémir. — Infortuné... (lui dis-je), pourquoi vous confier à moi ? — Cela ne m'est jamais arrivé avec personne : mais vous avez la physionomie bonasse, et j'ai eu de la confiance, sans m'en apercevoir ! — Elle ne sera pas trahie. — Ah ! le fût-elle ! croyez-vous que ma vie vaille la peine de la conserver ? Non : je la supporte ; je me suis ravalé au rang des bêtes ; pénétré de sentiments de religion et de repentir... — Vous n'y êtes pas ! la religion (interrompis-je), veut qu'on s'occupe utilement pour soi-même et pour les autres : elle désapprouve un genre de vie, qui n'est qu'avilissant, et qui ne produit rien. Je parlerai pour vous à une dame respectable. C'est une femme à laquelle vous serez charmé de devoir quelque chose.

Elle est belle et bonne. Quel est l'homme qui ne verra pas en elle l'image de la Divinité bienfaisante !... Je sais votre demeure... A demain-... Je le quittai[4].

Cent trente-sixième Nuit.

LA NOUVELLE HALLE [1].

Le 18 juillet 1772, la Marquise fut obligée d'aller dans une de ses terres, où sa présence était nécessaire à ses vassaux. Elle ne partait qu'à dix heures ; je courus lui dire adieu, et pendant les préparatifs de ses gens, je repris ma lecture :

VIe Titre[2] : *Des mois ; des lois, poids et mesures* :
I Art. *Pour se conformer à la nature, et au bon sens, le 1 du 1er mois de l'année, sera fixé au jour du solstice d'hiver, point auquel les jours recommencent à grandir. Et comme les mois romains sont insignifiants et dénaturés, ils ne porteront plus que des noms numéraux ; Janvier, commençant au 21 X^{bre}, s'appellera Primobre ; Février, Duobre ; Mars, Triobre ; Avril, Quartile ; Mai, Quintile ; Juin, Sextile ; Juillet, Septembre ; Auguste, Octobre ; Septembre, Novembre ; Octobre, Décembre, Novembre, Onzobre, enfin Décembre notre douzième, et non pas notre dixième mois, comme chez les premiers Romains, Douzobre. Duobre aura 29 jours, et 30 aux années bisduobres (mal nommées bissextiles), et l'on en retranchera un au nouvel Octobre, afin de rendre un jour aux 1er semestre, qui en a 3 de moins. Et Douzobre finira le 20 Décembre actuel.* II Art. *Pareillement, il n'y aura qu'une seule et même loi pour tout le royaume, et par la présente, nous abolissons toutes lois, coutumes*

et usages particuliers. Voulons que dans tous nos États, les livres de prières soient les mêmes, pour ceux d'une même communion, sans égard à la différence du diocèse. On identifiera autant que possible les liturgies des différentes communions. III Art. *Dans tout notre royaume, on n'aura qu'un seul et même poids*[3], *sur l'étalon conservé dans notre capitale : la livre sera de 16 onces, etlrst*[4]. *Toutes les mesures seront pareillement les mêmes, afin qu'on s'entende plus facilement d'une province à l'autre, quand il s'agira de l'échange des denrées. Ainsi le septier sera la grande mesure, laquelle pèsera cent livres ; le boisseau sera la moitié du septier, et la quarte la moitié du boisseau. Pour les liquides, le muid contiendra 240 pintes, le tonneau la moitié du muid, le quarteau la moitié du tonneau, le baril la moitié du quart, le broc la moitié du baril. La pinte pèsera 2 livres de liqueur ; la chopine la moitié ; il y aura une mesure tiers, une mesure quart, et une mesure huit, ou d'un gobelet.* IV Art. *Quant aux mesures de longueur, le pied sera de 12 pouces naturels, divisés en 12 lignes : la toise sera de 6 pieds, la lieue de 5 cents toises, ou 3 000 pieds : chaque mille sera marqué par une pierre, chaque lieue par une plus grande, et chaque 10 lieues par une colonne.*

Il n'était que 9 heures un quart, lorsque je pris congé de mad. De-M****. Ainsi, je me trouvai seul, à dater du soir de ce même jour. Je ne sais par quel pressentiment, j'allai m'asseoir en face du n° 14, en pensant à Victoire[5], que je ne voyais plus. J'y étais depuis quelques instants, repassant dans ma mémoire les années écoulées, quand je vis deux libertins poursuivre une fille de la plus jolie et la plus délicate figure. Ils lui donnaient des coups de baguette fortement appliqués. Quoique ce fût une vile créature, je fus touché de compassion pour elle, et transporté d'indignation contre les deux libertins. Je me levai, je m'élançai sur eux. Celui que j'attrapai tomba, et roula sous moi. Je le crus assez puni. Je le laissai, heureusement ! car son camarade tirant de sa canne une épée traîtresse, allait m'en percer. J'avais toujours, lorsque j'étais en manteau, mon cheval de crocheteur[6]. Je m'en servis pour parer d'abord : puis ayant été assez heureux pour faire sauter le poignard, je le brisai. La fille cependant m'attendait sur une porte de boutique. Mes adversaires disparurent tous deux, et j'allai à la jeune infortunée, qui me pria de la conduire chez elle. — Quel métier faites-vous là (lui dis-je), avec cette figure angélique ! — Ah ! (me dit-elle), si vous me connaissiez- ! Elle me prit le bras : — Reconduisez-moi-. Je la ramenai chez elle. — Rendez-moi service (me dit-elle en entrant). Trouvez-moi une dame, qui réponde de moi, et placez-moi femme de chambre. Je sais coiffer et travailler en modes : je chante agréablement, et je sais la musique ; je pince la harpe, je m'accompagne de la guitare et de la mandoline. — Mais qui êtes-vous donc ? — La fille naturelle d'un ***, qui m'avait fait bien élever. Il est mort subitement, et de l'abondance, je suis passée à la misère la plus profonde. Ceux qui se donnaient pour amis de mon père, m'avilirent les premiers, sans commisération, et l'un d'eux m'a mise dans l'état où vous me voyez, sans égard pour mes prières, de me placer femme de chambre, ou toute autre chose-. Je saisis la main de la jeune fille : — Vive Dieu ! Mademoiselle ! (lui dis-je), dès demain votre sort sera changé. La déesse qui doit le changer est absente : mais elle ne me désavouera pas. Consentez d'entrer dès ce soir dans une communauté, où l'on paiera votre pension, et en sortant de là, vous aurez une place au-

dessus de ce que vous demandez-. La jeune personne
me fit m'expliquer davantage. Je lui donnai tous les
détails nécessaires. Suffisamment instruite, elle fit une
action qui me donna une haute opinion d'elle. Je la
vis tomber à mes genoux, fondant en larmes : —
Vous êtes un ange (me dit-elle), qui me sauvez de
plus d'un péril : les deux misérables, que vous avez
mis en fuite, ne me maltraitaient, que parce que je
n'ai pas voulu être à eux, et ils devaient me faire
enlever sous peu de jours. — Ce malheur peut vous
arriver ce soir. Suivez-moi-. Elle arrangea ses effets,
paya son loyer; j'allai chercher un fiacre; on y mit ses
paquets, et nous partîmes. Au coin de la rue du
Four[7], nous aperçûmes les deux infâmes, avec le
commissaire et la garde. Nous arrêtâmes, et nous les
vîmes entrer dans la maison de la jeune Pulquérie.
Nous nous éloignâmes. Pulquérie ne pouvait contenir
les marques de sa reconnaissance. Nous arrivâmes
bientôt. On me connaissait. On la reçut. Je revins
aussitôt à la Nouvelle Halle.

Le commissaire et la garde étaient encore chez
Pulquérie, dont l'aide magistrat avait fait ouvrir la
porte. On perquerait[8] partout, mais en vain. Je ne
voulus pas me montrer. J'envoyai seulement dire au
commissaire, qu'il était bien bon de se rendre l'instrument
de la vengeance de deux drôles; que la demoiselle
qu'il cherchait était pour jamais à l'abri de leurs
insultes et de leurs attentats, parce qu'elle venait de
quitter le vice. Je le vis s'en retourner avec la garde.
Les deux misérables restèrent à rôder dans le quartier.
Lorsque le commissaire fut suffisamment éloigné,
je me laissai voir. Je ne les aurais jamais crus si
lâches! Ils s'enfuirent avec la célérité du cerf pour-

suivi par les limiers. Je ne vis rien de remarquable le reste de ma tournée.

[...]

Cent quarante-deuxième Nuit.

LES DEUX OUVRIERS.

En m'en retournant, je trouvai deux hommes ivres assez plaisants. C'étaient deux ouvriers. L'un demandait à l'autre une prise de tabac : — Non ! je ne communique pas avec un ivrogne comme toi ; un sac-à-vin, un débauché, qui se passe par le gosier, avec des misérables comme lui, le pain, les habits, les coiffes, les souliers de sa femme et de ses enfants ; les cuillères, les fourchettes, les garnitures de lit, et jusqu'aux chenets et aux pincettes de son foyer. — Mais c'est toi qui l'as fait. — Si c'est moi, je ne veux plus boire avec moi. Je suis un gueux, et je me méprise... comme un verre d'eau... As-tu bu avec moi, toi ? — Oui ; tu le sais bien ; nous venons de la Courtille[1]. — Tu as bu... avec moi !... C'est bien sûr ?... — Oui, oui. — Eh bien ! tiens, prends ce bon soufflet, et ce coup de pied... Tu es un misérable, de boire avec un coquin comme moi, sans âme, sans conduite. — Ah ! tu me frappes ! Tiens, voilà pour toi-. Ils se battirent, et je les séparai. Je ramenai le plus ivre, auquel je tâchai de faire entendre la raison. Il m'écoutait. Nous arrivâmes à sa porte. Il ouvrit, et nous montâmes. Je trouvai une femme au désespoir, et des enfants demi-nus. — Monsieur, me dit cette infortunée, pendant notre absence, il y a trois jours, il a tout vendu, pour aller boire. Il est d'une profession, où la main-d'œuvre est augmentée, depuis quelque temps, presque du double; mais maudite soit l'augmentation! sous prétexte qu'il peut gagner en trois jours autant qu'en six, il libertine trois jours, et mange, outre son gain, le peu que nous avions-. Je sentis combien cette femme avait raison! Je tâchai de la consoler, et je lui promis d'intéresser en sa faveur une dame respectable, qui ferait intimider son mari. Je la quittai fort pensif! et voici mes réflexions :

— De tous nos gens de lettres, je suis peut-être le seul qui connaisse le peuple, en me mêlant avec lui. Je veux le peindre; je veux être la sentinelle du bon ordre. Je suis descendu dans les plus basses classes, afin d'y voir tous les abus. Prenez garde! philosophes! l'amour de l'humanité peut vous égarer! Ce que vous appelez le mieux, pourrait être le pire! Il ne faut pas que le peuple gagne trop; il ressemble aux estomacs que trop de nourriture engorge et rend paresseux : en croyant bien faire, croyez-en mon expérience, vous pouvez tout perdre!... Et vous, magistrats, prenez plus garde encore! une révolution funeste se prépare[2]! l'esprit d'insubordination s'étend, se propage! C'est dans la classe la plus basse qu'il fermente sourdement! je vous le dénonce publiquement, et si vous daignez vous instruire, cent preuves pour une vous seront administrées! Les femmes des ouvriers même sentent l'abus de l'augmentation folle des salaires, qui tourne la tête à des hommes grossiers! J'ai vu, ô magistrats! que telle somme de bien-être, d'aisance, ne peut se digérer par le peuple des villes, quoique celui des campagnes s'en accommode. D'ailleurs le gain actuel de certains

ouvriers, a l'inconvénient terrible d'ôter à nos arts et à nos métiers la possibilité de la concurrence avec l'étranger... Je m'arrête, de peur que des zélateurs aveugles ne m'accusent d'une sorte de machiavélisme, ou de seconder cet écrivain hardi, partisan de l'esclavage. Mais je suis dans des principes opposés à ceux de Machiavel et de l'apologiste de Néron[3], et si le dernier sait des choses que j'ignore, j'en ai vu, j'en ai senti, qu'il ne connaîtra jamais-.
[...]

Cent quarante-cinquième Nuit.

[LES TITRES.]

[...]
Je lus à mad. De-M**** la continuation de la pièce composée pour son parent.

VIII Titre : Des fêtes[1], divertissements, spectacles, promenades, etlerst. I Art. *Les divertissements publics n'auront, à l'avenir, rien d'opposé aux maximes de la saine morale, ni de la religion. Parce que c'est une honte, à un gouvernement, que les lois, la morale et la religion soient en discord.* II Art. *Il y a 2 sortes de fêtes, les sacrées et les profanes : désormais, on réunira les 2 genres en un ; la matinée sera donnée au sacré, jusqu'à midi, et la fête profane remplira le reste de la journée.* III Art. *Aucune fête, quelle qu'elle soit, même celle du jour de la naissance, ne sera célébrée dans la semaine. Les jours de travail seront sacrés, et ne pourront jamais être consumés par des fêtes, des cérémonies, ni même des mariages. Tout ce qui sera fête se fera le dimanche matin, pour ce qui regarde la partie religieuse, et du midi au soir, pour ce qui sera de la pompe, des divertissements, des spectacles. Tout sera fini à minuit, sans qu'il soit jamais permis en aucun temps, même celui du carnaval, de passer cette heure, et d'anticiper sur la journée du lendemain, fût-ce dans les maisons particulières. Les surveillants nocturnes, chargés de veiller à la sûreté publique, noteront le bruit et le désordre, pour en donner avis le lendemain, au juge notaire du quartier, du bourg, ou du village. Et si le bruit fait n'a pas une cause légitime, comme maladie, accident, ou travail indispensable, le citoyen bruyant sera condamné à une amende de 6 liv. pour la première fois ; double à la seconde ; quadruple à la troisième, octuple à la quatrième, etlrst.* IV Art. *Les fêtes solennelles, légitimement remises au dimanche, seront, 1, celles des mystères de la religion ; 2, celle du patron de la paroisse ; 3, celles de réjouissances publiques, pour la naissance des princes, une victoire signalée, une prise de ville, un traité de paix, ou d'alliance et de commerce ; 4, celle de l'action de grâce de la récolte ; 5, la célébration d'une découverte utile, et autres semblables ; 6, celles de l'ouverture de chaque saison, printemps, été, automne, hiver, seront célébrées très solennellement, le jour même, et seront nommées, les quatre grandes fêtes de l'année ; de sorte que la 1.re, au 1 Primobre, autrefois 21 Décembre, sera en même temps Noël. La 2, au 1 Quartile, autrefois 21 Mars, sera en même temps Pâques. La 3, au 1 Septembre, autrefois 21 Juin, sera en même temps la Pentecôte. Enfin, la 4, au 1 Décembre, autrefois le 22 Septembre, sera en même temps la Toussaint. La matinée de ces beaux jours sera entièrement consacrée à la religion, et l'après-midi, à la célébration des jeux publics. A l'instant du bas solstice, des équinoxes et du haut solstice, un crieur public les annoncera, et toutes les cloches sonneront pendant 5 minutes.* V Art. *Les spectacles des fêtes et dimanches seront toujours des drames* moraux, joués sur le Théâtre de la Nation, par des jeunes gens choisis, d'après le projet intitulé, le mimographe[2], lequel nous voulons qu'il soit exécuté dans nos États. Aucun acteur de profession ne pourra jouer ces jours-là, si ce n'est par une permission spéciale, et pour faire les personnages odieux. Tous les citoyens d'une ville entreront, par tour, au spectacle gratis, les fêtes et dimanches ; de sorte que tous puissent voir la pièce morale, et les jeunes gens en état, la jouer. Mais il y aura en outre d'autres divertissements, non moins agréables, pour ceux qui ne pourront entrer au spectacle, tels que des danses, des courses en été ; la danse, le chant et les exercices à couvert, dans l'hiver et le mauvais temps ; des expériences physiques publiquement faites, etlrst. VI Art. *Toutes les promenades publiques réuniront l'utile à l'agréable. Aucune ne sera plantée d'arbres stériles, si ce n'est dans les endroits qui ne peuvent convenir aux arbres fruitiers, lesquels y seront remplacés par des ormes ou des tilleuls*[3]. *On prendra toutes précautions, pour que les fruits ne soient pas une occasion de ravage ni de dégât ; la tige sera toujours entourée de manière, qu'on ne puisse ni les secouer, ni monter dessus. Ce qui sera cueilli, à des termes indiqués, sera vendu à notre profit, et procurera ainsi une abondance, qui maintiendra les fruits à bon marché.* VII Art. *Notre Jardin des plantes*[4], *outre les végétaux rares et curieux, et une série générale bien classée de toutes les plantes, contiendra encore les étalons des plus excellents fruits. Annuellement on y fera des expériences de culture de plantes utiles, non suffisamment connues, de greffe sur greffe, pour la perfectibilité des fruits ; de manducabilité d'herbes, de racines, etlrst.* VIII Art. *Tous les plaisirs permis seront d'accord avec la religion et les lois ; et dès qu'un divertissement sera reconnu par Nous, sur le rapport des personnes à ce préposées, bon et utile, les ministres de la religion ne pourront l'attaquer, ni même en faire un nouvel examen ; car il n'existe qu'une autorité civile, qui est la nôtre.* XI Art. *Par ces présentes, et dès à présent, Nous mettons au rang des plaisirs permis, la danse publique, les représentations dramatiques, les courses à pied, et le disque. Observant, que les pièces seront approuvées par le juge notaire, ou l'un des assesseurs, et qu'il ratifiera les conventions des autres exercices. Quant aux courses à cheval, et au char, elles n'auront lieu que quatre fois l'année, pour récompenser les jeunes gens qui excelleront à monter à cheval, et les excellents cochers, qui ne pourront être pris que parmi les domestiques. Car il sera expressément défendu au maître de mener lui-même ; attendu que par les présentes, Nous permettons à tout particulier qui sera blessé, éclaboussé, ou seulement comprimé par une voiture, de rosser ou faire rosser le cocher. Or il ne serait pas décent que ce fût un maître qui reçût la correction. Il sera défendu aux maîtres d'y prendre aucune part ; ils se tiendront renfermés dans leur voiture, et ne se permettront pas le moindre mot, sous peine de confiscation de la voiture, et d'une tache à leur noblesse, ou à leur honneur, qui nuirait aux preuves des gentilshommes, et à l'avancement des autres pour toute espèce de charges. Si le maître frappait l'homme insulté par sa voiture, il serait puni corporellement, et flétri suivant la gravité de son forfait. Laquelle loi aura pour but de diminuer le nombre des gens à voiture.*

LE CHIEN ENRAGÉ.

Je revins encore par la Nouvelle Halle et le Pont-Neuf. Vis-à-vis la place Dauphine, un gros chien, avec un collier, qui avait l'air malade, vint pour se jeter sur moi. je grimpai à la grille d'Henri IV[5] avec tant de légèreté, que le chien ne put m'atteindre. Il donna de la tête contre les barreaux ; ensuite il se jeta sur les vieilles caisses vides des orangères. Je criai à la sentinelle du corps de garde de se mettre en défense. Ce qu'il fit. Le sergent sortit, pour faire tuer le chien ; mais l'animal s'enfuit, et quoi que je pusse dire, on ne le poursuivit pas. Je priai les gardes-nuit, d'avertir les orangères de brûler les vieilles caisses mordues par le chien, et je les montrai. J'eus une très grande frayeur ! Si j'en étais maître, il n'y aurait point de chiens dans les villes. Quoi ! on se fait un amusement, un plaisir, d'élever, de coucher chez soi, un animal, qui peut devenir plus venimeux, que le plus dangereux des serpents ! C'est une des folies de l'espèce humaine. Je hais les chiens, et j'aime les hommes.

[...]

Cent quarante-sixième Nuit.

[...]

LA FILLE QU'ON PROMÈNE LA NUIT.

Je voulus rompre, à mon retour, l'habitude trop douce de repasser par la Nouvelle Halle. Pour me distraire, je suivis la rue du Temple, et je pris le boulevard Saint-Antoine, afin de venir à la porte, qui subsistait encore[1]. Là, je pris la rue de la Raquette[2], et je m'éloignai au hasard, dans le silence profond de la nuit. Je me trouvai vis-à-vis Sainte-Marguerite[3]. Un chien vint à moi, et par ses aboiements hardis, m'annonça que son maître n'était pas loin. — Qui va là ? (me dit-on) : retirez-vous. — Qui que vous soyez, qui me dites, de me retirer, sachez que je ne suis pas un homme dangereux. Le hasard m'a conduit dans ce quartier solitaire, et qui ne m'est pas connu. Je vous prie de m'aider à en sortir, en me faisant retrouver la grand'rue du faubourg Saint-Antoine-! A ces mots, un homme en robe de chambre vint à moi, avec une jeune personne, qui me parut enceinte, et très avancée. — Venez (me dit l'homme); je vais vous conduire-. Il marcha devant moi, en donnant le bras à la jeune personne : — Cela vous fera du bien (lui dit-il). Vous ne dormez pas, il faut vous fatiguer un peu-. Nous marchâmes ensuite en silence. L'homme me paraissait fort sévère et fort dur, par quelques mots qui lui échappaient. Lorsque nous fûmes dans la grand'rue, l'homme me dit : — Voici la rue que vous demandez : prenez votre chemin par là-. Je le saluai, en le remerciant. Je ne concevais rien à ce que je voyais. En conséquence, après quelques pas, et lorsque l'homme fut rentré dans la rue Charonne, je retournai, nu-pieds, sur ses traces, et je tâchai d'entendre. L'homme querellait. La jeune personne pleurait. Il lui ordonna de se taire. Je me cachais dans l'ombre, le plus qu'il m'était possible. Dans cet instant, l'homme quitta la jeune personne, avec son chien, et alla se mettre à l'écart. Je m'approchai pour lors, protégé par l'ombre d'un auvent, et je dis fort bas à la demoiselle : — Je suis l'homme qui vous quitte : puis-je quelque chose pour vous servir ? Je connais mad. la Marquise De-M****, qui a du crédit-? Après un petit mouvement de frayeur, elle me répondit : — Je voudrais fuir. — Ôtez vos chaussures-. Elle me tendit ses pieds; parce qu'elle ne pouvait se baisser; je la déchaussai, et nous

nous éloignâmes sans bruit. L'homme appela. Ce qui me fit chercher à ouvrir une allée, dans la grand'rue du faubourg. Après trois ou quatre tentatives inutiles, j'y réussis, et nous entrâmes. Je réchauffai la jeune personne, et je remis moi-même mes souliers. — Je suis la plus malheureuse des créatures, (me dit-elle). J'ai un amant tendrement aimé : nous avons cru, lui et moi, qu'en prenant certain moyen, nous obligerions à nous marier. Mais mon père est furieux. Il m'enferme le jour ; nous sortons la nuit, pour ma santé. Son but est de mettre aux Enfants trouvés le gage de la tendresse de mon amant, et dès que je serai fortifiée, de me marier avec un homme fort dur, de ses amis, qui connaît ma situation, et qui ne s'en embarrasse pas. Jugez du sort qui m'attend, avec un homme que j'abhorre, à cause de sa figure, de sa fétide haleine, et de sa méchanceté ! J'aime autant mourir. Remettez-moi entre les mains de mon amant. Il demeure-... Je fis entendre à la jeune personne, que je ne pouvais, sans m'exposer, sans exposer son amant à être accusé de rapt, faire ce qu'elle demandait ; que le seul parti sûr, et celui qu'il fallait prendre, était que je la misse sous la protection d'une personne de son sexe, à l'instant même. — Oui ! vous allez peut-être me conduire chez une femme perdue ! car je ne vous connais pas ! — Vous ne m'insultez point, parce que vous ne me connaissez pas : mais tout à l'heure vous allez être convaincue, que je vous remets sous la garde d'une dame de grande qualité. — Je suis obligée de faire tout ce que vous voulez- (me répondit-elle). Dans ce moment, nous entendîmes l'homme courir dans la rue, et le chien aboya à la porte de l'allée. Nous eûmes peur, et je me mis en défense. Mais l'homme passa sans s'arrêter. Nous fûmes obligés d'attendre longtemps, et ce ne fut que plus d'une heure après que nous sortîmes. Nous arrivâmes heureusement rue Payenne. Je me fis entendre, et l'on m'introduisit. Je mis la jeune personne dans une chambre destinée à ces sortes d'aventures, et je laissai un écrit pour la femme de chambre de la Marquise.

[...]

Cent quarante-neuvième Nuit.

CONCLUSION DES 2 ABBÉS[1].

Du Hameauneuf[2] venait quelquefois me trouver, et nous allions ensemble chez la Marquise, parce que cette dame goûtait son originalité. Nous sortîmes à neuf heures, et nous gagnâmes le Palais-Royal, observant ce qui se présentait devant nous, et regardant dans les boutiques de modes. Je fus bien surpris de voir dans celle de la Toilette de Vénus, la jeune personne pour laquelle les deux abbés s'étaient battus au pistolet, en revenant de la foire Saint-Laurent. Je présumai, qu'il y avait là-dessous quelque chose d'extraordinaire. Tandis que Du Hameauneuf était occupé à regarder, quelqu'un passa la main par-dessus sa tête, tourna le bouton, ouvrit, et montra mon camarade dans son attitude contemplative. L'Original se releva aux éclats de rire d'une douzaine et demie de jolies filles (car cette boutique honnête et bien gouvernée, en avait l'élite ; toutes les élèves, à ce que j'ai su depuis, étaient des pensionnaires, que leurs parents confiaient à une femme entendue et bien famée, pour les former aux ouvrages de leur sexe). Nous entrâmes tous deux. Du Hameauneuf s'excusa de sa curiosité auprès de la maîtresse ; moi, je considérai l'homme qui venait d'entrer. Il était en habit violet. Je le reconnus pour le premier des deux abbés qui avait fui, le soir que je revenais de la foire Saint-Laurent, et qui m'avait été donné pour un séducteur. Il parlait à la jeune personne très bas, et elle lui répondait vivement. — Qu'avez-vous donc avec votre frère ? Mademoiselle, lui dit la maîtresse — Non ! (intercalai-je froidement) Monsieur n'est pas le frère de Mademoiselle. — Comment le savez-vous, monsieur ? — Je suis entré pour vous le dire, madame. — On m'a dit (reprit-elle), que Mademoiselle... était orpheline... qu'elle n'avait que... ce ce frère... — Il se peut que Mademoiselle soit orpheline depuis six mois... Mais Monsieur n'est pas son frère. C'est un séducteur-. Je ne voulais rien ménager ; j'avais mes raisons. Je racontai le trait du duel des deux abbés, maîtres de musique. La maîtresse pâlissait, rougissait. Le prétendu frère balbutiait. Comme je savais la demeure des parents de la demoiselle, j'y envoyai tout bas Du Hameauneuf. J'eus soin de retenir l'abbé, par des questions multipliées. Mon homme était actif ; il revint au bout d'un petit quart d'heure ; un carrosse s'arrêta devant la porte, et il en descendit un bonhomme, avec une bonne femme, qui, en apercevant leur fille, coururent à elle, les bras ouverts. Ils pleurèrent, et cette bonté, quoiqu'excessive, me toucha vivement. — Avant que Monsieur l'abbé sorte (dit la maîtresse avec dignité), je veux savoir, quel jour Mademoiselle est disparue de chez ses parents? — Le 10 avril, (dit la mère). — A quelle heure? — A huit heures du soir. — Mademoiselle est entrée ici à... huit heures un quart, Maman (dit une jolie personne, fille de la maison). — Je vous réponds à présent de votre demoiselle, (reprit la maîtresse); elle n'est pas sortie un instant de sous mes yeux. — Oh! la chère enfant! la chère enfant! (dit le bon homme de père), je savais bien, moi, qu'elle était incapable de nous chagriner essentiellement-! La mère prit un petit air pincé : — On sait comme on l'a élevée... Allons, allons, mademoiselle, venez avec nous? — Madame (dis-je à la bonne femme), c'est à moi que vous devez cette découverte. — Hé! en effet! (s'écria le père), je vous reconnais!... Un digne homme! un digne homme, ma femme! il faut l'écouter! Écoutons-le, madame D'Eaubonne; écoutons-le! — Je vous conseille, Monsieur et Madame, de laisser ici quelque temps votre demoiselle. Madame (montrant la maîtresse), est la vertu même : le bon exemple de ces jeunes personnes, toutes les égales de votre fille, par leur naissance et leur éducation, lui rendra l'esprit de confesse, qu'elle a peut-être un peu perdu... Et ne craignez pas que Monsieur la revoie! Il pourrait vous tromper; il ne trompera pas madame M**-. Ces bonnes gens suivirent mon conseil. Mais mad. M** eut de la peine à se rendre. Il fallut que la jeune personne elle-même l'en priât, par des motifs pressants, comme celui de la garantir de la séduction. Nous sortîmes fort tard de cette maison, et nous allâmes chez la Marquise.

[...]

Cent cinquante-troisième Nuit.

L'AVEUGLE.

[...]
Un carrosse de place[1] roulait dans la rue Saint-Antoine, environné de gardes, dans un silence profond. Je frissonnai ! — Où va le malheureux que l'on conduit ? S'il est coupable, c'est une juste punition. Mais pourquoi cet infortuné a-t-il vu le jour- ! Je m'étais arrêté. Un garde vint à moi, et m'obligea d'avancer. Je pris par la petite rue Percée-Saint-Antoine.

Dans cette rue très infecte, sont deux portes cochères, en demi-lune, afin, que les voitures puissent en sortir. Parvenu à la première, mon pied heurta quelque chose. Je regardai attentivement, non sans quelqu'effroi. C'étaient les pieds d'un homme. — Qui êtes-vous, me dit-on ? — Un citoyen paisible, qui s'en retourne chez lui. Et vous ? puis-je savoir qui vous êtes ? — Hélas ! je suis un pauvre abandonné, qui ne puis m'en retourner seul au logis. — Hé ! par quelle raison ? D'où vient rester seul, dans une rue sale, au milieu des ténèbres, il est deux heures après minuit ? — Ah ! il est toujours minuit pour moi ! Je suis un aveugle, privé depuis trente ans de la lumière des cieux. J'en avais trente alors. — Ô infortuné ! n'avez-vous pas un guide ? — Hélas ! j'ai une fille. Elle n'a que douze ans : on la dit assez gentille. Elle m'a conduit aujourd'hui sur le boulevard du Temple : vers les

6 heures, elle m'a dit : — Mon papa, voilà une voisine qui veut bien me faire le plaisir de me mener chez Nicolet[2]. Je n'ai jamais vu ça ; vous savez que je suis toujours tristement attachée auprès de vous ; permettez que j'y entre ! et je m'en vais vous donner un petit garçon que voici, qui vous mènera, où vous voudrez : vous aurez seulement soin d'être ici à 9 heures-. Je n'avais pas trop envie d'y consentir ; mais la voisine, dont j'ai reconnu la voix, m'a tant pressé, que je me suis rendu. J'ai senti le petit garçon, et je me suis mis à faire quelques tours, en revenant sur mes pas. Il m'a semblé pourtant que je m'éloignais : mais je n'avais aucune défiance. Enfin à 9 heures, j'ai demandé, si je n'étais pas devant le théâtre de Nicolet ? — Vous êtes à la porte Saint-Antoine-, m'a dit une voix d'homme. J'ai appelé mon petit garçon. Il était disparu. J'étais seul. Je suis néanmoins retourné devant chez Nicolet, en demandant. Mais je n'ai pas trouvé ma fille. J'ai été chez moi. Je suis ressorti, et ne rencontrant pas ma fille, j'ai été chez un commissaire, rendre plainte, contre la voisine. A mon retour, je me suis égaré, parce qu'on m'a dérangé de ma route, à cause d'une voiture, et ne trouvant plus personne pour m'y remettre, j'ai préféré cette petite rue. J'ai choisi cette porte, qui est en enfoncement, et j'attendais que quelqu'un passât. Mais je me suis assoupi-.

Je reconduisis l'aveugle à sa maison ; et je lui promis de faire les démarches nécessaires pour retrouver sa fille.

Le lendemain, je m'informai de la voisine. C'était une femme entretenue par un marchand de chevaux. Elle demeurait rue des Anglais. J'allai chez elle, et j'y trouvai l'enfant, déjà parée, d'une manière, qui annonçait l'usage qu'on se proposait d'en faire. Je causai avec la femme, qui était une grande et belle Cauchoise, sans me découvrir : mais je saisis un moment, pour écrire un mot à la Marquise, et la prier d'envoyer à mon secours.

Avant que je pusse avoir de réponse, la Cauchoise s'ennuya de ma conversation, sans but (me dit-elle), et me pria de sortir. Je craignais de laisser échapper la fille de l'aveugle. Je courus chez le commissaire voisin ; auquel j'exposai ce qui se passait, et je le pressai, d'envoyer chercher la femme et la fille. Je l'obtins, avec quelque peine, n'étant pas connu. La Cauchoise fut effrayée. Cependant elle vint, mais seule. Je représentai au commissaire, qu'il fallait avoir la jeune fille. La Cauchoise nia qu'elle en eût une chez elle, à moi-même, qui venais de la voir. J'entrevis qu'elle l'avait éloignée, ou cachée. Je le dis, et je courus assitôt la chercher. Je frappai doucement. Je contrefis ma voix, comme si j'eusse été la femme, et enfin, l'enfant m'ouvrit. Mais en voyant un homme, elle voulut refermer sur-le-champ. J'avais un pied entre la porte ; je forçai l'entrée. La petite, préparée sans doute, cria au voleur! Heureusement que le commissionnaire arrivait, avec un laquais de la Marquise. J'en imposai au digne voisinage de la Cauchoise, et je conduisis la petite chez le commissaire. Un billet de la Marquise, et la livrée, me donnèrent du crédit. Je fus écouté. On envoya chercher l'aveugle.

Pendant ce temps-là, je racontai, comment j'étais entré. Ensuite, je priai d'interpeller la Cauchoise, pour savoir d'elle les motifs qui l'avaient portée à enlever la veille cette enfant à son père ? Elle nia. La petite soutint, qu'elle ne la connaissait pas. Le commissaire parut étonné. — C'est avec une voisine de mon père, et non pas avec Madame, que j'étais hier, et ce matin. Elle veut me mettre en apprentissage. A mon âge, conduire un aveugle, faite comme une petite pauvresse ! qu'il aille aux Quinze-vingts- ! On entrevoyait, par ce discours, un très mauvais sujet dans cette enfant. La Cauchoise, soutint également qu'elle ne la connaissait pas ; que je ne l'avais pas vue chez elle. Je crois que j'aurais démenti mes propres yeux, tant les deux effrontées mettaient d'assurance et de fermeté dans leurs dénégations. Le commissaire s'occupa d'autre chose : et enfin, le père arriva.

— J'ai trouvé votre fille (lui dis-je) : la voilà-. Il s'approcha pour la toucher. — Je ne reconnais pas là ma fille- ! — Je le crois bien ! (s'écria la Cauchoise) ; elle ne le connaîtra pas non plus, et ce n'est pas sa fille. — Il n'importe (dis-je alors) : vous êtes une corruptrice, et il faut que cette jeune fille soit rendue à ses parents. Elle en a, qu'elle les nomme ; ou toutes deux vous allez être conduites à Saint-Martin-. Ce n'était pas mon intention ! Je savais trop combien il est dangereux de faire subir à une jeune fille ce genre de punition ; c'est la plonger à jamais dans le libertinage. Mais je voulais épouvanter la Cauchoise, et elle le fut. Elle balbutia, et parut vouloir abandonner la proie. Je dis à l'aveugle de faire parler sa fille. La petite s'obstina longtemps à garder le silence, ce qui fit voir à quel point elle était déjà corrompue. Enfin, la Cauchoise avoua, que la muette volontaire était fille de l'aveugle, et que le bain, les pâtes, les parfums avaient empêché le bonhomme de la reconnaître au toucher et à l'odorat. Mais elle s'excusa sur ses intentions. La petite alors parla, en pleurant de regret. Son père la reconnut, et je les fis conduire tous deux chez la Marquise, qui, à ma prière, voulut bien en prendre soin. Le père et la fille furent placés convenablement ; celle-ci, dans une communauté ; celui-là, dans une manufacture, où il a une occupation machinale, et point trop fatigante, qui entretient la santé ; il tourne une roue.

Cet événement m'avait pris du temps. Je ne l'écrivis qu'après l'avoir raconté à la Marquise.

[...]

Cent cinquante-cinquième Nuit.

NEFANDA[1] !

[...]

Il est quelquefois des traits horribles qu'on ne peut raconter : tels seront ceux de cette soirée. J'entrai dans un cabaret, où l'on faisait la noce d'une fille publique, qu'un vieux domestique épousait par goût. Les invités, que je connaissais presque tous, avaient formé un projet digne de sacripants, et ils l'exécutaient, en jouant à la main chaude : *Super dorsum mariti fabricabant nequitias*[2]... Je témoignai fortement mon indignation à ces hommes pervers, mes anciens camarades, et je menaçai de l'hôpital le *Petit Chaperon rouge* (c'est le nom de la fille, ancienne compagne de la belle Saintcir).

Cette même femme mangea en 6 mois 20 mille liv, à l'imprudent qui l'avait épousée ; elle couronna l'œuvre, en lui vendant ses meubles, pendant un voyage nécessaire qu'il fit à

Versailles. Je la rencontrai pendant cet intervalle ; mais j'ignorais son inconduite. Je lui parlai bonnement ; elle fit l'hypocrite. Mais lorsque je sus la vérité, j'implorai la protection de la Marquise, pour la faire punir.

Le même soir, je vis une autre noce. *Le comte de S***[3], *libertin cruel, le même dont on a déjà vu un trait, voulait se venger de la fille d'un sellier, qu'il n'avait pu séduire. Il avait tout disposé, pour s'emparer des nouveaux époux, sans se compromettre. Lorsqu'il eut réussi,... Virum trium luparum connubio ädjungere coegit, coram alligatâ uxore, quæ quandoque virgis cædebatur*[4]... *Tout disparut à l'aurore ; et moi, j'allai chez la Marquise, que je trouvai très inquiète ! Je lui fis mes deux récits entiers ; et elle en frémit.*

A ma sortie sur les 1 heure et demie, je rencontrai moi-même l'homme singulier, dont mon narrateur ordinaire voulait me parler.

LE TROUVEUR[5].

Un homme sort tous les jours de chez lui, sur les cinq heures du soir en hiver, et vers les neuf à dix en été, en un mot, suivant la saison, une lanterne à la main : c'est une sorte d'œil-de-bœuf, dont le verre donne une belle lumière. Cet homme tient toutes les rues chaque nuit, c'est-à-dire, les rues passagères, tellement fixé au pavé, qu'il ne voit rien autre chose. Lorsque je le rencontrai, il marchait rapidement, et par l'habitude, rien ne lui échappait. Plus d'une fois, d'autres que lui trouvent ce qu'il paraît chercher, et il arrive souvent, qu'il le réclame comme lui appartenant. D'autres fois, en le voyant chercher, on lui demande, ce que c'est ? on l'aide, et on lui remet ce qu'on vient de ramasser. Il connaît les endroits où le monde se rassemble le soir, et il tâche d'être le premier à la sortie. Il vole d'un endroit à l'autre; il examine tout scrupuleusement; il furète partout. Il entre le premier aux Tuileries, au Palais-Royal, au Luxembourg, et profite des premiers rayons de lumière pour tout visiter. Ce travail fini, le chercheur s'en retourne chez lui se coucher, pour jusqu'à midi une heure.

Il n'abuse pas de son genre singulier d'occupation. Tous les jours il lit les petites affiches; il porte fidèlement sa trouvaille, et reçoit la récompense. Au moyen des peines qu'il se donne, et de son exactitude, il se fait environ 12 cents livres par an. Il est vrai, qu'il est encore commissionnaire. Beaucoup de personnes s'adressent à lui, afin qu'il donne sa demeure, pour les pertes qu'ils veulent cacher à leur famille. Il découvre même les filous, qui le connaissant, lui rapportent leur prétendue trouvaille, moyennant la moitié de la récompense. Je suivis le trouveur pas à pas jusqu'à la rue Poissonnière, à l'entrée de celle Beauregard. Là, il fit une trouvaille. Je l'abordai sur-le-champ, en réclamant la perte. C'était une montre.

Il me regarda fixement, et se mettant à sourire, il me dit : — Vous ne l'avez pas perdue, et ce n'est pas sérieusement que vous la redemandez-. Il avait dirigé sur mon visage le rayon de sa lanterne. — Comment voyez-vous cela, Monsieur ? — A la contraction de vos traits. Ils me disent, que vous voulez m'éprouver. Je le vois, et je lis à présent votre pensée. Vous hésitez, si vous continuerez votre badinage, ou si vous me parlerez naturellement ? — Je vois que vous avez de l'esprit, et que vous êtes rusé : mais parlons bonnement. Rendez-moi ma montre, et recevez la récompense, s'il est nécessaire ? — Je ne sais plus à présent ce que vous pensez... Vous étiez par là... La montre était ici... — Je revenais sur mes pas. — Je vous y prends ! Elle n'est point à vous ! le hasard fait que suis là depuis un quart d'heure. — Il y a plus que cela, que je l'ai perdue. Je revenais du Marais. — Ah !... A présent, devinez-la ? Vous savez le nom de l'Horloger ? — Paris, Leroi ; Julien Leroi. — Voyons-. Mon dire était juste. Le trouveur fut embarrassé. — Cependant, elle n'est point à vous ! — A quoi voyez-vous cela ? — Aux réponses que vous me faites ; à votre air... Mais comme je puis me tromper, et qu'il vaut mieux être dupe qu'injuste, la voici. — Ce mot nous réconcilie (lui dis-je). La montre ne m'appartient pas. — Ah ! vous m'ôtez une grande peine ! Cela doit être, ou toutes mes règles sont fausses... Mais ce qui me rendait indécis, c'est que vous avez l'air honnête, et j'aimais mieux renoncer à toutes mes règles, que de braver une physionomie honnête-. Nous nous quittâmes, et je mis ce trait à la suite des autres.

Cent cinquante-sixième Nuit.

LE DÉCOLLEUR D'AFFICHES.

Quelques nuits après, je rencontrai l'homme qui m'avait raconté le trait de l'*Industrie fainéante*, et il me fit voir le personnage. Nous allions nous quitter, lorsqu'il me tira par le bras : — En voici un d'une autre espèce (me dit-il), qui est plus singulier encore, et qui vous étonnera beaucoup, tant il est mesquin ! et cependant, il fait subsister cet homme depuis trente années ! Vous ne le devineriez jamais... Tenez, il décolle les affiches du coin des rues, et cela suffit à tous ses besoins... Voyez-le faire... Il vend à l'épicier 3 sous la livre, ce qui est simple ; au cartonnier ce qui est collé l'un sur l'autre ; enfin, ce qui est absolument malpropre et gâté, il l'amasse dans sa petite chambre, et s'en chauffe l'hiver. Ce malheureux est absolument incapable d'aucun travail ; non qu'il soit incommodé, mais par excès de nonchalance. Il se prive de tous les plaisirs. Il mange les choses les plus grossières, qu'il achète, au coin des rues, aux femmes qui revendent des restes. Il sort la nuit, pour décoller les affiches : mais, comme il ne veut pas occasionner de plaintes, il lit les dates, et les laisse subsister, tant que le jour indiqué n'est point passé. Il ne touche jamais aux affiches à demeure, telles que les annonces de livres, de remèdes, et le reste. Il dépouille régulièrement chaque fois les murailles des affiches de comédies, et cet objet seul lui produit 12 à 15 sous par jour. Il dort depuis huit heures du matin, jusqu'à trois ou quatre heures du soir. Le reste du jour, il arrange ses papiers, et les porte vendre. Comme les rebuts ne suffiraient pas pour son chauffage, il ramasse, à ses promenades diurnes, les petits morceaux de bois et de charbon, les écorces, la paille, les dépaillures de chaise, qu'on jette dans les rues ; et l'été lui fournit assez, pour faire du feu l'hiver dans les plus grands froids.

Cette singulière vie est étonnante, et ne pouvait convenir qu'à un individu. Deux ou trois se fussent enlevé leur subsistance. Par exemple, il n'y a que deux ou trois marchands d'encre ambulants ; environ 6 ramasseurs de bouteilles cassées. Les chiffonniers

n'exercent cet état que de temps en temps, et pour se
reposer d'un autre travail; les gratte-ruisseaux ne le
sont que par occasion.

[...]

Cent cinquante-huitième Nuit.

[...]

EXÉCUTION NOCTURNE.

[...] Nous prîmes par l'Orme-Saint-Gervais[1]. Je
voyais déjà le portail, et j'allais passer, lorsqu'une
sentinelle me présenta le fusil, en me disant de
rétrograder. Je n'ai pas coutume de répondre à ces
gens-là, espèces d'automates impassibles, qui ne peuvent adoucir ni changer le mot qu'on leur a mis dans la
bouche. Nous descendîmes dans la rue de la Mortellerie[2]. Une autre sentinelle nous fit prendre le Port-au-
blé, à mon homme et à moi, et tourner le dos à la
Grève. — Cela est singulier! me dit mon camarade!
mais ne me surprend pas. On exécute quelque crimi-
nel, qui est trop coupable pour obtenir grâce, mais
dont on ne veut pas déshonorer la famille. C'est un
parti sage, qu'il ferait à propos de prendre, toutes les
fois, que le coupable est isolé; c'est-à-dire, entouré de
parents vertueux, qui sont l'honneur de la patrie, qu'il
a déshonorée-. Je convins de la justesse de ces
réflexions. — Il y a trente ans, (reprit l'homme), que je

fus témoin d'une de ces exécutions. J'étais jeune, et vous savez combien la jeunesse est active et curieuse!... Je venais par la rue de l'Orme-Saint-Gervais. Je fus arrêté, comme aujourd'hui, par une sentinelle. Je pris par la rue de la Tisseranderie, jusqu'au bout de la rue du Mouton, où je fus également arrêté. J'étais désolé de ne pouvoir me satisfaire! J'allai gagner la rue de la Vannerie, et comme je savais le secret de la porte d'une maison où j'étais connu, je montai jusqu'au grenier, je passai sur les toits, au risque de me casser le cou, et je parvins assez près pour entrevoir. Il n'y avait qu'un seul flambeau. Je vis comme une femme vêtue de blanc : mais je ne suis pas assuré que ce fût une femme. Elle monta sur l'échafaud. Elle n'était entourée que de trois personnes, dont l'une était le confesseur. Les gardes qui faisaient le cercle, avaient le dos tourné à l'exécution. Je la vis faire beaucoup de supplications, ou donner des marques de repentir. Tandis que j'étais occupé à la considérer, quelqu'un descendit de l'Hôtel-de-Ville. C'était au moment où l'exécuteur tirait le damas, et le posait sur le billot. Cet homme parla. Aussitôt l'exécuteur s'éloigna, emportant le damas, la personne monta dans une voiture, et s'en alla par-dessous l'arcade Saint-Jean.

J'étais dans l'étonnement : et cependant je fus charmé de voir la personne échappée à son malheureux sort! Je me retirai avec beaucoup de péril, parce que n'étant plus animé par la curiosité, je tremblais davantage. Enfin, je retrouvai le grenier que je connaissais, et je m'en retournai chez nous. Trois heures sonnèrent. Il y en avait une à peu près, que tout était fini.

Le lendemain je racontai cette scène à mon père, devant mon aïeul, alors âgé de 86 ans, et qui avait vu les 20 dernières années du règne de Louis XIV. Le vieillard m'écoutait avec beaucoup d'attention ! Lorsque j'eus fini, son premier mot fut de me recommander le silence. Ensuite il dit :

— En 16**, la même chose qui t'est arrivée, m'arriva. Je ne fus pas obligé de monter sur les toits. Après que le sentinel[3] m'eut renvoyé, j'attendis qu'il se fût éloigné de moi ; je me mis à quatre, et j'allai dans l'ombre, jusqu'à la Grève, sans être aperçu. Là, je vis exécuter un grand et beau jeune homme, qui donnait aussi de grandes marques de repentir ! Il eut la tête tranchée ; ensuite son corps fut mis sur un bûcher, allumé avant l'exécution, et consumé en très peu de temps. Personne ne parla. On n'entendit que quelques mots, dits fort bas, de la part des gens qui agissaient. La garde tournait également le dos, pendant tout le temps que le jeune homme fut sur l'échafaud. Mais elle fit volte-face, lorsqu'il fut mis sur le bûcher. Personne ne dit mot de cette exécution, dans le temps. Car mon père me recommanda de n'en pas ouvrir la bouche.

Ces deux récits m'avaient conduit à ma porte. Je ne vis pas la Marquise.

[...]

Cent soixante-douzième Nuit.

[...]

LA MORTE VIVANTE.

Il n'était que minuit, lorsque je me trouvai devant un cimetière, que je ne nommerai pas. Je vis des garçons chirurgiens errer autour de la porte. J'appris d'un homme du voisinage, qui rentrait chez lui, qu'on avait enterré, le soir même, une jeune fille de 18 ans. Les chirurgiens entrèrent, lorsque je me fus retiré. Mais je les observais. Ils emportèrent la bière, après en avoir enlevé une planche, pour reconnaître le corps. Je les vis entrer dans une petite rue étroite et sale, où ils avaient un amphithéâtre. Ce trait ressemble beaucoup à celui que j'ai déjà rapporté [1]; mais les détails en sont bien différents! La fraîcheur de la terre avait ranimé la jeune fille; elle soupira, dès qu'on eut ôté la planche. Les garçons chirurgiens [2] n'en furent que plus empressés à l'emporter. Arrivés à leur amphithéâtre secret, dans lequel était un lit, ils l'y déposèrent, et employèrent, pour achever de la ranimer, les fomentations [3] les plus douces. Elle revint. Ils lui administrèrent un cordial, et en très peu de temps, elle recouvra une entière connaissance. Elle fut très surprise de se voir en pareille société! Ils la rassurèrent par les plus grands égards. Ils lui dissimulèrent la situation d'où ils l'avaient retirée, de peur de lui causer un saisissement;

ils lui firent entendre, qu'elle avait été dans un état désespéré, qui avait obligé ses parents à la leur confier. Elle eut une seconde attaque de sa maladie, qui était causée par un développement trop violent des facultés physiques et morales. Ils la calmèrent d'une manière, qui n'aurait pas eu lieu chez ses parents, mais qui était loin du crime, ou même du manque de ce respect qu'on doit aux Vierges. Elle revint de la crise et parut calmée. On voulait savoir sa demeure, et on l'apprit aisément. Ce fut alors que je vis, comme je l'avais déjà remarqué, combien ces jeunes gens, la plupart étudiants en médecine, étaient estimables ! ils portèrent, le matin, avant le jour, à l'heure où l'on n'a ni garde, ni réverbères à redouter, la jeune personne chez ses parents. Ils frappèrent à coups redoublés. Je m'approchai pour lors, et après leur avoir témoigné mon estime, je me chargeai du reste, en leur protestant que je leur ferais payer le tribut de reconnaissance qu'ils méritaient. Ils étaient si réellement vertueux, qu'ils furent enchantés de ma proposition. Deux restèrent pour porter la jeune personne jusqu'à son lit, et tous les autres se retirèrent.

L'étonnement, et même la frayeur furent extrêmes ! Le domestique qui nous ouvrait, aurait refermé la porte, si je n'avais prévu son action. Je l'en empêchai, en le repoussant, et me jetant dans la maison. Je lui ordonnai d'aller éveiller, et faire lever ses maîtres. Ils ne couchaient pas chez eux... C'est une imbécillité de notre siècle, de fuir tout ce qui rappelle l'objet qu'on a perdu !... Une femme de service se présenta. Nous mîmes la jeune personne dans son lit ; nous demandâmes du consommé, et un peu de liqueur spiritueuse ! mais seulement pour embaumer la bouche, la liqueur lui aurait été contraire; nous la fîmes suer, parce que nous nous aperçûmes qu'elle venait de contracter un rhume violent, dont la fièvre pouvait la tuer, et nous prescrivîmes le régime. Pendant ce temps-là, le domestique avait été chercher ses maîtres. Ils arrivèrent à 7 heures du matin, trois heures après, tant on avait eu de peine à pénétrer jusqu'à eux. J'allai les prévenir de la conduite à tenir, tandis que les deux étudiants disparaissaient. Leur fille fut soignée par mes seules ordonnances. Elle en est revenue. Et peut-être le rhume qu'elle prit, et qui devint d'une force inconcevable, fut ce qui la sauva, en changeant le cours de la maladie.

[...]

Cent soixante-quatorzième Nuit.

[...]

PENDU, PUIS ROMPU[1].

[*Un homme âgé, blessé à cause d'un porteur irascible, raconte au narrateur le trait suivant.*]

On dit quelquefois, en badinant, *Pendu la première fois; rompu la seconde.* Cela s'est vérifié dans un Normand. Il est partout des hommes naturellement durs et méchants, comme le crocheteur[2] que nous quittons. Un nommé Lefèvre, fils d'un maquignon de Rouen, était si dur, que tout le monde le redoutait, et que les chevaux tremblaient devant lui. Un soir, il eut querelle avec un homme, qui ramenait à son père un cheval de louage ; d'un coup de poing, il renversa l'homme, qui ne se releva pas. L'action fut sue ; et comme le fils du maquignon avait déjà reçu en justice plusieurs injonctions pour ses brutalités, il fut condamné à être pendu, comme homicide. Il était si généralement haï, que lorsqu'on l'exécuta aux flambeaux, les garçons du peuple lui criaient : — Lefèvre, si tu en reviens, tu seras rompu-. Il fut exécuté. M. Lecat, chirurgien de l'hôpital, avait traité de son cadavre, et comme il était tard, il lui fut délivré sur-le-champ. On mit le corps dans une bibliothèque, où étaient tous les instruments d'anatomie. On y avait allumé un grand feu. C'était l'heure du souper ; car on soupe en province, parce qu'on dîne plus tôt, ce qui est un grand avantage pour la santé ! Pendant le repas, on agita, si les vertèbres du col étaient toujours rompues par l'exécuteur ? Une autre dispute, relative à l'art, s'éleva entre le chirurgien, et son confrère. Ensuite, M. Lecat, qui avait une excellente mémoire locale, cita le livre, en indiquant le rayon de la bibliothèque, et la page de l'auteur qui était pour lui. Il envoya son domestique chercher le volume. Le domestique y courut : mais, arrivé à l'entrée de la bibliothèque, il vit, à la lueur du feu, le pendu qui, machinalement attiré par la chaleur, se traînait auprès du foyer. Nous avons dans nos campagnes, et parmi le peuple des villes, des préjugés si sots, qu'il est rare que les gens sans éducation les surmontent. Le domestique effrayé, tomba glacé de frayeur. Comme il ne revenait pas, on envoya le domestique du confrère, qui ne revint pas davantage ;

il fut même encore plus épouvanté ; il crut que le revenant avait tué son camarade ! Les deux chirurgiens se levèrent, et allèrent eux-mêmes à la bibliothèque. Ils virent alors quelle était la cause de la frayeur de leurs valets. On saigna le pendu. On le mit au lit, on le soigna, pendant trois semaines, avec toute l'attention que donne à ses opérations un artiste habile, qui veut approfondir toute la puissance de son art. L'homme fut rétabli parfaitement. Lorsqu'il eut recouvré ses forces, le chirurgien lui dit : — Vous savez combien votre brutalité vous a été funeste ! Expatriez-vous, faites-vous matelot, et tâchez de vous modérer à l'avenir-. Il lui donna dix écus, pour subsister jusqu'à ce qu'il se fût engagé. Lefèvre, en sortant de chez son sauveur, acheta un couteau. Il sortit de la ville, et prit la route du Havre. A peu de distance de sa ville natale, il rencontra un marchand de bœufs, auquel il supposa beaucoup d'argent. Il faut que l'air de nos prisons inspire la scélératesse, puisqu'on en sort toujours scélérat. Cela vient du régime, de la dureté barbare des geôliers, qui accoutumés à mépriser l'humanité, traitent les prisonniers, comme ceux-ci ont traité les passants qu'ils dépouillaient ; de la cruelle indifférence des juges eux-mêmes, qui ne montrent aux accusés qu'une inhumanité réfléchie. Je suis fâché de donner cette dernière cause ; je l'efface, et la remets, pour dire la vérité : les juges de province surtout, semblent des chasseurs, qui craignent de manquer leur proie, et qui triomphent, de la manière la plus atroce, s'ils embarrassent un accusé. Je l'ai vu... Lefèvre, devenu scélérat en prison, respectant peu les droits sacrés de l'humanité, qu'il avait vu fouler aux pieds, se jeta, comme un tigre, sur le marchand : mais son mauvais couteau se ferma, et au lieu de tuer l'homme, blessa le meurtrier à la main. Il fut arrêté, conduit en prison, et interrogé le jour suivant. Lorsqu'il parut devant le premier juge, ce magistrat fut frappé de sa ressemblance avec quelqu'un à lui connu. Il dit au greffier : — J'ai vu cet homme. — Moi aussi. — Je te connais? (dit le juge). — Oui, monsieur-. (Observons ici, que par respect pour l'humanité, et pour la grandeur de son ministère, le juge ne devrait jamais tutoyer l'accusé. S'il est innocent, ô juge, respectez son malheur! S'il est coupable, ô juge, respectez la victime dans la gorge de laquelle vous allez plonger le couteau de la loi)!... — Où t'ai-je vu? — Ici. — Quel est ton nom? — Louis Lefèvre. — Ton état? — Maquignon. — Ta demeure? — Telle rue. — Le nom de ton père? — Benigne Lefèvre. — Je te connais; j'ai tout cela présent? Quand t'ai-je vu, et pourquoi? — Pour me condamner à être pendu, il y a trois semaines. — Ah... Eh! comment es-tu ici-?

L'assassin raconta tout ce qui lui était arrivé. M. Lecat fut appelé. Il reconnut le malheureux, et se défendit avec la dignité qui convenait au chirurgien de l'humanité pauvre : — J'ai fait mon devoir (dit-il au juge); faites le vôtre-. Ce fut toute sa défense sublime. Cependant il ajouta quelques mots, par manière d'entretien. — J'avais acheté le corps, pour être utile à l'humanité, en le disséquant; j'ai trouvé un autre moyen d'être utile, dans cent rencontres, en le rappelant à la vie; j'ai fait ce que mon état me prescrivait; j'ai saisi l'occasion d'exercer la chirurgie sur un suffoqué par la suspension, soit que la folie l'ait conduit là, soit qu'il ait été victime du crime d'autrui-. L'assassin fut condamné à la roue, et le lendemain rompu vif. Le chirurgien, auquel appartenait son corps, aurait désiré de faire un nouvel essai, sur un homme aussi vivace, sauf à ne pas lui rendre la liberté; mais on ne le permit pas. On pourrait le tenter sur un autre, moins coupable. Par exemple, au lieu d'étrangler l'assassin délateur, avant les coups, lui offrir de les recevoir, et d'être remis entre les mains d'un chirurgien d'Hôtel-Dieu, après un, deux, trois, suivant le crime-.

Nous arrivâmes chez l'homme blessé, que je remis à sa famille; après quoi, je le quittai, pour revenir chez mad. la Marquise. Je racontai ce que je venais de faire. Elle en fut surprise! mais je lui détaillai mes raisons, avec tant de force, qu'elle m'approuva, surtout après que je lui eus cité un trait pareil arrivé en 1755, 6, ou 7; le blessé avait une épée; il la passa au travers du corps du crocheteur imprudent, et s'en alla, sans que jamais on ait su où le trouver. — Ne parlons donc plus de cela (reprit la Marquise), mais des dangers que vous courez la nuit? — Madame: (lui répondis-je), votre sexe doit être timide; souvent il est chargé d'un dépôt précieux, que la nature conserve par cette timidité, qui est une qualité dans les femmes: mais nous, madame, nous devons être hardis jusqu'à la témérité; c'est le lot de notre sexe, et une qualité en nous. Mais je ne m'expose pas. La police est trop bonne, et je suis fort-. Ces raisons la rassurèrent, et elle me dit, en souriant un peu: — Soyons donc tous ce que nous devons être-.

Je m'en revins, après mon souper et mon récit. Je ne lisais plus que rarement. J'apportais à la Marquise les livres nouveaux, qu'elle parcourait pendant le jour, et la bienfaisance employait le reste de son temps. Elle

passait trois heures par jour dans la maison de travail qu'elle avait établie ; elle allait au couvent visiter celles dont elle y payait la pension ; elle consacrait quelques heures à secourir les malades, et la journée finissait.
[...]

Cent soixante-seizième Nuit.

[...]

LES BALAYEURS.

Il était cinq heures, lorsque je m'en revins. Je trouvai plusieurs hommes, qui avaient entrepris le balayage des particuliers[1]. Ils s'entendaient entr'eux, et commençaient au haut d'une rue basse, étroite et sale ; ils n'incommodaient personne, et poussaient la balayure jusqu'à la grand'rue. J'observai seulement, que l'entêtement d'un seul particulier du milieu de la petite rue, qui ne voulait pas se servir d'eux, les gênait beaucoup ! Ils étaient obligés de faire passer sur son terrain les boues liquides, et ne pouvant les y laisser, de balayer sa place gratis. Je vis, qu'ils allaient ensuite proche de la rivière, à une autre rue, dont ils précipitèrent la boue dans la Seine. Ce que je blâmai. L'habitant de Paris, qui ne sait pas combien les engrais sont précieux, ne cherche qu'à s'en débarrasser[2]. L'administration pourrait y remédier, en obligeant les propriétaires, à prendre aux voieries, tant de voitures d'engrais, à un écu la voiture, à proportion de leurs terres, et le produit serait employé, tant à payer le balayage public, qu'à l'augmentation des boueurs. Il faudrait encore empêcher que la ville ne s'étende immensément, en posant des limites, et en taxant toute maison isolée. On devrait surtout avoir la politique de ne point bâtir dans d'excellents potagers, fertilisés depuis longtemps, et de ne pas trop reculer les cultures approvisionnantes. On devrait soigner plus efficacement la propreté des rues ; on devrait les tenir sèches, au lieu de les mouiller ; on devrait ne pas tant multiplier les canaux souterrains, nuisibles aux voitures, à la salubrité : on devrait mille choses qu'on ne fait pas. Les hommes ont une idée fausse, une idée destructive ; c'est que la vie est trop courte, pour s'occuper d'y être bien. Cette idée n'influe pas sur toutes les actions des hommes ; mais elle est très préjudiciable aux établissements publics ! Il faut la détruire, au lieu de la laisser se propager par les livres ascétiques.

Cent soixante-dix-septième Nuit

LES INCONGRUITÉS NOCTURNES.

Il devrait y avoir une ordonnance de police très sévère, qui défendît les incongruités qui bordent certains quais, et infectent les petites rues[1]. Loin de souffrir une seule maison sans aisances, comme il en existe tant aux environs des boulevards et des quais, dans les quartiers déserts des faubourgs Saint-Marcel, Saint-Antoine ; dans l'île Saint-Louis, devant et derrière Saint-Paul ; on devrait au contraire, ordonner dans certaines maisons, par bas, un cabinet public, de la propreté duquel serait chargé le principal locataire ; avec permission à lui de faire condamner à l'amende tout homme ou femme surpris à saloper. Ce cabinet serait fermé ; la clé en serait au comptoir, et l'on serait obligé de la remettre. Par exemple toutes les maisons en face du réverbère, auraient des cabinets pareils, et quand une place serait prise, on serait assuré d'en trouver une autre. La peine contre le principal locataire de mauvaise volonté, serait une amende de 24 liv. dont un tiers au dénonciateur, l'autre à l'Hôtel de Ville, et le dernier pour les boues et lanternes.

Je parvins, occupé de ces réflexions, utiles pour la propreté, autant que pour la salubrité, à la rue Bailleul, au coin de laquelle je fus presque renversé, par un homme demi vêtu, qui fuyait effrayé. Un monsieur (car on appelle monsieur tout ce qui a du galon, et porte une épée), le poursuivait flamberge au vent. Je pris la liberté d'observer au monsieur, que le crime ne méritait pas un coup d'épée. Il en convint : mais il ajouta, en me conduisant à sa porte cochère, qu'il était fort désagréable, pour sa femme et ses filles, qui rentraient, de... — Je l'aurais frappé (ajouta-t-il), tant je suis impatienté du peu de propreté de nos sales concitoyens : chez la plupart, c'est paresse ; chez d'autres, mauvaise volonté : s'il n'y avait que les gens vraiment pressés, l'on s'en apercevrait à peine. — Mais ceux-ci (lui répondis-je), peuvent être confondus avec les autres. — Il est vrai ; mais il devrait y avoir un ordre établi, qui obligeât à laisser des endroits libres dans certaines maisons; par exemple, à toutes celles qui sont commodément disposées pour cela, en y mettant pour marque un L.-P.[2] en rouge, dans un rond noir-. Je trouvai cette idée excellente!

Je le quittai. Après un circuit par les rues Saint-Honoré, place Vendôme, rue Neuve-des-Petits-Champs, place des Victoires, rue du Petit-Reposoir, je me trouvai dans le cas des excusables. J'avais devant moi la petite rue Verdelet : mais fidèle à mes principes, j'entrai dans une maison, et je trouvai, au quatrième, le seul endroit qui fût accessible. Au moment où je descendais, une vieille ouvrait sa porte, et me voyant avec mon manteau, mon feutre, elle cria : — Au voleur-! Sur-le-champ, tout le monde parut, une lumière à la main, et je fus saisi au collet. — Allons chez le commissaire! (demandai-je). — Oui, oui, tu iras! (car c'est encore un défaut du peuple parisien, d'être excessivement grossier avec les inconnus). On me donna quelques coups, surtout un garçon cordonnier, qui me parut un mauvais garnement. Je fus traîné devant le commissaire, quoique j'y allasse à ma propre réquisition. Dès que j'y fus entré, me voyant en assurance, je demandai, avant de m'expliquer, que la garde fût appelée. Le clerc envoya la chercher. Lorsqu'elle fut arrivée, je priai le commissaire, de ne pas permettre qu'un seul de mes accusateurs sortît. Ce qui me fut octroyé. Je plaidai ensuite ma cause, avec une grande véhémence. Je déclarai au commissaire, que j'étais monté dans la maison, parce que j'en avais le droit comme citoyen, au lieu d'infecter les rues. J'expliquai mes motifs; je me nommai; je me réclamai de la marquise De-M****, mon palladion[3]. Ensuite je portai plainte contre mes accusateurs, qui m'avaient frappé : je montrai les marques des coups. Mes agresseurs étaient tous si tranquilles, sur leur bon droit, qu'ils en convinrent. Je requis ensuite, que le garçon cordonnier, comme étant sans domicile fixe, et comme m'ayant voulu frapper de son tranchet, fût arrêté, ganté sur-le-champ, et conduit en prison. Ce qui me fut accordé. Je rendis plainte contre les autres, prenant acte de leurs aveux, afin de les faire assigner le lendemain. Ils s'en retournèrent chez eux très étonnés de ce dénoûment, et de la manière dont je les traitais devant le commissaire ! et surtout, rien n'égalait la confusion de la vieille méchante qui avait mis l'alarme !... Mais je ne devais cet acte de justice exemplaire, qu'à mad. De-M****, proche parente d'un président à mortier, et non à mon bon droit.

J'allai chez la Marquise à minuit. Je racontai ce qui venait de m'arriver : — Vous périrez quelque jour ! (me dit-elle). — Je fais ce que je dois (répondis-je). Puisque je ne laboure pas la terre, comme mon père, il faut que je sois utile d'une autre façon. Ce n'est pas de vivre que je dois m'embarrasser, mais de remplir mes jours, tant que j'en disposerai-.

[...]

Cent soixante-dix-neuvième Nuit.

LES COUCHES DE L'HÔTEL-DIEU[1].

Avant d'en venir aux objets, que je nomme publics par excellence, comme les billards, les académies, les cafés, les spectacles actuels, il faut exposer tous les autres. D'ailleurs c'est lorsque je demeurais dans la rue du Fouarre, qu'est arrivé ce que je raconte ici.

Une jeune personne, ma belle-sœur, était venue nous voir, ou plutôt pour voir Paris. Elle occupait un cabinet éloigné de ma chambre. La première nuit, après trois passées dans le coche d'Auxerre, elle dormit d'un sommeil profond. Le second jour, on vint la prendre pour lui faire voir des connaissances, et les curiosités. On me la ramena le soir, comme je sortais. Elle était fatiguée ; elle se mit au lit.

Je passai par la rue de la Bûcherie : des cris horribles frappent mon oreille. Ils partaient de l'Hôtel-Dieu. Je m'informai. Une marchande de vieilles chemises et de chiffons, qui avait là sa boutique, m'apprit, que la salle des femmes en couches était devant nous. — Voilà des cris bien terribles ! — C'est quelque jeune malheureuse, que tourmentent les élèves accoucheurs et accoucheuses. Car ils les font souffrir, ces pauvres filles ou femmes !... — Est-ce qu'il n'y a personne pour les présider ? — Pardonnez ; mais que voulez-vous ? ils ne savent pas ; tous veulent s'instruire, et la pauvre victime souffre de leur inexpérience et de leur curiosité-. Je savais déjà tout cela. J'aurais bien désiré d'entrer dans l'Hôtel-Dieu, et de voir ce qui s'y passait en ce moment. Mais j'en désespérais. J'allai cependant à la porte. Je m'arrêtai un instant à considérer. Dans ce moment, arriva une jolie femme de la rue Saint-Denis (mad. L-que), parente du chirurgien en chef. Je la reconnus, et je courus à elle, quoique je ne lui eusse parlé qu'une seule fois. Je lui témoignai le désir que j'avais d'entrer, et par quel motif. Elle me mit de sa compagnie. Elle eut même la complaisance de me conduire jusqu'à la salle que je désirais voir. La malheureuse n'était pas encore délivrée. C'était une jeune personne d'environ 14 ans. Sans que je disse un mot, mad. L-que, effrayée de ce qu'elle voyait, en fit des reproches à l'accoucheur en chef, et tous les bourreaux, qui ne faisaient que tenter, sans l'aider, parce que chacun voulait laisser aux autres un moyen d'instruction, tous les bourreaux furent éloignés, et la jeune infortunée accoucha... Les malheureux ! ils l'en empêchaient !... Je frémis d'horreur !

Que les sots, les bas adulateurs louent tant qu'ils voudront les établissements publics ; moi, je souhaite que le peuple lise ce que j'écris, pour devenir économe, laborieux, et n'y pas avoir confiance.

J'allai chez la Marquise : mais je n'y restai qu'un instant, à cause de ma belle-sœur ; je redoutais quelque chose de vague, sans savoir quoi.

J'arrivai chez moi à une heure. Je trouvai Susette hors du lit, à genoux, effrayée. Je lui demandai ce qu'elle avait ? — J'ai été éveillée, il y a plus d'une heure, par des cris épouvantables, et comme vous ne me répondiez pas, j'ai cru que les voleurs vous tuaient. J'ai voulu sortir, pour appeler les voisins ; mais vous m'aviez enfermée-. Je la rassurai, en lui expliquant en deux mots la cause des cris qu'elle avait entendus. Je la tranquillisai sur mon compte, en lui protestant, que je n'avais rien à craindre dans les rues de Paris. Je la calmai de mon mieux, je l'exhortai à dormir, et pour moi, j'allai dans ma chambre rédiger ce que je venais de voir ; car je n'avais pas pris le temps de l'écrire chez la Marquise.

[...]

Cent quatre-vingt-cinquième Nuit.

[...]

L'HOMME À L'AFFÛT.

Je fis une excursion dans le faubourg Saint-Germain, en m'en retournant. Au coin des rues de Tournon et des Quatre-Vents, j'aperçus quelque chose qui grouillait, sous l'auvent d'une boutique. Je m'arrêtai. — Passez! (me dit-on); ce n'est pas vous que j'attends-. J'hésitai sur ce que j'avais à faire. Je ne voyais pas du tout que je fusse obligé d'obéir ainsi à un homme. J'allai me mettre sous la porte de la foire. — Passe! (me cria l'homme), passe ton chemin. — Passe-le toi-même. Moi, je reste ici-. A cette réponse, l'homme furieux s'avance vers moi : — Je vous avertis, monsieur, que j'ai deux pistolets, et qu'il n'est pas sûr de m'approcher de plus de dix pas-. L'homme s'arrêta. — Si vous n'avez pas à faire ici (me dit-il) passez. Je suis chargé d'une commission, qui demande que je voie toute la conduite d'un homme suspect. — Si vous êtes un homme utile (répondis-je) il faut que je vous cède. Je me retire. Mais croyez que je vous observerai-. Je m'éloignai aussitôt. J'attendis jusqu'au jour, et je ne vis rien. Mais j'ai su depuis, que l'homme guetté n'avait pas échappé. Je n'aime pas les guetteurs, je ne voudrais pas l'être, si ce n'est d'une manière générale. Mais je conviens qu'ils sont utiles, et qu'ils pourraient être honnêtes gens.

Cent quatre-vingt-sixième Nuit.

LES BAINS[1].

Il commençait à faire chaud : les bateaux de bains étaient arrangés ; l'extrême chaleur y attirait la foule le soir, pour deux raisons ; parce qu'alors on est plus libre, et parce qu'une sorte de pudeur empêchait encore les femmes d'y aller le jour. Je fis le tour du bassin, et j'observai les différents bains, tous placés singulièrement, et d'une manière bien opposée à ce qu'ils seraient en Turquie ; car toujours les bains des femmes étaient au-dessus de ceux des hommes. Les premiers bains que je vis, étaient arrangés au bas des grands degrés, l'un sur la rive du quartier de la place Maubert, l'autre vis-à-vis, pour l'île Notre-Dame, ou la Cité ; ces bains ne sont que pour les femmes. Je continuai ma route par l'île, et je vis des bains au-dessus et au-dessous du pont Marie, avec deux grands écriteaux attachés au parapet. Celui d'amont, était ainsi conçu, *Bains des dames publiques et particulières.* Il faut convenir que la langue est singulièrement outragée dans tous les écriteaux et toutes les enseignes de Paris, et qu'elle ne devrait pas l'être ! mais ici, l'ignorance grossière était scandaleuse, et si c'était une mauvaise plaisanterie, elle était punissable. J'en avertis la concierge. L'écriteau des hommes était tout simple. Je continuai ma tournée. Je vis des bains sur le Port-au-blé pour les deux sexes. J'en trouvai d'autres au-dessous du pont Henri, vis-à-vis la rue des Poulies, d'autres sur le quai des Théatins ; enfin j'en vis au bas du quai de l'Horloge, derrière la place Dauphine. Il était fort tard. Des enfants, des apprentis se baignaient dans le petit bras qui passe devant les Augustins [2], et les sépare du quai des Orfèvres. J'observais combien ces bains mesquins, qui ressemblent à ceux que pourraient avoir de pauvres sauvages, annonçaient la malpropreté de la plus grande ville du monde ! Cinq à six bains cabanés pour Paris ! C'est que personne presque ne s'y baigne, et que ceux qui le font, se bornent à une fois ou deux par été, c'est-à-dire par année. Tandis que je faisais là-dessus des réflexions, et que je désirais que l'usage des bains fût plus étendu, j'entendis quelque bruit du côté du petit bras de la rivière. C'étaient les enfants-baigneurs qui s'enfuyaient. Il y avait un ordre, pour les empêcher de se laver dans la rivière, à l'endroit le moins dangereux, où même il ne peut y avoir aucun danger. J'appris qu'il existait pour eux un bain à la pointe du jardin des Enfants-de-chœur, où l'on voulait qu'ils allassent s'entasser, polissonner et se corrompre. Je fus surpris et choqué ; mais le pouvoir me manquait contre cette barbarie très immorale ! Je parlai au sergent de la garde. La raison qu'il me donna, c'est que les enfants venaient là le jour, ce qui était très scandaleux ! — Scandaleux ! (m'écriai-je). Il est scandaleux que des enfants se lavent, dans un endroit découvert, où l'eau n'a que 2 pieds de profondeur ! En vérité, je ne conçois plus rien à la décence de notre siècle corrompu ! Bientôt on défendra aux nourrices de passer la chemise à leurs nourrissons mâles, et les sages-femmes ne pourront plus dire le sexe de l'enfant! Hé! morbleu! laissez, laissez ces pauvres enfants se laver, s'approprier, non la nuit, qui souvent est trop fraîche; mais au grand et beau soleil! dussent quelques petites filles de libraire les apercevoir de leur fenêtre : dussent les petites blanchisseuses les voir de quelque cinquante pas, et quelque bourgeoise curieuse, les examiner, en s'appuyant sur le parapet! Quel mal cela produira-t-il? Et le bien sera l'apprentissage de la natation, la propreté, la santé! Cela vaut mieux que les bains et les établissements particuliers, où il faut payer. Quelque modique que soit la somme, elle est au-delà des moyens des enfants-. Tandis que je parlais au sergent, les enfants s'échappèrent tous. Un de ses soldats lui fit reproche de m'avoir écouté. — Taisez-vous! (lui répondit le sergent) ; croyez-vous que je ne les aie pas vus comme vous-? Il continua sa route, et ne trouva plus personne.

J'allai ensuite à la pointe, appelée le Terrain, en passant par la barbare et gothique Cité, qui est plutôt un inextricable labyrinthe[3] qu'une ville. Figurez-vous des rues philadelphes[4], où 2 personnes qui se rencontrent ne peuvent passer qu'en s'embrassant, tortueuses, malpropres; des maisons en pierres de taille, élevées de 4 étages. On y étouffe; l'air n'y circule pas; on croit se promener au fond d'un puits. Je parvins difficilement au Terrain, quoique je me fusse bien orienté. Là, je vis une foule d'enfants, qui semblaient moins réunis pour se baigner, que pour polissonner. Ils se battaient ou se faisaient des malices. Je me retirai. Je repris le chemin de l'île Saint-Louis par le Pont-Rouge[5], restes honteux des péages barbares de la féodalité. Je donnai mon liard, et je respirai enfin. Il est vrai que l'odieuse Cité doit avoir l'air d'un cachot ; le tourniquet, un geôlier... Je passai, sans trop m'embarrasser du bain des hommes, vis-à-vis la rue de la Femme-sans-Tête[6] ; on y faisait peu de bruit : mais du milieu du pont Marie, j'entendis le caquetage du bain des femmes. J'allai vis-à-vis la rue Poulletier ; je m'appuyai sur le parapet, et je tâchai d'entendre : mais il était impossible de distinguer, parce que les conversations se croisaient. J'entendis pourtant quelques gaietés. La décence publique ne me permettait pas de prendre aucun moyen de m'approcher, quoique ce ne fût que pour entendre ; puisque l'obscurité m'aurait empêché de voir. Cependant il y avait une lumière ou deux. J'attendis les baigneuses, que j'observais, à mesure qu'elles sortaient. Il y en avait de très intéressantes. J'étais appuyé sur le parapet, penché de manière, que j'entendais la conversation particulière de celles qui montaient l'escalier ; la plupart des jeunes personnes étaient avec leurs mères, une bonne, une tante, une voisine. Je comprenais cela par les discours qu'on tenait. Enfin, je vis paraître deux jeunes personnes, qui montaient seules. — Vous l'avez échappé belle ! En vérité, je ne veux plus que vous vous exposiez ainsi ! — Ma chère Sofie ! que risquez-vous ? avec vos charmes, on ne peut que gagner. — Cela n'est pas bien ! D'ailleurs vous m'avez surprise, et avant de vous reconnaître, j'ai manqué de vous trahir... Vous êtes donc venu tout seul ? — Sans doute ! et personne au monde ne sait cette escapade. Je n'avais que ce moyen de vous parler en liberté. — Mais ma tante ne vient pas ! (dit la jeune personne) ; je vais l'attendre. Vous m'avez dit que vous demeuriez tout ici près ; allez-vous-en ! — Il sera temps, quand elle paraîtra. — Ah ! tenez ! elle ne m'a pas vue sortir ! la voilà qui m'appelle... Adieu-. Le jeune homme acheva de monter les degrés. Lorsqu'il fut auprès de moi, je lui dis : — Je vous ai entendu, Monsieur. Je vais parler à la tante. — Que me veut donc cet insolent ? — Point, point de ces façons ! vous ne répondez pas comme une jeune fille répondrait... Allez, Monsieur le sycophante, allez-! Il me pria pour lors de ne rien dire. — Non, je ne causerai pas à la jeune personne une aussi cruelle mortification ! Mais prenez garde à vous-! Il s'éloigna. J'attendis les dames, et je les suivis, pour savoir leur demeure. La tante rentra. La jeune personne resta un moment sur la porte ; sans doute pour voir si le jeune homme l'avait suivie. Je saisis ce moment pour lui dire, que j'avais tout découvert. Les deux amants me demandèrent de nouveau le secret ; que je mis toujours à la même condition. Je courus chez la Marquise. Le jeune homme en fille m'accompagna pour me parler. Je fus inflexible. Il rentra chez son notaire, et j'arrivai.

Mad. De-M**** me remercia de la peine que je m'étais donnée pour elle ; mes réflexions et ma conduite furent également approuvées. *L'Homme à l'affût* la surprit, et elle admira ma hardiesse, en me recommandant de ne pas m'exposer. Le hasard va cependant amener quelque chose de pis.

[...]

Cent quatre-vingt-huitième Nuit.

LES BILLARDS[1] : ACTEURS.

On joue au billard pendant la journée. Il est tant d'inutiles à Paris! Cependant ce ne sont pas les inutiles proprement dits, qui font le grand nombre, au billard ; ce sont les souteneurs de filles et les domestiques. Les maîtres, même les ecclésiastiques, ne daignent pas veiller à l'occupation de leurs valets, et ils laissent sécurément leur bourse et leur vie à la merci d'un oisif, d'un joueur ; c'est-à-dire d'un homme souvent corrompu par l'inutilité ; plus souvent emporté par une passion violente, qui ne respecte rien. Les longues soirées d'hiver, quoique le billard aux lumières se paie le double, sont le temps des parties intéressantes. La raison en est, que tous les domestiques, alors revenus de la campagne ou de la province, ont achevé leur service journalier à 5 heures ; que les semestres[2] sont à Paris ; et que les filles perdues gagnent davantage. Car non seulement elles fournissent de l'argent à leurs souteneurs, mais elles s'intéressent dans les parties d'un joueur habile de la main, et rusé dans l'arrangement des points à rendre, ou des avantages à faire. La raison en est que le *Monsieur,* qui ne joue pas pour lui-même, est plus hardi, qu'il a plus d'adresse, et que ses coups sont plus beaux.

J'avais entrevu le billard quelques années avant 1775 : celui que je choisis pour mes observations, était au bout de la rue Saint-André. La salle n'était pas aussi crapuleuse que celle du quai de la Ferraille, à la maison qu'occupait autrefois Ricci l'arracheur de dents, et les joueurs n'y étaient pas aussi relevés qu'au billard de la rue Mazarine, ni même que celui du Verdelet. Il tenait le milieu. Je parlai de mon dessein à la Marquise, qui l'approuva fort, et qui m'exhorta vivement à le suivre.

Ce fut le 15 n^{bre}, après la publication de mon grand ouvrage (le *Paysan*)[3], que je commençai mes séances. Je sortais à 8 heures. Le billard était alors si plein, qu'on ne pouvait y trouver place, et l'on y étouffait, comme à la dernière séance de l'Académie française. La foule diminuait à neuf heures, et l'on se trouvait à l'aise à dix. La séance finissait à onze heures, au grand regret des joueurs et des paris !... Comme ce billard fournira plusieurs nuits, il faut en faire connaître les acteurs.

Le prévôt[4], nommé L'Aloi, était un petit chafouin plein d'aigreur, dont le fausset était propre à se faire entendre au-dessus du continuel et bruyant murmure de l'assemblée. Il avait pour acolytes deux secs et plats personnages, qui ne jouaient jamais que des parties de frais ; ils ne pariaient qu'en secret, et en se mettant de moitié avec un autre. Je sus depuis que c'étaient des escrocs, auxquels le jeu avait été interdit, après un petit séminaire à Bicêtre[5]. Mais il ne fallait pas se contenter de leur interdire le jeu, il fallait leur ordonner le travail. Peut-être l'avait-on fait, car ils étaient toujours avec le tablier de leur profession. Un de ces acolytes mouchait[6] pour le prévôt, lorsqu'il était absent, marquait, et le reste. Un quatrième acteur était un garçon maréchal, en veste rouge, tablier de cuir. Venaient ensuite deux domestiques, joueurs ou parieurs impitoyables. Puis deux souteneurs, redresseurs habiles, qui affectaient d'être honnêtes, et qui, jusqu'à ce moment avaient évité le séminaire et l'interdiction. Je vis ensuite une foule d'élèves ! des dupes habituelles, au nombre desquelles étaient deux marchands-fripiers de la rue Dauphine, Esclabasse et Henri, que depuis j'ai vu escrocs ; un gros garçon, maître bourrelier, très sot, très brutal, et très dupe, qui mangeait la dot d'une femme aimable, que sa farauderie avait subjuguée. Il y avait jusqu'à un petit jeune garçon tailleur, natif de Paris, et ancien enfant de cœur, resté maître de lui-même avec la succession d'une vieille tante, qu'il venait dissiper au billard. Il jouait fort mal, et se faisait faire de gros avantages. Il se conserva quelque temps, par la raison que je vais dire. J'observe que c'est à lui que je vis tenir le billard à la première séance.

Il y a, dans chaque billard, ce qu'on nomme le tripot, à la tête duquel il faut que le prévôt soit toujours. C'est ordinairement le tripot qui arrange les parties entre les joueurs ; c'est-à-dire, qui décide, que tel peut jouer au pair avec tel, ou que tel doit rendre tant de points à tel. Ces décisions sont souvent partiales, et c'est au perdant à les changer, ou à quitter. Mais souvent la fureur du jeu est telle, que le gagnant ne voulant pas céder, le perdant continue à jouer en dupe. C'est aussi le tripot qui décide de la valeur des coups, quoique le prévôt paraisse demander l'avis de toute la galerie. Tout cela s'éclaircira davantage par la suite. Pour revenir au tailleur, qui jouait avec un croc[7] de billard, lors de mon arrivée, et qui perdit par conséquent, il était tout consterné, sa perte allant à deux louis et demi. A huit heures, L'Aloi dit un mot au joueur gagnant, et celui-ci voulut quitter. Il se trouvait dans la galerie, un domestique d'évêque, gros gaillard au teint fleuri, et qui paraissait très avantageux. Il demanda au petit tailleur, s'il avait encore de l'argent ? Je m'aperçus que le laquais était soufflé ; j'ai su depuis, que c'était par les membres du tripot. Le petit tailleur montra deux louis. A cette vue, il se fit un frémissement de cupidité dans toute l'assemblée : mais le gros laquais eut la préférence ; parce que le tailleur ayant le billard, il dispensait son joueur de le tirer. La partie commença, dès qu'on eut décidé, à la pluralité, que le domestique, dont on connaissait le jeu, donnerait huit points, pour lesquels le tailleur lui sauverait cinq blouses[8]. Cette partie présente un avantage énorme en faveur de celui qui reçoit 5 blouses ; mais ce n'est presque rien ; un habile joueur la fait tourner à son profit, par le privilège de se blouser dans son trou ; par l'adresse qu'il a de ramener la rouge vers sa blouse, et d'exposer ainsi son maladroit adversaire à se perdre, pour le déranger, ou à rester en prise ; ce qui l'empêche de faire des points ; etlrst. Il suit de là, que la partie des 5 blouses sauvées est presqu'égale à la partie ordinaire, ou les 6 blouses sont communes aux deux joueurs, et que l'avantage que recevait le tailleur était exorbitant. Le gros laquais enchanté d'avoir une bonne partie, joua d'abord assez bien. Mais le tailleur secrètement conseillé, joua prudemment, se blousa souvent à sa blouse, pour donner de mauvais coups, profita des bons avis que lui donnait le tripot, des fautes suggérées au gros laquais, et de l'inexpérience de celui-ci à sauver 5 blouses. Cependant les joueurs vinrent 14 à 14, et le gros laquais perdit par un coup mal jugé. Quel dépit ! Il faut être joueur et sot, pour s'en former une idée !... Le laquais doubla. Le tripot agiota les paris, pour y engager des bourgeois, qui doivent perdre seuls, pour que le tripot vive. Enfin le gros laquais rendit les 20 écus au tailleur. C'étaient 60 liv. qui devaient bientôt revenir au tripot, lequel avait en outre le gain de ses paris, adroitement faits. Cinq tripotiers pariaient contre trois : ces derniers faisaient beaucoup de bruit, et mettaient de moitié le bourgeois excité qui voulait en être, tandis que ceux qui tenaient le pari pour le tailleur, n'en mettaient personne. Par ce moyen, le gain du tripot était sûr, et tous ses membres partageaient en secret.

Cette première séance, à laquelle je donnai toute mon attention, me parut amusante, et je m'aperçus qu'il y avait pour moi, une ample moisson à faire dans ces endroits abusifs, que mal à propos on croit utiles à la police. J'allai rendre compte de ma soirée à mad. De-M****, qui fut contente de ma sagacité.

[...]

Cent quatre-vingt-dix-neuvième Nuit.

[...]

LE GUETTEUR.

Je sortis après ce mot. Et en m'en revenant, je trouvai au coin du pont de la Tournelle, un homme en mauvais bergopzoom[1], ayant des bas troués, un vieux chapeau, qui vint me regarder sous le nez. Je le regardai de même. Je m'arrêtai au coin du quai Dauphin, et j'attendis. L'homme se promena cinquante pas en long, et autant en large. A la fin, il vit ce qu'il guettait. Il courut à la garde, sans doute prévenue par lui. On saisit un homme qui sortait mystérieusement d'une maison à porte cochère, et on le conduisit chez un commissaire fort éloigné ! Je suivis. L'homme fut mis au Châtelet, et le guetteur alla se coucher. J'en fis autant.

Qu'était l'homme ? Un suborneur, que le père faisait guetter, et qu'il fit emprisonner, par les règles ordinaires de la justice, qui défendent de s'introduire chez les citoyens, à leur insu.

Deux centième Nuit.

LA SAUVAGETÉ[1]. LE DÉGEL.

Imaginerait-on, d'après tout ce qu'on voit faire au Spectateur-nocturne, qu'il est né le plus sauvage de tous les hommes ? C'est faute de vivre avec le monde, que jusqu'en 1772, il n'osait entrer dans un café. Si on le voit chez la Marquise, c'est que leur connaissance s'était faite d'une manière exaltée, qui le soutint jusqu'à l'habitude. Cependant il ne faisait jamais le signal, pour entrer, sans un petit sentiment de sauvagerie, à moins qu'il n'eût des choses très importantes à dire ; car alors il éprouvait une chaleur qui l'enhardissait. Il n'est pas encore exempt de cette timidité pénible; qui a sa source dans l'orgueil. Souvent, lorsqu'il va dans une grande maison, il lui est arrivé de lever le heurtoir, et de n'oser le baisser. Il s'en retourne, quoiqu'il soit attendu. Mais ce qu'il y a de surprenant! c'est que ce même caractère sauvage, est ce qui l'a rendu indagateur[2]. Il a trouvé si héroïque de s'exposer à voir les hommes et à en être vu, d'oser les pénétrer, que la gloire le lui a fait entreprendre. Un jeune Parisien bien hardi, bien blasé sur tout, trouverait cela si simple, qu'il n'en serait pas tenté : le Spectateur-nocturne l'a trouvé merveilleux, et il l'a fait. Ainsi, les effets les plus certains résultent quelquefois des contraires; tout dépend du ressort qu'on a dans l'âme.

Il dégelait; les rues étaient l'image du chaos. Le désordre était encore augmenté par les Auvergnats du coin des rues, qui, pour gagner davantage, avec leurs planches posées sur les traverses des petites rues aboutissant dans les grandes, formaient exprès des engorgements, qu'ils abandonnaient le soir, sans les faire écouler. La tranquillité stagnante des neiges demi-fondues, les faisait croire solides, et l'on enfonçait jusqu'au-dessus de la cheville. J'étais bien fâché de voir exister un désordre aussi facile à prévenir! D'abord, il ne faut pas laisser le balayage aux particuliers, qui ne le font, et ne peuvent le faire d'accord; au lieu que des balayeurs publics qui s'entendront, et qui seront bien inspectés, nettoieront les rues avec ordre, avec exactitude, et en très peu de temps[3]. Il faut ensuite défendre aux Auvergnats d'établir des planches; les balayeurs publics n'en poseront qu'aux endroits indispensables, et gratis : mais le balayage et le planchage seront payés par le public, par l'addition de 2 liards à la capitation[4] de 36 sous, et ainsi de suite, en augmentant, jusqu'à 24 sous, pour la capitation la plus haute... Comme je traversais la rue Saint-Honoré, par celles des Poulies et d'Orléans, je vis une pauvre jeune fille qui passait sur la planche d'un Auvergnat. Requise de payer, elle n'avait pas de quoi. Il la repoussa brutalement dans la fange et la mare de neige fondue, dont il avait augmenté l'amas par une digue, afin de rendre sa planche nécessaire. Les pieds mal chaussés de la fille quittèrent ses souliers, le bas de ses jupes fut trempé ; l'eau qui en dégouttait, en marchant, lui gelait les jambes. Je ne suis pas cruel ; je suis doux, bénin, mais très irascible. J'avoue que je rossai l'Auvergnat, aux risques de l'être ; que ses camarades accoururent, et que sans la garde, j'aurais été embarrassé ! Je m'expliquai. Le caporal donna tort aux Auvergnats, les obligea de faire écouler la mare ; et moi, je courus à la jeune fille ; je la conduisis chez elle ; je lui achetai une falourde[5], car je trouvai sa mère sans feu ; je la fis sécher ; puis je courus les recommander à l'efficace bonté de l'incomparable Marquise, qui voulut bien leur être utile. La jeune fille était jolie, et par conséquent plus exposée qu'une autre. Elle m'apprit, à mon retour, que souvent on l'avait attaquée le soir, mais si grossièrement, qu'elle n'avait jamais été tentée. Elle demeurait rue Thévenot. C'était la fille d'un compagnon batteur de cuivre, mort du vert-de-gris[6] : elle soutenait sa mère infirme, et trois frères et sœur, en brodant des souliers d'étoffe, pour un marchand cordonnier.

[...]

Deux cent seizième Nuit.

LES ACADÉMIES.

La belle saison était revenue, et je n'allais plus au café le soir, ni aux billards. Je venais de quitter la rue du Fouarre[1], pour aller me loger dans la rue de Bièvre, dans une maison obscure, où l'on avait loué pour moi. Cette demeure me convenait davantage. La principale locataire était une Flamande, grande blonde encore aimable, qui avait une fille unique de 14 ans[2]. Cette jeune personne promettait la plus grande beauté. On la mit au couvent. Il me fallait trois clefs pour rentrer; celle de la première porte, celle d'une grille de fer au bas de l'escalier, et celle de ma chambre. Je me trouvai bien dans cette petite forteresse. Je n'ai rien dit de mes peines de jour. Elles cessaient alors, et j'étais bien aise d'avoir quitté mon autre demeure, profanée par un scélérat[3]. J'ai demeuré cinq ans dans la rue de Bièvre, et c'est pendant ces cinq années que me sont arrivées deux aventures.

Le premier soir, me trouvant libre à huit heures, je sortis au hasard, et je marchai. Au coin des rues de la Bûcherie et des Grands-Degrés, je vis sortir deux hommes d'une maison peinte en noir. Ils se querellaient, et allèrent se battre dans le passage de l'abreuvoir. Je tâchai de les séparer. Mais ils étaient furieux, et le vainqueur précipita l'autre dans la rivière. J'appelai du secours néanmoins. On retira l'homme, et son antagoniste s'en alla. Je sus alors qu'ils sortaient d'une académie de cartes, au-dessus du billard du coin de la rue. J'y montai.

Je trouvai une assemblée composée de gens de rivière, d'ouvriers de toutes les professions, et de quelques petits marchands. Les uns jouaient au piquet, et le plus grand nombre à la triomphe[4]. Les parieurs environnaient les tables, et chacun était profondément occupé. J'allai me placer derrière un joueur de triomphe, et je regardai son jeu. Cet homme porta les yeux sur moi, et depuis ce moment, il ne pouvait se tenir tranquille sur sa chaise. Il perdit. Alors il appela le paumier[5] (car tous ces corrupteurs, ces décepteurs de l'espèce humaine, qui tiennent boutique de vice, d'inutilité, de friponnerie, sont maîtres paumiers)! — Monsieur! (lui dit-il), faites retirer cet homme-là! (me montrant); il m'interloque-! Le paumier me dit poliment : — Monsieur, les joueurs, vous le savez, ont de ces faibles-là! Je vous demande bien pardon-! J'allai me mettre derrière l'adversaire, qui jeta sur moi un regard obligeant. L'homme de mauvaise humeur perdit toujours, tant que je fus là; mais il n'avait pas droit de me faire ôter, puisque je ne voyais plus ses cartes. Je quittai cependant, pour aller à d'autres joueurs, et je m'aperçus que le perdant regagnait. Je dis au paumier : — Ce joueur n'est pas de bon aloi; observez-le-! Ne me connaissant pas, et me craignant par cette raison, le paumier l'examina secrètement pendant quelques parties. Il parla ensuite à l'homme en particulier, lui fit rendre l'argent mal acquis, et le renvoya. Ce qui fit peu de bruit.

Les parieurs m'occupèrent le reste de la séance. Je vis qu'ils étaient en relation avec les joueurs, et qu'il y avait un tripot, comme au billard ; qu'on s'entendait, pour jouer des parties vides dans la seule vue de faire gagner des paris aux associés ; qu'on y trichait, qu'on y cachait son jeu, et le reste. Je sortis, avec ces tristes lumières, et j'allai chez la Marquise, où j'arrivai fort tard.

[...]

Deux cent dix-neuvième Nuit.

SUITE : ACADÉMIE SAINT-JACQUES.

Je passai devant la porte de la jolie Virginie sur les huit heures. Elle jouait au volant, avec des voisines, et des jeunes gens, parmi lesquels étaient deux carabins, dont l'un fils d'un tailleur, de Chartres, me parut d'une fort jolie figure. En ramassant le volant, il lui toucha le bas de la jambe ; et la grande blonde répondit à cette liberté par un mot impropre. D'où je conclus qu'elle avait des mœurs très relâchées ! Je résolus de lui rendre service, s'il était possible. Je me tins à l'écart. Vers les 9 heures, parut un homme en noir, que je reconnus pour un avocat de la rue du Battoir. La jolie blonde, en le voyant, fit la grimace. Cependant, elle le suivit à la maison, en le nommant son oncle. Je savais que sa mère avait été bien établie dans le faubourg Saint-Germain ; mais que son père avait tout mangé. Ainsi je n'étais pas surpris qu'un avocat fût l'oncle de la jeune personne. Je choisis ce moment, pour aller remercier la mère de l'hébergement de l'avant-veille, dont j'avais oublié de parler la nuit précédente. Je la trouvai chapitrant sa fille devant l'oncle, au sujet du carabin. Je me retirai aussitôt, bien résolu de revoir et de servir ces deux femmes.

Je montai la rue Saint-Jacques, et j'allai dans une académie, dont j'avais beaucoup entendu parler au jeune Ornefuri, mon compositeur[1], qui allait s'y ruiner. C'était ici bien autre chose qu'à la rue de la Bûcherie ! Les acteurs y paraissaient plus relevés ; le maître portait un nom célèbre (Gosseaume), charme des joueurs de plus d'une espèce, c'est-à-dire, à la paume, au billard et aux cartes. Toutes les tables étaient occupées, et la galerie nombreuse. Le maître lui-même jouait avec un homme décoré : je puis dire, qu'il jouait loyalement : mais avec toute l'habileté d'un maître du métier. C'était le piquet. Cette partie m'occupa quelque temps. Enfin, je réfléchis, que je n'étais pas venu pour m'amuser. Je demandai au maître, s'il faisait quelquefois retirer un spectateur de derrière sa chaise ? — Jamais. — Pourquoi ? — C'est que je joue toujours franchement-. J'allai à d'autres tables. Il y en avait une, où je vis des piles de louis d'or, tant des joueurs que des paris. Les uns suivaient les joueurs ; les autres pariaient au premier roi, à la première dame, dans telle ou telle main. Je ne voyais pas qu'il pût y avoir de tricherie. Il fallait suivre sans interruption, pour connaître les opérations du tripot caché. Je reconnus un exempt, qui était là pour le bon ordre. Je résolus de scruter tout cela. Je me tins tranquille. Les parties recommencèrent. J'en suivis le développement. J'examinai bien les joueurs. Mais toute mon attention ne me fit découvrir qu'une seule chose. C'est que tout étourneau qui arrivait au jeu, pour la première fois gagnait immanquablement. Et que tout étourneau qui avait déjà gagné, qui commençait à s'enhardir, et qui apportait des fonds, perdait immanquablement ; mais qu'il regagnait ensuite quelque bagatelle. Ce fut l'étude de plusieurs soirées que je réunis ici toutes en une seule. Je vis la friponnerie plus cachée que dans les billards, et par là plus dangereuse. Les parieurs s'entendaient, et jamais les membres du tripot ne se retiraient que dûment alimentés. L'exempt ne paraissait être là que pour empêcher les escroqueries scandaleuses, qui auraient décrié la maison ; il était l'homme du paumier, plutôt que l'homme de la police. Je suis fâché de dire ces vérités dures ! mais faut-il mentir ? Je ne le crois pas, surtout aujourd'hui, que tous ceux qui gouvernent ne cherchent que le bien public. Ô administrateurs ! supprimez d'un seul coup, les académies de cartes et les billards (car je n'ai pas tout dit) ! donnez vos soins aux bonnes mœurs, et vous verrez l'État prospérer[2]. Ne ménagez pas les espions ; sans l'avilissement où leur conduite les met, vous pourriez en avoir d'estimables, qui ne détruiraient pas la nuit votre ouvrage du jour ! Empêchez qu'on ne reçoive des impudents, des corrompus et des corrupteurs parmi les ecclésiastiques ; que l'information de vie et de mœurs pour les ministres et pour tous les autres états de la société, ne soit plus une vaine formule, et vous verrez la Nation changer, s'améliorer, faire trembler tous ses ennemis, par son courage. Autorisez la publication d'ouvrages qui prêchent la subordination, la réciprocité, l'avantage de n'avoir qu'un chef, tout-puissant par la loi ; d'avoir héréditairement ce chef, parce que la tranquillité le demande, et que, quel qu'il soit, il peut être environné d'honnêtes gens qui feront le bien public. Pénétrez la Nation des saintes maximes de la monarchie, qui est une grande famille. Faites-la trembler par la peinture des maux des républiques. Attachez les citoyens à l'État, comme à la maison paternelle, dont ils sont les héritiers. Ne souffrez pas que les riches excessifs abusent de leurs possessions en terre de luxe. Favorisez l'agriculture par des privilèges ; mais ôtez les comices agricoles. Je suis paysan, et je sais que tout cela n'est que distraction. Le paysan doit aller à sa chose, comme le cheval, avec des œillères, qui l'empêchent de voir ailleurs que devant lui. Multipliez les petits propriétaires. Interdisez aux riches l'excessive consommation, qui, outre qu'elle épuise tout pour le pauvre, est de mauvais exemple pour le demi-riche, et vous verrez quel bien résultera de cette conduite ! Surtout ne protégez pas le luxe ! c'est un monstre qui, sous l'apparence de faire du bien à quelques travailleurs, dévore l'État ! C'est une plante parasite, qui profite aux dépens de l'arbre, qu'elle paraît orner, mais qu'elle épuise du suc nourricier. Comme elle, le luxe est un bouquet verdoyant ; mais sa racine est dans les emplois utiles de la société, au lieu d'être dans les fonds ; il ne produit rien de solide, et cependant il occupe des bras, qui feraient double labeur, cultiveraient les champs, ou la vigne, tisseraient la toile, ou le drap, feraient des étoffes nécessaires, bâtiraient des maisons, soigneraient les bestiaux. Il y a presque tout à faire encore dans la science de l'administration. Je ne connais pas les économistes[3]. Je suis même tenté de les regarder comme des systématiques dangereux. Mais ils ont un excellent principe ; c'est que la culture, la campagne, et la pâture des bestiaux sont le seul fond réel, et que tout le reste n'est que luxe. Or qu'est-ce que le luxe ? C'est l'acquit d'une chose inutile et de pure ostentation, qui emploie des bras que des choses utiles pourraient occuper. Le seul luxe qui ne serait pas ruineux, est celui qui existerait chez une nation comme la chinoise, par exemple, pour en vendre le produit aux étrangers. Encore, que produira cette vente ? Si ce sont des choses nécessaires, que le sol ne donne pas, c'est un commerce excellent ! Si ce sont des choses de luxe étranger, c'est une puérilité méprisable.

[...]

IMMONDICES DES BOUCHERS.

Je pris la rue Saint-Martin, pour m'en revenir. Les bouchers nettoyaient les immondices de leurs étables[4], et les portaient à la voirie, dans des tombereaux mal joints, de sorte que toute la rue, depuis Saint-Jacques-Flamel, était conchiée de caillots et de bouses. Je le répète, c'est à Paris seul qu'on paraît ignorer la valeur de ce précieux engrais[5] ! A Vienne, à Berlin, le nettoiement des rues est amodié[6], il rapporte. Ici, l'on paie, et l'on est mal servi. D'où vient cela ? C'est qu'il y a trop de chevaux inutiles à Paris, et qu'on y perd l'engrais précieux de plus de quatre provinces. Qu'on y prenne garde ! à la longue, ce luxe de chevaux, cette manie d'avoir une voiture, dès qu'on peut la payer, épuiseront nos terres, et causeront la langueur de l'État ! Les petites causes continues produisent les grands maux ! Le Hibou vous en avertit ! Ô riches ! ne méprisez-pas ses cris funèbres !

[...]

Deux cent vingt-deuxième Nuit.

LA SOIRÉE GRISE.

Quelquefois en automne, et même dès le mois d'auguste, il est des journées grises, sans soleil, sans pluie, qui répandent dans l'âme, je ne sais quelle douce mélancolie! C'était par une soirée grise qu'en 1751, je fenais[1] dans la vallée du Vaudelannard, et que j'éprouvais ce charme inconcevable, que j'ai décrit dans le *Paysan-Paysanne*. Je sortis à 5 heures. J'allai sur l'île Saint-Louis, où je n'avais pas encore commencé mes dates, et je descendis le quai d'Orléans. Jamais je n'éprouvai une sensation plus innocente et plus délicieuse! Il faisait doux. Les cloches de la métropole sonnaient; le frémissement de l'air occasionné par leurs vibrations, chatouillait mon oreille, et semblait ébranler mon âme[2]. Il me manquait le site champêtre du 9 juin 1751, veille de la Fête-Dieu, le chant de l'œnanthe solitaire[3], et l'ivresse naturelle à 16 ans. Je repassai dans ma mémoire tout ce qui m'était arrivé, ce qui m'arrivait encore! Je me ressouvins de mes années premières; de Jeannette aux doux regards; de la tendre Marie-Jeanne; de Madelon; de Manette; de la femme céleste, qui fut sur le point de me rendre le plus heureux des hommes, et que j'ai nommée *Parangon*, ne pouvant dire son nom véritable. Je me rappelai Zéfire, Reine, la jeune Marguerite, fille de la gouvernante, celle de Sailli, nouvellement retrouvée[4]. Je songeai

enfin à la Marquise... Tout à coup, une idée me vint :
— C'est Colette Parangon ressuscitée!... Oui, oui,
c'est elle! Même beauté, même vertu sublime!... Hé!
peut-on voir deux fois, dans la vie, deux femmes aussi
parfaites! (J'ignorais qu'il en existât une troisième; je
n'avais pas encore vu Fanni [5])! peut-on avoir, deux fois
dans la vie, du pouvoir sur le cœur et sur l'esprit de
deux femmes différentes? Non! non! c'est la même...
Délicieuse! charmante idée! c'est Colette que j'adore,
avec ce profond respect dû à la vertu-... Je marchais
vivement, et je circulais autour de l'île. Parvenu à
l'endroit où j'avais épargné un crime à une jeune
infortunée, je m'agenouillai, et je rendis mon hommage à l'Être suprême; puis je donnai la gloire et le
mérite de cette action à la céleste Marquise... Je me
relevais. Un portier m'avait vu. Il me prit pour un fou,
et s'approcha de moi : — Que faites-vous donc,
l'homme? ce n'est pas ici une église-? Je ne suis pas
hautain; mais je fus révolté d'être troublé par un sot,
dans mon hommage à la divinité, à la céleste amitié. Je
pris un ton grave, et lui montrant la première étoile qui
commençait à paraître (c'était le *Véga* de la Lyre), je
lui dis : — Ne vois-tu pas la voûte étoilée du grand
temple de Dieu!... Homme borné! ne trouble jamais à
l'avenir celui dont les pensées l'élèvent jusqu'à l'Être
suprême, et va garder ta porte-. Le portier se retira,
mais à reculons, rentra, et tint le battant entr'ouvert,
la tête à demi passée, jusqu'à ce qu'il ne me vît plus.
Depuis il en a toujours fait autant, lorsqu'il m'a vu sur
l'île.

[...]

Deux cent vingt-quatrième Nuit.

[...]

[LES MILLE ET UNE MÉTAMORPHOSES.]

J'allai rue Payenne. Je fis à mad. De-M***... une lecture qu'elle avait demandée, et que je vais rapporter ici, attendu que j'ai depuis absolument changé le plan des *Mille et Une Métamorphoses*, et qu'ainsi l'on n'aura pas de répétition :

« *Les Mille et Une Métamorphoses, contes thibétans*[1], *Introduction*. Le Khütükhtü des Tartares mongols, qui demeure à Khükhü-Hothüm, n'était autrefois que le vicaire du Dhalai-La-Ma* du Thibet : mais il a secoué le joug, et il est aujourd'hui pontife-dieu en chef. Ce dieu s'ennuyant un jour des adorations, et de passer sa vie sur l'autel d'un temple obscur, sans pouvoir jouir de l'agréable lumière du soleil, fit cette prière au grand La :

» — Dhalai-La ! invisible dieu, dont le Ma du Thibet prétend faussement être seul la visible et immortelle image ! aie pitié de moi, qui suis ici ton Ma, et par conséquent le véritable La-Ma des Mongols, les plus nobles et les plus puissants des Tartares ! On dit que je suis immortel : je n'en sais rien, et nous verrons cela

---

* *Dhalai* signifie grand ; *La*, dieu ; *Ma*, lieutenant ou vizir ; *Khütükhtü*, pontife, ou lieutenant du Dhalai-La.

par la suite : mais ce que je sais, c'est que je m'ennuie à mourir ! Je te demande, ô Dhalai-La, de m'envoyer un homme amusant et spirituel, qui ait voyagé dans tout le monde, afin qu'il me raconte des histoires pour me divertir, et me faire supporter la vie et mon immortalité. Je serais surtout curieux de savoir comment les hommes se trouvent dans tous les pays et dans toutes les conditions possibles. Pour moi, il me semble, qu'il n'y a rien de pire au monde que d'être Khütükhtü, d'être adoré, d'être enfermé, d'être immortel, et de passer ses jours à ne rien faire ! Tout-puissant La ! si vous n'agréez pas ma demande, ôtez-moi du moins l'immortalité- » !

» Le Khütükhtü des Mongols n'eut pas plus tôt achevé cette prière, qu'il entendit rire derrière lui. Il appela le rieur, et lui ordonna d'approcher : car le pontife-dieu ne peut aller à personne : mais tout le monde, fût-ce le grand Thükhü-Khan lui-même, est obligé de venir à lui, quand il appelle. C'était un jeune homme, appelé Tsing-chüng, qui avait passé huit ans à la cour ecclésiastique du Thibet, le même dans le corps duquel devait transmigrer l'âme du Khütükhtü, quand il mourrait. Car l'immortalité du grand La-Ma et de ses lieutenants, les Khütükhtüs n'est que pour leur âme.

» — Pourquoi as-tu ri, Tsing-chüng ? — Souverain pontife dieu des Mongols, qui savez tout, le passé, le présent, l'avenir, et jusqu'aux plus secrètes pensées ; qui êtes déjà né 14 fois, et qui en renaîtrez encore je ne sais combien ; qui veillissez avec la lune, et vous renouvelez avec elle,... c'est de votre prière que j'ai ri. Que votre haute et sublime divinité me permette de lui dire un mot ? — Tu le peux, mon fils : mais tout autre

que toi aurait payé de sa vie le rire indiscret sur un
Khütükhtü, dont les souverains du monde se font un
honneur d'adorer les excréments sacrés : au lieu que
toi, vase choisi qui recevras mon âme un jour, tu es
déjà l'associé de ma divinité. Parle ? — Je dirai à votre
divinité, qui le sait déjà ; que je suis thibétan, et fils
naturel d'une pauvre femme. Les prêtres de La, qui
cherchaient un enfant obscur, et qui pût disparaître
sans bruit, me trouvèrent ce qu'il leur fallait ; ils
m'achetèrent de ma mère, à laquelle ils persuadèrent
que j'avais toutes les marques d'un prédestiné. Ils
m'emmenèrent au temple du Dhalai-La-Ma. Je fus
enfermé dans une demeure délicieuse ; on m'apprit à
lire le thibétan, mais on m'ôta tous les moyens de
l'écrire ; ce fut un La, qui, en exposant sa vie et la
mienne, me donna cette science prohibée ; on m'enseigna soigneusement la liturgie : enfin, je sus que j'étais
destiné à recevoir dans mon corps l'âme immortelle et
sacrée du grand La-Ma, lorsqu'elle ne pourrait, ou ne
voudrait plus faire usage du sien ! On m'assura,
qu'alors la mienne passerait dans le séjour de La, qui
ne tarderait pas à la renvoyer dans le corps du fils de
quelque Khan heureux et puissant. Je fus très satisfait
de ces promesses ! Mais il restait une épreuve à faire.
On devait, à l'instant où l'âme du grand La-Ma
viendrait de quitter son vieux corps, me présenter des
meubles à son usage, mêlés avec d'autres ; et il fallait
que je les distinguasse ; c'est la preuve de la transmigration de son âme. Or d'autres prêtres avaient élevé
un autre enfant, dès le berceau, pour remplacer le
Dhalai-La-Ma ; ceux-ci l'emportèrent par d'assez
bonnes raisons, c'est que je me connaissais, et que leur
élève ne se connaissait pas lui-même. On ne me fit

donc pas voir les meubles auparavant, et je ne sus pas les distinguer. Je fus rejeté, comme un profane, et condamné à mourir secrètement ! Mais j'avais un protecteur : le même Ma qui m'avait acheté à la pauvre femme, et qui m'avait montré à lire, était mon père. Il me sauva la vie ; et lorsqu'il fut obligé de produire ma langue, ma main droite et mon cœur, il présenta au collège des conjurés ces mêmes parties ôtées au fils d'un esclave, qu'il avait poignardé. Il me tint caché pendant quelque temps ; mais ayant su qu'on cherchait votre successeur, il me fit adroitement présenter aux Mongols. Ainsi, je ne pouvais manquer d'être dieu. Mais j'en suis peu flatté, parce que j'en connais les inconvénients : l'on est à la merci des prêtres, et au lieu de jouir du souverain pouvoir, on n'est que le dernier des esclaves ; on ne peut faire que la volonté de ceux qui nous nourrissent, et au moindre mécontentement, ils nous empoisonnent : c'est pourquoi ils ont grand soin d'avoir toujours un successeur préparé. Je suis le vôtre. Mais si, comme je n'en dois pas douter, votre dieu a le pouvoir de faire passer votre âme sainte dans mon corps, et si je dois avoir un jour celui de la faire passer, à mon tour, dans celui d'un autre, ne pourrions-nous pas, dès aujourd'hui, abandonner ces corps emprisonnés, et passer dans des corps d'hommes ordinaires, jusqu'à ce que nous nous trouvions bien ?

» — Tu as raison ! (répondit le Khütükhtü) : mais nous ne pouvons abandonner tous deux à la fois le culte du grand La, et laisser la nation sans pontife-dieu. Je vais faire la prière ordonnée pour ta transmigration, et dès que tu sentiras ton âme prête à vouloir sortir, tu jetteras ton désir sur un corps, pour y entrer.

Je placerai dans ton propre corps l'âme que tu auras chassée ; tu partiras, et tu courras le monde. Voici la prière qu'il faudra que tu prononces toutes les fois que tu voudras changer de corps. Apprends-la cette prière sacrée, composée d'ineffables paroles, interdites aux profanes. Je te donne la faculté de te métamorphoser mille et une fois, en tel être que tu voudras. Après quoi tu reviendras me trouver, sans y manquer ! autrement il t'en arriverait mal- ?

» Aussitôt le Khütükhtü et son jeune Ma commencèrent la prière, conçue en ces termes : *Dhalai-La ! souverain seigneur de toutes choses, qui, sans rien créer, changez incessamment les formes, moi, le Khütükhtü votre image, je vous demande la transmigration de l'âme immortelle de mon jeune Ma ! Faites qu'il puisse passer dans tous les corps animés, voir toutes les nations de l'univers, essayer de toutes les conditions, pour savoir, s'il en est une qui soit plus malheureuse, que d'être dieu des Mongols, les plus nobles des Tartares ; et qu'il revienne dans peu me désennuyer par le récit de tout ce qu'il aura vu, dit, fait, éprouvé. Je vous le demande, par les puissants mérites de Tü-Cheki**, auquel vous ne pouvez rien refuser !*

» Le Khütükhtü n'eut pas plutôt achevé cette prière, que le jeune Ma parut s'assoupir. Un La-Ma chargé d'apporter la nourriture au pontife-dieu, entra, se mit à genoux, se cogna trois fois le front contre terre, et laissa trois plats. Il se retirait, quand l'âme du jeune Ma sauta sur lui, et chassa la sienne, que le Khütükhtü, par son pouvoir, fit entrer dans le corps abandonné. Ce fut ainsi que le jeune Ma sortit de sa

---

* *Tü-Cheki*, est le Fo des Indiens et des Chinois. On croit que c'est le christianisme défiguré par l'ignorance que professent les sectateurs de Fo : les missionnaires auraient pu tirer parti de cette vérité. Il en est de même du La-Maïsme.

prison, et qu'il se vit maître de courir le monde. Quant au La-Ma, il ne savait que penser de sa métamorphose! il demeura stupéfait; et au lieu que le jeune Ma était vif, spirituel, celui-ci se montra lourd, sot, et le réservoir de toutes les puérilités que les La-Mas débitent aux Tartares mongols.

» Tsing-chüng ne se fut pas plutôt emparé du corps du La-Ma, qu'il sortit du sanctuaire... Mais il racontera lui-même ses aventures. Le Khütükhtü voyant un dévot imbécile, au lieu d'un jeune homme trop éclairé, s'empara de son esprit, et se servit adroitement de sa crédulité, pour lui faire exécuter aveuglément ses ordres. Il sut par là se préserver des pièges que lui tendirent ceux des La-Mas qui s'ennuyaient de le voir régner, en découvrant leurs menées à ses amis. Par ce moyen, il attendit tranquillement le retour de Tsing-chüng, qui ne devait pas manquer de se trouver à la porte du temple de Khükhü-Hothüm, après la dernière de ses mille et une métamorphoses. Or, pour ne rien oublier, Tsing-chüng eut soin de les écrire, dès qu'il le pouvait, en langue thibétane, sur un volume composé de 1001 feuillets; et lorsqu'il en avait un cent, il faisait parvenir au Khütükhtü cette centurie, pour le désennuyer. Mais le pontife-dieu ne sait pas lire; c'est une précaution des Mas. Ainsi le Khütükhtü ne lut rien, et attendit impatiemment le retour de son métamorphoseur.

» Enfin, Tsing-chüng ayant complété ses transmigrations, il arriva pour reprendre son corps. Le pontife-dieu ne l'eut pas plutôt aperçu dans le sacré parvis, qu'il fit la prière de transmigration. Au même instant, l'âme de Tsing-chüng quitta le corps du stupide La-Ma, chassa l'âme pesante du prêtre, et reprit son corps, en lui rendant le sien, où le bonhomme fut charmé de se retrouver, les organes de cette grossière machine se trouvant bien mieux proportionnés avec elle, que celles du corps délicat et souple du jeune Ma.

[...]

Deux cent vingt-septième Nuit.

[...]

COMBAT DE MASQUES.

Il ne s'est pas écoulé une seule année, que je n'aie vu des infamies faites par les masques. En m'en revenant, j'en trouvai deux compagnies à la Grève, qui s'insultèrent mutuellement, et se battirent. Un des masques, de la compagnie qui se nommait des *Grecs,* proposa de réduire en esclavage les vaincus, et de faire les femmes captives. Cette idée fut applaudie. Les deux troupes se rangèrent en bataille, se colletèrent. Les Grecs, contre leur espérance, furent vaincus, rossés, dépouillés de leurs habits de masque, sans lesquels ils avaient pauvre mine ! Les *Troyens,* prirent les femmes grecques, les démasquèrent, et les emmenaient malgré elles, lorsque la garde à cheval se fit entendre. C'en fut assez pour mettre en fuite les Troyens, qui déchirèrent les habits de leurs captives, donnèrent aux unes quelques coups de poing, et couvrirent les autres de boue. Ils disparurent ensuite par la rue du Mouton. La troupe éclopée fut ramassée par le guet, qui ne trouvant que des battus, et ne voulant pas éveiller les commissaires, leur permit de se retirer.

Deux cent vingt-huitième Nuit.

CAFÉ[1].

Le soir des Cendres, je repris mes observations sur les cafés. Le temps était extrêmement froid, et le demi-dégel rendait les rues impraticables. J'avais déjà entrevu les damistes ; mais superficiellement, et il me restait beaucoup d'observations à faire. Je me plaçai derrière un habile joueur de dames, nommé Aubri. Je ne crois pas qu'il soit possible de porter aussi loin l'esprit de combinaison, pour une chose inutile ! La moitié de cette science, en gouvernement, ferait un grand homme. Ce joueur faisait toujours avantage, suivant la capacité reconnue de ses partenaires ; mais il le faisait au plus fort. Sa partie était environnée, comme un spectacle ! En effet, il y avait un certain plaisir à voir jouer un homme, qui ne faisait point de fautes, et dont tous les coups étaient sûrs.

[...]

Deux cent vingt-neuvième Nuit.

LES LITTÉRATEURS.

Quoique les littérateurs distingués ne tiennent plus leurs séances aux cafés, cependant on y en voyait encore. Ce ne sont pas les musées, ni les lycées [1] qui les en ont tirés; les cafés étaient abandonnés avant ces institutions très modernes, qui leur sont inférieures à tous égards, à cause de la morgue ridicule, de l'ennui, des fastidieuses sermocinations [2] des ***, des ****, des **, et des ***. J'ai cependant vu de jolies femmes qui faisaient grand cas des maîtres; et je l'avoue aussi bonnement que trivialement, j'aime mieux les en croire, que d'y aller voir. Il faudra cependant malgré moi, que j'en fasse la corvée une fois ou deux.

Les cafés réunissaient autrefois des hommes libres, qui ne pouvaient être plus convenablement rassemblés que dans un endroit public, où la boisson ordinaire, est plus véritablement l'eau de l'Hippocrène, que celle de cette fontaine célèbre elle-même. Les Rousseau de Paris [3], les Lamothe [4], les Duclos [5], les Marivaux, et tous les gens de lettres se rendaient au café, comme dans un endroit libre, où ils pouvaient parler de littérature, ou se taire, sans qu'ils fussent obligés d'avoir de l'esprit tel ou tel jour. Aujourd'hui, les cafés sont avilis, déshonorés, et méritent de l'être, parce qu'ils sont remplis de sots et de persifleurs, c'est-à-dire de bêtes et de méchants. Cependant, on y parle encore quelquefois de littérature. Mais ce n'est plus dans tel café. C'est lorsque quelques hommes de mérite se trouvent réunis par le hasard, ou par l'effet d'un rendez-vous particulier. Le café Dubuisson, autrefois Procope, n'est plus que l'antichambre de la Renommée, où les laquais de cette déesse viennent débiter les fausses nouvelles ; l'arbre de Cracovie[6] ne couvre plus nos grands politiques de son ombre épaisse. J'entendis cependant encore une conversation littéraire, au café Dubuisson, à l'époque dont je parle, et je vais la rapporter fidèlement, parce que je l'écrivis le soir même. Voltaire et Rousseau vivaient encore. Mais ils n'y étaient pas! On agita beaucoup de questions, dans cette séance mémorable. On y apprécia Corneille, Racine, Molière, Renard, Lamothe, Rousseau de Paris, Montesquieu, Voltaire, Rousseau de Genève, Buffon, Diderot, Dalembert, Delile, Mercier, Beauharnais, Genlis, Riccoboni, Duboccage, Gébelin, Marivets, Bailli, Beaumarchais, Tomas, et jusqu'à Lebrigant[7]. Je ne citerai pas les acteurs par leurs noms, de peur de les fâcher. Car,

> ... Le plus grand des forfaits,
> Celui que les auteurs ne pardonnent jamais,

(après le mépris de leurs ouvrages néanmoins) est la compromission de leur goût.

[...]

Deux cent trentième Nuit.

SUITE : LES CONTEMPORAINS.

Je revins au café. La dernière conversation m'avait intéressé ; je tâchai de la faire renouer. Rubiscée[1] prit feu aisément, et après les préliminaires d'usage, il s'exprima de la manière la plus originale, la plus singulière ! Je ne vais la rapporter ici, que pour montrer comment cet homme d'esprit voyait alors les choses : — Je commence (dit-il), par nos 4 grands hommes[2]. Montesquieu est le premier du grand quatuorvirat que nous avons eu le bonheur de voir. C'était un excellent esprit ! Il s'est peint en un mot : *Je n'étais pas fait pour être magistrat, s'il faut autre chose que du bon sens et de la droiture. Quant à la chicane, je n'ai pas vu un sot fripon, qui ne l'entendît mieux que moi.* Ses *Lettres persanes* sont un bel ouvrage ! plus beau qu'on ne pense ! Il y peint des abus contraires à ceux qui règnent parmi nous, pour nous ramener sur les nôtres, et nous montrer les deux extrêmes ; *le bien est au milieu.* Son *Esprit des lois* est un chef-d'œuvre, dont la France doit s'enorgueillir ; mais il y traite trop longuement de la féodalité ; il fallait étouffer ce monstre, plutôt que de le combattre.

Voltaire est le second : son tort est d'être né à Paris. Le sol natal et la première éducation lui ont donné quelques petitesses, qui sont comme le goût de terroir d'un excellent vin : ce n'est pas une qualité ; au contraire, c'est un défaut : mais ce défaut peindra l'esprit parisien aux races futures. Je n'ajoute rien ; Voltaire est grand, très grand homme, pour tout ce qui n'est pas taché de la futilité parisienne ; ses taches sont, dans sa physique, un peu dans son histoire ; et son crime est dans *La Pucelle*[3].

Rousseau de Genève est le troisième. Ce très grand homme avait plus d'onctueux que Diderot ; mais d'ailleurs ils avaient beaucoup de ressemblance[4] ! l'onctueux de Rousseau était de la mine d'or, qui donnait un prix à tout ce qui sortait de sa plume. Il était grand, même lorsqu'il se trompait. C'est son onctueux, qui donnait à son style ce charme irrésistible, qui nous entraîne et nous soumet, par le sentiment, quelquefois en dépit de la raison.

Buffon est le quatrième. Il est bien plus paradoxal que Rousseau, et personne ne s'est avisé de le lui reprocher ! ses planètes à boulets rouges sont une hypothèse puérile, dont il aurait dû s'abstenir ; puisqu'il ne la croyait pas. Mais ! mais ! comme il peint la Nature ! Aussi grand, aussi penseur qu'Aristote, il est plus éclairé. Il surpasse Pline, et donne ainsi la supériorité aux Modernes sur les Anciens. Il est cartésien, dans le *Discours sur la nature des animaux*, parce qu'il le fallait alors, pour surmonter les obstacles de la publication ; il est vrai philosophe, il est lui-même, dans la petite histoire du *Castor*[5].

[...]

Deux cent trente-deuxième Nuit.

SUITE : LE PAUVRE DIABLE.

Un soir, voulant varier mes observations, je me rendis à un café de la rue Saint-Honoré, où il y avait une jolie femme, mère de deux filles charmantes. J'y entrai sur les huit heures, sans rien demander, et je me tins à côté de deux joueurs de dames. Tandis que j'observais ce qui se passait, et que j'admirais la beauté des deux jeunes personnes, j'entrevis à la porte de la pièce du fourneau, un jeune homme en guenilles, qui n'osait entrer. La limonadière l'aperçut : elle se leva lestement, et vint à lui. J'entendis qu'elle lui disait. — Que demandez-vous-? Il répondit probablement, en exposant sa misère. La limonadière sortit, en faisant signe à un garçon de la suivre. Je remarquai pendant tout cela, que les deux jeunes personnes étaient intriguées, et qu'elles se parlaient bas. Environ un demi-quart d'heure après, la limonadière rentra, suivie d'un jeune homme d'assez bonne mine, habillé décemment. C'était le même que je venais de voir . je le reconnus. On lui servit une jatte de lait, et un pain d'une demi-livre. Je m'approchai de lui, tandis qu'il mangeait, et je ne lui cachai pas, que j'étais surpris de sa métamorphose ! — Ah ! Monsieur ! (me dit-il), cette femme... cette femme... (montrant la limonadière) est un ange !... Je savais combien elle est compatissante, combien elle a l'âme belle, par un de mes amis, et, au comble de la misère, je suis venu implorer son secours... Vous voyez : elle vient de m'habiller de la tête aux pieds, sur l'exposé que je lui ai fait de ma situation. Je suis fils d'un chef de manufacture. Mon père a été trompé, volé. Ses créanciers l'ont attaqué ; il a fui. Chose inconcevable ! on m'a pris, moi, encore mineur, et l'on m'a mis en prison à sa place !... Un arrêt m'a rendu ma liberté, ce matin... et vous m'avez vu. J'étais absolument sans ressources, n'osant me montrer. Je vais coucher ce soir dans la chambre des garçons, et demain je verrai quelques connaissances. Cette femme généreuse me sauve la vie !... Elle n'a pas agi moins généreusement avec un étudiant en médecine, qui avait, comme moi, perdu sa fortune et ses parents. Elle l'a nourri pendant trois ans ; elle a veillé sur ses mœurs, et il est aujourd'hui en passe de faire son chemin, parce qu'il est devenu habile : toute son ambition est de montrer sa reconnaissance à sa bienfaitrice. Un homme de robe, ancien magistrat d'une ville de province, languissait à Paris dans la misère ; elle l'a soutenu, sans presque se montrer. Un riche parent est mort à cet homme, il a recouvré son ancienne fortune, et il a fait à sa bienfaitrice un beau présent ! c'est la maison de ce café, et une autre à peu de distance, avec ces mots, qu'il lui écrivit : « *J'ai vu votre générosité, votre belle âme. Je serais coupable, si je n'étais pas reconnaissant : je le serais encore, si, favorisé de la fortune, n'eussiez-vous rien fait pour moi, je ne donnais pas à la vertu l'occasion de faire du bien. Femme céleste ! je vous ai adorée ; et si vous n'étiez pas engagée, je ne serais quitte avec vous, qu'en vous offrant ma personne et toute ma fortune.* »

J'écoutais le jeune homme avec plaisir, et je regardais sa bienfaitrice. C'étaient des traits, qui ne pouvaient appartenir qu'à une belle âme ; je l'avais pensé, avant d'entendre ce récit. J'examinai les deux filles. Elles n'avaient pas la bonté de leur mère ; elles n'étaient que belles et jolies. Mais l'aînée était parfaitement belle, et la cadette parfaitement jolie. Je vis entrer un grand jeune homme, qui salua familièrement les trois belles, et j'appris que c'était le prétendu de l'aînée. Je ne m'arrêterai pas sur cette histoire, que j'ai traitée ailleurs.

J'allai chez la Marquise, à laquelle je fis part de tout ce que j'avais appris, la veille, après mon départ, et dans la soirée.

[...]

Deux cent trente-troisième Nuit.

SUITE DU CAFÉ : ESPIONS.

Laissons dire aux superficiels ce qu'ils voudront. La vérité est que le gouvernement a besoin d'espions. C'est aux gens sages à le savoir, et à se comporter en conséquence dans les endroits publics ; cette connaissance est encore utile à l'administration elle-même, en ce qu'elle empêche l'imprudence et la fermentation.

J'étais allé dans un café de l'ancien Palais-Royal, que je ne nommerai pas. J'entendis parler des affaires d'État, avec beaucoup de liberté ! Je remarquai même que certaines personnes, dont la physionomie, quoique composée, n'annonçait pas une certaine éducation, s'exprimaient plus librement que d'autres, et disaient des choses extrêmes. J'eus des soupçons. Je m'approchai de deux de ces hommes ; je leur parlai morale : rien ; ils ne m'entendaient pas ; physique : pas davantage ; ils ne daignaient pas m'écouter. Enfin, je hasardai un mot indifférent de politique. Ils devinrent tout oreille. Je les connus pour lors, et je les observai. Ils émoustillaient beaucoup un jeune homme de province, qui paraissait avoir la tête chaude, et qui citait toujours les gens dont il tenait ses opinions. Je m'approchai de ce jeune homme. Je lui parlai morale. Aussitôt il s'enflamme, et m'en fait un beau traité. Je fus sûr alors que ce n'était qu'un imprudent. Je voyais que nous étions observés. Je parlai toujours très haut. Mais une petite rixe politique s'étant élevée à l'autre bout de la salle, et tout le monde y ayant couru, j'en profitai pour dire au jeune imprudent, de se retirer adroitement, et je lui donnai rendez-vous au pont au Change. Il sortit sans être vu. Moi, j'allai entendre la dispute. Il s'agissait des Insurgents[1]. On disait deux choses, dont l'une devait nécessairement être vraie. Lorsqu'il n'y a que deux chances, avec un peu d'attention, on est presque toujours sûr de bien choisir. Une gageure se fit pour, l'autre contre l'indépendance future. Bien des gens prirent parti dans ces deux paris. Je vis que c'était une espèce de jeu. Après cela, je remarquai les deux êtres antimoraux et antiphysiques[2]. Ils cherchaient le jeune homme des yeux. Un d'eux me demanda, si je savais ce qu'il était devenu. Je me comportai précisément comme il avait fait, lorsque je lui avais parlé morale. Il en parut surpris, et il m'en dit un mot. — De quoi vous plaignez-vous ? Tout à l'heure, lorsque je vous ai parlé de mon métier, vous avez bâillé, tourné la tête, changé de place. Je vous rends la pareille, quand vous me parlez du vôtre : je ne suis que juste, et vous étiez impertinent-. A ce mot, il voulut se fâcher. — Mon cher Monsieur! (lui dis-je), point d'humeur! le bruit vous ferait plus de tort qu'à moi-. Comme je lui dis ces mots fort bas, il ne jugea pas à propos de les relever. Mais il alla parler à d'autres. Je me vis très observé. Je ne m'en embarrassai guère. J'allai auprès des sots politiques, et toutes les fois que je les voyais prêts à s'écarter, je leur faisais une verte réprimande. Ce qui les surprit fort! La séance s'écoula. Nous sortîmes. A la porte, ceux dont je m'étais défié m'environnèrent, et l'un d'eux me dit : — Nous ne savons pas qui vous êtes. Mais vous parlez fort bien! — Oui! Messieurs! Chacun de nous, ce soir, a fait son métier. Vous, celui d'observer l'imprudence et l'esprit de critique indécente, pour les dénoncer. Moi, celui de corriger les imprudents, qui feraient bien mieux de seconder les vues sages du gouvernement, que de porter dans l'âme des citoyens la défiance et le découragement. Mais peut-être sont-ce des agioteurs, qui ont des vues particulières. Car pour des vues de révolte, on n'en a jamais en France; nous y avons l'esprit trop juste pour cela-. Je parlai sans être interrompu. Ceux à qui je parlais ne m'entendaient pas. Ils me crurent un des leurs[3], plus rusé qu'eux, qui leur tenait un langage inintelligible, pour ne pas se découvrir. Ils s'éloignèrent insensiblement. Mais je fus suivi jusque chez la Marquise; (ce qui fit que je ne parlai pas au jeune homme à tête chaude); et mon entrée, mon séjour, dans cette maison durent bien les étonner! Ils crurent que c'était ma demeure; car à ma sortie, je m'assurai bien que je n'étais plus observé.

J'avais raconté à mad. De-M**** ce qui venait de m'arriver, avec quelques autres détails, dans lesquels je ne dois pas entrer, et que je ne puis rapporter, ne les ayant point écrits.

L'AN 1888[4].

En sortant, je trouvai M. Du Hameauneuf, [...] qui m'attendait à la porte. — Je suis passé par ici (me dit-il), et j'ai pensé que vous alliez bientôt sortir. — N'avez-vous pas vu quelqu'un, dans cette rue solitaire ? — Oui, trois hommes, qui se promenaient, quand ils entendaient marcher, et qui se collaient contre le mur, dès qu'on était passé. Moi je me suis bonnement assis sur ces pierres, et ils sont disparus-. [...] Il faut que je vous fasse part d'une idée qui m'est venue dans la tête, et qui m'a extrêmement amusé. Je m'étais figuré que je demandais à l'Être suprême la faveur d'être transporté, tel que je suis, à l'année 1888, pour 24 heures seulement. Je crois que ma prière a été exaucée ! Et n'allez pas me prendre pour un fou ! si ce n'est pas une vérité, c'est au moins une vision bien réelle !

Je me suis donc trouvé en 1888, au mois d'auguste, sur le pont Henri, qu'on appelait alors de ce nom. Louis XVIII régnait. Tous les ponts et tous les quais étaient libres ; la rue de la Pelleterie et celle de la Huchette étaient des quais. L'Hôtel-Dieu[5] n'était plus. La Cité[6] était un beau quartier, tiré au cordeau comme Nancy[7]. Un architecte avait transporté ailleurs les deux ridicules pavillons du collège Mazarin[8]. L'autre galerie du Louvre[9] était achevée : une cour immense se trouvait au milieu, dans laquelle étaient isolés les trois théâtres royaux[10], l'Opéra, la Tragédie, la Comédie avec le Drame. L'Opéra n'avait que des pièces nouvelles, à dater de Gluck, deux exceptées, *Le Devin de village*, et *Castor et Pollux*[11] : On y jouait aussi la pantomime dansante. La musique y était expressive et délicieuse. Le Théâtre tragique qui avait succédé à ce qu'on nomme aujourd'hui les Français, jouait avec un majestueux appareil toutes les tragédies, en réservant les nationales pour les grands jours de fêtes : c'était le spectacle qui servait à élever l'âme de la jeunesse et des guerriers, pour les préparer aux grandes choses. Le Théâtre comique remplaçait celui des ariettes, aujourd'hui mal à propos nommé des Italiens : on y donnait des comédies de tous les genres ; c'était le moins estimé des quatre espèces de spectacles. Mais pour que ce théâtre ne fût pas avili, on lui avait attribué le drame, ou genre bourgeois, le plus utile des quatre. Ainsi, le dimanche, le mardi, le vendredi et le samedi, on y représentait des pièces morales, et propres à donner au peuple de bons exemples.

Ce fut à l'Opéra que j'allai. Les pièces y sont d'un genre neuf. Pour y maintenir le merveilleux, on n'avait pas trouvé de meilleur moyen, que d'avoir pour personnages les âmes séparées du corps, et n'ayant qu'une forme aérienne. On y faisait ainsi paraître celles des héros anciens ou modernes, et chacune s'y exprimait, agissait d'après son caractère connu. On représenta l'opéra de *Richelieu*[12] : l'âme de ce ministre y paraissait avec toute sa fierté ; Louis XIII y conservait son caractère ; la reine mère montrait à nu ses vrais sentiments ; il en était de même de tous les autres personnages ; le déguisement n'avait plus lieu. Comme nous ignorons la manière dont parlent les âmes, le chant y était tout aussi naturel que le discours-...

Ici, j'interrompis l'Original, parce que j'étais à ma porte; et il remit à la nuit prochaine la suite du récit de l'emploi de ses 24 heures en 1888.

Deux cent trente-quatrième Nuit.

SUITE : LES TUEURS DE TEMPS[1].

Tuer le temps est un grand crime! mais il est si commun dans les villes, qu'on n'y fait pas d'attention. Cependant c'est une vérité démontrée, que les gens désoccupés sont les plus malheureux des êtres : le plus grand supplice d'un prisonnier, c'est la désoccupation. Quel tourment horrible n'éprouve pas le malheureux Trenck[2], depuis 15 ans qu'il vit enchaîné à un poteau, par ordre de Frédéric le Grand! Il est né son sujet, il a été pris les armes à la main; mais le supplice est trop long et trop cruel!... Et nous avons une foule de gens qui se sont condamnés eux-mêmes à la peine infamante de ne rien faire! Ils se lèvent tristement le matin, sans énergie, sans espoir de varier leur pondéreuse existence! Ils se couchent le soir, sans pouvoir se rappeler une action utile, qui les console d'un de leurs jours retranchés?...

[...]

Deux cent trente-cinquième Nuit.

[SUITE : 1888.]

[...]

Mon anticipation de siècle avait commencé le soir du 23 auguste, à cinq heures, et je vis tout ce que je viens de décrire dans la soirée. Je ne dormis pas. Je n'en avais pas le temps. Quand on n'a que vingt-quatre heures, pour tout voir dans une ville comme Paris, les instants sont précieux !... Après le spectacle, je m'informai, s'il y avait des maisons où l'on pouvait souper et s'instruire. On me dit qu'il y avait des cafés-jus, où l'on servait à souper des gelées de viande, de la crème de riz et de fécule de pommes de terre[1], avec une demi-bouteille de vin de Bourgogne, bien vérifié ; la punition était exemplaire, s'il était frelaté[2]. J'y allai bien vite. Je vis une belle cafière[3], qui me sourit en entrant, et qui me fit présenter la carte. Je choisis une moitié de chapon, avec de la gelée de pommes de terre au gras. Je soupai très bien, à une grande table, où la conversation tomba sur la politique. Je demandai, où en étaient les affaires, attendu que je vivais depuis longtemps dans la solitude. Un homme très poli prit la parole, et dit, que Louis XVIII, par sa prudence, était devenu l'arbitre de toutes les nations de l'Europe et de l'Asie. Je demandai des nouvelles de l'Angleterre, car j'avançais timidement, de peur de me compromettre. On me regarda. — L'Angleterre n'a pas changé de situation depuis 30 ans. — Oui, mais je voudrais savoir, quelle est cette situation ? — Vous ne savez donc rien ? — Mon Dieu non ! (observez que je vous parle dans notre langage ordinaire, mais que la langue était un peu changée). Je viens d'un pays, où l'on ne parle que de ce que l'on a sous les yeux. J'ignore absolument l'état de l'Europe, et vous m'obligerez infiniment de m'en donner une idée, aussi concise que complète. Je suis venu souper ici exprès ? — Effectivement ! dit un jeune homme, Monsieur a un langage un peu suranné. Il parle, comme les livres de la fin de l'autre siècle. — Quoi ! reprit le premier, vous ne savez pas que Louis XVII a conquis l'Angleterre, et l'a divisée en trois royaumes ? — Non. — Cela n'est pas vraisemblable ! — Mais c'est la vérité. Instruisez-moi, je vous en prie ? — Vous ne savez pas que deux de nos princes du sang règnent l'un dans l'Inde, l'autre sur la Nouvelle-Hollande, qui devient un empire puissant, sous le nom d'*Australie*[4] ? Qu'un des fils du roi d'Espagne règne en Amérique ? Qu'un autre est roi de Sumatra ? Que l'Égypte est un royaume, appartenant au petit-fils du comte d'Artois, qui vivait il y a juste cent ans ? Que la Grèce[5] est une république, qui commence à prospérer, et que les Russes ont beaucoup contribué à son affranchissement, que la France a consolidé ? Que la Flandre et tous les Pays-Bas sont unis à notre couronne ; que l'Empereur possède toute l'Italie, d'un côté, de l'autre Constantinople ? Que les Turcs[6] sont chassés de toute l'Asie mineure, dont on a fait un royaume, sous le nom de Smyrnie, qu'on a donné au prince d'Orange ? Que le royaume de Pologne[7] est héréditaire ? Que le roi de Sardaigne a obtenu en partage une partie de l'archipel, qu'il travaille à policer et à mettre en valeur ? Que les

Vénitiens ont Chypre et Candie ? Qu'on ne fait plus la guerre [8]; que désormais toutes les affaires s'arrangent dans le cabinet, et qu'un prince ne peut plus avoir que le nombre de troupes nécessaire à la police de ses états, mais insuffisant pour troubler le repos de ses voisins ? Vous ne savez pas qu'il n'y a plus de serfs [9] en Europe, pas même en Russie, ni en Pologne ? Vous ignorez que tous les paysans français ont été rendus propriétaires, et que chacun de nous est obligé de certifier devant le magistrat de son quartier, nommé le patrice, de ses moyens de subsistance ; qu'il est loué, s'ils sont honnêtes ; blâmé, avec exhortation à changer, s'ils ne le sont pas- ?

— Je vais chez la Marquise... (interrompis-je). Quel talent vous avez pour parler ! vous n'hésitez pas plus, que si vous lisiez ! — Parbleu ! (répondit-il), je vous rapporte ce qu'on m'a dit- ! Je courus chez mad. De-M****. Mais Du Hameauneuf ne me quitta pas. Il entra même avec moi, et après qu'il eut répété ce qu'il venait de me dire, tandis que je l'écrivais dans une autre pièce, il mangea quelques bouchées, et continua :

— Au lieu d'aller me coucher, lorsque ceux qui m'avaient instruit m'eurent quitté, je fis comme Monsieur Nicolas [10], je visitai les rues de Paris, dont je reconnaissais la plus grande partie. Elles étaient parfaitement éclairées [11]. Je fus curieux de voir la Cité. Quelle fut ma surprise de trouver Notre-Dame à découvert, jusqu'à la statue de Henri le Bon [12] ! Plus d'Hôtel-Dieu ; les malades restent chez eux, et y sont soignés, parce qu'on a plus besoin de bon soins et de bon air, que de médecins, de chirurgiens et de remèdes [13]. Plus d'Enfants-trouvés ; ils sont avidement enlevés par les laboureurs, qui en font des travailleurs, que l'État dote de terres à ferme, baillées par les grands propriétaires. Plus de petites rues ; ce quartier est aligné au cordeau, en six belles rues, par l'une desquelles on découvre le pont jadis rouge, aujourd'hui en pierres et sans péage... [14] J'y allai. Je cherchai des yeux le Port-au-blé. Je vis un quai superbe. J'y courus. Je ne m'étais pas trompé. La rue de la Mortellerie était disparue ; le quai se trouvait au-dessus du port. Je cherchai l'Hôtel de Ville : je le vis en face de la rivière, où était autrefois la rue du Mouton. Tous les derrières étaient aérés, embellis. La juridiction consulaire avait son tribunal dans une des ailes ; dans l'autre étaient les bureaux des corps marchands. Au milieu se tenaient les séances de la municipalité, présidée par le prévôt des marchands. Le nom de M. Le Pelletier de Morfontaine [15] était encore en vénération, pour avoir commencé le grand ouvrage de l'embellissement de Paris-... — Voici l'aurore-.

[...]

Deux cent trente-septième Nuit.

[SUITE : 1888.]

[...]
Nous allâmes aux Tuileries ; elles étaient toutes plantées d'arbres fruitiers superbes [1] ; dans le parterre, c'étaient des espaliers, des groseilliers ; dans les bosquets des cerisiers ; dans le bois, des poiriers, des

abricotiers, des pruniers, des châtaigniers. C'était la même chose dans le cours : aux endroits ombragés étaient des framboisiers ; les plates-bandes étaient de fraisiers. Je ne vis pas un seul brin d'herbe inutile, et les fruits, qu'on ne vendait que bien mûrs, étaient presque pour rien. Nous ne trouvâmes pas dans les rues un seul carrosse. Tout le monde allait à pied. Les voituriers qui s'apercevaient de loin, se rangeaient, et n'accrochaient jamais. Je fus enchanté. J'appris que les ecclésiastiques se mariaient[2], dès qu'ils avaient un établissement ; ce qui avait lieu à 25 ans, comme maîtres d'école ; à 35 comme vicaires ; à 45 comme curés ; à 65 ou 70 comme chanoines. Il n'y avait plus ni moines ni religieux en Europe ; plus de filles publiques abandonnées à elles-mêmes ; elles étaient renfermées dans des Parthénions, et on les rendait utiles à l'État[3]. On en permettait l'entrée aux jeunes gens, d'après l'attestation d'un médecin de la faculté, grade qu'on n'obtenait, que par beaucoup de science, et une probité reconnue. On accordait la même attestation aux hommes veufs, aux maris dont les épouses étaient infirmes, et à tous dans certains cas. Les jeunes gens sans état lucratif ne payaient rien ; tous les autres hommes payaient, à proportion de la classe ; car le régime adopté n'était pas différent de celui du *Pornographe*. Il n'y avait point de filles entretenues, si ce n'est aux Parthénions. Loin que les actrices fussent des *filles,* elles étaient au contraire des vestales d'une sagesse exemplaire, respectées, considérées comme les prêtresses de la vertu (vous savez qu'au Théâtre tragique, il n'y a plus d'acteurs ni d'actrices par état[4]). Les actrices de profession épousaient des gens distingués ; elles sortaient des meilleures familles ; c'étaient les jeunes gens des deux sexes des 3 grands théâtres qui se trouvaient avoir un talent plus marqué. On a trouvé un moyen sûr de corriger les mœurs, en rendant impossible l'abus des richesses. Et il s'en faut de beaucoup, que par là on ait diminué l'industrie, comme certains clabaudeurs de mauvaise foi paraissaient le redouter ! Au contraire, elle est augmentée, par le désir de la louange et de la gloire. Un seul homme a presque tout opéré ; c'est un grand ministre, que vous connaissez, comme toute l'Europe-.

— En vérité, je n'eus pas le courage de dire non ! de sorte que je n'ai pas su comment se nommait ce bienfaiteur de l'humanité-.

Deux cent cinquante-huitième Nuit.

[...]

L'HOMME DORMANT DANS L'ORDURE.

Au coin de la petite rue Percée-Saint-Antoine, je trouvai un homme ivre, que les passants avaient sans doute rangé là, pour le garantir des voitures. Il dormait, le nez posé... Les petites rues de Paris ne sont pas propres ; c'est un abus qui sans doute frappera quelque jour le magistrat qui préside à la police ; nos ancêtres négligeaient tout ce qui était relatif à la salubrité : leurs maisons, ou n'étaient point pourvues de ce qui en fait la propreté, ou le terrain trop ménagé les privait d'air. Je relevai l'ivrogne avec beaucoup de peine ; il était roide de froid, et je le portai jusqu'à la sentinelle du corps de garde Saint-Paul. Je n'osais plus ramener les hommes trouvés, depuis que j'avais été fouillé par les boulangers. Je m'en allai en réfléchissant aux misères de la vie, et à la facilité de les diminuer ; aux saletés si faciles à prévenir ; aux échenés[1] laissés pour inonder les piétons ; au mauvais vin que donnent les marchands de cette denrée de nécessité ; aux carrosses qui nous écrasent, ou tout au moins nous éclaboussent[2]. Tout cela m'occupait encore, lorsque je me trouvai à ma porte.

Deux cent cinquante-neuvième Nuit.

LE BAL DE L'OPÉRA[1].

Le surlendemain jeudi 14 novembre, la Marquise m'attendait au bal de l'Opéra, qui devait être très brillant ! Je n'avais pas une idée nette de cet amusement-là. Je le conçus pour lors. Ce ne sont ni la danse, ni la musique, qui font le charme de cette assemblée ; c'est le masque, ce sont les aventures qu'il occasionne, ou qu'il favorise, toujours singulières, intéressantes ou plaisantes. On peut dire qu'il est essentiel de suivre le bal de l'Opéra, pour connaître les mœurs, les amusements, les intrigues de Paris, et le caractère des Français. Plus l'on est élevé, plus on a besoin de se déguiser, pour connaître la vérité. Mais il faut alors un *incognito* parfait ; et c'est peut-être, par là, une des plus salutaires inventions de l'esprit humain! Quand je pense quelquefois combien elle pourrait être utile, je me pénètre de reconnaissance pour son instituteur. On sera surpris de ce langage, de la part du Spectateur-nocturne, qui naguère déclamait contre les mascarades du peuple, pendant le carnaval[2]! C'est que la vérité guide toujours sa plume, et que dominé par elle, il approuve tout ce qui peut être utile. Supposons au bal de l'Opéra un souverain, un premier ministre, un magistrat, un général, qui veulent connaître l'opinion publique; ils la saisiront, à l'aide d'un déguisement parfait[3]. Bien entendu que les choses découvertes au bal, ne seraient jamais imputées, et que cet endroit, devenu sacré, comme temple de la folie, mettrait tous ceux qui se donneraient la liberté d'y parler, au privilège des anciens fous de cour. Oh le précieux usage, et qu'il est fâcheux qu'il soit anéanti!... Mais enfin, il l'est, et le bal seul pourrait nous en rendre les avantages. Ce n'est pas même tout, que les princes et les hommes en place! en rendant cet amusement plus fréquent, plus à la portée de tout le monde, il serait une image des saturnales. Les pères, les mères y pourraient quelquefois apprendre en quoi leur conduite est injuste, tyrannique, ou désordonnée. Les hommes de tous les états pourraient y être instruits de leurs fautes, ou de leurs devoirs, par des inconnus. C'est une institution, que propose le Spectateur-nocturne; elle ne pourrait qu'être infiniment utile au bonheur d'une multitude de personnes, qui n'osent faire entendre leurs représentations... Mais c'en est assez là-dessus. Il suffit d'indiquer l'idée...

[...]

Deux cent soixante-quatorzième Nuit.

[...]

LES PASSE-TEMPS DU ** DE S**[1].

Je m'étais écarté pour reconduire chez eux le père et la fille[2]. Agité de mille pensées différentes, ne voyant rien, je me trompai de rue, et j'allai jusqu'au faubourg Saint-Honoré, dans la même où j'avais autrefois trouvé Désirée. Je me reconnus, et surpris de ma distraction, j'éloignai les tristes idées qui m'occupaient. Vis-à-vis la porte de la maison, j'entendis un bruit sourd, des cris, des coups aux fenêtres, des carreaux brisés contre les volets extérieurs! Surpris, j'écoutais. Quelques rares voisins de ce bout de rue solitaire, mirent la tête à la fenêtre; mais ils ne distinguaient rien. J'allai sous un balcon, où étaient un monsieur et une dame, et je leur demandai, ce que signifiait le bruit que j'entendais à telle maison? Je la leur désignai. — Ah! je m'en doutais-! dit le monsieur. Il rentra. Un demi-quart d'heure après, il sortit avec trois domestiques, malgré la jeune dame, qui le voulait retenir. — Le bruit a redoublé, Monsieur! (lui dis-je) : je connais cette maison-. Et je racontai les deux traits que je savais. — On s'y tue; on s'y assassine-. Le monsieur me dit un seul mot. — Voyons-. Arrivé à la porte, il fit frapper à coups redoublés. Nous nous relayions pour frapper. A la fin le ** de S**vint ouvrir lui-même. Nous poussâmes tous la porte, qu'il entr'ouvrait et nous l'environnâmes. — Qu'est-ce ? qu'est-ce ? vous me faites violence-? Mais dès qu'il eut reconnu le monsieur, il devint poli, et tâcha de rire. — C'est un badinage ! (lui dit-il). J'ai donné une fête à de jeunes paysans, que j'ai invités à me venir voir ; ils sont de ma terre de***. Ils ont un peu trop bu, et ils se démènent, dans la grande chambre frottée, où je les ai fait mettre. Ils glissent, ils tombent. — Ce n'est pas tout ! (dit le monsieur). Mais cela est déjà fort mal !... Je ne sors pas d'ici, que je n'aie délivré ces malheureux. Il faut ouvrir, ou je fais enfoncer les portes-. De S** ouvrit, en riant. Et nous trouvâmes des jeunes garçons, des jeunes filles, pêle-mêle ; les uns en sang ; les autres dans un état terrible, par les drogues mises dans leur vin [3]. Des filles avaient été ou trompées, ou violentées par ceux qu'elles n'aimaient pas, et qu'elles n'avaient pu reconnaître dans l'obscurité. Le monsieur les emmena tous ; on fut obligé d'en porter quelques-uns, surtout des jeunes filles... Je frémis du danger que j'avais couru, avec Désirée !... Ce trait est horrible, et j'aurais dévoré le monstre, si j'avais été seul avec lui. Je vis le monsieur tout réparer, froidement, sans faire un mot de reproches. — Vous ne dites rien ? Monsieur ? — Je ne perds jamais les paroles-.

[...]

Deux cent quatre-vingt-deuxième Nuit.

L'INCENDIE DE L'OPÉRA.

Nous sommes au mois de juillet. La Marquise est obsédée; toute sa petite société dispersée. Elle languit dans une espèce d'anéantissement, auquel sa constitution trop irritable la rendait sujette, et dont nous avions, ses filles et moi, seuls le secret de la tirer. Mais je passais tous les soirs devant sa porte, et je pleurais, en me rappelant les temps de mon pouvoir [1]. Ce même soir, je rencontrai une pauvre femme, chargée de plusieurs enfants, qu'un cabriolet venait de renverser; et j'eus le désespoir de l'impuissance!... Heureusement qu'un jeune homme riche se trouva là, et qu'il la fit reporter chez elle! Quant à Sara, cette fille si tendre, qui voulait me consoler, elle venait de m'abandonner de la manière la plus étonnante, et j'allais la voir, pour m'en bien assurer, à une maison de campagne à la Haute-Borne [2]. Je passai par la rue Saintonge, et je me trouvai sensible, parce que j'étais malheureux. Je pris ensuite la rue Saint-Sébastien. Quelle fut ma surprise, lorsque je fus à la chaussée des jardins, de voir un feu clair et terrible, qui s'élevait de la capitale! Il avait plu : le chemin était parsemé de mares d'eau, et le feu, qui me paraissait à plus d'une lieue, m'éclairait assez pour me les faire éviter! Je n'ai jamais vu de plus parfaite image du Vésuve ou de l'Etna. — Que de malheureux gémissent en ce moment-!... Cette idée affaiblit toutes les autres. Je n'appris qu'à mon retour, que c'était l'incendie de l'Opéra[3]...

Arrivé à la maison, je trouvai Sara auprès de sa mère, à laquelle je remis une lettre, que j'avais reçue pour elle dans la journée. Je m'aperçus alors que la Marquise me donnait toute ma valeur, et qu'en la perdant, j'avais tout perdu! Sara m'avait fait quelqu'illusion; non pas une illusion d'amour, mais de consolation! Je m'en voyais privé. Un homme fort laid, fort noir, était pour elle ce que j'avais été! Je regrettai la consolation, et je tâchai d'oublier Sara.

Je revins dans la ville. Je courus à l'Opéra. Mais en chemin, je fis une réflexion déchirante! — Si je trouve des infortunés, qui aient besoin de secours, il faudra, comme les cœurs durs, les regarder, sans rien pouvoir-!... Je poussai un cri de douleur, en me rappelant la Marquise... Et cependant! je n'étais pas encore souverainement malheureux! Elle existait encore cette femme céleste, et je devais la revoir... L'Opéra seul brûlait, au moyen de secours multipliés et bien entendus. Mais il brûla complètement, et le quartier cerveau de la capitale[4], fut privé d'une de ses principales facultés!... Deux danseurs et une danseuse périrent, suffoqués par la fumée des escaliers. Le spectacle de feu était horrible de près. Quelle puissance a la nature, par ce terrible élément! Comme un volcan enflammé doit être épouvantable!

J'avais vu auparavant trois incendies terribles : celui de la foire Saint-Germain, en 1762; celui du premier Opéra, en 1763, et celui de la foire Saint-Ovide, en 1776. Le premier fut épouvantable. Mais il est certain, que si l'on s'était entendu, s'il y avait eu des pompiers sur la place même, comme aujourd'hui, l'incendie

n'aurait pas eu lieu. Ce feu me donna la première idée
d'un volcan, auquel il ressemblait. S'il n'avait pas été
dans un fond, il aurait éclairé tout Paris. Le premier
feu de l'Opéra fut plus concentré, parce que l'édifice
était moins considérable, plus dominé. Quant à celui
de la foire Saint-Ovide, il n'était effrayant, que par
l'extrême combustibilité des baraques : pour être terrible, il aurait fallu qu'il eût attrapé Nicolet et Audinot[5],
dont les baraques boiseuses formaient deux chantiers,
disposés le plus favorablement possible pour brûler.

Ce que j'ai dit des pompiers, ne signifie pas que leur
établissement soit admirable ! Hélas ! il prouve
l'imperfection des établissements humains ! On entretient dans Paris, environ 50 corps de garde pompiers.
Il suit de cet établissement, qu'au bout d'un certain
nombre d'années, les pompiers auront à peu près
consumé, ce qui l'aurait été par le feu. On me dira, que
des hommes ont vécu. Pitoyable raisonnement ! Les
hommes que nourrissent le luxe, ou les dépenses de
précaution, qui lui ressemblent essentiellement, ne
sont pas utilement nourris. Ils feraient autre chose
d'utile, qui les nourrirait, avec avantage pour l'État. Il
faudrait donc changer un peu le système de cet
établissement ; mettre pour pompiers les meilleurs
soldats invalides, et en outre les occuper utilement, à
un travail d'exercice, qui les tînt alertes.

J'entendis, ce même soir, deux hommes, qui mar-
chaient devant moi, parler sur le feu, sur l'électricité.
L'un d'eux dit une belle vérité ! Tout ce qui est matière
s'enflammerait, parce qu'il est imprégné de feu, s'il
n'était en même temps imprégné d'eau. La machine
électrique[6] ne produit des étincelles, que parce qu'on
parvient à chasser toute l'humidité du corps frotté. Ce

n'est pas *charger* qu'on doit dire, c'est chasser. Or, mon ami, l'eau diminue sur la terre, par la concrétion continuelle des coquillages, qui ne rendent plus celle qu'ils absorbent. Une fois donc que toute l'eau sera épuisée, il y aura des corps, qui n'en recevant plus, en seront absolument privés. Alors ils s'enflammeront d'eux-mêmes; chasseront en vapeurs toute l'eau des corps qui en contiennent encore; ceux-ci brûleront, et rendront la conflagration du globe générale; toute l'eau sera en vapeurs-. Je les perdis ensuite de vue. J'avais cependant une observation à leur faire : c'est que l'air se combine, et diminue comme l'eau. Or, sans air, point de conflagration... Revenons à l'incendie. Mais à quoi attribuer cet accident terrible! On ne le croirait pas! C'est au jeu! Deux des valets de théâtre jouaient ensemble, et telle fut la cause de cet accident horrible! Notre siècle est affligé de deux grands maux! Le persiflage chez les conditions élevées, et le baguenaudage chez les inférieures. J'ai souvent été blessé de voir, dans le sanctuaire même du travail, les ouvriers jouer, lutter, se renverser, pendant des heures entières! Rien de plus dangereux, que de profaner l'asile du laboratoire[7]! Il doit être sacré! l'on ne doit rien s'y permettre qui distrait. Mais d'où vient cet esprit, si préjudiciable? Du principe, que le rire est le seul plaisir de l'espèce humaine, tandis qu'il en est le moindre; du principe sot, que la comédie badine est préférable au drame sérieux; de la maxime peu réfléchie, qu'il faut rire, pour se délasser; de l'éducation joueuse, que des ennemis de la nature humaine donnent aux enfants : jusque-là que par une sacrilège invention, on a vu des instituteurs, annoncés dans les papiers publics, comme enseignant à lire, à écrire, et

les premiers principes de la morale, en jouant!...
Malheureux! on verra, dans la génération qui s'élève,
les funestes effets de votre détestable invention!
L'homme sérieux seul est homme. L'homme que vous
formez en jouant[8], sera joli comme un jeune minet; il
deviendra un jour, ce qu'est le vieux chat.

[...]

Deux cent quatre-vingt-quatrième Nuit.

[SUR L'ÉDUCATION.]

Maudit soit celui qui n'ose parler de lui-même,
parce qu'il n'a que des vices et des platitudes, recouvertes d'orgueil! Maudit soit celui qui redoute le
sourire niais des sots, et qui n'ose hasarder un mot
ridiculisé par leurs plats calembours, et leurs insipides
applications! Maudit soit celui qui n'ose avouer ses
défauts, et qui veut pédantesquement passer pour un
être parfait!... J'en ai avoué plus d'un, et j'en confesserai de bien plus graves dans un autre ouvrage[1]! D'où
vient[2] ne parlerais-je pas de moi? Connais-je quelqu'un aussi bien que je me connais? Si je veux
anatomiser le cœur humain, n'est-ce pas le mien que je
dois prendre? J'ai des défauts. Hé bien? ils sont à la
nature autant qu'à moi! Je les ai toujours combattus;
mais quand ils ont été vainqueurs, je ne m'en suis pas
désespéré; je les ai guettés, pour leur rendre la pareille.
J'ai aussi des vertus; oui, j'en ai autant que personne
que je connais! Mais j'ai eu toutes les folies, tous les

travers de l'esprit humain. Toutes les idées ineptes de nos seigneurs, qui font des parcs, des jardins anglais, qui rasent des villages, pour arrondir des enclos, qu'ils entourent de murailles, afin de mieux assurer leur propriété, je les ai eues dans mon enfance. Et je n'ai pas été médiocrement surpris de retrouver toutes les folies de ma tête dans celles des autres hommes. Avec cette différence qu'ils les exécutaient, et que je n'ai pu exécuter les miennes, faute d'argent. J'avais bien l'âme d'un grand seigneur, moi fils très pauvre d'un laboureur[3] ! Car dans ma première effervescence, entre quatorze et quinze ans, je me donnais des terres, des maîtresses ; je bâtissais en Espagne des châteaux de volupté. Tout cela est resté sans exécution, parce que j'étais pauvre. Aussi combien de fois ne me suis-je pas prosterné en esprit devant l'Être suprême, pour le remercier de m'avoir fait naître pauvre ! Car sûrement j'aurais fait beaucoup de mal et de bien, si j'eusse été riche ; mais plus de mal d'abord.

Tout le bien que j'ai vu faire, ou méditer, ou exposer, toutes les réformes de l'administration publique me sont passées par la tête, dès ma jeunesse ; et je me suis quelquefois demandé : — Est-ce qu'ils m'auraient entendu-?... Mais il y a entre le bien et le mal que j'ai roulés tous deux dans ma tête, comme deux pelotes de neige, cette heureuse différence, que j'ai quelquefois trouvé, pour le bien, quelqu'un qui m'a secondé[4]. Le bien s'est fait, et je n'ai eu que le désagrément de ne pouvoir le porter aussi loin que je voulais.

Que suit-il de là ? C'est que tous les hommes ont à peu près les mêmes idées ; qu'ils sont tous ou méchants ou bons, suivant une très légère impulsion, et les circonstances ; que l'éducation fait les hommes [5] ; mais que l'éducation doit être donnée indirectement, si l'on veut qu'elle soit efficace. Un émule profite plus que le fils de la maison des leçons qu'on donne à celui-ci. Il faut que les hommes paraissent élevés par la nature. Mon respectable père avait 14 enfants [6]. Tous ses discours respiraient l'honnêteté, la probité ; mais il ne m'a jamais adressé directement ses leçons que trois fois, et avec une douceur, que je me rappelle avec transport ! c'est ce qui me fit aimer l'honnêteté. Mes deux frères aînés les ecclésiastiques [7], m'adressèrent toujours directement leurs leçons ; elles me révoltèrent ; je les hais encore, ces leçons, à 53 ans, sinon pour le fond, qui était bon, au moins pour la forme. Je me suis toujours promis de me sacrifier moi-même, de me découvrir en entier, de me couvrir même de honte, pour l'utilité de mes concitoyens. Je désire, qu'en voyant mes fautes, mes écarts, et leurs causes, on entrevoie par là, quelle est la véritable éducation à donner aux hommes enfants.

J.-J. R. a senti cette belle vérité, qui est la base de son *Émile,* qu'il faut que l'homme paraisse élevé par la nature. Et quoique plus jeune, je l'avais sentie avant lui, très fortement. Je tressaillis de joie, en la retrouvant dans son livre de l'éducation. Mais ensuite, je fus si mécontent des détails, des moyens, que je fus deux ans à l'achever. Ce n'est pas de tous les détails, que j'étais mécontent ; je retrouvais souvent le grand homme. Mais je jugeai, que le livre devait produire un mauvais effet général, à Paris, effet que ne rachèteraient pas certaines réformes utiles. Les femmes de Paris ne doivent pas, la plupart, nourrir leurs enfants [8] ; et l'*Émile* a été funeste à cette ville, par cela même. Les grandes dames ne doivent pas nourrir leurs enfants : je le démontrerai physiquement et moralement, et il ne faut que le sens commun pour me suivre. Si les grands veulent bientôt anéantir leur noble race, l'*Émile* leur en donne le moyen le plus assuré. Qui doit nourrir ses enfants ? Dans l'état de nature, dans une république égale, toutes les mères, ou très peu d'exceptées ; car parmi les femmes, comme parmi les animaux, il est quelques individus femelles qui ne peuvent nourrir. Dans l'état de grande civilisation au contraire, comme est à présent celui de la France, de l'Angleterre, de l'Allemagne, de l'Italie, de l'Espagne, et quelques autres, les exceptions en faveur des mères riches, ou marchandes, qui peuvent nourrir, sont très rares. Voilà ce que J.-J. aurait dû savoir, s'il l'avait examiné. En effet, des femmes comme nos duchesses, la plupart de nos marquises et de nos comtesses ; comme nos présidentes et nos financières, nourriront-elles avec leur lait échauffé, leurs passions exaltées, leurs aliments âcres ? avec leur genre de vie dissipé, échauffant[9] ? Ah ! qu'elles s'en gardent bien ! qu'elles confient leurs enfants à une bonne paysanne, bien fraîche, bien saine, qui réparera par son lait substancieux, et sa tranquillité d'âme, le vice de la conception ! seulement, qu'on la paie bien, cette nourrice : qu'une loi sacrée la rende à jamais vénérable, pour son nourrisson ! qu'on lie ainsi deux familles, une de la haute noblesse, et une de la simple agriculture. Car ce sont les femmes de la campagne, qu'il faut choisir-...

[...]

Deux cent quatre-vingt-quinzième Nuit.

MES DATES DE L'ÎLE SAINT-LOUIS.

Quand on est dans le malheur, on a l'âme ouverte et sensible : on appuie sur les situations, on voudrait pouvoir les fixer ? D'où vient cela ? Est-ce qu'on aime à souffrir ? Non, sans doute... Pendant que j'étais privé de la vue de la Marquise, et de la société de Du Hameauneuf, j'étais bien malheureux ! Au lieu de chercher à me distraire, je fixais la douleur ; je craignais d'en voir échapper l'instant ; je le gravais sur la pierre ! Loin de suivre mes courses ordinaires, j'étais accablé, sans énergie : mes sorties se bornaient à l'île Saint-Louis, dont je faisais tristement le tour. Je me rappelai ce que m'avait dit l'homme de la 210ᵉ Nuit[1], sur ses dates, et je me sentis machinalement porté à faire comme lui. Toutes les fois que je m'étais arrêté sur le parapet, à réfléchir une idée douloureuse, ma main traçait la date, et l'idée qui venait de m'affecter. Je m'éloignais ensuite, enveloppé dans l'obscurité de la nuit, dont le silence et la solitude avaient une horreur qui me plaisait[2]. Ce soir, je sortis de bonne heure, pour aller sur l'île. Comme je descendais, on me remit une lettre. Je ne voulus pas remonter pour la lire. Arrivé sur le quai d'Orléans, mes yeux se portèrent sur la première date que j'eusse écrite, à pareil jour en 1779 : *5 9.ᵇʳˢ malum*[3]. Je ne saurais exprimer le sentiment d'attendrissement que j'éprouvai, en me reportant à l'année précédente, en me rappelant ma situation, au même instant, à la même place, et la peine qui m'avait fait écrire le mot *malum,* relatif à mad. De-M****. Une foule d'idées se présentèrent : je restait immobile, occupé à réunir le moment actuel à celui de l'année précédente, pour n'en faire qu'un seul. Je m'attendris, mes larmes coulèrent ; et cet attendrissement était délicieux ! Je baisai la pierre... Quelle en était la cause ? Je crois, que par l'éloignement du temps, nous sommes moins nous-mêmes, que notre meilleur ami ; nous voyons ainsi cet autre nous d'il y a un an, avec intérêt et complaisance, comme si nous étions là, par la date qui le représente, avec notre meilleur ami... Ce fut après ce petit attendrissement que j'ouvris ma lettre. On m'y apprenait, *que madem. Saintvent*[4] *était fausse à mon égard ; que ses discours, ses caresses et ses lettres étaient un persiflage amer !*... Je n'en crus rien ; car je me demandais toujours, par quel motif ? Je relus : *Je lui ai dit qu'il était J.-J. R.*[5] *et il le croit !* Non, je ne le croyais pas, légère et sémillante Saintvent ! (m'écriai-je) ; mais j'étais enchanté que vous me le dissiez, et que vous daignassiez me l'écrire !... Pensez-vous d'ailleurs, que je voulusse être un autre que moi-même ? Ma foi, non ! je m'estime assez pour cela. Et cette idée d'attachement à mon individualité est naturelle ; je ne connais personne qui voulût être le roi, en cessant d'être soi-même-... Je vis ensuite, que madem. Saintvent critiquait (m'écrivait-on) ce qu'elle avait loué. Ici, je doutai un peu. Quelque temps avant que je la connusse, elle m'avait loué : on me l'avait dit alors, et j'avais dû le croire. Tout cela m'occupait, et m'affligeait. J'écrivis sur la pierre : *Saintvent accusée de fausseté, invraisemblablement...* En revenant, je retrouvai, à la lueur du réverbère, *Desperium ! Diva Mul. nob. adempta*

15 7.^{bris}-1. Plus loin : *Silvia mort.^a 29 Aug.-1*. Plus loin : *Nouvelles de la Marq. mal. 29 7.bre-1*. Cette date est vis-à-vis la rue de Bretonvilliers. J'avançais ainsi, retrouvant sur la pierre, toutes les affections de mon âme pendant le malheur. Enfin, vis-à-vis le second jardin, je trouvai : *Marches. recup. hod. 22 9.^{bris}-1 sacra*. Je poussai un cri de joie, à la vue de cette date, qui était pour moi une véritable renaissance... Oh! si j'avais vu écrite sur la pierre la nuit de notre premier entretien, moi dans la rue, elle à son balcon! quels transports, en relisant cette date! Je résolus de tout écrire désormais sur l'île, parce que c'était me fournir un véritable aliment de sensibilité.

[...]

Trois cent sixième Nuit.

LA FILLE ENSEVELIE VIVANTE [1].

J'allais chez la Marquise, lorsque passant devant l'Hôtel-Dieu, j'entendis quelque bruit. J'entrai dans la salle des morts, et j'y trouvai une fille cuisinière en larmes, qui ranimait une compagne chérie de son enfance, déposée parmi les morts. Elle voulait la faire emporter, et l'on s'y opposait. Mais je m'unis à la fille, et on ne l'empêcha plus d'arracher son amie à l'horreur de son sort. Si quelqu'un dit, que les hôpitaux, tels qu'ils sont parmi nous, sont réellement utiles, il trompe le gouvernement. Si quelqu'un dit, qu'ils sont bien administrés, il est un fripon, ou un tigre. Si quelqu'un dit, que les revenus de l'Hôtel-Dieu, bien répartis aux pauvres, quels qu'ils fussent, qui réclameraient du secours, ne seraient pas plus utiles que l'Hôtel-Dieu, c'est un mauvais citoyen. Si quelqu'un dit, que les hôpitaux ne sont pas une des causes de l'ivrognerie, de l'inconduite, et le reste, il est un menteur infâme. Je sais cela mieux que personne, moi, moi, le Hibou, qui vis avec les ouvriers, qui les connais jusqu'au fond de l'âme, et qui sais que tous les gens qui en parlent, même les médecins, ne les connaissent pas assez, parce qu'ils ne les ont pas assez vus. Il y a 20 ans que j'ai imprimé, dans *Le Pornographe*, que les hôpitaux étaient un mal. Je le savais dès lors ; je le sais mieux aujourd'hui. J'aurais eu cent millions, que je n'aurais pas souscrit un sou pour les nouveaux hôpitaux ; la Marquise n'a pas souscrit, non plus ; nous aurions agi contre notre conscience. Un certain médecin a dit, que les hôpitaux serviront à former des médecins. Ah ! voilà le mot : *Faciamus experientiam in anima vili*[2] ! Prenez des criminels, et non pas les pauvres ! vous pourrez adoucir le sort des coupables, dont on a quelquefois intérêt d'étouffer la voix...

Je courus chez la Marquise lui recommander l'infortunée, qu'on va sauver... Il faut donner l'histoire de cette jeune fille, telle que son amie me la raconta le lendemain, lorsque j'allai lui annoncer la protection de mad. De-M****. — Monsieur, (me dit-elle), mon amie a été à l'Hôtel-Dieu à mon insu ; j'aurais sacrifié tout ce que je possède pour en empêcher... C'est la plus jolie fille, ou femme de ce quartier ; car elle est mariée ; et la plus malheureuse ! Son père, qui est un riche marchand de chevaux de la rue**, lui a fait épouser, malgré elle, un homme qu'elle n'aimait pas : elle en aimait un autre. Le soir même du mariage, elle s'échappa, et vint me trouver, parce que j'avais été cuisinière chez eux. Elle me dit de la sauver, de lui donner de mes habits, et de la mettre en service, comme ma sœur, dans un autre quartier, ou qu'elle se détruirait. Je l'aimais trop pour m'y refuser. Je la plaçai donc à la Barrière du Trône. On fut si content d'elle, qu'on m'en fit bien des compliments, et de sa sagesse ; car étant jolie, elle fut souvent attaquée ! C'est ce qui a causé sa maladie, ayant été si fatiguée, en se défendant contre le fils aîné de la maison, qui l'a violentée, après lui avoir inutilement offert le mariage, qu'elle en a eu une révolution. Ne pouvant me venir voir, elle a été se réfugier à l'Hôtel-Dieu, dont la puanteur l'avait suffoquée-... Qu'on juge de mon étonnement, quand je reconnus dans la malade, la fille de maquignon, 286e Nuit ? Mad. De-M**** l'a prise sous sa protection.

Cette femme céleste avait vu la jeune dame, dans la journée, et tout allait à merveille, pour l'honneur du mari.

[...]

Trois cent septième Nuit.

[...]

DATES EFFACÉES.

En allant chez la Marquise, je traversai l'île, et j'y trouvai deux femmes avec une lanterne. Surpris, je m'approchai d'elles, sans bruit. C'était Saintvent et Sara. Mon étonnement redoubla. — En voici une! (dirent-elles). Et elles firent effacer par un cocher de place. Lorsqu'elles furent avancées, je regardai. C'étaient mes dates qu'elles détruisaient! — Ah! Barbares! que faites-vous! pensai-je! vous m'ôtez la consolation que je me préparais, si des jours terribles reviennent, avant que j'aie cessé de vivre! (Je voulais parler de la perte de la Marquise). — En voici une où il est question de moi! (s'écria Sara) : il écrit tout! Oui! voici mon nom! tenez, lisez : — *31 Maii, Sara non redita.* — Je ne sais ce que cela veut dire; mais voilà mon nom-! Et elles effacèrent. Je rétablissais à mesure qu'elles avançaient. Elles vinrent à une date, *1 Mart. Sacra.* Elles pensèrent que ce mot *Sacra* était encore *Sara :* et elles effacèrent. *2 Ap. Sacra,* elles effacèrent, et ainsi de suite aux 12 mois, le *3 mai,* le *4 juin,* le *5 juillet,* le *6 auguste,* le *7 7.bre,* le *8 8.bre,* le *9 9.bre,* le *10 x.^{bre},* le *11 janvier,* et le *12 février.* Ces jours étaient nommés *Sacrés,* parce qu'ils étaient pour moi les calendes des Anciens[1]. Tout ce qui réveille la sensibilité, est précieux : la sensibilité fut la source des superstitions ; je me suis amusé à en faire l'épreuve sur moi-même. Je pouvais m'en jouer, dans un siècle éclairé comme le nôtre ; mais je ne m'en serais pas joué il y a 200 ans ; je me serais rendu superstitieux. Le but de mes dates est de vivre au jour marqué 1 an, 2 ans, 3 ans, 4 ans auparavant, en même temps qu'au jour présent : c'est de sentir, jour par jour, avec ce que j'éprouve naturellement au moment actuel, ce que j'éprouvais, il y a un an, 2 ans ; de doubler, tripler ainsi ma sensibilité, de la rendre douce, active, et capable de me faire travailler. Une promenade autour de l'île, est une jouissance innocente, mais délicieuse ! Ô combien j'étais affligé de voir les deux friponnes effacer mes sensations ! Cependant je ne dis mot. Elles achevèrent, et je les joignis, au moment où elles remontaient en fiacre, pour les mener chez la Marquise, à laquelle je dis tout ce que j'avais fait et vu dans la soirée.

[...]

Trois cent vingt-troisième Nuit.

[...]

CACHOTS.

A notre retour, nous passâmes sur les débris du Petit Châtelet[1], qu'on venait d'abattre. On achevait d'ôter les pierres de taille des cachots. D'où vient, malgré l'utilité dont sont les prisons, pour la sûreté publique, éprouve-t-on un mouvement de joie, quand on les voit détruire? et tout au contraire, un mouvement de tristesse et d'horreur, quand on voit leur construction? Ce fut la question que nous agitâmes. Certainement on ne doit aucune pitié à l'assassin, qui est le véritable ennemi de la société! Du Hameauneuf pensa, que cette crainte, cette horreur ne venait que du pouvoir arbitraire. Qu'il devrait y avoir une loi invariable, par laquelle les cachots ne seraient jamais le séjour que du crime avéré. Ils sont une punition cruelle! Il est horrible de l'infliger à un innocent, qu'elle peut troubler à l'excès, rendre malade, faire mourir! On ne devrait donc mettre au cachot que les coupables pris sur le fait; ou ceux déjà convaincus de crimes capitaux. Jamais on ne devrait infliger cette horrible punition, pour des fautes moins graves que l'assassinat, ou la révolte armée contre l'autorité légitime. Il faudrait en outre, que cette peine méritée fût connue, et qu'il y eût un écriteau, à la prison, contenant les noms des détenus au cachot, avec leurs crimes. Le seul cas excepté serait celui où l'on voudrait cacher aux complices, la capture de l'un d'entr'eux. La peine des cachots, telle qu'elle est aujourd'hui, est inutile pour l'exemple : et c'est un grand mal! De même, il faudrait, qu'à la porte de la prison de la Tournelle-Bernard[2], on lût les noms des condamnés aux galères : cet avis ne serait pas inutile aux hommes brutaux et pauvres, qui fréquentent ce quartier en allant à la Maison-Blanche[3].

[...]

Trois cent vingt-cinquième Nuit.

CONCLUSION DE L'HOMME
QUI NE DÉPENSE RIEN[1].

Du Hameauneuf était venu me trouver de bonne heure, pour aller au spectacle. Il était réellement heureux. Sa petite femme, que rien ne distrayait, était toute à lui, et elle employait toutes les ruses de son sexe, pour lui rendre visite, ou le recevoir chez elle, à l'insu de la jolie tante. Il venait me prier de reconduire sa femme, parce qu'il était nuit. En sortant, au bout de la rue des Bernardins, nous trouvâmes un pauvre entre deux bornes. Nous ne savions ce qu'il faisait. Mais après être passés, nous revînmes sur nos pas. Il expirait. Je demandai de la lumière à un voisin, et je reconnus, l'homme qui avait juré de ne rien dépenser. Il venait de mourir, comme il avait vécu. En effet, depuis que la bonne Sellier avait cessé de vivre, ce malheureux, que je n'avais pas revu, parce qu'il m'avait soigneusement évité, n'avait point eu d'asile, et n'en avait pas cherché. Il logeait l'été dans la rue ; l'hiver dans un trou de fumier de jardinier, à la Haute-Borne. Il ne sortait presque plus le jour, et ne mangeait que des choses jetées au coin des rues. Il portait tout sur lui. Nous avertîmes les sœurs de la paroisse, qui le firent emporter. On le déshabilla. On lui trouva environ 88 livres, presque tout en monnaie de cuivre rouillée. Un chirurgien le visita, et après s'être bien assuré de sa mort, il l'ouvrit. Il était empoisonné par le vert-de-gris[2], d'aliments jetés, qu'il avait dévorés la veille. On défit tous ses haillons, et l'on y trouva la croix de Saint-Louis[3]... Les larmes nous vinrent aux yeux. On ne trouva pas un papier, qui pût indiquer son nom, que je savais... Nous restâmes là depuis cinq heures et demie jusqu'à dix heures du soir. Je ramenai pour lors mad. Du Hameauneuf. La jolie tante était fort inquiète! Je lui dis la vérité, mais sans parler du mari. A cinq heures, j'avais trouvé sa nièce, qui s'en revenait, et nous avions été retenus par l'accident du pauvre chevalier. J'allai ensuite rejoindre l'Original, avec lequel je me rendis chez mad. De-M****.

[...]

OMBRE DE DESRUES[4].

En traversant la Grève, nous vîmes une espèce de fantôme, qui se promenait sur la place. Nous nous approchâmes. Il s'éloigna. Voyant qu'il voulait nous échapper, nous courûmes. Il disparut. Nous nous informâmes à un falot[5], qui nous dit, que c'était l'ombre de Desrues. A ce mot, je frémis d'horreur contre ce scélérat. Mais en même temps, je songeai à combien d'innocents sa juste condamnation pouvait être funeste! La loi et les témoins doivent seuls nous juger. Malheur à nous, si la conjecture la mieux fondée, prend la place de la certitude!... L'ombre de Desrues ne fut pas arrêtée, comme on l'a dit : c'était un cerveau exalté, qui s'était persuadé de l'innocence de cet odieux scélérat, et que des lumières administrées à propos ont remis dans son bon sens.

Trois cent vingt-sixième Nuit.

EXÉCUTION AUX FLAMBEAUX.

On avait crié un arrêt dans la journée. Ce serait une horrible chose, que ce cri d'arrêt, sans la nécessité de l'exemple ! Mais d'après cette nécessité, elle n'est pas encore assez terrible. Il faudrait, quand on fait une exécution, que toute la ville frémît : que le son des cloches annonçât le moment de la sortie du coupable, et cet instant affreux, où il subit son sort. On parle de la manière leste dont les exécutions se font en Angleterre. C'est une horreur de plus. Aussi voit-on que le nombre des condamnés exécutés, sans parler des deux tiers en sus auxquels le roi fait grâce, surpasse de trois quarts celui des exécutés en France ! Mais il n'en est pas moins vrai, que nos vils colporteurs [1], avec leur joie barbare et les commentaires qu'ils se permettent, sont contraires à l'humanité, à la raison, à la religion, à l'utilité de l'exécution des sentences de mort... Voyez ces misérables ? entendez-les ? (on sent bien que c'est Du Hameauneuf qui me parle), et vous serez indigné de leur ivrognerie, de leur polissonnerie, de leur exultation barbare !

Nous avancions vers la Grève. Il était tard, et nous croyions l'exécution faite. Mais la foule béante annonçait le contraire. — Allons (reprit Du Hameauneuf), puisque l'occasion s'en présente ; voyons d'un côté toute l'horreur du crime, toute la sévérité de la loi civile, et de l'autre, toute la beauté de la religion !

Quand un coupable passe dans la funeste voiture, je ne vois que le ministre-consolateur, qui s'efforce de rendre à la nature le monstre qui l'a violée-. Tandis qu'il parlait, j'entrevis un mouvement sur les marches de l'Hôtel de Ville. C'était le premier des trois condamnés, qui allait subir son sort!... Quand le supplice est trop grand pour le crime, on est atroce, on manque l'effet; on n'effraie pas, on indigne. L'homme fut rompu[2], ainsi que ses deux camarades. Je ne pouvais soutenir la vue de cette exécution; je m'éloignai; mais Du Hameauneuf observait tout, en stoïque. Je fis une autre observation. Tandis que les malheureux souffraient, j'examinais les spectateurs. Ils causaient, riaient, comme s'ils eussent assisté à une parade. Mais ce qui me révolta le plus, ce fut une jeune fille, très jolie, qui me parut avec son amant. Elle éclatait de rire, elle plaisantait sur l'air et les cris des malheureux. Je ne pouvais me le persuader! Je la regardai cinq à six fois. A la fin, sans m'embarrasser des conséquences, je lui dis : — Mademoiselle, vous devez avoir le cœur d'un monstre; et sur ce que je vois de vous, ce soir, je vous crois capable de tous les crimes. Si j'avais le malheur d'être votre amant, je vous fuirais à jamais-. Comme ce n'était pas une harengère, elle demeura muette! Je m'attendais à quelque réponse désagréable de la part de son amant; il ne dit mot... J'aperçus alors, à quelques pas, une autre jeune fille, qui fondait en larmes. Elle vint à moi, s'appuya sur mon bras, en se cachant le visage, et me dit : — Voilà donc un honnête homme, qui plaint les malheureux-! Quelle était cette fille compatissante?... Une infortunée, qui s'abandonnait aux recruteurs du quai de la Ferraille!... Je la regardai. Elle était grande et belle. Je la menai à l'établissement de la Marquise, sans attendre Du Hameauneuf.

[...]

Trois cent quarante-quatrième Nuit.

[...]

LES AIROSTATS[1].

Une invention sublime, vient d'honorer le siècle de Louis XVI, ce siècle à jamais mémorable, par la sagesse des réformes : c'est celle des globes airostatiques. De quelle utilité ne pourrait-elle pas être, malgré ses détracteurs, si, au lieu de l'abandonner à des charlatans, les premiers inventeurs, MM. De-Mongolfier ; ou les savants perfectionneurs, MM. Charles et Robert, avaient daigné chercher les moyens d'en tirer parti, soit pour élucubrer ce qui se passe au-dessus des nuages, soit pour commander à la grêle et aux orages dévastateurs[2] ; soit pour s'élever assez haut, quoiqu'à ballon retenu, pour observer les astres, dans un air absolument pur ! Quel observatoire, pour Hertschel, Cassini, ou Lalande[3] ! Mais ces regrets sont superflus ! le charlatanisme souille cette belle invention, et en usurpe les honneurs, par des ascensions puériles et sans but ! Il est vrai que Lunardi[4] a été honni à Londres. Quant à l'aironaute français, après s'être couvert de ridicule, par l'annonce de son bateau volant (qui n'est cependant pas de son invention, M. Humblot[5], cousin de M. Diderot, s'amusait de cette idée dans ses insomnies, et en entretenait tout le monde); après avoir été stimulé par l'homme volant de *Découverte australe,* M. Blanchard[6] s'est jeté sur la belle invention de MM. Mongolfier; il s'est servi du moyen ingénieux de MM. Charles et Robert, et, sans génie, soutenu par sa témérité seule, il est resté paisible usurpateur de l'airostation! Et toi, infortuné Pilâtre[7]! tu as péri, avec des lumières! Tant il est vrai que la fortune est encore plus aveugle que l'amour!

Comme nous nous en retournions, nous aperçûmes dans les nues un airostat, qui passait au-dessus de Paris. Ce n'était pas M. Blanchard; cet homme avide de renommée, ne va que de jour. Il nous parut que les aironautes avaient pour but d'observer la lune, par un beau ciel et une nuit sans agitation : ce fut ce que nous vîmes, ou du moins ce que nous crûmes voir. Le globe s'éleva ensuite, après s'être allégé par quelques pierres, qui tombèrent dans la Seine, entre le pont Henri, et le pont au Change.

[...]

Trois cent quarante-huitième Nuit.

LE TABLEAU DE PARIS[1].

Mercier! ô rare et sublime courage! Toi, dont les productions vertueuses ne respirent que le patriotisme et l'amour général de l'humanité, je t'admire, et ne me sens pas la force de t'imiter! Mais je ne puis quelquefois commander à mon indignation contre tes lâches détracteurs! Je les examine le soir; je m'informe de leurs mœurs. Ne les crains pas, ô Mercier! ce sont des scélérats; de vils, de lâches adulateurs du vice; des hommes perdus de réputation, qui redoutent la vertu, et n'espèrent que dans le crime; parce que seul il leur procure le genre de plaisir qu'ils peuvent goûter : le désordre est leur élément, et ils seraient désespérés qu'on fît aucune réforme utile. Tous ces gens-là se couvrent du manteau de la décence; mais ils ne vivent pas seuls, et on les voit quelquefois sans manteau... C'est ainsi qu'on a vu les célibataires, les corrupteurs, les adultères faire jouer d'odieux ressorts, pour empêcher la publication d'un livre, qui dévoilait leurs turpitudes! Pendant quelque temps, ils ont craint d'être désignés : c'était ce qui les épouvantait!... Ne voit-on pas encore aujourd'hui des misérables attaquer avec fureur un ouvrage, dont la lecture a conservé, dans une seule province, plus de 80 jeunes gens à l'agriculture, en calomnier le but moral, en employant contre l'auteur ce qui rend son ouvrage utile, les tableaux du vice! Tu as loué le *Paysan*, parce que tu es vertueux[2]! ils le blâment, parce qu'ils sont les fauteurs du crime!... Mais revenons au *Tableau de Paris*.

Du Hameauneuf était, comme on sait, très instruit et très curieux! il venait de l'acheter. Il accourt chez moi, et me le montre. Il était transporté! Nous examinâmes l'ouvrage ensemble, au lieu de sortir. Nous en parcourûmes tous les chapitres. Nous vîmes que l'auteur avait étudié longtemps la capitale; qu'il l'avait observée en philosophe moral. Nous y trouvâmes cependant certaines choses, vues trop en beau;

telle est l'adresse prêtée aux crocheteurs[3]. En général, quand il loue la capitale, c'est un fils qui flatte sa mère ; et quand il la blâme, c'est un enfant gâté, qui boude, et qui bat sa nourrice. Mais pourtant, c'est un fond de vérité, de bonne observation et de vertu. On connaît Paris, après en avoir lu le *Tableau* moral. — Ô mon ami ! (s'écria Du Hameauneuf), puissions-nous un jour imprimer vos courses nocturnes, et y joindre les miennes, pour en faire le digne pendant de cet immortel ouvrage- !

Le *Tableau de Paris* n'était pas nouveau ; il paraissait depuis plusieurs années, mais je ne l'avais pas encore lu. Je priai mon ami de me le laisser jusqu'au lendemain soir ? Il me donna 8 jours, pour le lire. Je n'entreprendrai pas d'exprimer le plaisir que me causa cette description morale du pays que j'habite, et que j'avais moi-même si curieusement examiné ! J'y trouvai ce que je ne savais pas ; et si quelquefois nous différions, c'était sans que *Le Tableau de Paris* eût tort ; les choses sont quelquefois comme on les y voit... Mais ce livre est entre les mains de tout le monde.

LE TABLEAU MOUVANT[4].

Du Hameauneuf tira ensuite trois petites brochures de sous son manteau, en me disant : — Voici un singe ! Un particulier sans talent et sans esprit, a composé sans peine une rhapsodie, extraite des journaux et de quelques autres ouvrages, dont il gâte le style par ignorance. On ne peut guère méconnaître le plagiaire de titre et de matière ! (ajouta mon ami), à la maladresse de ses transitions, à la platitude de quelques morceaux de son cru, et au mal qu'il y dit d'un homme dont il est l'obligé, comme cet homme le prouve par deux lettres en original-! A cette occasion, Du Hameauneuf me dit, qu'étant entré dans la boutique d'un libraire, il y avait trouvé le rédacteur du prétendu *Tableau mouvant,* occupé à griffonner des vers infâmes, au bas du portrait de son bienfaiteur! Il survint un instant après, cet honnête homme outragé; les rieurs tenaient encore les vers inscrits, et ils se firent un malin plaisir de les lui remettre. L'offensé les conserve, comme un monument d'ingratitude. — Il est dans la littérature (continua mon ami), des insectes qui ne se nourrissent que des productions d'autrui. Ils ne peuvent rien créer! rampantes chenilles, ils vont tout corrodant, et laissent sur ce qu'ils ne dévorent pas, la bave dégoûtante de l'envie! Et il est des hommes qui les secondent!...

[...]

Trois cent quarante-neuvième Nuit.

[...]

L'HOMME QUI VEUT SE NOYER.

Je m'en revins avec Du Hameauneuf jusqu'au Port-au-blé. Nous aperçûmes un homme, qui tenait un sac, d'une main, et de l'autre un chien en laisse. Il allait sur le bord de l'eau, qu'il sondait avec une canne. Enfin, il y descendit, et marcha en s'avançant. Quand nous lui vîmes de l'eau jusqu'aux aisselles, nous ne doutâmes pas qu'il ne voulût périr, et nous courûmes à lui. Du Hameauneuf qui savait nager, se jeta dans l'eau, et voulut saisir l'homme, qui fit le plongeon. Mais le chien était fort, il regagnait le rivage, traînant un peu son maître, qui n'avait pas lâché la corde. Du Hameauneuf aida le chien, et nous retirâmes l'homme sans connaissance. Nous le portâmes dans la rue de la Mortellerie, à une maison où nous vîmes de la lumière. Il revint aisément. Nous lui fîmes alors des questions. C'était un infortuné sans pain, sans outils, sans travail, qu'on allait mettre hors d'un cabinet garni. Il voulait mourir avec son chien et son chat, ses seuls amis (nous dit-il). Nous lui demandâmes quelle somme il lui faudrait, pour rétablir ses affaires? — Bien 20 écus, Messieurs-. Du Hameauneuf se hâta de tirer 3 louis [1], qu'il avait heureusement dans sa bourse, et il les donna, en disant : — Et ne vous désolez pas une autre fois! j'en ai encore à votre service-. L'homme se prosterna devant son bienfaiteur, en disant ce vers de Virgile [2] : — *Namque semper erit ille mihi deus...* J'ai suffisamment (ajouta-t-il), pour acheter des outils, avoir de l'ouvrage, et payer ce que je dois... Mais j'étais sans ressource... Ô mon père!... Je respecterai votre don, et ne dissiperai plus-!... Il a tenu parole.

[...]

Trois cent cinquante et unième Nuit.

SECOND SOUPER DE M. D.-L.-R [1].

Plusieurs jeunes gens de la robe, très distingués, entre lesquels était le frère d'un président à mortier, ayant entendu parler du premier souper, qui avait fait un bruit étonnant, en demandèrent la répétition. L'auteur était trop poli pour s'y refuser. Mais il était trop sage pour ne pas sentir que la renommée s'étant épuisée pour le premier, il serait très peu question du second. Celui-ci eut lieu le 12 février. La compagnie était bien composée. Mais il n'y avait pas de femmes, c'était une partie d'hommes. On y regrettait deux dames, dont les attraits touchants, l'esprit, la beauté, les grâces, la douceur de mœurs faisaient le charme ordinaire des dîners du jeune philosophe, qui s'intitulait lui-même, *le Célibataire*. Je ne sais pourquoi un jeune homme de 25 à 26 ans prenait déjà ce titre, peut-être odieux. Ce qu'il y a de certain, c'est qu'à cet âge, on ne le mérite pas.

On arriva sur les 2 heures, et le déjeuner fut servi. A 5 heures, l'on eut des expériences de physique, par le sieur Castanio [2]. Elles durèrent jusqu'à 7. Tout ce que l'électricité peut offrir de phénomènes étonnants, nous passa sous les yeux. On éprouva toutes les espèces de phosphores. Il y eut ensuite une imitation des ombres chinoises, jusqu'à 8 heures, que l'illumination commença. Elle était composée, outre un grand lustre, de 366 lampions. On mit le couvert, et à 9 heures, on servit le potage. Car ce souper, suivant l'ordre, était un dîner, puisqu'il suivait le déjeuner. Le service se fit avec la répétition de l'appareil du premier souper : c'est-à-dire, que chaque service était précédé du héraut d'armes portant sa lance, et vêtu à l'antique, suivi du secrétaire, représentant le maître d'hôtel, d'un jeune enfant vêtu de blanc, au lieu du *puer* des Anciens, et des cuisiniers, tous costumés convenablement, dont l'un portait le plat les bras élevés. Chaque service faisait trois fois le tour de la table, et quelquefois le jeune homme le précédait en maître des cérémonies. Qu'on se rappelle, que le premier souper était un jeu, où l'on affectait une sorte de bizarrerie très innocente ; et que le second devait être une imitation du premier. Ainsi tout ce qui s'était fait alors, devait encore se faire. Tous les propos que chaque convive se rappelait d'avoir entendu répéter à la bavarde renommée, il pouvait les demander ; et s'ils avaient été tenus, le maître, doué d'une excellente mémoire, se faisait un plaisir de les avouer. Mais lorsqu'ils étaient faux, il le disait. S'ils étaient ridicules, il en riait, et s'en disculpait ; s'ils étaient calomnieux, il les repoussait avec indignation. Il y eut 27 mets différents, en comptant pour un le potage, et de même le dessert pour un. C'était réellement une fête charmante. Le repas de Trimalcion, dans Pétrone[3], avait été le modèle, et on l'imitait assez bien, pour que les spectateurs instruits, en suivissent la marche. Mais on peut dire, que celui du Français avait plus de goût que celui du Romain. On ne servit pas un cochon entier, dans lequel étaient toutes sortes de volailles ; mais on vit sur la table tout ce que la vallée de Paris peut fournir de plus fin et de plus délicat. Les convives furent parfumés, comme la première fois. La seule différence, c'est qu'il n'y eut pas de spectateurs, parce que cette circonstance pouvait aisément se suppléer. Pour donner un air d'*agapes*, à ce repas, on y admit les officiers servants, après qu'ils eurent fait leur devoir. Le maître embrassa ensuite cordialement tous ses convives.

Après le souper, la conversation devint animée. On parla littérature. Le maître de la maison lut quelque chose de sa *Lorgnette philosophique*, qu'on achevait d'imprimer : ouvrage excellent, s'il avait été fait avec moins de précipitation, et si l'auteur eût eu plus présent à l'esprit l'épigraphe de son cabinet d'étude, *Quieti et Musis*[4]. Mais il était presque toujours en mouvement, et il écrivait au milieu d'un tracas si continuel, qu'il lui fallait toute sa facilité, pour produire quelque chose de passable. Et il est si vrai, que la *Lorgnette philosophique* était au moins passable, que certains savants en pamphlets ont assuré, qu'elle était copiée de la *Berlue*. Rien de moins vrai ! L'auteur écrivait toujours devant deux ou trois personnes, et ne copiait jamais. Les mêmes idées, pour certaines matières, se trouvent dans toutes les têtes pensantes.

Nous sortîmes à minuit, Du Hameauneuf et moi, pour aller rendre compte du souper à la Marquise. Nous n'exagérâmes rien. Ensuite, mon ami s'avisa de nous débiter une multitude de choses, qu'il amassait depuis longtemps sans doute !

[...]

Trois cent cinquante-neuvième Nuit.

[...]

AVENTURE DU COCHE D'EAU.

Nous partîmes, lorsque Du Hameauneuf eut fini. Parvenus vis-à-vis la porte Saint-Bernard, où le départ et l'arrivée des coches ont été transférés, nous fûmes surpris d'y voir du monde. On attendait l'arrivée d'un coche, et ceux qui avaient des parents ou des amis dans cette voiture, étaient dans les plus vives alarmes ! Elles étaient malheureusement fondées ! On apprit, par un homme venu en poste, qu'un Algérien, qui avait pris le coche d'Auxerre, ayant reçu quelques insultes de la part de deux soldats imprudents, et de quelques autres étourdis, les avait d'abord dissimulées. Mais qu'une raillerie contre Mahomet étant échappée dans la soirée, ce malheureux fanatique, qui ressemblait à tous les autres, avait résolu de se venger et de périr martyr. Il attendit sa belle, éteignit l'unique lumière du grand commun, et armé de la hache du *Gouvernailleur*[1], il frappa dans l'obscurité, s'imaginant qu'en ne voyant pas ses victimes, il était censé ne viser personne, et par conséquent exempt du crime d'assassinat. Il ne fit grâce qu'aux nourrices, preuve qu'il n'était pas fou, comme le prétend le très disert fermier du coche, dans sa lettre gauche, insérée, n.°*** du *Journal de Paris*. La maréchaussée, appelée au secours, ne l'arrêta, qu'en lui tirant des coups de pistolet, dont un lui fracassa la mâchoire. Il est mort de ce coup de feu, à Sens en Champagne.

Nous savions combien les coches d'eau sont mal policés ! Nous y avions vu nous-mêmes des choses affreuses, entr'autres le trait de cette pauvre fille, que des jeunes gens indisciplinés de Joigny goudronnèrent, non sur tout le corps, mais, chose horrible ! à ce qui la distingue de nous...

[...]

Trois cent soixante-neuvième Nuit.

LE SALON[1]. MAD. LEBRUN. M. DAVID.

Du Hameauneuf vint me prendre, pour aller au Salon de 1787, afin de pouvoir en parler à la Marquise. Parvenu dans ce temple des arts, nous le parcourûmes d'abord en général. Un portrait de la reine, par mad. Lebrun[2], nous frappa, et nous sentîmes le principal pouvoir de la peinture, qui est de rendre aimables, ou respectables, ou terribles, ou commisérables, ou touchants, les objets qu'elle représente. La première de ces affectibilités était supérieurement produite, dans le portrait de Marie-Antoinette et de ses augustes enfants. — Je l'avouerai (dit le bon Du Hameauneuf), mon héros est Joseph II, et je tressaille, en voyant à notre souveraine, et même à ses augustes enfants, quelque chose des traits de ce grand homme ! Certes ! Frédéric était un grand roi, et je ne prétends rien ôter à sa gloire; mais je vois dans Joseph-Auguste[3], le législateur, le réformateur, le profligateur[4] de la superstition, et je m'agenouillerais devant lui, s'il ne venait pas de le défendre-.

Nos yeux se portèrent ensuite sur le *Socrate mourant*, de David[5], quoique nous n'en eussions pas encore entendu parler. Du Hameauneuf, qui savait tout, et ne déparlait guère, allait commencer de très belles choses sans doute, lorsque nous aperçûmes un seigneur polonais[6], plein d'esprit, amateur éclairé, parce qu'il était réellement connaisseur! Nous l'abordâmes, et comme il s'exprimait dans notre langue avec autant de grâce, que de lucidité, nous l'écoutâmes. Et voici le résumé de ce qu'il nous dit[7].

Ces réflexions lumineuses (dis-je en finissant), sont du comte de Potocki, frère aîné du général qui commande les troupes de la république, sur les frontières de Pologne.

Nous parlâmes ensuite des graveurs; entr'autres d'une estampe de Delaunai, intitulée, *L'Amitié fraternelle*. Elle venait de paraître, et l'on nous avait dit qu'en huit jours, elle avait déjà rapporté plus de 30 mille francs. A cette occasion, Du Hameauneuf fit une observation: — Lorsque je considère le produit des beaux-arts, je ne saurais m'empêcher de gémir sur la partialité que la nature a montrée! Un peintre, un graveur peuvent faire deux ouvrages qui les enrichissent, ou du moins, qui les mettent dans l'aisance, et l'homme de lettres, dont les sublimes productions sont infiniment au-dessus des tableaux et des gravures, reste pauvre, même en réussissant! Rousseau est resté pauvre, après l'*Émile*, après l'*Héloïse,* deux *sublimes tableaux!* Et d'où vient?... Ah! je le sais! C'est que le gouvernement, insensible à la gloire des lettres, à l'avantage qu'elles procurent, tolère les infâmes contrefacteurs, qu'il devrait punir des galères, ou d'une condamnation aux travaux publics... Réunissez-vous, gens de lettres[8], contre ces misérables, contre ces brigands ! Demandez justice de ces destructeurs de votre gloire, de ces dévasteurs de votre subsistance !... Mais nombre d'entre vous n'ont-ils rien à se reprocher ? Que voit-on journellement ? Des paresseux, avides de gain, s'emparer des productions d'autrui ; les remettre en recueils, les uns sous une forme d'almanach ; les autres sous celle d'une bibliothèque entière ! Quel moyen facile de s'enrichir, sans talent, sans mérite, sans travail, tandis que le véritable auteur languit ! Je proposerais au gouvernement, de faire des anciens auteurs excellents, la récompense des auteurs vivants remplis de mérite, laborieux, et sans fortune : ainsi l'on donnerait à celui-ci Corneille ; à celui-là Racine ; Molière, à l'un ; le *Télémaque,* à un autre ; La Fontaine appartiendrait à vie à tel écrivain ; Voltaire serait le partage de quatre, etlrst. Et si un contrefacteur s'avisait de les voler, l'auteur propriétaire aurait son recours non seulement contre lui, mais contre tous les débitants qui vendraient la contrefaçon. Il serait tenu de donner son édition à un prix fixe. Mais le contrefacteur serait puni corporellement, outre l'amende, qui deviendrait considérable, par la contribution que seraient obligés d'y faire tous les débitants. Voilà un moyen de soutenir la littérature et les lettres- ! Nous convînmes que M. Du Hameauneuf était fécond en projets utiles, et d'une exécution facile. Mais il fallait un voulant qui eût du pouvoir : et où le trouver ?

[...]

Trois cent soixante-treizième Nuit.

TROUBLES AUX ITALIENS.

Quelques jours après, ce que j'avais dit à la Marquise, du mépris pour les lettres, sembla se vérifier. C'est un parti pris par les polissons à la J.-J. de vilipender et les lettres, et ceux qui les cultivent, et les organes du talent, et les ministres des plaisirs intellectuels les plus piquants. Quelle honte pour la nation! (car ici ce fut elle qui soutint les polissons) d'avoir traité un ouvrage estimable*[1], un auteur, qui lui a donné des productions dont elle a joui, avec l'indignité, la bassesse qu'elle a montrée le 26 décembre 1787! Étaient-ce des hommes qui assistaient ce jour-là aux Italiens? Non, non, c'étaient des tigres, ou des Jaggas[2]! Et qu'on ne me dise pas qu'il faut respecter le public : je suis homme, moi, et plus homme que tous ceux qui se sont déshonorés ce jour-là! Je réclamerais, s'il en était encore temps, lorsque cet ouvrage paraîtra, les ordonnances contre les perturbateurs des spectacles. Ah! si l'on avait osé se comporter ainsi, sous Louis XIV, quelle sévérité il aurait développée!... Ce scandale m'en rappelle un autre, arrivé aux Français, à la représentation de l'ouvrage d'une femme. Mais ici, la cabale était encore plus coupable, puisqu'on l'a vue dirigée par une

---

* Il a été remis depuis avec succès.

actrice... Il est une loi à porter, une loi désirée par tous
les honnêtes gens : c'est qu'au risque pour les comédiens de n'avoir personne, à deux représentations,
toute pièce soit donnée trois fois ; qu'il soit défendu aux
journalistes d'en dire leur avis, avant la troisième
représentation ; qu'en outre, à la première, il ne soit
loisible à personne d'applaudir, ni de siffler, ou
l'équivalent. On ne pourra ni se retourner ni parler, si
ce n'est aux entr'actes ; encore ne sera-ce pas pour
huer. Et quiconque ayant contrevenu à l'ordonnance,
sera surpris en flagrant délit, sera condamné envers
l'auteur et les acteurs, à une amende proportionnée à
sa fortune, laquelle, si elle est nulle, exposera le saisi à
être puni corporellement, d'après les informations
prises de sa conduite, même au bannissement de Paris.

Je ne rapporterai pas la scène telle qu'elle s'est
passée. Elle est trop honteuse pour les spectateurs. Je
me contenterai de citer le *Mercure* de France du
5 janvier :

« Le 26 décembre, à la Comédie-Italienne, la première représentation du *Prisonnier anglais* a éprouvé un
sort plus fâcheux que celui des *Rivaux*[3]. Jamais la
mutinerie, la fureur de nuire, la rage de la persécution,
n'ont éclaté d'une manière plus sensible et plus
scandaleuse ! C'était peu, pour la foule des mutins
assemblés, et dont les têtes s'étaient portées tout à
coup au plus haut degré d'exaltation, d'avoir chagriné
deux auteurs estimables, il leur manquait de donner
aux acteurs une partie de l'humiliation qu'ils se
plaisaient à répandre sur tout ce qui les entourait. Ils
ont supposé à des comédiens troublés et inquiets, des
torts qu'ils n'avaient point ; ils ont multiplié les cris, les
sifflets, les huées, les injures, les personnalités, et cette

incroyable scène s'est renouvelée le lendemain 27*. Et c'est à Paris, au sein de la capitale de la France, chez une nation qu'on appelle gaie, polie, douce et aimable, que de pareilles fureurs se manifestent souvent, depuis 3 ans! Nous avions prévu une partie de ces événements; nous avions, à plusieurs reprises, invité MM. les Comédiens-Italiens à asseoir leur parterre[4]; à faire, pour y parvenir, les sacrifices nécessaires, bien sûrs que d'ailleurs ils en retrouveraient le prix : on ne nous a point écoutés**; il faut espérer qu'enfin une fatale expérience ouvrira les yeux, sur la nécessité de suivre notre avis, qui est, nous pouvons l'assurer, celui de tous les gens honnêtes, et de tous ceux qui aiment l'ordre et le repos public. Il est certain que les parterres assis peuvent n'être pas plus favorables aux auteurs que les parterres debout; celui de la Comédie-Française en fait foi. Mais au moins la cabale ne peut pas se masquer dans les premiers, aussi facilement que dans les autres; le flux et le reflux de la foule ne peuvent pas y faciliter l'évasion des mutins et des chefs de parti; au moins l'homme honnête, qui ne s'y rend que dans l'intention de jouir du plaisir du spectacle, peut-il facilement échapper au chagrin d'être confondu

---

* » On a porté l'indécence jusqu'à jeter sur le théâtre des pièces de menue monnaie, des boutons d'habit, des morceaux d'orange. Quatre coiffeurs de femme se vantaient, le jeudi 27, au café de la Comédie-Italienne du tapage qu'ils avaient fait, et regrettaient de n'en avoir pas fait davantage. » Et moi, je connais un homme bien mis, ayant l'air grave et décent, qui me témoignait, combien il était fâché d'avoir manqué une première représentation tombée! Je lui dis bonnement, que la pièce serait imprimée. — Et je me moque bien de voir la pièce! je regrette ma part du plaisir de la faire tomber-!
** C'est que vous aviez tort! c'est un malheur qu'on ait été forcé d'asseoir le parterre! Il faut songer aux jeunes gens, quoiqu'on ne soit plus jeune.

avec les tapageurs, à la crainte d'y courir le risque de sa liberté, peut-être de sa vie ; et tous ces avantages sont assez grands, pour valoir la peine d'être remarqués. Il faut encore ajouter, qu'en redoublant de sévérité dans la police intérieure des spectacles, en portant sur les habitués des parterres un coup d'œil exact et attentif, il est plus facile aux personnes chargées de maintenir l'ordre public, de démêler les malintentionnés dans les parterres assis, toujours stables, que dans les parterres debout, toujours fluctueux, plongeants, mobiles, et il est à désirer que l'on veuille apporter dans toutes nos salles ce redoublement de sévérité, que nous avons déjà invoqué, que nous invoquons encore, parce qu'il est nécessaire, indispensable ; parce que, sans lui, l'art dramatique, le courage des auteurs, le talent des comédiens, l'honnêteté publique, et le respect dû aux bienséances, tout est perdu sans ressource. »

Voilà qui est fortement dit !

Il est résulté de ce trouble, que l'on a ôté au républicisme théâtral son dernier asile, en faisant asseoir le parterre Italien, contre le vœu de tous les gens sensés[5]. Le dernier parterre à 24 sous a cessé. Les plaisirs du peuple et de l'homme honnête et pauvre ont doublé de prix, parce qu'une jeunesse indisciplinée a polissonné au théâtre ! Nous l'avons déjà dit, Du Hameauneuf et moi, notre mauvaise éducation donnera du travail au gouvernement, si elle ne le bouleverse pas un jour, pour nous plonger dans les malheurs de l'anarchie ! Ô pères de peuples ! écoutez la faible voix d'un citoyen qui aime la patrie, et son administration ! Établissez une forme légale d'institution, dont les maîtres publics, et les parents même ne pourront s'écarter, sans être répréhensibles! Mais, surtout, ordonnez l'occupation de la jeunesse; que certaines assemblées leur soient interdites jusqu'à 25 ans; et pour qu'on les connaisse, qu'ils soient obligés de porter leurs cheveux d'une certaine manière jusqu'à cet âge! Si vous voulez avoir des citoyens, des hommes sérieux, et non des bambochins, des marionnettes, il faut qu'ils apprennent par la loi, à être retenus, soumis; il faut qu'ils sachent par la loi, ce qu'ils doivent à leurs semblables, et surtout aux hommes plus avancés qu'eux dans la carrière de la vie! Ô ministres de mon pays, un grand prince m'a fait l'honneur de me demander l'*Anthropographe*[6]; il a bien voulu témoigner, qu'il était surpris que cet ouvrage fût sorti de la tête d'un Français. Je ne dirai pas qu'on exécute ce plan, mais seulement, qu'on voie l'utilité de quelques-unes de ses parties, celle de la subordination des âges entr'autres. Lorsque j'envoyai cet ouvrage au vénérable Franklin, il le loua. Je n'ai osé l'estimer qu'après ces deux suffrages... On y voit, comment il faudrait prescrire une occupation utile à tous les citoyens; la manière, non de punir, mais de prévenir et le vice et le crime! C'est avec respect, ô père de la patrie, ministres sages, honorables magistrats, riches et puissants citoyens de la noblesse, du clergé, du tiers état[7], que je vous indique ce dépôt de mes pensées patriotiques! daignez y jeter un coup d'œil! Faites mieux encore; si mes idées ne sont pas les meilleures possibles, invitez un sage à faire un ouvrage plus convenable, qu'on l'imprime à 200 mille, et qu'on en envoie des exemplaires dans chaque ville, bourg, village, hameau, du royaume. Je viens de réimprimer la *Vie de mon Père*[8]. Ne croyez pas que la sotte vanité m'ait fait composer cet ouvrage! Non, non! j'ai voulu encourager le laboureur, honorer son état si honorable. Aussi l'homme de confiance d'un de vos ministres disait-il : — Si j'en étais cru, le gouvernement ferait imprimer 50 mille de cet ouvrage, pour le répandre dans toutes les campagnes. Il y aurait seulement trois petits retranchements à y faire, l'histoire des Pombelins, le portrait de Foudriat, et une partie de l'histoire de Barbe-Ferlet [9]-. Oh! que de choses à faire, pour conserver le bonheur et le bien-être national, auxquels on ne songe seulement pas! Ce sont une multitude de petites choses, vues et senties par l'Observateur qui fréquente toutes les classes, mais qui échappent aux autres hommes.

Lors du tumulte des Italiens, on arrêta 8 personnes, dont 6 furent relâchées. On en retint deux; un jeune homme de 17 ans, qui allait au théâtre pour la première fois, et un homme fait. Le premier s'était cru bonnement dans une cour de collège, ou dans une tourbe [10] du mois de 7.bre, et il s'était comporté en conséquence. Le second était un marchand de vin père de famille, mais accoutumé à voir journellement chez lui la plus vile populace. La fermeté du maréchal de Biron [11], en répondant aux sollicitations, est louable, et bien digne d'un ancien militaire, instruit par l'expérience! D'un autre côté, l'homme de lettres qui faisait les placets [12], n'est pas moins louable, de s'être employé pour l'élargissement des détenus. Il est beau de s'intéresser pour ceux dont on peut avoir soi-même à se plaindre. Puissions-nous, à l'avenir, avoir des spectateurs plus tranquilles, plus justes, plus sensés! Puissent les gens de lettres, qui courent la carrière du théâtre, n'être plus le plastron d'écoliers imberbes! Puissent les acteurs, qui nous font goûter les plaisirs de

l'esprit les plus vifs, les plus variés, n'être plus avilis par des enfants indisciplinés! ou des brutaux des dernières classes!... J'avais été jusqu'à ce moment pour le parterre debout des Italiens; mais je change d'avis. Notre siècle n'est plus assez raisonnable. Il faut le contenir d'une manière efficace. Ah! ils sont passés, ces heureux temps, où le jeune provincial, se trouvait, pour ses 20 sous, au parterre des Français, à côté de gens d'un goût épuré, qui formaient le sien! j'en ai joui durant trois années; mais personne n'en jouira plus!
[...]

Trois cent quatre-vingtième Nuit.

LA PLACE DAUPHINE.

Heureux le ministre, dont l'entrée au ministère cause la joie universelle[1]! Malheur au peuple, qui croit toujours que celui qui se retire est coupable!... Je passais un vendredi soir. J'allais porter à l'acteur principal une pièce, qui peut-être sera tombée, lorsqu'on lira cet article. J'étais dans l'anxiété, profondément occupé de la perte de la Marquise[2], de la maladie du Du Hameauneuf, et de mes affaires particulières! Je vois des illuminations sur le quai des Orfèvres. J'en connaissais la cause; j'en fus réjoui. J'avançais les yeux tournés à ma droite, lorsqu'une des claies[3] des vendeuses de volailles me tomba sur la tête : — Avez-vous bientôt fini? (dis-je bonnement à un enfant de 12 à 13 ans). — Nous n'avons pas encore commencé-!

(me répondit-il). Je passai, un peu tenté pourtant de le corriger. Mais au même instant, je vois 4 grands vauriens saisir une énorme claie, la porter comme une châsse, à un feu allumé dans la place Dauphine. D'autres les imitèrent. Arrivé vis-à-vis le corps de garde, j'en vis les soldats désarmés et chassés. J'étais dans un profond étonnement ! Mais je ne savais à qui le témoigner. Un grand jeune homme parla de brûler le corps de garde. Je relevai son expression, en lui disant : — Je ne sais que les brigands, qui puissent détruire la retraite des hommes chargés de veiller à la sûreté des citoyens- ! Le jeune homme se retira, dès que j'eus parlé. Je vis les fusils jetés dans le feu qui brûlait au milieu de la place Dauphine. Je vis un orfèvre qui refusait d'illuminer maltraité ; je vis lancer des pierres dans ses fenêtres[4]. Je passai. Je traversai le Palais-Royal, où les pétards retentissaient.

LES ALLÉES DU NOUVEAU PALAIS-ROYAL[5].

Quelle différence de spectacle ici ! Tandis que toute la ville est dans le trouble, la volupté riante et perfide se promène en caraco[6], élégamment coiffée, et mise avec tout le goût et la coquetterie de l'opulence ! Elle n'a plus, comme autrefois, la distinctive de la disparate ; on lui trouve toute l'harmonie de la convenance. Je m'arrêtai un instant, à contempler ce bazar[7]. Je repoussai les idées affligeantes, et je me reportai aux années de ma jeunesse. Je me figurai que je me promenais, en 1756, avec mon cœur romanesque, et mes passions brûlantes, en ce même endroit, et que je m'y trouvais entouré de ces houris élégantes. Je les considérai. J'en vis une à l'air mignard et naïf, qui vint doucement me prendre la main. Je tressaillis ! Qu'on se représente une figure enchanteresse, des yeux charmants, une bouche mignonne, un sourire délicieux, une intéressante pâleur, qui semblait annoncer l'innocence. Joignez à cela une mise provocante en linon[8] sur fond rose, une taille svelte, des longs cheveux blonds sans poudre, naturellement bouclés, un pied mignon, non déformé par une chaussure d'homme, une propreté appétissante : telle était la petite Cécile. Je frissonnai, en songeant au péril insurmontable que couraient tous les jeunes gens à passions vives !... Je gémis de mon impuissance, depuis la perte de la Marquise, et je m'éloignai tristement de cette enfant, en maudissant l'opulence impitoyable !... A deux pas, je vois une grande belle fille, que je pris pour une femme de qualité : elle réunissait la noblesse de la figure, à celle de la mise ; son air, ses manières, tout était distingué. Je sondai mon cœur, et je sentis que celle-ci était encore plus dangereuse que l'autre pour un jeune provincial : je sentis que j'aurais été perdu l'an 1756, en faisant une pareille rencontre. Je lui parlai ; elle avait de l'esprit, de la politesse ; elle employait des expressions choisies ; ce que je n'avais jamais trouvé, dans ma jeunesse, parmi les filles de son acabit. Je me retirai, en gémissant de mon impuissance. Je n'avais pas fait dix pas, qu'un bruyant frou-frou me fit tourner la tête. C'était une jeune personne à la démarche enfantine et sautillante : son minois voluptueux me frappa ; je la considérai, et le sourire d'aise se traça automatiquement sur mon visage. Elle en parut flattée : elle me dit d'un air mignard, de ces riens séduisants, qu'on ne trouvait autrefois qu'aux filles entretenues. Elle y joignit un air si pressant, de si agaçants propos, que je m'enfuis, étonné du charme de la séduction !... Et je gémis de mon impuissance !

J'allai aux affaires qui m'appelaient...

A mon retour, je trouvai le Palais-Royal fermé : mais le jardin était rempli d'artifice. Revenu au Pont-Neuf, j'aperçus le corps de garde en feu ! Je l'avouerai ! je fus pénétré de douleur, à la vue de cet excès. Je voulus examiner ceux qui l'avaient commis. Je vis des ouvriers, inutiles, parce qu'on ne veillait pas encore. Je vis des enfants, qui commettaient ce crime, comme ils eussent fait une polissonnerie ordinaire. Je vis l'inconséquence, l'étourderie, l'ignorance, l'insubordination *familière*, passée aux choses publiques. Mais je ne découvris ni complot ni dessein. Au contraire, j'entendis crier : — *Vive Henri IV !* — *Vive Louis XVI*[9] *!* C'était un désordre d'enfants indisciplinés... J'allais souper chez une femme, digne d'adoucir la douleur que me causait la perte de la Marquise ; mais auparavant je voulais passer chez mon ami. A deux pas de sa porte, je fus abordé par trois hommes, qui m'injurièrent. Je m'écriai, en les menaçant. Ils s'arrêtèrent, et je compris qu'ils m'avaient pris pour un des membres d'un corps, qu'on avait insulté quelques jours auparavant. Je les traitai fort mal ! Il me sembla que j'avais recouvré mon agilité première... J'entrai chez Du Hameauneuf. Sa situation m'effraya[10]... Ô cher ami ! mon sort est-il de survivre à tous les miens !... J'allai chez mad. la comtesse Fanni[11].

J'y racontai, tout ému, ce que je venais de voir. J'avouerai, que je fus intimidé, pour la première fois, moi qui ne l'avais jamais été. Je fus bien aise de passer la nuit ! Je lus à la comtesse et à la petite société, une époque entière de *Monsieur Nicolas*[12]. Nous ne sortîmes qu'à 5 heures. Un jeune avocat voulut m'accompagner. Nous allâmes ensemble au Pont-Neuf, où nous vîmes les restes du feu. On tira des cendres, dans la place Dauphine, les canons des fusils. On nous apprit que différents corps de garde avaient été attaqués, entr'autres celui de la Grève, qui s'était courageusement défendu, et où un jeune homme de 22 ans venait d'être tué.

Toute fermentation populaire est un mal ; quiconque l'excite, est coupable du crime de lèse-société[13]. Je méprise ceux qui s'en réjouissent, s'il est des êtres assez dépourvus d'humanité, pour avoir cet horrible sentiment. Je suis pour la subordination. Elle doit être entière. J'obéirais au magistrat, et surtout à l'autorité, eussent-ils tort, comme mon bras droit doit toujours obéir à ma tête. Toute résistance des membres affaiblit un corps politique. Du Hameauneuf répondait à tous ceux qui lui parlaient des provinces qui réclamaient des privilèges : — *Ce sont des mauvais frères, s'ils veulent nous surcharger du fardeau, dont ils s'allégeront ! Je les blâme...* Il en disait autant des corps qui réclament des exemptions. Mais on sait comme Du Hameauneuf était extrême ?

Quelles tristes Nuits, à présent !... Ô céleste De-M**** ! vous n'êtes plus ! Je ne vous survivrais pas, si je n'avais trouvé une autre vous-même, dans la vertueuse et belle Fanni[14] !

[...]

UNE FEMME GÉNÉREUSE.

J'apprends, en ce moment (26 octobre 1788), qu'il existe entr'autres, à Paris, une dame généreuse, qui aide les personnes malaisées, et qui leur donne des secours efficaces, propres à leur faire franchir les premiers pas d'un commencement d'état toujours si difficiles ! Cette femme respectable oblige plusieurs jeunes personnes d'une agréable figure, sans morgue, sans leur imposer d'obligations ; elle laisse agir ses seuls bienfaits : sa prudente magnanimité va jusqu'à sonder les dispositions de ses obligées, pour découvrir ce qui les flatte davantage dans la parure, ce qu'elles seraient tentées de chercher à se procurer, et elle est assez bonne pour le leur donner. Elle se nomme mad. Chatel[15]*. Elle a 40 mille livres de rentes, et va jusqu'à se priver quelquefois du nécessaire. Elle n'a pas d'enfants... Ô femme ! bénie soyez-vous ainsi que votre vertueux mari !*
[...]

POSCRIPT.

Depuis l'achèvement de ces *Nuits*, différents événements publics ont excité une effervescence nocturne. La plus vive a été occasionnée par la rentrée du Parlement[1] le mercredi 24 septembre 1788. Rien de plus légitime que la joie ressentie dans cette occasion ; mais toute affectation, toute effervescence sont condamnables. Dès le 22, on avait illuminé un appartement au troisième, sur le quai d'Orléans, en face du pont de la Tournelle. Mais le 24, on ne s'en tint pas aux illuminations, on y joignit les fusées et les pétards, dans presque tous les quartiers. Le centre était la place

Dauphine, en face de Henri IV. On n'apporta aucun obstacle à ces réjouissances, qui dégénérèrent en tumulte, en licence effrénée, par le fait de l'adolescence et de la basse populace, amateurs naturels du trouble et de la confusion. Aussi, dès le soir même, un arrêt du Parlement, crié à dix heures, réprima-t-il cette licence, également dangereuse pour la sûreté, comme pour la tranquillité des citoyens honnêtes. Cependant la turbulence n'en a pas moins continué, jusqu'au samedi 27, et même au dimanche 28, particulièrement à la descente du pont Saint-Michel du côté des rues Saint-Louis et de la Barillerie, à la place Maubert, dans la rue des Mathurins, et jusque dans la petite traversée du Fouarre[2]. Les témoignages de la joie publique sont flatteurs pour ceux qui les reçoivent. C'est le cas où se sont trouvés M. Necker, d'abord, puis le Parlement ; on leur a marqué le plus vif enthousiasme ; mais est-il flatteur de recevoir un hommage, de la même bouche, qui, par un caprice aveugle, peut vomir des atrocités ? Aussi le Parlement a-t-il senti, qu'il était dangereux de souffrir l'expression ignée de cette joie, entre les mains des enfants de 12 à 14 ans, des apprentis-orfèvres et horlogers, des Savoyards, des Auvergnats et des charbonniers. Ces trois derniers sont la plus dangereuse espèce de turbulents, à cause de leur grossièreté naturelle, et parce qu'ils ne craignent rien des désastres que le feu peut occasionner, vu leur pauvreté, l'éloignement de leurs bauges situées au loin, dans les faubourgs, ou dans les rues imméables[3] des quartiers peuplés. J'avoue, que j'ai tremblé, toutes les fois que j'ai vu la portion basse du peuple en émotion ! et j'ai tremblé, parce que je la connais, parce que je sais quelle est sa haine contre tout ce qui est aisé, haine

éternelle, violente, qui ne demande qu'une occasion de
s'exercer comme elle vient de l'avoir en Hollande[4]. Il
est de la plus haute importance de réprimer ses
attroupements, de ne pas laisser impuni le désordre
qu'elle se permet. Si une fois cette bête féroce croyait
qu'elle peut oser, elle bouleverserait tout ! Je la redoute
au point, que je n'oserais écrire ceci, ni l'imprimer, si
elle lisait. Mais elle ne lit pas, cette populace, dont je
parle en ce moment, elle ne lira jamais, tant qu'elle
sera populace. Je la connais mieux que ne la peuvent
connaître les gens en place; mieux que les bourgeois,
que tous les inspecteurs; parce qu'elle se déguise
devant eux; au lieu que je vis avec elle, qu'elle parle
devant moi, sans se contraindre. Il est donc nécessaire
d'arrêter toute effervescence, quelque louable qu'en
soit la cause, et de ne jamais permettre que le peuple
soit acteur. Aussi voit-on que dans les réjouissances
ordonnées, le gouvernement met le feu d'artifice, dans
des mains sûres; il ne souffre pas que les particuliers
soient autre chose que spectateurs. Comme les
défenses sont à peu près inutiles, pour la populace,
qu'il faut réprimer autrement que par des mots, c'est
aux artificiers, qui sont connus, et sous la main de la
police, qu'il aurait fallu s'en prendre. C'est à eux, qu'il
aurait fallu interdire la vente des pétards, sous peine
d'amende, ou même de punition plus grave.

Une autre chose qui m'a frappé, ce sont des
tableaux transparents, où l'on avait inscrit des épigraphes[5]. Celui vis-à-vis le Palais n'était pas répréhen-
sible. Et cependant, je l'aurais fait ôter; uniquement
parce qu'il excitait l'effervescence. J'aurais efficacement défendu les inscriptions de l'escalier du Palais; le
bruit qu'elles occasionnaient, était indécent dans le

temple de la justice. Je vis une autre inscription, au coin des rues St-Benoît[6] et des Mathurins, qui me parut bien extraordinaire! et je déclare ici, toujours d'après les principes que je viens d'exposer, que je ne saurais approuver son auteur. Ce n'est pas aux particuliers à juger ainsi publiquement la conduite de l'administration, ni celle des cours. C'est une audace vraiment condamnable, que de s'afficher avec ostentation, pour être de telle opinion, les jours d'effervescence patriotique! ces têtes chaudes-là font toujours du mal! Une liaison, une amitié particulière n'autorisent pas à se montrer de la sorte; je trouve là du charlatanisme, où tout au moins un manque de pudeur... Ô mes concitoyens! respectons le gouvernement! ne le bravons jamais! Respectons les lois, et dès qu'elles sont portées, soumettons-nous-y. Honorons le prince dont elles émanent, les magistrats qui les font exécuter, sans même considérer le mérite, ou le démérite de leurs personnes! L'anarchie est le plus grand des maux, dans tous les pays du monde. Qui la voudrait souffrir dans sa famille? Les lois civiles sont l'appui de la puissance paternelle, de l'autorité des maîtres sur leurs domestiques, des artisans sur leurs ouvriers; et les magistrats sont les ministres ou les prêtres de la loi; les gardes, ces gardes qu'une vile populace attaque! sont l'instrument du magistrat; comme le glaive vengeur qui punit le crime, est entre les mains du bourreau, tandis que l'épée qui fait trembler les ennemis de l'État, pend au cou du connétable! Rien n'est bas, tout est grand et noble, de la part du gouvernement. Son autorité sainte, semblable au pouvoir paternel, donne à la grande famille de l'État l'assurance et le repos, nécessaires aux sciences et aux arts.

Le Parlement n'a pas toléré la continuation du pétardage, prolongé jusqu'au 28; la Chambre des vacations[7] rendit le 29 un arrêt sévère, qui a mis fin au désordre.

C'est le 22 octobre, qu'on achève cet ouvrage, à la casse. Puissent les espérances brillantes que conçoit la nation, être bientôt suivies de cette heureuse réalité que hâtent les vœux de tous les bons citoyens[8]!

Fini d'imprimer le 9 novembre 1788.

DOSSIER

VIE DE RÉTIF DE LA BRETONNE
1734-1806

1734. 23 octobre. Naissance à Sacy de Nicolas Edme Rétif. Son père est un paysan aisé et cultivé. Il a eu d'un premier mariage sept enfants, il en aura sept autres d'un second lit dont Nicolas Edme est l'aîné.

1740. Acquisition par le père de Nicolas de la maison et du domaine de la Bretonne où la famille s'installe en 1742.
Le jeune garçon fréquente dès l'âge de cinq ans l'école du village, mais n'aurait appris à lire, seul, qu'à onze ans.

1745. « Nanette fut la première femme pour moi. » Coïncidence de la révélation sexuelle et d'un premier épanouissement intellectuel.

1746. Petite vérole : Nicolas perd sa beauté et gagne, selon lui, en virilité.

1746-1747. Séjour à l'école janséniste de Bicêtre, près de Paris, où enseigne son demi-frère, l'abbé Thomas.

1747-1749. Séjour à Courgis chez un autre demi-frère, Edme-Nicolas, son parrain, curé du lieu.
Pâques 1748. Rencontre de Jeannette Rousseau à laquelle Nicolas voue une passion.

1750-1751. Retour à Sacy. Lectures de classiques latins : Térence, Ovide..., parallèlement aux travaux des champs.

1751-1755. Apprentissage comme typographe chez maître Fournier à Auxerre. Passion pour sa femme qui sera Colette Parangon dans la fiction. Lecture de romans modernes.

1755-1759. Travail d'imprimeur à Paris. Période de latence ou de gestation intellectuelle.

1759-1760. Travail d'imprimeur à Dijon, puis chez Fournier à Auxerre. Mariage avec Agnès Lebègue dont il a une fille Agnès en mars 1761.

1761-1767. Prote à Paris pour divers patrons, Rétif loge successivement rue Saint-Jacques « vis-à-vis la fontaine Saint-Séverin », rue Galande (1764) et rue de la Harpe (1766). Naissent tour à tour Marie (1761) et Élisabeth (1763) qui n'atteindront pas l'âge adulte, puis Marion (novembre 1764).

Octobre 1764. Rencontre de Rose Bourgeois. Cet amour correspond à un nouvel épanouissement intellectuel pour Rétif qui songe à devenir auteur.

1766. Il assure la composition typographique d'un roman de Mme Benoist, ancienne blanchisseuse devenue auteur; son exemple l'encourage à écrire lui-même. Il est aidé et initié au monde des lettres par un écrivain besogneux, Nougaret.

1767. Publication du premier roman de Rétif, *La Famille vertueuse*. Rétif décide de vivre de sa plume. Il lui arrivera encore de travailler à la composition de certains de ses livres pour en diminuer le coût de revient.

1768. Second roman, *Lucile ou les Progrès de la vertu*.

1769. Liaison avec Victoire.
Multiples publications, dans le domaine de la fiction (*Le Pied de Fanchette*, *Lettres de Lord Austin ou la Confidence nécessaire*, *La Fille naturelle*) comme dans celui des projets de réforme (*Le Pornographe ou idées d'un honnête homme sur un projet de règlement pour les prostituées*).

1770. Première séparation de Rétif et de sa femme.
Publication d'un projet de réforme du théâtre, *La Mimographe*, et d'un essai sur la condition de l'écrivain, le *Contr'avis aux gens de lettres*.

1771. Mort de la mère de Rétif.
*Le Marquis de T*** ou l'École de la jeunesse*.

1772. Logement rue du Fouarre.
Adèle de Comm. ou Lettres d'une fille à son père.

1773. *La Femme dans les trois états de fille, d'épouse et de mère*. *Le Ménage parisien*.

1774. *Les Nouveaux Mémoires d'un homme de qualité*.

1775. *Le Paysan perverti*. Le roman a du succès et fait connaître son auteur.

1776. Rétif quitte la rue du Fouarre pour s'installer rue de Bièvre. Il publie *L'École des pères ou le Nouvel Émile* et une traduction de l'espagnol, *Le Fin Matois* de Quevedo.

1777. *Les Gynographes, ou idées de deux honnêtes femmes sur un projet de règlement proposé à toute l'Europe pour mettre les femmes à leur place et opérer le bonheur des deux sexes. Le Quadragénaire, ou l'âge de renoncer aux passions.*

1778. *Le Nouvel Abélard, ou Lettres de deux amants qui ne se sont jamais vus.*
Mort des deux plus grands noms des Lumières, Voltaire et Rousseau. Concurrence entre les héritiers spirituels.

1779. Durant quelques mois, Rétif prend ses repas, en pension, chez Agnès Lebègue, dans l'île Saint-Louis.
La Vie de mon père.

1780. Passion pour la très jeune Sara, qui est sa voisine rue de Bièvre.
La Malédiction paternelle, lettres sincères et véritables de N***. Début de publication des *Contemporaines*.

1781. Rétif publie *La Découverte australe par un homme volant ou le Dédale français* et continue la publication des *Contemporaines ou aventures des plus jolies femmes de l'âge présent.*
Logement au 10 rue des Bernardins. Sa fille Agnès épouse un employé au bureau des impositions, Charles-Marie Augé, dont elle a un fils en décembre ; mais les rapports entre les époux se dégradent ; altercations entre le gendre irascible et le beau-père.
Louis-Sébastien Mercier commence à publier le *Tableau de Paris*.

1782. *L'Andrographe, ou idées d'un honnête homme sur un projet de règlement proposé à toutes les nations de l'Europe, pour opérer une réforme générale des mœurs et par elle le bonheur du genre humain.*
Quatrième édition du *Paysan perverti.*
Échange de lettres entre Rétif et Mercier, à propos des comptes rendus du *Paysan* dans le *Tableau de Paris* et des *Contemporaines* dans le *Journal de Neuchâtel ;* rencontre entre les deux hommes.
Publication des six premiers livres des *Confessions* de Rousseau et des *Rêveries du promeneur solitaire.*

1783. *Sara ou la Dernière Aventure d'un homme de quarante-cinq ans.*

1784. Publication de *La Paysanne pervertie* et de *La Prévention nationale, action adaptée à la scène.*
Rétif se met à fréquenter le richissime et excentrique Grimod de la Reynière ; il peut rencontrer chez lui Mercier, Beaumarchais, Marie-Joseph Chénier... Il est introduit chez le comte de Clermont-Tonnerre et chez Le Pelletier de Morfontaine, prévôt des marchands.

1785. *Les Veillées du Marais, ou histoire du grand prince Oribeau.*
Séparation définitive avec sa femme, Agnès Lebègue.

1786. *La Femme infidèle. Les Françaises, ou XXXIV exemples choisis dans*

> *les mœurs actuelles, propres à diriger les filles, les femmes, les épouses et les mères.*
>
> Son gendre Augé fait arrêter la jeune Agnès qui a fui le domicile conjugal et convoquer son père. Rétif obtient la garde de sa fille.

1787. *Les Parisiennes, ou XL caractères généraux pris dans les mœurs actuelles, propres à servir à l'instruction des personnes du sexe. Le Paysan et la Paysanne pervertis.*
Rédaction des *Nuits*.
Mercier introduit Rétif dans le cercle de Fanny de Beauharnais, tante de la future impératrice Joséphine. Il peut y rencontrer le poète Cubières, Cazotte...

1788. Logement au 11 rue de la Bûcherie.
Les Nuits de Paris, ou le Spectateur-nocturne.
Relations incestueuses avec sa fille aînée.

1789. Publication de deux textes politiques, en relation avec la convocation des États Généraux : *Le Thesmographe, ou idées d'un honnête homme sur un projet de règlement proposé à toutes les nations de l'Europe, pour opérer une réforme générale des lois* et *Le Plus Fort des pamphlets. L'Ordre des paysans aux États Généraux*, ainsi que d'une transposition romanesque des malheurs de sa fille avec Augé, *Ingénue Saxancour, ou la femme séparée*, et d'un recueil, *Monument du costume physique et moral de la fin du XVIIIe siècle, ou tableaux de la vie.*

1790. *Le Palais royal. La Semaine nocturne* (vol. VIII et 15e partie des *Nuits de Paris*).
Rétif dispose d'un matériel d'impression : il pourra fabriquer *Le Drame de la vie, Monsieur Nicolas, L'Anti-Justine* et *Les Posthumes*.

1791. Mariage de Marion avec son cousin qui la laissera veuve dès 1795.
Début de publication de *L'Année des dames nationales*.

1793. Publication du *Drame de la vie, contenant un homme tout entier, pièce en treize actes des ombres et en dix pièces régulières*, et de cinq tomes de théâtre dont l'impression s'est faite de 1786 à 1792.

1794. Double divorce, rendu possible par la nouvelle législation révolutionnaire : d'Agnès Rétif et Charles-Marie Augé (en janvier) et d'Agnès Lebègue et Rétif (en février).
Dernière partie des *Nuits de Paris* (volume VIII, 16e partie).

1795. Agnès Rétif vit maritalement avec Victor Vignon qu'elle épousera en 1798.

1796. *Philosophie de Monsieur Nicolas*, début de la publication de *Monsieur Nicolas, ou le cœur humain dévoilé*.

Rétif n'est pas nommé à l'Institut nouvellement créé, il en accuse Mercier qui a pourtant proposé son nom et a voté pour lui. Sa situation économique est critique, la dévaluation des assignats a réduit à néant ses économies. Il adresse une demande de secours à Carnot.

1798. *L'Anti-Justine, ou les Délices de l'amour*, sous le nom de Linguet, auteur d'ouvrages politiques, mort en 1794.
Nomination comme professeur d'histoire à l'École centrale de Moulins : Rétif la refuse et accepte une fonction au « bureau des lettres interceptées » de la police.
Mercier publie *Le Nouveau Paris*.

1801. Mercier publie *La Néologie*.

1802. *Les Posthumes, lettres reçues après la mort du mari par sa femme qui le croit à Florence*, sous le nom de Cazotte. *Les Nouvelles Contemporaines*.
Saisie par la police du manuscrit de *L'Enclos et les oiseaux* et des *Posthumes*. Demande de secours à Chaptal.

1803. Un secours de 50 livres lui est accordé comme indigent.

1806. 3 février. Rétif meurt. Il est enterré le 5, au cimetière Sainte-Catherine à Paris.

1811. Cubières publie une œuvre posthume de Rétif, l'*Histoire des compagnes de Maria*.

NOTICE

RÉDACTION

Rétif composa les *Nuits de Paris* de décembre 1786 à janvier 1788. L'œuvre se situe au point de convergence de plusieurs déterminations. La première est formelle, c'est l'influence des *Mille et Une Nuits*. Dès l'ouverture des *Nuits*, Rétif note qu'il a observé les rues de la capitale « pendant 1001 nuits ». L'intervention de la marquise de Montalembert lui permet de retrouver la structure du recueil de contes arabes, traduit par Antoine Galland au début du XVIIIe siècle. A la façon dont Schéhérazade divertit chaque nuit le sultan par ses contes, le narrateur désennuie la Marquise par ses anecdotes parisiennes. Il avait songé à intituler le livre *Les Mille et Une Nuits françaises* ou *Les Mille et Une Aurores*, et introduit en son milieu, comme une mise en abyme, *Les Mille et Une Métamorphoses, contes thibétans* (224e Nuit). Ce cadre formel, comme celui du calendrier, adopté dans *L'Année des dames nationales*, ou celui d'une typologie sociale et professionnelle, dans *Les Contemporaines*, permet à l'écrivain d'accumuler des textes relativement courts et de compenser leur dispersion ou leur diversité par une structure d'ensemble. La référence aux *Mille et Une Nuits* transforme Paris en un lieu exotique si ce n'est fantastique, sur le modèle des métropoles lointaines évoquées dans les contes arabes. Dans ses projets de réforme, il se souvient également parfois des habitudes orientales : ainsi dans la 259e Nuit propose-t-il aux gouvernants d'aller se promener, déguisés, pour apprendre ce qu'on dit d'eux et de l'État.

Le second élément déterminant dans la rédaction des *Nuits* est sans doute le succès de Paris comme thème littéraire dans la seconde moitié du XVIIIe siècle. Louis XIV avait déplacé le centre de gravité politique de Paris à Versailles. Le XVIIIe siècle marque la revanche de Paris qui, par son développement et ses mutations, s'impose à tous comme un objet de réflexion mais aussi de rêverie. Louis-Sébastien Mercier est le principal créateur de cette nouvelle mythologie urbaine. Mais on peut, avant lui, signaler le bien oublié Poullain de Saint-Foix (1698-1776) dont les *Essais historiques sur Paris* commencèrent à paraître en 1754 et connurent des adjonctions et des suites jusqu'à une édition posthume en 1777. Les imitations qu'ils suscitèrent nous prouvent leur succès : de 1781 à 1783, Ducoudray publia des *Nouveaux essais historiques sur Paris* et en 1805, encore, un neveu de l'auteur, Auguste Poullain de Saint-Foix donna des *Essais historiques sur Paris pour faire suite aux Essais de M. Poullain de Saint-Foix*. La perspective de tous ces ouvrages est tournée vers le passé : ils se disent *historiques* et retracent la grande histoire, l'histoire officielle de la capitale. Mais on y trouve déjà la structure par chapitres courts consacrés à des rues et à des monuments. Chaque lieu parisien est moins évoqué pour lui-même que pour les événements auxquels il a servi de décor. Chez Poullain de Saint-Foix, par exemple, le chapitre « Rue de la Ferronnerie » raconte l'assassinat de Henri IV ; celui qui s'intitule « Rue du Temple » retrace l'histoire de l'ordre des Templiers et leur procès final. Des premiers *Essais* aux suites de 1781-1783 et de 1805, on note pourtant un glissement du passé au présent et de l'histoire événementielle à l'histoire vécue quotidiennement par les Parisiens.

L'intervention de Mercier est déterminante dans cette évolution. Il commence à faire paraître le *Tableau de Paris* en 1781 et, de 1781 à 1788, il n'en publiera pas moins de douze volumes (Rétif ne voudra pas être en reste). Mercier s'intéresse peu à la ville officielle et monumentale ; ce dont il prétend parler, c'est de ses mœurs et de l'état d'esprit de ses habitants. Aux lieux dans leur fixité de pierre, il préfère l'insaisissable devenir de leur population, les désirs et les peurs qui la hantent. La capitale, ordonnée autour des grandes places royales (le Pont-Neuf et la place Dauphine consacrés à Henri IV et Louis XIII, la place des Victoires et la place Vendôme dédiées à Louis XIV, l'actuelle place de la Concorde, à Louis XV), s'efface au profit d'une ville moderne, éclatée, complexe. Au point de vue unique de l'ordre monarchique succède la multiplicité des points de vue : « J'ai varié mon *Tableau* autant qu'il m'a été possible ; je l'ai peint sous plusieurs faces », explique Mercier dans sa préface. Mais la totalisation n'est jamais possible. « Quand j'aurais les cent bouches, les cent langues et la voix de fer, dont parlent Homère et Virgile, on jugera qu'il m'eût été impossible d'exposer tous les contrastes de la grande ville. » L'errance du promeneur, les notations de l'observateur et les mutations de l'espace urbain doivent s'exprimer dans une écriture de type journalistique, proprement infinie, sans cesse reprise, au fil de la plume et du temps qui passe. La graphomanie épouse les rythmes d'une histoire nouvelle.

Quoiqu'il s'en défende, dans ce domaine comme dans d'autres, Rétif rivalise avec son ami Mercier. Il entreprend un « Tableau nocturne de Paris ». En 1784 déjà, un libraire avait fait paraître, comme pour compléter Mercier ou lui servir de contrepoint, des *Lettres de Julie à Eulalie ou Tableau du libertinage de Paris*. Rétif à son tour veut prolonger le tableau diurne de Mercier par une évocation de l'envers du décor : les bas-fonds, les bouts des ruelles, les recoins de l'ombre. D'une œuvre à l'autre, comme le prouve notre annotation, les thèmes ne cessent de circuler et des échos se font entendre. Mercier lui-même est fasciné par la mort, les miasmes qui suintent des murs, la violence qui rôde ; Rétif ne fait que noircir le trait. Il est significatif que Mercier ait entrepris après le *Tableau de Paris* un nouveau recueil, *Mon Bonnet de nuit*, présenté, dans certaines éditions, « pour faire suite au *Tableau de Paris* ». Le bonnet de nuit est le symbole de la veille de l'écrivain qui, tard dans la nuit, noircit du papier. L'écriture se situe du côté de l'ombre et de la négativité. Le Paris nocturne constitue l'espace de la rêverie et du travail littéraire pour Rétif. Aussi fait-il de ses *Nuits* un journal de toutes ses tentatives littéraires, un champ d'expérimentation de formes et de thèmes qui trouveront à se développer dans ses œuvres ultérieures. Le lecteur, avec la marquise de Montalembert, prend connaissance de tout ce que l'écrivain met en chantier.

La dernière détermination, et non la moindre, est la pulsion autobiographique. Pierre Testud dans sa thèse, Jean Varloot dans la préface de notre anthologie ont insisté sur les liens qui unissent les *Nuits* et *Monsieur Nicolas*. *La Philosophie de Monsieur Nicolas* comprendra *Ma physique, Ma politique, Ma religion*... Les *Nuits*, c'est un peu tout cela et surtout *Mon Paris*. Le paysan monté à Paris voue à la Ville un amour-haine et il ne lui faut pas moins de sept volumes pour épancher une telle admiration-répulsion : *Le Paysan perverti* était sous-titré, dans certaines éditions, *Les Dangers de la ville*. Les *Nuits* en disent à leur tour les dangers et les séductions. Le narrateur est sans cesse présent dans un coin du tableau, il se décrit avec complaisance et se dédouble en personnages secondaires qui sont autant de visages de lui-même. Les *Nuits* mettent en scène un face-à-face de Moi et de Paris, à la façon dont une part de l'œuvre de Chateaubriand ou de Hugo sera la confrontation de l'Écrivain et de l'Empereur.

PUBLICATION

L'impression des *Nuits* commença, parallèlement à leur rédaction, en mars 1787 et se poursuivit — avec des adjonctions de dernière

minute — jusqu'en novembre 1788, ce qui permit aux douze premières parties de paraître avant la fin de cette année 1788. Les deux dernières ne furent disponibles qu'en 1789. L'édition se présente donc ainsi :
Les Nuits de Paris, ou le Spectateur-nocturne, à Londres et à Paris, 1788-1789, 14 parties en 7 volumes, pagination continue.

A cet ensemble, Rétif ajouta une quinzième puis une seizième parties, formant à elles deux un huitième volume :
La Semaine nocturne, sept Nuits de Paris, qui peuvent servir de suite aux IIICLXXXV déjà publiées. Ouvrage servant à l'histoire du jardin du Palais-Royal, Paris, 1790.
Les Nuits de Paris, ou le Spectateur-nocturne, tome VIII, 16ᵉ partie, Paris, 1794.

Chacune des seize parties est précédée d'un frontispice. Le premier d'entre eux, fameux portrait de Rétif au hibou, est évoqué par le narrateur dans une note de la première Nuit (ci-dessus p. 34).

En 1789 sont parues une contrefaçon des sept premiers volumes, intitulée *Les Nuits de Paris, ou l'Observateur nocturne* (Londres) et une traduction allemande partielle, *Parisische Nachte oder der nachtliche Zuschauer* (Hambourg).

Depuis 1789, les *Nuits* sont vouées aux extraits et au pittoresque (voir nos critères de choix, p. 330) :
Les Nuits de Paris, présentées par Hubert Faburau, Aux Trois Compagnons, 1947.
Les Nuits de Paris, présentées par Marc Chadourne et Marcel Thiébaut, notes de H. André-Bernard, Hachette, 1960 (coll. du Flambeau).
Les Nuits de Paris, présentées par Henri Bachelin, Livre-Club du Libraire, 1960.
Les Nuits de Paris, présentées par Patrice Boussel, UGE, 1963, (coll. 10/18).
Les Nuits de Paris, présentées par F. de Clermont-Tonnerre et P. V. Berthier, Les Amis de l'Histoire, 1969.
Les Nuits de Paris, fac-similé de l'édition de 1947, Éd. d'Aujourd'hui, 1978.

La Semaine nocturne et la seizième partie ont par ailleurs fait l'objet de rééditions particulières :
Les Nuits révolutionnaires, présentées par Frantz Funck-Brentano, Arthème Fayard, 1909 (coll. Mémoires et souvenirs).
Les Nuits révolutionnaires, présentées par Jean Dutourd et Béatrice Didier, Le Livre de poche, 1978.

SILLAGE

L'influence des *Nuits de Paris* fut importante mais se distingue mal de celle qu'a exercée le *Tableau de Paris* de Mercier. Les imitations des deux recueils sont innombrables sous le Consulat et l'Empire. « On a dit, et avec raison, que tous les dix ans il serait possible d'écrire un ouvrage neuf sur Paris », affirme Nougaret, l'ami de Rétif, devenu rapidement l'une de ses bêtes noires. Sans attendre dix ans, tous les hommes de lettres en mal de sujet y vont donc de leur essai sur la capitale. Le Spectateur-nocturne, lui-même héritier du *Spectator* anglais, a frayé la voie à « l'Observateur » (Jouhaud, *Paris dans le XIXe siècle, ou Réflexions d'un Observateur*, 1809) à l' « Ermite de la Chaussée d'Antin » (Jouy, *L'Ermite de la Chaussée d'Antin*, 1813-1814), au « Rôdeur français » (Rougemont, le *Rôdeur français*, 1816-1823), etc. Tandis que Gautier, Baudelaire et tant d'autres reprennent le titre de *Tableau de Paris* ou *Tableau parisien*, un recueil d'articles du *Panorama littéraire* en 1824-1825 s'intitule *Nouvelles Nuits de Paris*. Nerval se veut frère de Monsieur Nicolas dans la grande nuit urbaine où il finit par se perdre. En 1860, Alfred Delvau se révèle « homme-de-nuit » ; *Les Dessous de Paris* chante la face nocturne de la capitale : « La nuit, du moins, n'est pas banale. Elle n'appartient pas à tout le monde, — mais seulement aux chercheurs, aux artistes, aux vagabonds et aux ivrognes. »

Dans les grands romans populaires du XIXe siècle, des *Scènes de la vie parisienne* et des *Mystères de Paris* aux *Misérables*, il serait possible de suivre la trace rétivienne. Le feuilleton d'Eugène Sue (1842-1843) commence comme une Nuit de Rétif : « Le 13 décembre 1838, par une soirée pluvieuse et froide, un homme d'une taille athlétique, vêtu d'une mauvaise blouse, traversa le Pont-au-Change et s'enfonça dans la Cité, dédale de rues obscures, étroites, tortueuses, qui s'étend depuis le Palais de Justice jusqu'à Notre-Dame. » Les lecteurs du XIXe siècle frémissent ensuite aux *Tragédies de Paris* de Xavier de Montépin, aux *Damnés de Paris* de Jules Mary, au *Chiffonnier de Paris* de Félix Pyat, aux *Parias de Paris* de Raoul de Navery... Le roman de Gozlan, *Les Nuits du Père Lachaise* en 1849 et le drame de Marc Fournier, *Les Nuits de la Seine* en 1852 versent dans le frénétique. Certains se tournent vers d'autres capitales : Joseph Méry insère ses *Nuits parisiennes* (1855) dans une série de *Nuits* qui font le tour du monde ; Hector France publie en 1885 *Les Nuits de Londres*.

La référence à Rétif est en tout cas explicite chez Apollinaire et Soupault. L'une des nouvelles de *L'Hérésiarque et Cie* (1910) « Histoire d'une famille vertueuse, d'une hotte et d'un calcul », met en scène un chiffonnier du Kremlin-Bicêtre qui se nomme Pertinax Restif et dont le fils s'appelle Nicolas : « Quoi ! m'écriai-je, descendriez-vous de cet imprimeur trop vertueux, si vertueux qu'il en paraissait abject ? On le prit pour un domestique le 21 mars 1756... Le saviez-vous ? Il était en gros bergopzom vert, à glands et brandebourgs, avec un gros manchon d'ours, à ceinture de poil... » Le chiffonnier possède dans son armoire la généalogie depuis l'empereur Pertinax que Rétif expose dans *Monsieur Nicolas*. En 1928, *Les Dernières Nuits de Paris* de Philippe Soupault transforme la capitale nocturne en un entrelacs fantastique de hasards et de rencontres, un chassé-croisé de filles et d'aventuriers. L'un d'entre eux maintient la mémoire de la ville : « Parfois il soulignait ses dires d'une considération empruntée à Restif de la Bretonne, qui était visiblement son modèle. » Suit un chapitre sur les vespasiennes, tandis que, nuit après nuit, le narrateur surveille une femme : « Elle se dirigea vers les quais et franchit rapidement le Pont-Neuf. Arrivée devant Saint-Germain-l'Auxerrois, elle pressa le pas et pénétra dans la petite rue des Prêtres-Saint-Germain. Elle semblait avoir disparu dans l'ombre. » La nuit du *Tournesol* (1923) est une « nouvelle Nuit de Paris » signée André Breton et le titre adopté par Aragon, *Le Paysan de Paris* (1926), semble une parfaite définition du promeneur-nocturne des années 1780. En 1927, Francis Carco intitule encore *Nuits de Paris* ses errances à Montmartre et dans les bas-fonds de la Capitale.

NOTRE TEXTE

Les diverses anthologies des *Nuits* publiées depuis la dernière guerre réduisent le livre de Rétif à un recueil d'anecdotes et de tableaux. Les commentateurs s'accordent sur la nécessité d'élaguer, de tailler dans cette prolifération d'anecdotes, de souvenirs, de fragments hétérogènes. Notre parti pris a été inverse pour rendre sensible au lecteur moderne la construction générale de l'œuvre dans ses quatorze premières parties, calquée sur *Les Mille et Une Nuits*, et la diversité textuelle qui mêle en permanence l'observation et le rêve, la ville et le moi, la description et le projet de réforme. Nous avons retenu environ un neuvième de l'œuvre de 1788-1789, excluant ce qu'on appellera plus tard *Les Nuits révolutionnaires* qui relèvent d'un autre système narratif. Aux extraits courts centrés sur une scène pittoresque, aux morceaux choisis documentaires, nous avons généralement préféré des pans entiers de texte, dans leur hétérogénéité et leur paradoxale continuité. Nous avons cherché également à maintenir certains fils narratifs qui permettent de suivre, à plusieurs

Nuits de distance, diverses figures de la capitale (l'homme au lapin, celui qui ne dépense rien, les deux abbés...) et qui en font de véritables « personnages reparaissants ». L'ordre des passages est respecté et, pour chacun d'eux, le numéro de la Nuit mentionné. Toute coupure est signalée par [...], toute adjonction de notre part mise entre crochets et en italique.

L'orthographe a été modernisée, aux noms de personne près. Pourtant aux formes propres à tous les textes imprimés de l'époque (ressemblance, à l'intérieur des mots, entre s et f, pluriel *ens* ou *ans* des mots finissant par la syllabe *ent* ou *ant*...), s'ajoutent les particularités de Rétif. Celui-ci, en tant que typographe et en tant qu'écrivain, s'est intéressé à une réforme de la langue et a entrepris un *Glossografe* qui se serait inscrit dans la série des textes de réforme ou *-graphes*. Sans être composée dans une orthographe totalement réformée, l'édition originale des *Nuits* frappe le lecteur par une série de caractéristiques typographiques qui tendent le plus souvent à rapprocher écriture et prononciation, graphie et oralité :

— les mots *et* ou *chez* sont écrits *ét*, *chés*, et plus généralement les *e* sont écrits avec un accent dès qu'ils se prononcent *é*, alors que, inversement, certains accents manquent là où on les attend (*prejugé*).

— les consonnes doubles sont réduites à une seule lettre : j'alai, persone, tranquilité...

— La graphie savante *ph* est généralement remplacée par *f* : *éléfant, pornografe...*

A côté de ses efforts de simplification de l'orthographe, on note un emploi immodéré des tirets (Père-de-famille, pierre-de-taille, lendemain-soir...) et des majuscules (tous les noms désignant des personnes...). Dans notre modernisation, nous n'avons conservé les tirets que dans les expressions forgées par l'auteur (l'Homme-de-nuit, le Spectateur-nocturne...) et maintenu les majuscules dans les cas similaires, en particulier pour distinguer la nuit, réalité temporelle, et la Nuit, réalité vécue par Rétif et catégorie littéraire. Nous avons également laissé certaines élisions (entr' + voyelle).

La ponctuation rétivienne est beaucoup plus abondante que dans nos conventions modernes : des virgules séparent systématiquement les propositions et parfois les groupes verbaux ; elle a été le plus possible respectée. Ainsi avons-nous laissé certains points d'interrogation surprenants, après l'impératif ou dans certaines interrogations indirectes. En revanche, les deux points suivis d'une majuscule, ponctuation forte, ont été le plus souvent réduits à un seul. Les points de suspension, en nombre variable, ont été ramenés à trois. Nous avons également rétabli nos habitudes typographiques dans la coupure des mots et supprimé certains amalgames rétiviens qui correspondent à l'écriture des correspondances du temps : *aucon-*

traire, aulieu de, aumoins, parceque..., mais aussi *bienêtre, jeunehome* ainsi que, pour les rues et les monuments, *Saintdenis, Saintlouis, Hôteldieu*... Nous avons gardé la présentation des dialogues, sans guillemets, ouverts par un tiret long et fermés par un tiret court, avant le signe de ponctuation : présentation qui assimile discours rapporté et discours du narrateur en une seule grande nappe verbale qui est la rumeur de Paris.

Ont été encore normalisées certaines fantaisies typographiques. Les capitales qui mentionnent des titres d'œuvres et des noms propres ont été transformées en italiques. On pourra suivre, au long des *Nuits,* le passage du latin *etc.* à la formule française complète *et le reste,* amalgamée dans l'édition originale en *étlereste,* puis de cette formule à son abréviation *etlrst,* maintenue comme telle. La langue pour Rétif n'est jamais un objet fixe et immuable, c'est un matériau souple, malléable, fluide. Son texte se présente comme un flux d'écriture qui dépasse toutes les distinctions conventionnelles entre genres, niveaux de langue, styles parlé et écrit, parole propre et parole de l'autre... C'est pourquoi nous avons fait figurer dans l'anthologie tel fragment d'un article du *Mercure* ou de l'essai de Potocki sur le Salon de 1787.

Reste enfin le problème du nom de Rétif qu'il prononçait *Reuti* et qu'il a fait imprimer *Restif* de 1788 (3e édition de *La Vie de mon père*) à 1802 *(Les Posthumes).* L'orthographe *Restif* lui semblait faire ressortir l'étymologie, mais aussi le distinguer des autres membres de la famille. Avec Gilbert Rouger, Pierre Testud et la Société Rétif de la Bretonne, nous avons opté pour le nom officiel, sans méconnaître les arguments qui conduisent à préférer le pseudonyme littéraire *Restif.* Voir sur la question : Gilbert Rouger, *La Vie de mon père,* Garnier, 1970, p. 265 ; Pierre Testud, *Rétif de la Bretonne et la création littéraire,* Droz, 1977, p. 1-2 ; Daniel Baruch, « Sur le nom de Restif », *Le Paysan perverti,* UGE, coll. 10/18, 1978, t. II, p. 311.

M. D.

BIBLIOGRAPHIE

1. Récentes éditions de textes de Rétif.

L'Anti-Justine, prés. par G. R. (Gilbert Rouger), L'Or du temps, 1969.
La Découverte australe, prés. par Jacques Lacarrière, France-Adel, 1977, et prés. par Paul Vernière, fac-similé de l'éd. de 1781, Slaktine, 1979.
Ingénue Saxancour, prés. par Daniel Baruch, UGE, coll. 10/18, 1978, prés. par Gilbert Lely, Jean-Claude Lattès, coll. Classiques interdits, 1979.
Le Ménage parisien, prés. par Daniel Baruch, UGE, coll. 10/18, 1978.
Mes Inscriptions, fac-similé de l'éd. de 1889. Éd. d'Aujourd'hui, coll. Les Introuvables, 1983.
La Mimographe, prés. par Martine de Rougemont, fac-similé de l'éd. de 1770, Slaktine, 1980.
Monsieur Nicolas ou le cœur humain dévoilé, éd. Pauvert, 1959 (Anagramme, 1978), 6 vol.
Les Nuits de Paris, fac-similé de l'éd. de 1947, Éd. d'Aujourd'hui, coll. Les Introuvables, 1978.
Les Nuits révolutionnaires, prés. par Jean Dutourd et Béatrice Didier, Le Livre de poche, 1978.
Œuvres, fac-similé de l'éd. d'Henri Bachelin, 1930-1932, Slaktine, 1971, 9 vol. en 5 tomes.
Œuvres érotiques (Le Pornographe, L'Anti-Justine, Dom Bougre aux États généraux), prés. par Daniel Baruch, Annie Le Brun, Marcel Moreau et Michel Camus, Fayard, coll. L'Enfer de la Bibliothèque nationale, 1985.
Le Paysan perverti, éd. de 1782, prés. par François Jost, L'Âge d'homme, 1977, 2 vol., et éd. de 1775, prés. par Daniel Baruch, UGE, coll. 10/18, 1978, 2 vol.
La Paysanne pervertie, prés. par Béatrice Didier, Flammarion, coll. GF, 1976.

Le Pied de Fanchette, fac-similé de l'éd. de 1881, Éd. d'Aujourd'hui, coll. Les Introuvables, 1976.

Le Plus Fort des pamphlets. L'Ordre des paysans aux États Généraux, fac-similé de l'éd. de 1789, EDHIS, 1969.

Le Pornographe, prés. par Béatrice Didier, Régine Deforges, 1977, et fac-similé de l'éd. de 1879, Éd. d'Aujourd'hui, coll. Les Introuvables, 1983.

Sara, prés. par Maurice Blanchot, Stock, 1984, et *Le Cycle de Sara*, prés. par Daniel Baruch, UGE, coll. 10/18, 1984, 2 vol.

La Vie de mon père, prés. par Gilbert Rouger, Garnier, 1970.

A ces rééditions, on ajoutera la présentation du *Journal inédit* (1787-1796, suite de *Mes Inscriptions*) par Pierre Testud, dans les *Studies on Voltaire*, vol. XC, 1972 et la révélation d'un manuscrit inédit *Le Généographe* par D. Fletcher, *Studies on Voltaire*, vol. CLXX, 1977.

2. *Ouvrages critiques sur Rétif.*

L'ouvrage de référence sur Rétif est la thèse de Pierre Testud, *Rétif de la Bretonne et la création littéraire*, Droz, 1977.

La biographie de Rétif est présentée de façon vivante dans deux ouvrages :
Marc Chadourne, *Restif de la Bretonne ou le siècle prophétique*, Hachette, 1958.
Ned Rival, *Rétif de la Bretonne ou les amours perverties*, Perrin, 1982.

Sur les *Nuits*, en particulier :
Catherine Lafarge, « Rêverie et réalité dans *Les Nuits de Paris* de Rétif de la Bretonne » et Huguette Krief, « Paris, capitale du mal, selon Rétif de la Bretonne », *La Ville au XVIIIe siècle*, Édisud, 1975.
Béatrice Didier, « Les Mille et Une Nuits de Rétif », *Europe*, mars 1975.

Autour des *Nuits* :
Paris au XVIIIe siècle ; Rétif de la Bretonne : le Paris populaire ; Carmontelle : le Paris mondain. Avant-propos de Jean-Louis Vaudoyer. Catalogue de l'exposition au musée Carnavalet, 1934.
Cahiers Renaud-Barrault, 90, Gallimard, 1975, *Restif de la Bretonne*. Dossier de l'adaptation des *Nuits* par Jean-Claude Carrière, mise en scène par Jean-Louis Barrault, au théâtre d'Orsay. Jean-Louis Barrault jouera à nouveau le personnage de Rétif dans le film d'Ettore Scola, *La Nuit de Varennes*, 1982.

Sur le problème du « réalisme » de Rétif :
Raymond Joly, *Deux études sur la préhistoire du réalisme. Diderot, Rétif de la Bretonne*, Québec, Les Presses de l'Université de Laval, 1969.

André Lebois, « Le peuple urbain et le peuple rural d'après Restif », *Images du peuple au XVIIIe siècle*, colloque d'Aix-en-Provence, Colin, 1973.
Jacques Marx, « Le réalisme de Restif de la Bretonne », *Études sur le XVIIIe siècle*, Bruxelles, I, 1974.
Georges Benrekassa, « Le typique et le fabuleux : histoire et roman dans *La Vie de mon père* », *Revue des sciences humaines*, 172, 1978.

Pour d'autres références et comme guide dans le maquis des éditions de Rétif, on consultera :
Jacob (Paul Lacroix), *Bibliographie et iconographie de tous les ouvrages de Restif de la Bretonne*, Paris, 1875.
Bégué (Armand), *État présent des études sur Rétif de la Bretonne*, Les Belles Lettres, 1948.
Rives Childs (John), *Restif de la Bretonne. Témoignages et jugements. Bibliographie*, Briffaut, 1949.
Martin (Angus), « Restif de la Bretonne devant la critique », *Studi francesi*, mai-août 1965.
Testud (Pierre), « État présent des études sur Rétif de la Bretonne », *Dix-huitième siècle*, VII, 1975.
Baruch (Daniel), « Bibliographie 1949-1978 », *Le Ménage parisien*, UGE, coll. 10/18, 1978 et « Bibliographie 1949-1984 », *Œuvres érotiques de Restif de la Bretonne*, Fayard, 1985.

Signalons que la Société Rétif de la Bretonne édite des *Études rétiviennes* (siège social : librairie Clavreuil, 37 rue Saint-André des Arts, 75006 Paris).

3. Rétif dans la littérature et la pensée en son temps.

Pour le situer dans la pensée sociale, morale et scientifique de son temps, voir respectivement :
Lichtenberger (André), *Le Socialisme au XVIIIe siècle*, Alcan, 1895.
Mauzi (Robert), *L'Idée du bonheur dans la littérature et la pensée françaises au XVIIIe siècle*, Colin, 1960.
Roger (Jacques), *Les Sciences de la vie dans la pensée française au XVIIIe siècle*, Colin, 1963.

Pour le situer littérairement :
Bruit (Guy), « Le roman moral : Restif de la Bretonne », in *Manuel d'histoire littéraire de la France*, III 1715-1789, Éd. sociales, 1975.
Didier (Béatrice), « Restif de la Bretonne », in B. Didier, *Le XVIIIe siècle, III, 1778-1820*, Arthaud, 1975, coll. Littérature française.
Delon (Michel), « Louis-Sébastien Mercier et Rétif de la Bretonne », in Michel Delon, Robert Mauzi et Sylvain Menant,

Littérature française, 6 *De l'Encyclopédie aux Méditations, 1750-1820*, Arthaud, 1984.

4. Sur l'histoire et le mythe de Paris.

Sur l'urbanisme parisien, voir :

Hillairet (Jacques), *Dictionnaire historique des rues de Paris*, Éd. de Minuit, 1963, 2 vol. (Supplément, 1972.)

Chatelain (Paul), « Quartier historique et centre-ville : l'exemple du quartier du Marais », in *Urban Core and Inner City*, colloque d'Amsterdam, Leiden, 1967.

Histoire de la France urbaine, 3 *La Ville classique*, Seuil, 1981. (Emmanuel Le Roy Ladurie, en collaboration avec Bernard Quilliet, utilise des textes rétiviens tels que *Les Nuits* comme documents historiques, ainsi qu'il l'avait déjà fait avec des textes tels que *La Vie de mon père* dans l'*Histoire de la France rurale*, 2, Seuil, 1975.)

Sur la population parisienne :

Kaplow (Jeffry), *Les Noms des rois. Les Pauvres de Paris à la veille de la Révolution*, traduit par Pierre Birman, Maspero, 1974.

Farge (Arlette), *Vivre dans la rue à Paris au XVIIIe siècle*, Gallimard-Julliard, coll. Archives, 1979 (qu'on peut compléter par un autre livre d'Arlette Farge en collaboration avec Michel Foucault, dans la même collection, en 1982, *Le Désordre des familles, Lettres de cachet des Archives de la Bastille au XVIIIe siècle*).

Roche (Daniel), *Le Peuple de Paris. Essai sur la culture populaire au XVIIIe siècle*, Aubier-Montaigne, 1981.

On glane également des renseignements dans le catalogue de l'exposition qui s'est tenue à l'hôtel de Rohan en 1976-1977 : *Le Parisien chez lui au XIXe siècle, 1814-1914*, Archives nationales, 1976.

Sur le mythe de Paris :

Mercier (Louis-Sébastien), *Le Tableau de Paris*, prés. par Jeffry Kaplow, Maspero, coll. La Découverte, 1979 (anthologie sans références, difficilement utilisable).

Mercier (Louis-Sébastien), *Paris pendant la Révolution (1789-1798) ou le Nouveau Paris*, prés. par Pierre Bessand-Massenet, le Livre-club du Libraire, 1962.

Citron (Pierre), *La Poésie de Paris dans la littérature française de Rousseau à Baudelaire*, Éd. de Minuit, 1961, 2 vol.

La Ville au XVIIIe siècle, colloque d'Aix-en-Provence, Édisud, 1975.

Stierle (Karlheinz). « Baudelaire and the tradition of the *tableau de Paris* », *New Literary History*, XI, 1980.

Paris au XIXe siècle. Aspects d'un mythe littéraire, colloque de Francfort, Presses universitaires de Lyon, 1984.

M. D.

NOTES

Page 31.

1. *366*. C'est-à-dire un an et un jour, mais, à son habitude, Rétif débordera ce cadre initial, composera 385 Nuits et y ajoutera encore un postscript. C'est ainsi que son *Calendrier* personnel comporte également plus d'une femme par jour et que *La Semaine nocturne* s'achève par des « Nuits surnuméraires ». Sur l'orthographe et la ponctuation, voir, plus haut, p. 331.

PREMIÈRE NUIT

Page 34.

1. *Clair-obscur*. Le terme appartient alors au vocabulaire technique de la peinture. Roger de Piles le définit en 1708 comme « l'art de distribuer avantageusement les lumières et les ombres qui doivent se trouver dans un tableau, tant pour le repos et pour la satisfaction des yeux, que pour l'effet du tout ensemble ».
2. La gravure est de Binet, illustrateur habituel de Rétif. Sur cette collaboration, voir J.-C. Courbin-Demolin, « Les femmes féiques de Binet », *L'Œil*, 81, septembre 1961.
3. *Le guet à pied*. Sébastien Mercier note dans le *Tableau de Paris* : « La sûreté de Paris, pendant la nuit, est l'ouvrage du guet et de deux ou trois cents mouchards, qui battent le pavé, qui reconnaissent et qui suivent les gens suspects » (Amsterdam, 1782-1788, t. I, p. 196).
4. *Voierie*. « On entend aussi quelquefois par là certaines places publiques, vaines et vagues, adjacentes aux chemins, qui servent de décharge pour les immondices des villes et des bourgs. C'est ainsi que la ville de Paris a au-dehors une voierie particulière pour chaque

quartier, dans laquelle les tombereaux qui servent au nettoiement des rues et places publiques, conduisent les immondices » (*Encyclopédie*, t. XVII, p. 422 a).

Page 35.

5. *Un seul.* Sans doute Augé, le gendre que Rétif poursuit de sa haine. Il apparaît en particulier dans *Ingénue Saxancour* et dans *L'Anti-Justine.*

6. Ce philosophe éloquent est Cicéron dont le troisième livre du *De officiis* traite de la question. Comme nous le suggère Jean Deprun, Rétif connaît peut-être ce texte par l'intermédiaire de l'essai de Montaigne, « De l'utile et de l'honnête » (*Essais*, III, 1).

7. La critique officielle a très mal accueilli les œuvres de Rétif. On peut s'en convaincre aisément en consultant J. Rives Childs, *Restif de la Bretonne. Témoignages et jugements. Bibliographie.*

Page 36.

8. Référence à *Monsieur Nicolas ou le cœur humain dévoilé* que Rétif a alors en chantier et qu'il publiera en 1796-1797. La *Note de l'auteur* explique qu'il veut se disséquer lui-même, faire son anatomie morale. L'introduction reprend : je veux « anatomiser le cœur humain ».

9. *Les poétises.* Néologisme de Rétif, à prendre au sens étymologique, créations.

Page 37.

10. Rétif imagine dans *La Découverte australe* (1781) une race d'hommes-de-nuit qui ne supportent pas la lumière et vivent la nuit. Voir la 2e Nuit.

DEUXIÈME NUIT

1. *La Vaporeuse.* Femme atteinte de vapeurs ou mal hypocondriaque que les médecins du XVIIIe siècle présentent comme une maladie hystérique ou nerveuse. L'*Encyclopédie* précise : « Les vapeurs attaquent surtout les gens oisifs de corps, qui fatiguent peu par le travail manuel, mais qui pensent et rêvent beaucoup : les gens ambitieux qui ont l'esprit vif, entreprenants, et fort amateurs des biens et des aises de la vie, les gens de lettres, les personnes de qualité, les ecclésiastiques, les dévots, les gens épuisés par la débauche ou le trop d'application, les femmes oisives et qui mangent beaucoup, sont autant de personnes sujettes aux vapeurs, parce qu'il

y a peu de ces gens en qui l'exercice et un travail pénible du corps empêchent le suc nerveux d'être maléficié » (t. XVI, p. 837 a). L'*Encyclopédie* explique le nom de la maladie : « On croit qu'elle provient d'une *vapeur* subtile qui s'élève des parties inférieures de l'abdomen (...) et de la matrice au cerveau qu'elle trouble et qu'elle remplit d'idées étranges et extravagantes, mais ordinairement désagréables » (*ibid.*, 836 a).

2. *Monsieur Nicolas* retrace la liaison de Rétif avec Victoire, rencontrée un soir près de l'Opéra. Il trouve son adresse rue de Saintonge et couche avec elle, le 14 septembre 1769 : « L'éclair de la jouissance arriva... Il est l'unique de ma vie dans son genre. » Rétif célèbre désormais tous les 14 septembre le souvenir de cet amour (*Monsieur Nicolas*, éd. Pauvert, t. III, p. 599-603). Cette commémoration est à l'origine du *Calendrier* : « Hier, 14 septembre 1790, l'âme encore émue, la tête encore emplie du vingt-unième anniversaire de la rue Saintonge, que je célébrais ce jour-là, il me vint en idée d'écrire mon *Calendrier* : c'est-à-dire la liste historique et journalière des commémorations que je fais des femmes et des hommes dont il est parlé, soit dans cet ouvrage-ci, soit dans le *Drame de la vie* » (t. V, p. 509). Le *Calendrier* indique donc au 14 septembre : « C'est une grande fête que celle-ci, et je l'ai encore célébrée cette année 1796 » (*ibid.*, p. 608).

Page 38.

3. *Carreaux.* Coussins.

Page 39.

4. Il s'agit de la femme de son patron imprimeur à Auxerre, qu'il nomme Mme Parangon ou Colette, la grande passion de sa vie « En voyant Mme Parangon, je l'adorai » (*Monsieur Nicolas*, t. I, p. 473). Dans le *Calendrier*, le 1er mai lui est consacré, ainsi que le 4 juin : « C'est ici la seconde fête de cette femme qui n'était pas mortelle, mais un ange, devenu visible et femme pour me rendre heureux » (*ibid.*, t. IV, p. 557).

Page 40.

5. Dans la 87e Nuit, Rétif précise son salaire entre 1755 et 1767 : « j'ai vécu à 50 sous et à 3 livres par jour », c'est-à-dire à deux livres et demie ou trois. Il s'agissait d'un revenu qui permettait de vivre, sans plus. Des revenus « bourgeois » s'élèvent à plus de 5 000 livres de rente par an, des revenus « nobles » à plus de 40 000 livres, des revenus princiers à plus de 100 000 livres (voir la très utile mise au point de Jean Sgard, « L'échelle des revenus », *Dix-huitième siècle*, XIV, 1982) et le tableau des monnaies, ci-dessous p. 397)

TROISIÈME NUIT

Page 42.

1. Tournure fréquente sous la plume de Rétif et qui semble une contamination de « *Pourquoi* m'affliges-tu ? » et de « *D'où vient que* tu m'affliges ? » On la trouve déjà souvent chez Marivaux.

2. *Colette.* C'est Mme Parangon, mentionnée à la note 4 de la 2ᵉ Nuit.

Page 43.

3. *Moulés.* Coulés sur le même moule, stéréotypés.

4. *Alexandrine.* Comme Rétif l'explique dans *Monsieur Nicolas*, l'original du personnage est la marquise de Montalembert, née Marie de Comarieu (1750-1832), rencontrée une seule fois chez Le Pelletier de Morfontaine, prévôt des marchands de Paris. Sous la Révolution, elle émigra en Angleterre et divorça. Elle est l'auteur de deux romans : *Élise Duménil* (1798) et *Horace ou le château des ombres* (1822). Le personnage des *Nuits* est librement imaginé à partir de cette femme, mais amalgame des traits de plusieurs autres grandes dames approchées par Rétif.

Page 44.

5. *Marquis De-M****.* Marquis de Montalembert (1714-1800), officier, inventeur d'un nouveau système de fortification.

QUATRIÈME NUIT

Page 46.

1. *Rue de la Haute-Borne.* Cette rue est devenue en 1806 une portion de la rue de Ménilmontant, rebaptisée en 1864 rue Oberkampf.

2. *Rue Basse-du-Rempart.* Elle suivait l'emplacement de l'ancienne enceinte de Louis XIII, là où se trouvent actuellement les boulevards des Capucines et de la Madeleine.

3. *Échaude.* « C'est une petite pièce de pâtisserie faite d'une pâte molette, détrempée dans du levain, du beurre et des œufs » (*Encyclopédie*, t. V. p. 243 a).

Page 47.

4. La tour du Temple, bâtie au XIIIe siècle par les Templiers, subsistait du temps de Rétif. Louis XVI y fut enfermé avec sa famille durant la Révolution. Elle a été démolie en 1811.

5. La question des Nègres blancs ou blafards agite les milieux scientifiques du XVIIIe siècle. Voltaire y voit une race particulière et Buffon des individus dégénérés (voir Buffon, *Histoire naturelle*, éd. Jean Varloot, Folio, 1984, p. 163 et note p. 328). Rétif proteste contre cette théorie de la dégénérescence qu'il nomme maladie.

6. *Histoire du castor*. Buffon affiche un dualisme qui sépare radicalement l'homme spirituel de l'animal purement matériel (d'où la théorie cartésienne et malebranchiste de l'animal machine). Mais le détail de ses chapitres nuance ce dualisme. Le chapitre consacré au castor, en particulier, reconnaît chez cet animal « une lueur d'intelligence » et une liberté de choix dans la constitution de ses sociétés.

7. *Nyctiluques*. Nyctalopes.

8. *Hommes-à-queue*. L'existence de ces hommes est encore admise, sur la foi de récits de voyage, par certains savants du XVIIIe siècle.

Page 48.

9. Buffon discute également l'existence des géants et des pygmées qui ont excité l'imagination de Rétif dans *La Découverte australe*.

Page 50.

10. *Des personnalités*. Le siècle des Lumières cherche à rendre compte des diverses mythologies en les présentant comme la métaphore de phénomènes naturels (sabéisme) ou comme l'héroïsation de personnages historiques (évhémérisme). Plusieurs auteurs s'attachent à cette question : Court de Gébelin, *Le Monde primitif* (1773-1784), Rabaut Saint-Étienne, *Lettres à M. Bailly sur l'histoire primitive de la Grèce* (1787), Bailly, *Lettres sur l'origine des sciences* (1777) et *Essai sur les fables et sur leur histoire* (1799), Charles-François Dupuis, *Mémoires sur l'origine des constellations et sur l'explication de la fable par l'astronomie* (1781) et *De l'origine de tous les cultes* (1794), Dulaure, *Des cultes qui ont précédé et amené l'idolâtrie ou l'adoration des figures humaines* (1805).

11. D'après la mythologie classique, Sémélé fut séduite par Jupiter, déguisé en adolescent. Sur les conseils de la jalouse Junon, elle exigea de son amant qu'il se révélât dans toute sa gloire. Elle en mourut et Jupiter assura dans sa cuisse la fin de la gestation de Bacchus.

Page 51.

12. Buffon était depuis 1739 intendant du Jardin et du Cabinet du roi (c'est-à-dire du Jardin des plantes et des collections du roi). Il publiait la série de l'*Histoire naturelle* depuis 1749. Il meurt le 16 avril 1788.

Page 52.

13. *Tabagiste*. Tenancier d'une tabagie, c'est-à-dire d'un estaminet où on allait fumer. Sébastien Mercier leur consacre un chapitre du *Tableau de Paris*. Le goût pour l'alcool a multiplié selon lui les tabagies, surtout dans les quartiers populaires. « Vous trouverez dans ces antres enfumés des ouvriers fainéants qui passent crapuleusement la journée à boire lentement cette liqueur meurtrière. La fumée du tabac leur tient lieu de nourriture, c'est-à-dire qu'elle les plonge dans une sorte d'engourdissement qui leur ôte l'appétit, ainsi que la vigueur et l'énergie » (t. II, p. 20).

14. *Rue Greneta*. Portait alors ce nom la portion de la rue comprise entre les rues Saint-Denis et Saint-Martin. *Greneta* serait une contamination de Trinité, à cause de l'hôpital de la Trinité qui s'y trouvait, et de Darnétal, ancien nom de la rue.

15. *Rue Bourg-l'Abbé*. Rue principale d'un hameau situé à l'extérieur de l'enceinte de Philippe-Auguste, elle aboutissait rue Saint-Martin et était un lieu de prostitution. La rue actuelle de ce nom date de 1829 et s'est d'abord appelée rue Neuve-du-Bourg-l'Abbé.

16. Comme nous le rappelle Pierre Testud, Léonore ou Éléonore est une enfant qui émeut Rétif et dont il découvre qu'elle est sa fille, fruit de sa liaison avec Marguerite Pâris. Mais elle lui est soustraite et, mariée, elle disparaît. Il soupçonne qu'elle est morte en couches (*Monsieur Nicolas*, t. III, p. 73-74, 233, 240-242, 320, et t. IV, p. 571).

SIXIÈME NUIT

Page 53.

1. *Épiménide*. Philosophe grec qui vivait vers 650 avant notre ère. Il aurait, assure la légende, dormi plusieurs dizaines d'années d'affilée. Rétif tire de ce thème le sujet d'une pièce, *Épiménide*, comédie en trois actes, insérée en 1789 dans *Ingénue Saxancour ou la femme séparée* (10/18, p. 366-417). Elle est reprise dans le *Théâtre de N. E. Rétif de la Bretonne* (1793) sous le titre *Épiménide ou le Réveil de l'ancien Épiménide grec*, pour faire pendant au *Nouvel Épiménide ou la Sage Journée*, histoire d'un homme qui recouvre la raison au bout de

quarante ans. Sur la présence d'Épiménide dans les *Nuits*, voir préface, p. 21.

Page 54.

2. *Ergaste*. Esclave d'Épiménide.
3. *Les Mathurins et les Moines de la Merci*. Ordres des Trinitaires, dits Mathurins, et des Pères de la Merci, spécialisés dans le rachat des esclaves chrétiens dans les pays arabes, appelés alors barbaresques.

SEPTIÈME NUIT

Page 55.

1. A partir de cette nuit, Rétif fait alterner l'histoire grecque d'Épiménide et les anecdotes du Paris nocturne.
2. *Marteau*. Heurtoir.

DIXIÈME NUIT

Page 56.

1. Les exécutions étaient publiques, elles avaient lieu sur la place de Grève, au bord de la Seine, devant l'Hôtel de Ville. Le supplice de la roue consistait à briser les membres du condamné, à le *rompre*, puis à le laisser mourir sur la roue.

ONZIÈME NUIT

Page 57.

1. *Allée*. Passage qui mène de la porte d'entrée d'une maison à l'escalier ou à la cour.
2. Le port de l'épée reste alors un privilège aristocratique.

TREIZIÈME NUIT

Page 58.

1. *Galons.* Éléments de décoration des costumes nobles. Voir le manteau décrit dans la 57ᵉ Nuit.

DIX-SEPTIÈME NUIT

Page 61.

1. Épiménide raconte à Thalès son voyage en Égypte, considérée souvent à l'époque classique comme le berceau du savoir occidental. Le système de l'eau, exposé par le prêtre égyptien, s'apparente aux hypothèses développées par Benoît de Maillet, selon lesquelles toute vie animale et humaine serait issue de la mer (*Telliamed*, 1749). Rétif le cite dans *La Physique de Monsieur Nicolas* : « Cet auteur a soutenu le système des Égyptiens. Il a reconnu avec eux que les eaux avaient couvert toute la surface du globe (...). Pas un physicien n'est approché de la vérité comme Maillet » (*Monsieur Nicolas*, t. V, p. 506-507).

Page 62.

2. *Concréé.* Néologisme formé à partir de *création* et de *concrétion*.
3. *Orties de mer.* Méduses.

Page 65.

4. *Thèbes-aux-cents-portes.* Ville de Haute-Égypte, capitale du pays durant plusieurs dynasties, rivale de Memphis, Thèbes dut son surnom aux pylônes de ses nombreux monuments.

VINGT-QUATRIÈME NUIT

Page 66.

1. *Académies.* Voir plus loin l'évocation des salles de billards (188ᵉ nuit) et des académies de cartes (216ᵉ nuit).
2. *Pourvoyeurs.* Entremetteurs.

TRENTE ET UNIÈME NUIT

Page 67.

1. L'Académie de chirurgie avait été récemment transférée à l'actuelle rue de l'École-de-Médecine dans les bâtiments construits de 1771 à 1776 par Gondouin. Sébatien Mercier annonce directement les pages de Rétif, dans le *Tableau de Paris* : « Si un ancien revenait au monde, de quel étonnement ne serait-il pas frappé dans l'amphithéâtre de l'académie royale, qu'aucune loi n'autorise à avoir des cadavres (...). L'Hôtel-Dieu refuse de livrer des cadavres ; on a recours à l'adresse ; on les vole à Clamart, ou bien on les achète de la Salpêtrière et de Bicêtre. » (t. I, p. 260-261). « (...) Quand le corps a été haché, disséqué, l'anatomiste ne sait plus comment le replacer au lieu où il l'a pris : il en jette et en disperse les morceaux où il peut, soit dans la rivière, soit dans les égouts, soit dans les latrines (...) et il n'est pas rare de trouver dans des tas de fumiers, des débris de l'espèce humaine » (*ibid.*, p. 259). « Il faut des cadavres aux jeunes chirurgiens ; mais comme un cadavre coûte un louis d'or, ils les volent : ils se mettront quatre, prendront un fiacre, escaladeront un cimetière. L'un combat le chien qui garde les morts ; l'autre avec une échelle descend dans la fosse ; le troisième est à cheval sur le mur, jette le cadavre ; le quatrième le ramasse et le met dans le fiacre » (t. IX, p. 196-197).

2. *Convaincus.* Convaincus de crime.

TRENTE-DEUXIÈME NUIT

Page 68.

1. *Saint-Séverin.* Le cimetière était délimité par l'église, les rues Saint-Jacques, de la Parcheminerie et des Prêtres-Saint-Séverin. Un passage, fermé par des grilles, reliait à travers le cimetière les rues de la Parcheminerie et des Prêtres-Saint-Séverin.

2. *A trois ou quatre au-dessus.* A trois ou quatre numéros. On ne confondra pas cette rue du Foin avec la rue qui porte aujourd'hui ce nom.

Page 69.

3. Ce sera *La Physique de Monsieur Nicolas.*

Page 70.

4. La scène est déjà imaginée par Sébastien Mercier : « En allant prendre une leçon gratuite d'anatomie, on pourrait (ce qui est horrible à penser) rencontrer sur le marbre noir son père, son frère, son ami, qu'on aurait enterré et pleuré la veille » (*Tableau de Paris*, t. I, p. 259-260). Rétif dramatise la scène en présentant le corps d'une jeune fille.

TRENTE-TROISIÈME NUIT

1. *Jours gras.* Derniers jours de carnaval.

Page 72.

2. *Efféminés.* « Homme mol, voluptueux, qui est devenu semblable à la femme », selon Furetière, efféminé est ici synonyme d'homosexuel. Rétif utilise plus loin le terme d'*antiphysique* (233ᵉ Nuit, p. 253).
3. *Saint-Côme.* Patron des chirurgiens.

Page 73.

4. *Ombres guiorantes.* Ombres criantes. Rétif affectionne ce verbe *guiorer* qui lui sert à décrire les hommes-de-nuit dans *La Découverte australe*. Ils parlent « avec un son de voix guiorant, à peu près comme celui des souris, mais beaucoup plus fort », ils poussent « des guiorements très aigus » (Éd. France-Adel, p. 93-94). Il est dit aussi d'une jeune fille dans *Les Contemporaines* : « Ta voix *guiorante*, comme celle de notre mère, est d'un mélodieux qui compense bien ce petit défaut » (Éd. Les Yeux ouverts, 1962, t. II, p. 17).

TRENTE-QUATRIÈME NUIT

Page 75.

1. Suit alors une autre aventure *Le Garçon qui se met en fille* dans laquelle le garçon travesti parvient à se faire remplacer au dernier moment par sa sœur. L'histoire, pour obéir aux hantises de Rétif, n'en finit pas moins fort mal.

TRENTE-NEUVIÈME NUIT

1. *Quartier.* A la fois par trimestre et par coin de la capitale.
2. *La Courtille.* Correspond à Belleville. La Raquette est la Roquette. Les quatre logements sont situés aux quatre coins du Paris d'alors : faubourg Saint-Honoré (ouest), faubourg Saint-Marcel (sud), faubourg Saint-Antoine (est), Belleville (nord).

Page 77.

3. *Frelon.* Sans doute le critique Fréron (mort en 1776), ainsi désigné par Voltaire.
4. *Brin ma faute.* Expression populaire. On a gardé en français moderne *un brin* pour *un peu*.

QUARANTIÈME NUIT

Page 79.

1. *Rue de la Barillerie.* Rue détruite par Haussmann et englobée dans l'actuel boulevard du Palais, percé en 1858. *Gothique* est alors synonyme d'archaïque avec une nuance péjorative.

Page 80.

2. Les aîtres ou les êtres d'une maison sont la disposition des lieux.

QUARANTE-HUITIÈME NUIT

Page 81.

1. Les rues Saint-Louis et Boucherat ont été englobées en 1865 dans l'actuelle rue de Turenne.
2. L'église du Saint-Sépulcre, qui datait du XIVe siècle, se trouvait à l'emplacement de l'actuel n° 60 rue Saint-Denis ; elle fut détruite en 1795. Elle était attenante à l'hôpital du même nom.

Page 82.

3. *Baiser napolitain.* L'expression n'a été retenue par aucun dictionnaire.

4. *Jockey.* Terme récemment importé de l'anglais (1776) pour désigner un jeune domestique qui sert de postillon. Mais il a déjà le sens actuel chez Sébastien Mercier (*Tableau de Paris,* t. VIII, p. 39).

Page 83.

5. Plusieurs tentatives de numérotage systématique des rues de Paris eurent lieu au XVIIIe siècle. Notre numérotage actuel date de la Révolution et de l'Empire.

QUARANTE-NEUVIÈME NUIT

Page 86.

1. *Julie.* Sans doute l'héroïne de Rousseau dont *Julie ou la Nouvelle Heloïse* était parue en 1761.

Page 88.

2. Pidansat de Mairobert, journaliste et polémiste, auteur de *L'Observateur anglais* (1777-1778), ami de Rétif. Il se suicida en 1779.

CINQUANTE-DEUXIÈME NUIT

1. Après avoir exposé la physique des Égyptiens, Épiménide présente leur morale, en particulier leur conception de la justice, de la propriété, de la religion, des passions, du but de la morale... Le « communisme » rétivien est issu d'anciennes pratiques communautaires paysannes et de la pensée de Rousseau. Voir André Lichtenberger, *Le Socialisme au XVIIIe siècle,* et V. Volguine, *Le Développement de la pensée sociale en France au XVIIIe siècle,* Moscou, Éd. du Progrès, 1973.

Page 90.

2. *Joussouph.* Joseph, patriarche hébreu, ministre du Pharaon, il préserva l'Égypte de la famine.

3. Épiménide passe ensuite de la morale générale à la morale particulière ou « morale intérieure et de détail », « appliquable à

toutes les actions de la vie ». Le premier point en est un idéal nataliste. Le célibat est un grand crime. La vertu est « d'employer tout notre pouvoir à donner la vie aux molécules qui ont composé des hommes ».

4. *Gymnosophistes*. Ils sont définis par l'*Encyclopédie* comme des « philosophes indiens qui vivaient dans une grande retraite, faisant profession de renoncer à toutes sortes de voluptés pour s'adonner à la contemplation des merveilles de la nature » (t. VII, p. 1022 a). A travers eux, comme à travers les stoïciens dans d'autres textes des Lumières, est visé l'ascétisme chrétien.

5. Les grands systèmes philosophiques et médicaux, de l'Antiquité à Descartes, comportaient une typologie des passions. Au XIXe siècle, Fourier, lecteur de Rétif, établira encore la sienne. Le XVIIIe siècle se caractérise par une réhabilitation progressive des passions. Rétif renvoie ici en note à *L'École des pères* et au *Nouvel Abélard*.

Page 93.

6. *Brutes*. Animaux.

Page 94.

7. *La Découverte australe* développe déjà cette idée d'une royauté successive des différentes races animales sur la terre.

8. *Shotim*. Prêtres égyptiens selon Rétif.

9. *Perfectible* et *perfectibilité* sont des créations du XVIIIe siècle, respectivement datées de 1765 et de 1750. La perfectibilité, privilège de l'homme, est ici étendue à l'animalité.

10. Rétif transpose dans sa mythologie personnelle les débats du temps sur la continuité ou la discontinuité entre animalité et humanité, sur l'équilibre naturel ou providentiel entre les espèces. *Matiériste* est un néologisme qui évite le terme matérialiste.

Page 96.

11. *Brocheuse*. Travail de couture ou, plus vraisemblablement, de librairie (qui consiste alors à brocher les cahiers d'un même livre).

12. *Semestres*. Soldats ayant obtenu un congé d'un semestre.

Page 97.

13. *Le Clos-Payen* se situe à l'emplacement de l'actuelle rue de la Glacière.

Page 98.

14. Près du pont de la Tournelle, sur le quai Saint-Bernard, se trouvait l'ancien château de la Tournelle qui servait depuis 1632 de

prison aux galériens en instance de départ Il fut rasé en 1790 Voir plus loin la 323ᵉ Nuit.

CINQUANTE-SEPTIÈME NUIT

Page 100.

1. *Garçons chirurgiens.* Voir 31ᵉ Nuit.

SOIXANTE ET UNIÈME NUIT

Page 101.

1. *Falot.* Porte-falot, porteur de lanterne.

Page 102.

2. *Et si.* Et pourtant.

Page 103.

3. *Académie.* Académie de cartes, voir 24ᵉ, 188ᵉ et 216ᵉ Nuits.

Page 104.

4. *Je t'en casse.* Formule populaire qui marque qu'on n'est pas dupe.

SOIXANTE-DEUXIÈME NUIT

1. *Arbre-Sec.* Ce nom qui est toujours celui de la rue aujourd'hui proviendrait d'une enseigne.

SOIXANTE-TROISIÈME NUIT

Page 107.

1. *La Nouvelle Halle.* Les Halles se trouvaient, au XVIIIᵉ siècle, là où elles seront jusqu'à leur récent départ pour Rungis et à la

construction du Forum. Une extension avait été construite en 1765, la Halle au blé qui est ici nommée Nouvelle Halle, à l'emplacement de l'actuelle Bourse de commerce.

2. *Abbesse*. Maquerelle.

Page 108.

3. *Mouches*. Synonyme de mouchards, d'espions de police.

SOIXANTE-DOUZIÈME NUIT

Page 111.

1. La veille de la Saint-Jean, solstice d'été, donnait lieu traditionnellement à une grande fête, le 23 juin, place de Grève. Le gouvernement avait tenté de canaliser la festivité populaire en organisant un feu d'artifice. Sébastien Mercier se plaint de la dépense et du lieu choisi : « Il est bien inconcevable qu'on ait choisi pour l'exécution de ces feux d'artifice *la place de Grève*, qu'on ait vu l'effigie du souverain élevée avec pompe sur le même pavé où l'on a écartelé Ravaillac et Damiens » (*Tableau de Paris*, t. III, p. 65-66).

2. *L'Original*. Il s'agit de M. Du Hameauneuf, personnage noctambule et plein de projets de réforme comme Rétif lui-même, derrière lequel on peut parfois reconnaître le comte de Villeneuve, rencontré par Rétif chez Fanny de Beauharnais. L'originalité est une valeur esthétique et morale qui est progressivement réhabilitée au XVIIIe siècle et dont se réclament systématiquement Mercier et Rétif.

Page 114.

3. *Proche*. Emploi invariable à valeur de préposition.

4. L'avortement et l'infanticide étaient passibles de la peine de mort.

SOIXANTE-SEIZIÈME NUIT

Page 115.

1. Le narrateur vient de lire à la Marquise une *juvénale*, c'est-à-dire un pamphlet contre tel abus du temps à la manière de Juvénal. Rétif intègre ces juvénales dans plusieurs de ses œuvres.

2. Sébastien Mercier, dans le premier tome de son *Tableau de*

Paris, recense les grands incendies de la capitale au XVIII° siècle et remarque : « Ce n'est que depuis quelques années que le service des pompes procure au public un service convenable, prompt et gratuit. On assujettissait autrefois à une amende le particulier dans la maison duquel le feu avait pris (...). Aujourd'hui, au moindre indice de feu, on peut appeler et s'adresser directement au dépôt où sont les pompes et les garde-pompes, avec leurs casques, leurs haches » (t. I, p. 210). Voir plus loin l'incendie de l'Opéra (282° Nuit).

Page 116.

3. La *Dissertation sur le vieux mot de patrie* publiée par l'abbé Coyer en 1754 est caractéristique du mouvement d'opinion qui, dans la seconde moitié du XVIII° siècle, valorise la notion de patrie et substitue peu à peu au sentiment monarchique un sentiment patriotique. « L'on observe, écrit le marquis d'Argenson, que jamais l'on n'avait répété les noms de *nation* et d'*état* comme aujourd'hui. Ces deux noms ne se prononçaient jamais sous Louis XIV, et l'on n'en avait pas seulement l'idée. »

4. Rousseau, citoyen de Genève, insiste sur la nécessité d'une patrie assez restreinte pour permettre une démocratie directe. Il condamne le cosmopolitisme : « Par où l'on voit ce qu'il faut penser de ces prétendus cosmopolites qui, justifiant leur amour pour la patrie par leur amour pour le genre humain, se vantent d'aimer tout le monde, pour avoir droit de n'aimer personne » (*Du contrat social, Œuvres complètes*, Pléiade, t. III, p. 287). Mais Rétif lui-même a quitté sa province pour Paris.

Page 117.

5. Rousseau dans l'*Émile* conseille les voyages, mais il ne prétend dans ce traité que former un homme et non un citoyen.

6. John Howard (1726-1790) est un célèbre philanthrope anglais qui s'est attaché à l'étude et à la réforme du système pénitentiaire en Europe. Sébastien Mercier le mentionne également dans le *Tableau de Paris* : « Le célèbre Howard, un de ces hommes rares qui dévouent leur vie à servir l'humanité et à en soutenir les droits trop oubliés, a pénétré toutes les prisons soumises au despotisme. Il a visité les cachots les plus inaccessibles » (t. IX, p. 126).

SOIXANTE-DIX-SEPTIÈME NUIT

Page 118.

1. L'anecdote précédente racontait un empoisonnement dû à des aliments avariés, vendus par l'épicier.

Page 119.
2. *Par bas.* Au rez-de-chaussée.
3. La rue de l'Oursine ou Lourcine est une section de l'ancienne route qui menait de la rue Mouffetard vers Gentilly. C'est aujourd'hui la rue Broca.

QUATRE-VINGTIÈME NUIT

Page 122.
1. Le crime de l'Auvergnat a sans doute été de sodomiser sa femme enceinte. La sodomie, hétéro ou homosexuelle, était sévèrement condamnée par l'Église. Elle est régulièrement pratiquée à l'âge classique pour limiter les naissances.

QUATRE-VINGT-UNIÈME NUIT

Page 123.
1. Des affrontements très violents et des luttes d'influence se perpétuent durant tout le XVIIIe siècle entre jansénistes, partisans d'une morale rigoriste, et jésuites ou molinistes, plus laxistes. Rétif a été rendu sensible à ces questions par l'imprégnation janséniste d'une partie de sa famille et son séjour dans une école janséniste à Bicêtre. Le moralisme janséniste s'exprime aussi dans le refus des perruques.

QUATRE-VINGT-SEPTIÈME NUIT

Page 127.
1. Rétif a gagné 50 sous (ou deux livres et demie) par jour puis 3 livres, en tant qu'ouvrier typographe. Il y a alors 12 deniers dans un sou et 20 sous dans une livre. Par comparaison, un manœuvre en bâtiment parisien gagne en moyenne à la même époque entre 20 et 25 sous par jour, un compagnon maçon entre 30 et 40 sous (voir Y. Durand, « Recherches sur les salaires des maçons à Paris au XVIIIe siècle », *Revue d'histoire économique et sociale*, 1966, 4, p. 476).

Pour situer ces salaires, plus généralement, dans l'échelle des revenus, voir la note 5 de la 2ᵉ Nuit.

Page 128.

2. Sans doute Knapen, imprimeur spécialisé dans les placards et les libelles, chez qui Rétif entre en 1757.

Page 129.

3. Voir plus loin dans la 155ᵉ Nuit le portrait du trouveur.

QUATRE-VINGT-NEUVIÈME NUIT

Page 130.

1. *Rue de Bièvre.* Rétif y habita à partir de Pâques 1776 et y tomba amoureux de Sara.
2. *Faux-bourdon.* Plain-chant où la basse est transposée dans la partie supérieure pour former le chant principal.

Page 131.

3. *Parties composantes.* Hypothèse sur la circulation des particules, proche des thèses matérialistes.
4. L'évolution des mentalités rend de moins en moins supportable, à la fin du XVIIIᵉ siècle, la proximité de la mort. Le progrès de l'hygiène sensibilise l'opinion aux dangers des exhalaisons des cimetières. Cette campagne amène la fin des inhumations dans les églises et le transfert des cimetières vers les périphéries. C'est ainsi qu'en 1780 est fermé le cimetière des Innocents.

Page 132.

5. *Rue de Bretonvilliers.* Rue de l'île Saint-Louis, percée en 1642, entre la rue Saint-Louis-en-l'Isle et le quai de Béthune, pour desservir les hôtels de la famille Le Ragois de Bretonvilliers.

Page 133.

6. *Rue Pastourelle.* On n'appelait alors ainsi que la partie de la rue située à l'ouest de la rue des Archives. Elle tire son nom de Roger Pastourel, membre du Parlement au XIVᵉ siècle, qui y possédait une maison.

QUATRE-VINGT-DIXIÈME NUIT

Page 136.

1. Contre la thèse rousseauiste de la bonté naturelle de l'homme, Rétif défend ici le caractère second et réflexif de la morale. Il développe cette idée, plus loin, durant la 97e Nuit.

Page 137.

2. *Rue d'Orléans-Saint-Honoré*. Portion de l'actuelle rue du Louvre, entre les rues Berger et Saint-Honoré. La rue du Louvre, ouverte à partir du quai en 1854, absorba successivement plusieurs rues.

Page 138.

3. *Endêver*. Expression populaire, enrager, se fâcher.

QUATRE-VINGT-ONZIÈME NUIT

Page 139.

1. *XIV Septembre*. Voir la note 2 de la 2e Nuit.
2. *Couvent*. La communauté de Sainte-Aure se trouvait dans l'actuelle rue Rataud.
3. Gabrielle de Vergy est l'héroïne d'un drame qui se serait déroulé au XIIe siècle. Son amant, Raoul de Coucy, blessé à mort, lui aurait fait porter son cœur par un valet. Le mari, le sieur de Fayel, intercepta l'envoi et fit manger le cœur à son épouse qui, de désespoir, se laissa mourir de faim. Cette sombre histoire médiévale inspira à Mlle de Lussan les *Anecdotes de la cour de Philippe-Auguste* (1733), à Baculard d'Arnaud le drame *Fayel* (1770), à Belloy la tragédie *Gabrielle de Vergy* (1770 également) et au duc de La Vrillière une romance célèbre en son temps.

QUATRE-VINGT-DIX-SEPTIÈME NUIT

Page 141.

1. *Le Solitaire*. Voir la 62e Nuit.

QUATRE-VINGT-DIX-NEUVIÈME NUIT

Page 143.

1. *Servo.* Salut, neuvième arbre ! ô neuvième arbre, salut ! Je suis ton adorateur.

Page 144.

2. *Propreté.* Au sens classique d'élégance.

Page 145.

3. *Superstitions.* Rétif en homme des Lumières cherche à rendre compte rationnellement des phénomènes irrationnels. Voir note 10 de la 4e Nuit.

CENT DEUXIÈME NUIT

Page 147.

1. La garde suisse du roi faisait la police de ce jardin royal qui s'étendait à l'ouest du palais des Tuileries.

2. La terrasse des Feuillants borde le jardin du côté de la rue Saint-Honoré.

CENT HUITIÈME NUIT

1. Rétif présente successivement les différents jardins de Paris ouverts au public. Mercier oppose le Luxembourg au Palais-Royal : « Tandis que le Palais-Royal regorge de courtisanes, de libertins blasés, et qu'on y tient tout haut les propos les plus indécents, le Luxembourg offre une promenade sage, tranquille, solitaire, philosophique » (*Tableau de Paris*, t. IX, p. 221). Sous l'Empire, Jay écrit encore : « Le jardin est singulièrement agréable aux personnes méditatives. Vous pouvez y passer des heures entières dans une profonde solitude : et les habitués qui s'y trouvent ne font guère plus

de bruit que les statues dont il est décoré » (*Le Glaneur*, Paris, 1812, p. 23).

2. *Rue Saint-Dominique*. Il s'agit, non de l'actuelle rue Saint-Dominique, mais de ce qui est aujourd'hui la rue Royer-Collard, anciennement appelée rue Saint-Dominique-d'Enfer ; le « cul-de-sac » dont parle le texte est l'actuelle impasse Royer-Collard.

Page 148.

3. Les rues des Mathurins-Saint-Jacques, des Cordeliers, des Fossés-M.-le-Prince et des Francs-Bourgeois-Saint-Michel correspondent aux actuelles rues du Sommerard, de l'École-de-Médecine (où les bâtiments universitaires ont remplacé le couvent des Cordeliers) et Monsieur-le-Prince.

CENT ONZIÈME NUIT

Page 151.

1. *Saint-Jean*. Voir la 72e Nuit.

CENT DOUZIÈME NUIT

Page 152.

1. *Le Jardin des plantes.* « Jardin royal des plantes médicinales », il est alors dirigé par Buffon, intendant de 1739 jusqu'à sa mort en 1788. Le labyrinthe avait été construit en 1671 sur la butte constituée par les déblais de plusieurs chantiers de construction successifs.

Page 154.

2. *Rue Percée-Saint-Antoine*. Rue qui va de la rue Saint-Antoine à l'actuelle rue Charlemagne. C'est depuis 1877 la rue du Prévôt.

3. Les philosophes des Lumières avaient sensibilisé l'opinion au scandale des professions religieuses sans vocation. Toute une littérature traite alors de ce thème, de *La Religieuse* de Diderot au *Couvent ou les vœux forcés* d'Olympe de Gouges.

Page 155.

4. *Saint-Jean-en-Grève*. Cette église, démolie en 1800, se trouvait à l'emplacement actuel de la façade est de l'Hôtel de Ville. L'Orme-

Saint-Gervais était un arbre plusieurs fois séculaire, planté place Saint-Gervais et abattu sous la Révolution.

CENT TREIZIÈME NUIT

Page 158.

1. *Oublieurs*, Marchands d'oublies.

CENT QUATORZIÈME NUIT

Page 159.

1. *Jardin de Soubise.* L'hôtel de Soubise, rue des Francs-Bourgeois, fut construit au début du XVIIIe siècle, en remplacement de l'ancien hôtel de Clisson, devenu hôtel de Guise. Confisqué sous la Révolution, il devint palais des Archives nationales.
2. *Bas-mercantiers.* Néologisme pour désigner de petits commerçants. Le XVIIIe siècle correspond à une période d'émancipation des Juifs en France, auxquels la Révolution française accordera l'égalité juridique.

CENT VINGT ET UNIÈME NUIT

Page 163.

1. *Foire Saint-Laurent.* Foire commerciale, située à l'emplacement de l'actuelle rue Saint-Laurent (près de la gare de l'Est donc, à l'époque, hors les murs), dans des halles construites par les Lazaristes et gérées par eux; elle avait lieu à l'origine à la Saint-Laurent, le 10 août, mais durait au XVIIIe siècle tout l'été.
2. *Ferme générale.* Ensemble des fermiers généraux, chargés d'avancer au roi la recette des impôts et d'en assurer la perception. Ils cristallisent à la fin de l'Ancien Régime le ressentiment populaire.

Page 164.

3. *Parades.* Spectacles forains, volontiers grossiers, joués sur les tréteaux des foires et qui échappaient au monopole du théâtre. Les

Notes 359

personnages étaient souvent repris de la commedia dell'arte. Voir l'anthologie de Dominique Lurcel, *Le Théâtre de la foire au XVIIIe siècle*, UGE, coll. 10/18, 1983. Mercier condamne également ce type de spectacles : « Les salles des farceurs sont presque toujours remplies. On y joue des pièces obscènes ou détestables, parce qu'on leur interdit tout ouvrage qui aurait un peu de sel, d'esprit et de raison » (*Tableau de Paris*, t. III, p. 36).

Page 166.

4. La 122e Nuit est en effet consacrée au plus célèbre entrepreneur de théâtre de la foire, Nicolet.

Page 167.

5. *Bas-farceurs*. Néologisme parallèle au *bas-mercantier* de la 114e Nuit.

Page 168.

6. La conclusion de l'histoire se trouve dans la 149e Nuit.

CENT VINGT-SIXIÈME NUIT

1. *Blode*. Blouse.

Page 170.

2. Le liard est une petite monnaie de cuivre qui valait trois deniers soit le quart du sou. Mais au début du règne de Louis XV, le cours du liard fut réduit au sixième du sou et des pièces de six liards un sou furent fabriquées.

Page 171.

3. *Mad. Sellier*. Voir la 39e Nuit.

Page 173.

4. La conclusion de cette histoire se trouve dans la 325e Nuit.

CENT TRENTE-SIXIÈME NUIT

1. *La Nouvelle Halle*. Voir la note 1 de la 63e Nuit.
2. *VIe Titre*. Nouvelle série politique et philosophique : un person-

nage rêve qu'il devient roi d'Irlande et qu'il réforme son royaume. Le code qu'il promulgue est composé de plusieurs titres que Rétif lit à la Marquise et concerne la propriété, la justice, les impôts, la politique agricole, le calendrier et les poids et mesures (ici), puis les postes et chemins, les fêtes... Le projet de réforme du calendrier présenté ici correspond au foisonnement utopique de la fin du XVIII° siècle qui aboutit au calendrier républicain.

Page 174.

3. *Un seul et même poids.* L'unification des textes juridiques et des poids et mesures sera également le fait de la Révolution.
4. *Etlrst.* Et le reste : francisation de *etc.*
5. *Victoire.* Voir la note 2 de la 2ᵉ Nuit.

Page 175.

6. *Cheval de crocheteur.* Tringle munie d'une corde qui servait aux crocheteurs c'est-à-dire aux porteurs.

Page 176.

7. *Rue du Four.* Actuelle rue Vauvilliers, à ne pas confondre avec notre actuelle rue du Four, sur l'autre rive.
8. *Perquerait.* Néologisme de Rétif pour chercher, perquisitionner.

CENT QUARANTE-DEUXIÈME NUIT

Page 177.

1. *La Courtille.* Voir note 2 de la 39ᵉ Nuit.

Page 178.

2. Rétrospectivement on est frappé de ces affirmations de 1788 comme déjà de celles de Rousseau (« Nous approchons de l'état de crise et du siècle des révolutions », *Émile*, *Œuvres complètes*, Pléiade, IV, p. 468) ou de Diderot (« Les têtes s'échauffent ; ce feu se répand par degrés, les principes de liberté et d'indépendance, autrefois cachés dans le cœur de quelques gens qui pensent, s'établissent à présent et sont ouvertement avoués... Nous touchons à une crise qui aboutira à l'esclavage ou à la liberté », lettre d'avril 1771, *Correspondance*, éd. Roth-Varloot, Éditions de Minuit, t. XI, 1964, p. 19-20).

Page 179.

3. Cet écrivain hardi, l'apologiste de Néron est Linguet (1736-1794), défenseur de l'absolutisme et auteur d'une *Histoire des*

révolutions de l'empire romain en 1766 où il réhabilite certains empereurs contre Tacite. Une épigramme contre lui commençait par ce vers : « Linguet loua jadis et Tibère et Néron. » Rétif lui attribua son *Anti-Justine*.

CENT QUARANTE-CINQUIÈME NUIT

1. La réforme des fêtes complète donc celle du calendrier et des poids et mesures, voir la 136ᵉ Nuit. Les divers réformateurs ont le souci de limiter le nombre des jours fériés au nom d'arguments économiques, la législation révolutionnaire ira dans ce sens.

Page 181.

2. *Mimographe*. Projet de réforme du théâtre, publié par Rétif en 1770 et second titre des *graphes*, corpus réformateur rétivien. Le volume s'intitule en fait *La Mimographe*.

3. On se souvient de la réforme de Clarens menée par Wolmar : « Aux tristes ifs qui couvraient les murs ont été substitués de bons espaliers. Au lieu de l'inutile marronnier d'Inde, de jeunes mûriers noirs commencent à ombrager la cour, et l'on a planté deux rangs de noyers jusqu'au chemin à la place des vieux tilleuls qui bordaient l'avenue. Partout on a substitué l'utile à l'agréable, et l'agréable y a presque toujours gagné » (*La Nouvelle Héloïse*, IV, 10, Pléiade, t. II, p. 442).

4. *Jardin des plantes*. Voir la note 1 de la 112ᵉ Nuit.

Page 182.

5. *Grille d'Henri IV*. Grille qui fermait le terre-plein du Pont-Neuf devant la statue d'Henri IV.

CENT QUARANTE-SIXIÈME NUIT

Page 183.

1. Il s'agit de la porte Saint-Antoine, contre la Bastille ; elle fut détruite en 1778.

2. *La Raquette*. Voir note 2 de la 39ᵉ Nuit.

3. *Sainte-Marguerite*. Église construite, rue Saint-Bernard, en 1627,

CENT QUARANTE-NEUVIÈME NUIT

Page 186.

1. *Conclusion des deux abbés.* Voir le début de l'histoire à la 121ᵉ Nuit.
2. *Du Hameauneuf.* Voir la note 2 de la 72ᵉ Nuit.

CENT CINQUANTE-TROISIÈME NUIT

Page 189.

1. *Carrosse de place.* Carrosse de louage.

Page 190.

2. *Nicolet.* Voir note 4 de la 121ᵉ Nuit.

CENT CINQUANTE-CINQUIÈME NUIT

Page 193.

1. *Nefanda.* Crimes.
2. *Nequitias.* Sur le dos du mari, ils se livraient à des débauches. La main chaude est un jeu qui consiste à tenir une main dans le dos sans regarder et à deviner qui la frappe.

Page 194.

3. *Comte de S**.* Il s'agit de Sade dont Rétif romance dans les *Nuits* les affaires d'Arcueil (1768) et de Marseille (1772). Il est érigé en symbole du libertinage des privilégiés et Rétif lui attribue tous les méfaits qu'il peut. Il opposera à *Justine,* publiée par Sade en 1791, sa propre *Anti-Justine.* Sade, en retour, accablera Rétif de toute sa morgue aristocratique : « R. innonde le public ; il lui faut une presse au chevet de son lit (...). Un style bas et rampant, des aventures dégoûtantes, toujours puisées dans la mauvaise compagnie ; nul

autre mérite, enfin, que celui d'une prolixité... dont les seuls marchands de poivre le remercieront. » (*Idée sur les romans*, dans *Œuvres complètes* du marquis de Sade, Cercle du livre précieux, 1966, t. X, p. 14). Voir plus loin la 274ᵉ Nuit.

4. *Cœdebatur*. Il aurait contraint le mari à subir les étreintes de trois maquerelles, devant sa femme attachée et régulièrement battue de verges.

5. *Le Trouveur*. Mercier lui consacre également un chapitre du *Tableau de Paris* : « Son regard rase incessamment la terre : vous passez auprès de lui, il ne vous aperçoit pas : mais il distingue une clef de montre que la poussière couvre à moitié ; il voit des deux côtés, et presque derrière sa tête. Notre œil a huit muscles ; les huit muscles de cet homme travaillent... » (t. IX, p. 205).

CENT CINQUANTE-HUITIÈME NUIT

Page 198.

1. *Orme-Saint-Gervais*. Voir note 4 de la 112ᵉ Nuit.
2. *Rue de la Mortellerie*. Ancien nom de la rue de l'Hôtel-de-Ville, ainsi baptisée à cause des *morteliers,* ouvriers maçons et gâcheurs de mortier, rebaptisée en 1835 pour éviter les résonances funèbres de cet ancien nom.

Page 200.

3. *Le sentinel*. Orthographe et genre de Rétif, soucieux de différencier le genre des mots comme le sexe des individus. Mais il a parlé au début de cette anecdote d'*une sentinelle*.

CENT SOIXANTE-DOUZIÈME NUIT

Page 201.

1. Voir les 31ᵉ et 32ᵉ Nuits. Mercier raconte des traits semblables ; d'abord celui d'une servante condamnée à mort et mal pendue : « Un chirurgien avait acheté le corps. Il fut porté chez lui. Voulant le soir même y porter le scalpel, il sentit un reste de chaleur ; l'acier tranchant lui tomba des mains, et il mit dans son lit celle qu'il allait disséquer. Ses soins pour la rappeler à la vie ne furent pas inutiles » (*Tableau de Paris*, t. III, p. 284). Une anecdote similaire a pour héros

un grenadier, ramassé comme mort par des chirurgiens, qui leur déclare : « Ah ! ah ! messieurs les coquins, qui m'emportez pour me disséquer, allez ! je vous dénoncerai ; car je ne suis pas mort » (t. IX, p. 199).

2. *Garçons chirurgiens.* Ces anecdotes mettent en scène de jeunes chirurgiens qui, explique Mercier, sont encore « sensibles et compatissants » et « mêlent des consolations à leurs fonctions terribles, mais nécessaires » (*Tableau de Paris*, t. IX, p. 195).

3. *Fomentations.* Technique thérapeutique qui consiste en applications chaudes.

CENT SOIXANTE-QUATORZIÈME NUIT

Page 203.

1. *Rompu.* Exécuté selon le supplice de la roue, voir la note 1 de la 10e Nuit.

2. *Crocheteur.* Voir note 6 de la 136e Nuit.

CENT SOIXANTE-SEIZIÈME NUIT

Page 208.

1. Ce balayage du devant de porte était obligatoire. « Au matin, dans les rues, des préposés agitaient des sonnettes pour rappeler qu'il convenait de balayer au-devant des portes. L'obligation d'ébouage est minutieusement décrite dans l'ordonnance de police de 1709 : à partir du milieu de la chaussée, boues et immondices doivent être remontées et entassées à l'abri du débord du toit » (Pierre Sady, « Le cycle des immondices », *Dix-huitième siècle*, numéro *Le Sain et le malsain*, 1977, p. 204).

2. On tient la gadoue provenant de l'ébouage pour fertilisante ; « elle renferme en effet le crottin des rues et la litière de plus de vingt mille chevaux qui vivent à Paris » (Pierre Sady, art. cité, p. 205).

CENT SOIXANTE-DIX-SEPTIÈME NUIT

Page 209.

1. L'obsession hygiéniste du XVIIIe siècle finissant attire l'attention sur l'absence de lieux d'aisances publics et sur la malpropreté des latrines privées. Mercier s'en plaint dans le chapitre « Latrines publiques » du *Tableau de Paris* : « Elles manquent à la ville. On est fort embarrassé dans ces rues populeuses quand le besoin vous presse ; il faut aller chercher un privé au hasard d'une maison inconnue. Vous tâtez aux portes et avez l'air d'un filou... » (t. VII, p. 225), ainsi que dans le chapitre « Latrines » : « Les trois quarts des latrines sont sales, horribles, dégoûtantes... Que ceux qui ont soin de leur santé, ne jettent jamais leurs excréments chauds dans ces trous qu'on appelle latrines, et qu'ils n'aillent point offrir leur anus entr'ouvert à ces courants d'air pestilentiels... » (t. XI, p. 55). Sous Louis XV, Sartine avait fait disposer des barils d'aisances au coin de certaines rues et, sous Louis XVI, le comte d'Angiviller fait construire des latrines publiques payantes aux Tuileries. Le duc d'Orléans en installe également au Palais-Royal. Les « vespasiennes », nommées d'abord colonnes Rambuteau, du nom du préfet de la Seine, datent de la monarchie de Juillet.

Page 211.

2. *L.P.* C'est-à-dire Latrine publique ou Lieu public.
3. *Palladion.* Francisation de palladium, objet garant du salut.

CENT SOIXANTE-DIX-NEUVIÈME NUIT

Page 212.

1. L'accouchement reste au XVIIIe siècle un acte dramatique. La mortalité maternelle et infantile est élevée. Médecins et philosophes demeurent impuissants devant la souffrance féminine, comme le rappellent les historiens (par exemple, Jacques Gélis, Mireille Laget et Marie-France Morel dans *Entrer dans la vie. Naissances et enfances dans la France traditionnelle*, Gallimard-Julliard, coll. Archives, 1978, ou Jacques Gélis, *L'Arbre et le fruit. La naissance dans l'Occident moderne. XVIe-XIXe siècles,* Fayard, 1984). L'Hôtel-Dieu était relié par un pont

à une annexe rive gauche. Rétif peut donc entendre les cris, de chez lui.

CENT QUATRE-VINGT-SIXIÈME NUIT

Page 216.

1. *Les Bains.* Les ordonnances de police réglementèrent les baignades libres dans la Seine durant le XVIIIe siècle, et interdirent en particulier la nudité. Ces restrictions et le souci croissant d'hygiène amenèrent l'installation d'établissements de bains, constitués souvent de bateaux à deux étages. Certains étaient luxueux, tels les Bains du sieur Albert, vantés par Mercier, avec bains de vapeur et de fumigation, douche ascendante... (*Tableau de Paris*, t. XI, p. 266).

Page 217.

2. *Augustins.* Couvent des Grands Augustins, nommé ainsi pour le distinguer de celui des Petits Augustins de la rue Bonaparte. Il a donné son nom au quai.

Page 218.

3. La physionomie médiévale de l'île de la Cité demeurera jusqu'aux travaux d'Haussmann qui rasa toutes les maisons entre le Palais de Justice et Notre-Dame, ainsi dégagée comme elle ne l'avait jamais été.

4. *Philadelphes.* Appellation ironique, d'après l'étymologie du terme, qui aime ses frères. Plusieurs sectes religieuses avaient pris ce nom aux XVIIe et XVIIIe siècles.

5. *Pont-Rouge.* Pont de bois entre l'île de la Cité et l'île Saint-Louis, peint au minium contre les incendies. C'était un pont à péage. Il est remplacé depuis 1941 par une passerelle de fer.

Page 219.

6. *Rue de la Femme-sans-Tête.* Nom ancien d'une partie de l'actuelle rue Le Regrattier. Il provenait d'une enseigne, comme beaucoup d'autres anciens noms de rue, telle la rue des Quatre-Vents, mentionnée plus haut dans l'aventure de « L'Homme à l'affût ». Pierre Gascar a récemment mis en scène cette rue dans une des nouvelles de son recueil, *Le Diable à Paris* (Gallimard, 1984).

CENT QUATRE-VINGT-HUITIÈME NUIT

Page 221.

1. *Les Billards.* La mode s'en était répandue en France sous Louis XIV, mais dès 1610 le privilège de tenir billard et jeu de paume publics avait été accordé à des *billardiers-paumiers*. Edmond, le paysan perverti, avoue : « J'ai été aux guinguettes, j'ai fréquenté les billards, tous les endroits où la crapuleuse débauche rassemble la canaille » et Rétif reproduit une conversation en argot de billard (*Le Paysan perverti*, UGE, coll. 10/18, 1978, t. II, p. 38 et 57).

2. *Semestres.* Voir note 12 de la 52ᵉ Nuit.

Page 222.

3. *Le Paysan perverti* date de 1775.
4. *Prévôt.* Juge des parties.
5. *Bicêtre.* Célèbre prison du temps. Un séminaire est un temps d'incarcération.
6. *Moucher.* Espionner.

Page 223.

7. *Croc.* Escroc.

Page 224.

8. *Blouse.* La blouse est le trou du billard, d'où le sens de coup gagnant. Blouser signifie mettre dans la blouse, gagner.

CENT QUATRE-VINGT-DIX-NEUVIÈME NUIT

Page 225.

1. *Bergopzoom.* Cette expression pour désigner un manteau n'a pas été retenue par les dictionnaires. Elle doit correspondre à un type de vêtement qui a été lancé à l'époque de la prise de la ville hollandaise de Berg-op-zoom en 1747. Rétif emploie également le mot dans *Monsieur Nicolas* : « J'étais en gros bergopzoom vert, à glands et brandebourgs, avec un gros manchon d'ours, à ceinture de poil » (t. III, p. 33). L'expression a plu à Apollinaire qui l'emploie pour évoquer Rétif dans l' « Histoire d'une famille vertueuse, d'une hotte et d'un calcul », *L'Hérésiarque et Cie* (voir ci-dessus notice p. 330).

DEUX CENTIÈME NUIT

Page 226.

1. *Sauvageté*. Néologisme rétivien.

Page 227.

2. *Indagateur*. Néologisme rétivien également, calqué sur le latin. Un *indicateur* est un espion, un dénonciateur, mais aussi un guide. *Indicateur* commence à désigner alors un livre ou une brochure qui rassemble des renseignements. Rétif s'identifie à tous les espions et guetteurs qu'il rencontre sur son chemin et *Les Nuits de Paris* se veulent un *indicateur* de Paris la nuit.

3. Voir plus haut la 176ᵉ Nuit.

Page 228.

4. *Capitation*. Impôt par tête, levé de 1695 à 1698, puis de 1701 à la Révolution.

5. *Falourde*. Fagot de bûches liées ensemble.

6. *Vert-de-gris*. Oxyde de cuivre qui est un poison violent.

DEUX CENT SEIZIÈME NUIT

Page 229.

1. *Fouarre*. La rue du Fouarre allait de la rue de la Bûcherie à la rue Galande, jusqu'au percement de la rue Lagrange en 1887. Elle tirait son nom du foin ou fouarre sur lequel s'asseyaient les étudiants des facultés.

2. Cette fille est Sara, « la dernière aventure d'un homme de quarante-cinq ans ». Rétif quitta la rue du Fouarre pour la rue de Bièvre en 1776. Voir *Le Cycle de Sara,* éd. Daniel Baruch, UGE, coll. 10/18, 1984.

3. *Scélérat*. Comme nous le signale Pierre Testud, il s'agit de Goupil, inspecteur de la librairie venu inquiéter Rétif en 1776 (voir *Monsieur Nicolas*, t. IV, p. 103).

Page 230.

4. Le piquet et la triomphe sont des jeux de cartes.

5. *Paumier*. Tenancier d'un jeu de paume et autres jeux.

DEUX CENT DIX-NEUVIÈME NUIT

Page 232.

1. *Compositeur.* Typographe.

Page 233.

2. La monarchie n'a pas cessé au cours du XVIIIe siècle de publier des édits contre le jeu. On en compte une douzaine entre 1717 et 1781 dont la répétition dit assez l'inefficacité. Des pamphlets du temps accusent la police de recevoir des pots-de-vin pour protéger les tripots. Voir J. Dunkley, « Les jeux de hasard et la loi au XVIIIe siècle », *Le Jeu au XVIIIe siècle*, Aix-en-Provence, Édisud, 1976.

Page 234.

3. *Économistes.* Physiocrates. Ce mouvement économique de la seconde moitié du XVIIIe siècle compte parmi ses adeptes Quesnay, Dupont de Nemours, Mercier de La Rivière, le marquis de Mirabeau. Il voit dans la terre l'unique source de valeurs et vante au nom de la liberté du travail et du commerce une complète déréglementation de la vie économique. Cette théorie provoque des polémiques auxquelles prirent part Galiani et Diderot. Sa première application par Turgot amena des émeutes populaires.

Page 235.

4. *Étables.* Lapsus, vraisemblablement, pour *étals* par contamination de l'idée de cheval qui suit.
5. *Engrais.* Voir 176e Nuit.
6. *Amodié.* Affermé.

DEUX CENT VINGT-DEUXIÈME NUIT

Page 236.

1. *Fenais.* Du vieux verbe *fener*, faire les foins. Rétif évoque ici une scène de son adolescence à la campagne et se réfère en note à une description du *Paysan et la paysanne pervertis* (1787, t. I, p. 35-36). De Rousseau à Senancour et Chateaubriand, la littérature de la fin du XVIIIe siècle affectionne les réminiscences sensorielles. C'est ainsi qu'une tapisserie à Bicêtre rappelle à Rétif un vallon de son enfance et lui procure des « moments d'extase » (*Monsieur Nicolas*, t. I, p. 191).

2. Cf. « Je me sentais dans mon vallon ; des sensations délicieusement douloureuses chatouillaient et déchiraient mon âme » *(Monsieur Nicolas, ibid.)*.

3. *Œnanthe solitaire*. Espèce de moineau cendré, appelé vulgairement cul blanc, voir *Monsieur Nicolas*, t. I, p. 75.

4. Telle est la « liste » des femmes aimées par Rétif et l'origine de son *Calendrier*. Il tend à identifier certaines d'entre elles les unes aux autres, par un jeu de métempsycoses. Voir la liste dressée par Rétif pour la Marquise dans la 3ᵉ Nuit.

Page 237.

5. Fanny de Beauharnais. Voir note 11 de la 380ᵉ Nuit.

DEUX CENT VINGT-QUATRIÈME NUIT

Page 238.

1. *Contes thibétans*. Le succès de la traduction des *Mille et Une Nuits*, contes arabes, par Antoine Galland (1704-1717) avait entraîné une prolifération d'imitations, à commencer par *Les Mille et Un Jours*, contes persans, par Petis de La Croix (1710-1712), auxquels succédèrent *Les Mille et Un Quarts d'heure*, contes tartares (1712), *Les Mille et Une Heures*, contes péruviens (1733), et *Les Mille et Une Soirées*, contes mogols (1749), par Gueulette, *Les Mille et Une Faveurs*, contes de cour de Mouhv (1740), *Les Mille et Une Fadaises* de Cazotte (1742) et enfin *Les Mille et Une Folies* de l'ancien ami de Rétif devenu son rival, Nougaret (1771). Le texte de Rétif mêle à cette tradition le souvenir des *Métamorphoses* d'Ovide, un des premiers livres possédés par le jeune homme et qui l'a accompagné toute sa vie. La théorie de la transmigration permet à un même individu de s'incarner successivement dans chaque nation européenne et dans chaque état social : telles sont les mille et une métamorphoses.

DEUX CENT VINGT-HUITIÈME NUIT

Page 245.

1. Introduit en France au XVIIᵉ siècle, l'usage du café se répandit rapidement et entraîna la création de lieux de débit. Plusieurs d'entre eux devinrent des rendez-vous littéraires, qu'on pense au

Procope, rue de l'Ancienne-Comédie, ou au café de la Régence, célébré dans *Le Neveu de Rameau* : Diderot y suit non les parties de dames, mais celles d'échecs.

DEUX CENT VINGT-NEUVIÈME NUIT

Page 246.

1. *Musées, lycées.* Cours publics institués à la fin du XVIIIe siècle. Le plus célèbre fut celui dont Pilâtre de Rozier eut l'initiative et où La Harpe donna un enseignement de littérature d'où sortit son *Cours de littérature ancienne et moderne*.

2. *Sermocinations.* Mot-valise composé de sermon et de ratiocination.

3. *Rousseau de Paris.* Le poète Jean-Baptiste Rousseau (1671-1741), par opposition à Jean-Jacques Rousseau ou Rousseau de Genève (1712-1778), mentionné plus loin.

4. *Lamothe.* Houdar de La Motte, poète (1672-1731).

5. *Duclos.* Charles Pinot Duclos, historien, romancier de l'*Histoire de Madame de Luz* et des *Mémoires du comte de ****, auteur des *Considérations sur les mœurs de ce siècle* (1704-1772).

Page 247.

6. *Arbre de Cracovie.* Gros marronnier du Palais-Royal autour duquel se réunissaient les journalistes politiques. Il prit son nom durant les affaires de Pologne. Il fut abattu en 1781.

7. Cette liste mêle les *minores* aux grands noms. Delille est le poète descriptif (1738-1813), Mercier le polygraphe ami de Rétif et auteur du *Tableau de Paris* (1740-1814), Thomas le poète et l'auteur d'éloges académiques (1732-1785). Les romancières Fanny de Beauharnais (1738-1813), Mme Riccoboni (1714-1792), Mme de Genlis (1746-1830) et la poétesse Mme Duboccage (1710-1802) représentent la littérature féminine ; le philosophe Court de Gébelin (1725-1784), l'astronome Bailly (1736-1793), le physicien Marivetz (1728-1794) et le linguiste Jacques Le Brigant (1720-1804) représentent la littérature savante. Parmi les grands noms, on reconnaîtra Regnard sous le nom de *Renard*.

DEUX CENT TRENTIÈME NUIT

Page 248.

1. *Rubiscée.* Anagramme de Cubières, dit Cubières-Palmézeaux ou Dorat-Cubières (1752-1820), écrivain méridional monté à Paris, ami

de Fanny de Beauharnais. Pourfendeur de Boileau, défenseur de Shakespeare, il était parfois associé à Rétif et à Mercier dans ce qu'on considérait comme un trio de mauvais goût. C'est lui qui tentera de réconcilier à la fin de leur vie Rétif et Mercier et qui publiera après la mort de Rétif son *Histoire des compagnes de Maria* en 1811.

2. *4 grands hommes.* Ces auteurs restent les quatre grands noms de la littérature du XVIIIe siècle durant tout le XIXe. Il faudra attendre le XXe siècle pour que Diderot prenne la place de Buffon.

Page 249.

3. *La Pucelle.* Épopée burlesque et parfois grivoise sur Jeanne d'Arc qui garda encore au XIXe siècle une renommée sulfureuse.

4. *Rousseau et Diderot.* « Il y eut en effet entre les deux hommes de grandes affinités de nature », affirme Lanson. Ils furent amis intimes, avant de se brouiller, et Jean Fabre a pu avec raison les présenter comme des « frères ennemis » (Voir *Lumières et romantisme. Énergie et nostalgie de Rousseau à Mickiewicz*, 2e éd., Klincksieck, 1980, p. 19-65).

5. *Castor.* Voir la note 6 de la 4e Nuit.

DEUX CENT TRENTE-TROISIÈME NUIT

Page 253.

1. *Insurgents.* Américains révoltés contre l'Angleterre et soutenus par la France. La bataille de Lexington en avril 1775 ouvre la guerre d'Indépendance que clôt le traité de Versailles en 1783. L'opinion française a été sensibilisée aux événements de la révolution américaine.

2. *Antiphysiques.* Jeu de mot sur la *physique* et la *morale*, évoquées plus haut. Antiphysique signifie antinaturel ; employé par Voltaire au début du siècle, il devient synonyme d'homosexuel.

Page 254.

3. *Un des leurs.* Ce sont des déclarations de ce type qui ont accrédité l'idée que Rétif aurait appartenu avant la Révolution à la police. Mais aucune preuve ne vient la confirmer.

Page 255.

4. *1888.* Mercier avait mis à la mode les voyages dans le futur avec *L'An 2440* (1770, réédité en 1786) qui se présente comme un rêve : « Je rêvai qu'il y avait des siècles que j'étais endormi et que je

m'éveillais .. » Dans *Les Nuits de Paris,* la série consacrée à 1888 fait pendant à celle qui concernait Épiménide. Rétif composera également une pièce de théâtre, *L'An 2000 ou la régénération.* — Sur Du Hameauneuf, voir la note 2 de la 72ᵉ Nuit.

5. Le transfert de l'Hôtel-Dieu était à l'étude depuis l'incendie qui l'avait ravagé en 1772. Viel de Saint-Maux, architecte des hôpitaux de Paris, proposait de le transférer du côté des actuels Champs-Élysées. Un autre projet suggérait d'utiliser l'île des Cygnes, aujourd'hui rattachée à la berge. En fait, l'hôpital fut reconstruit sur place.

6. La Cité, comme l'a signalé Rétif, restait de son temps un labyrinthe gothique (voir p. 218). Elle ne sera « modernisée » que sous le Second Empire.

7. Nancy, capitale du duché de Lorraine, connut de grands travaux au XVIIIᵉ siècle. Stanislas Leszczynski et son architecte Emmanuel Héré conçurent un urbanisme moderne à partir de grandes places (Place Royale, aujourd'hui place Stanislas, place de la Carrière, Hémicycle, place d'Alliance).

8. *Collège Mazarin.* Collège des Quatre-Nations, installé dans les locaux de l'actuel Institut.

9. L'installation d'un musée dans le château du Louvre, qui n'a plus de fonction politique depuis l'établissement de la Cour à Versailles, est décidée en 1776 par Angiviller. Projets et polémiques se succèdent, en particulier pour l'aménagement de la grande galerie, qui ne sera achevé que sous l'Empire. Une seconde galerie reliant le Louvre aux Tuileries fut constamment prévue, jusqu'à ce que soit construite l'aile du nord sous le Premier et le Second Empire. On retrouve ces éléments dans *L'An 2440* de Mercier : « Le Louvre est achevé !... Une galerie nouvelle répond à l'ancienne, où l'on admirait encore la main de Perrault » (Éd. France-Adel, 1977, p. 57).

10. *Théâtres royaux.* Des incendies avaient ravagé les salles de spectacle du Palais-Royal (voir la 282ᵉ Nuit). Plusieurs projets, dont celui de Boullée en 1781, proposaient de reconstruire l'Opéra et/ou le Théâtre français, place du Carrousel. Situation analogue dans *L'An 2440* : « L'espace qui règne entre le château des Tuileries et le Louvre donne une place immense où se célèbrent les fêtes publiques. »

Page 256.

11. *Le Devin de village* et *Castor et Pollux.* Respectivement de Jean-Jacques Rousseau et de Rameau. Rétif respecte la répartition traditionnelle du théâtre selon les genres et se contente de faire admettre le drame bourgeois ; Mercier est plus novateur quand, dans *L'An 2440,* il réunit opéra et théâtre.

12. *Richelieu.* La mise en scène des figures de l'histoire nationale est une des revendications de Mercier et des réformateurs du théâtre au XVIIIe siècle. Le narrateur de *L'An 2440* assiste quant à lui à des représentations de l'affaire Calas, de *Cromwell ou la mort de Charles premier* et de *La Partie de chasse de Henri IV*.

DEUX CENT TRENTE-QUATRIÈME NUIT

Page 257.

1. *Tueurs de temps.* Au temps de l'histoire et du progrès qui prépare un an 1888 utopique s'oppose la perte de temps ou le temps mort.
2. Le baron Frédéric de Trenck (1726-1794) fut longuement emprisonné, pour sa liaison avec la princesse Amélie, sœur de Frédéric II.

DEUX CENT TRENTE-CINQUIÈME NUIT

Page 258.

1. *Pomme de terre.* Parmentier venait d'attirer l'attention du public sur son usage.
2. Un petit guide de Paris, contemporain des *Nuits*, destiné à prévenir les étrangers et les provinciaux de toutes les tromperies dont ils risquent d'y être les victimes, donne comme premier avertissement : « Rien n'est plus à craindre que l'usage du vin frelaté » (Doppet, *Les Numéros parisiens, ouvrage utile et nécessaire aux voyageurs à Paris,* 1788, p. 1).
3. *Cafière.* Néologisme de Rétif, pour tenancière d'un café.

Page 259.

4. *Australie.* Ces rêves expansionnistes expriment les tensions franco-anglaises du XVIIIe siècle. L'Inde avait été cédée à l'Angleterre par le traité de Paris en 1763. L'Australie n'était pas encore colonisée, mais l'Angleterre y avait des établissements.
5. L'Égypte et la Grèce dépendaient de l'Empire ottoman. L'Égypte commençait à susciter les convoitises coloniales de l'Angleterre et de la France. Quelques années avant la Révolution, le gouvernement français envoie Volney en mission en Égypte et en Syrie. Dix ans plus tard, ce sera l'expédition d'Égypte. La Grèce ne

conquerra son indépendance qu'au bout de dix ans de guerre, en 1830.

6. Voir *L'An 2440* : « Ce fut un grand bonheur pour le monde, lorsque le Turc, au XVIIIe siècle, fut chassé de l'Europe. Tout ami du genre humain a applaudi à la chute de cet empire funeste » (p. 266).

7. La Pologne souffrait au XVIIIe siècle d'une constitution qui faisait élire le roi par la Diète, et surtout des ambitions de ses voisins, la Prusse, l'Autriche et la Russie. *L'An 2440* prévoit la même solution à la crise polonaise : « L'anarchie la plus absurde, la plus outrageuse aux droits de l'homme né libre, la plus accablante pour le peuple, ne trouble plus la Pologne (...). Le roi de Pologne est décédé à six heures du soir et son fils est paisiblement monté sur le trône le même jour » (p. 266).

Page 260.

8. Depuis le *Projet de paix perpétuelle* de l'abbé de Saint-Pierre, le siècle des Lumières a multiplié les projets de rationalisation et de pacification de la vie internationale.

9. Référence à l'abolition du servage, saluée également par Mercier : « Les fers qui chargeaient le labeur ont été brisés : il a levé la tête et s'est vu avec joie au rang des hommes (...). Le génie de l'humanité a dit à tout le Nord : Hommes ! soyez libres » (*L'An 2440* p. 265-266).

10. *M. Nicolas.* M. Du Hameauneuf devient un double de Rétif, alias Monsieur Nicolas.

11. Au XVIIIe siècle, l'éclairage public était plus ou moins bien assuré par des lanternes qu'on se mit à nommer *réverbères*. En 1763, l'Académie des sciences mit au concours « la meilleure façon d'éclairer une grande ville ». Dans les années qui précèdent la Révolution, le chimiste Philippe Lebon met au point la lampe à gaz qui deviendra l'éclairage public au XIXe siècle.

12. *Statue de Henri Le Bon.* Statue de Henri IV sur le Pont-Neuf. Voir, dans la 380e Nuit, des manifestations de l'affection populaire portée à Henri IV.

13. Sur l'Hôtel-Dieu, voir note 5 de la 233e Nuit. Rétif imagine l'hospitalisation à domicile !

Page 261.

14. Sur le Pont-Rouge, voir note 5 de la 186e Nuit.

15. *Le Pelletier de Morfontaine.* Prévôt des marchands de Paris de 1784 à 1788, protecteur de Rétif, chez qui il aurait rencontré la marquise de Montalembert (voir la note 4 de la 3e Nuit). Jacques de Flesselles lui succéda comme prévôt en 1789 et fut tué le 14 juillet

DEUX CENT TRENTE-SEPTIÈME NUIT

1. On se souvient de la réforme prévue dans *Les Titres*, 145° Nuit, et de la crainte que la ville empiète trop sur les cultures environnantes, 176° Nuit. Dans une autre Nuit, Rétif propose de taxer les grands propriétaires sur tout terrain inutilisé pour la culture (185° Nuit).

Page 262.

2. Les encyclopédistes ont souvent critiqué le célibat des prêtres à partir d'arguments moraux et démographiques. L'abbé de Saint-Pierre proposa leur mariage et le gouvernement révolutionnaire entreprit de l'imposer.
3. La rationalisation de la prostitution fut souvent débattue au XVIII° siècle. Rétif composa *Le Pornographe* (1769) sur ce thème. Il y nomme *Parthénions* les maisons publiques.
4. Ces réformes correspondent aux projets de *La Mimographe* (1770).

DEUX CENT CINQUANTE-HUITIÈME NUIT

Page 264.

1. « On doit nommer *échenés* les gouttières saillantes, qui réunissent l'eau des toits en cascade, et simplement *gouttières* les extrémités du toit, qui la versent goutte à goutte » (171° Nuit). *Échené* est un mot bourguignon pour écheneau, échenal.
2. Le Paris utopique de 1888 se caractérise, on l'a vu, par l'absence de vin frelaté dans les cabarets et la disparition des carrosses.

DEUX CENT CINQUANTE-NEUVIÈME NUIT

1. L'Opéra, avant la construction du Palais Garnier, occupa plusieurs salles. A l'époque des *Nuits* de Rétif, il s'agit sans doute

d'une des salles du Palais-Royal qui brûlèrent, l'une en 1763 et l'autre en 1781 (voir 282ᵉ Nuit).

Page 265.

2. *Carnaval.* Voir par exemple plus haut « Combat de masques », 227ᵉ Nuit.

3. Les sultans des *Mille et Une Nuits* se promènent ainsi à l'écoute de leur peuple.

DEUX CENT SOIXANTE-QUATORZIÈME NUIT

Page 266.

1. *Les Passe-temps du ** de S***. Nouvelle apparition du marquis, devenu comte de Sade, à la mort de son père (en 1767). Rétif lui attribue déjà des méfaits dans la 155ᵉ Nuit.

2. Rétif vient de sauver et de réconcilier avec son père une fille qui s'était mariée sans le consentement paternel et, malheureuse en ménage, s'était jetée à l'eau.

Page 267.

3. Rétif imagine la scène à partir d'éléments de l'affaire de Marseille (1772) : Sade a fait une « partie » avec son valet et des prostituées auxquelles il a donné des pastilles à la cantharide, violent aphrodisiaque. Il est alors poursuivi et condamné pour sodomie et tentative d'empoisonnement.

DEUX CENT QUATRE-VINGT-DEUXIÈME NUIT

Page 268.

1. *Mon pouvoir.* Sur la santé de la Marquise ? Pouvoir de soulager les malheureux par l'intermédiaire de la Marquise ?

2. *Haute-Borne.* La colline de Ménilmontant, voir note 1 de la 4ᵉ Nuit. Sara (voir note 2 de la 216ᵉ Nuit) se fait maintenant entretenir par un rival de Rétif qui souffre de la pire jalousie et ne peut s'empêcher d'aller retrouver les amants. La scène est décrite dans *La Dernière Aventure d'un homme de quarante-cinq ans* : « En y allant, j'eus le spectacle terrible de l'incendie de l'Opéra, qui m'éclairait suffisamment au milieu de la campagne et dans des chemins de traverse, pour me faire éviter des mares d'eau » (*Sara*, Stock, 1984, p. 166 ; *Le Cycle de Sara*, UGE, coll. 10/18, t. II, p. 122).

Un jeu de métaphore assimile la violence du tourment de l'auteur et la violence de l'incendie.

Page 269.

3. L'événement eut lieu en réalité en juin et non en juillet. « Le 8 juin 1781, un embrasement subit détruisit en quelques heures la salle de l'Opéra, commode et magnifique malgré ses défauts. Une corde de l'avant-scène s'alluma, mit le feu à la toile, la toile embrasa les décorations, et les décorations portèrent l'incendie dans le pourtour des loges. Tout le théâtre fut consumé » (Mercier, *Tableau de Paris*, t. II, p. 59). Le peintre Hubert Robert a présenté au Salon de 1781 *L'Incendie de l'Opéra au Palais-Royal* et *L'Intérieur de l'Opéra le lendemain de l'incendie.*

4. *Cerveau de la capitale.* Voir une première occurrence de la formule, dans la 61e Nuit.

Page 270.

5. *Nicolet et Audinot.* Deux entrepreneurs de théâtre qui participent aux foires, voir 121e Nuit.

6. *Machine électrique.* Machine électrostatique qui produit le courant par frottement et dont l'expérimentation a été largement popularisée dans la seconde moitié du XVIIIe siècle.

Page 271.

7. *Laboratoire.* Au sens étymologique de lieu de travail, d'atelier.

Page 272.

8. *En jouant.* L'idéal pédagogique de Rétif demeure l'éducation traditionnelle qu'il a lui-même reçue et s'oppose aux réformes, plus ou moins inspirées de l'*Émile* de Rousseau.

DEUX CENT QUATRE-VINGT-QUATRIÈME NUIT

1. *Un autre ouvrage.* C'est *Monsieur Nicolas* dont le projet est d'« anatomiser le cœur humain » : « J'entreprends de vous donner en entier la vie d'un de vos semblables, sans rien déguiser de ses pensées, ni de ses actions. Or cet homme, dont je vais anatomiser le moral, ne peut être que moi (...). L'exactitude et la sincérité sont absolument nécessaires, dans mon plan, puisque je dois anatomiser le cœur humain sur mon sens intime, et sonder les profondeurs du moi » (Introduction). Voir déjà la 1re Nuit.

2. *D'où vient.* Cette construction est fréquente chez Rétif, voir note 1 de la 3e Nuit.

Page 273.

3. *Laboureur.* Disons : fils appauvri d'un propriétaire terrien.
4. *Secondé.* Telle est la fonction de la marquise de Montalembert.

Page 274.

5. C'est la thèse exposée par Helvétius dans *De l'Esprit.*
6. *14 enfants.* De deux mariages successifs. Voir *La Vie de mon père* (1779).
7. *Ecclésiastiques.* L'abbé Thomas qui enseignait à Bicêtre et l'abbé Edme-Nicolas, curé de Courgis.
8. *Nourrir leurs enfants.* Les nourrissons des villes étaient traditionnellement envoyés en nourrice à la campagne. L'apologie de l'allaitement maternel par Rousseau participe de la promotion d'une nouvelle image de la famille : « Que les mères daignent nourrir leurs enfants, les mœurs vont se réformer d'elles-mêmes, les sentiments de la nature se réveiller dans tous les cœurs, l'État va se repeupler » (*Émile*, livre I, Pléiade, t. IV, p. 258). Rétif défend vraisemblablement une source de revenus pour les femmes de la campagne.

Page 275.

9. *Échauffant.* L'allaitement suppose pour Rousseau une réforme de la vie féminine et un renoncement à la mondanité.

DEUX CENT QUATRE-VINGT-QUINZIÈME NUIT

Page 276.

1. Pierre Testud analyse cet effort de Rétif pour fixer le temps, qui trouve peut-être son premier modèle dans les épitaphes de la cathédrale d'Auxerre. L'effacement de ses dates par des mains malveillantes apparaît comme une agression de son identité et de sa mémoire à laquelle il réagit par la transcription des graffiti dans *Mes Inscriptions.* Voir *Rétif de la Bretonne et la création littéraire*, p. 574-585, et la 307e Nuit.
2. *Une horreur qui me plaisait.* L'oxymore est devenu fréquent dans les dernières décennies du XVIIIe siècle et est en passe de devenir le lieu commun qu'on retrouvera dans les textes romantiques. Diderot parle dans le *Salon de 1767* d'un « plaisir accompagné de frémissement », d'un « spectacle mêlé de plaisir et d'effroi ». Masson de Pezay ressent en traversant les montagnes une terreur qui « n'est qu'un plaisir de plus » et Laurent-Pierre Bérenger trouve une forêt « affreusement belle ». Rétif parlera dans *Monsieur Nicolas* de « sensations délicieusement douloureuses » (t. I, p. 191).

3. *Malum.* Malheur. Cette inscription latine comme les suivantes évoque la maladie de la Marquise.

Page 277.

4. *Madem. Saintvent.* Surnom de Mlle Saint-Léger, la poétesse que Rétif fréquente après avoir rompu avec *Sara* (voir *Monsieur Nicolas*, t. IV, p. 137).

5. *J.-J. R.* Jean-Jacques Rousseau, bien sûr. De fait, les références à *Émile* sont nombreuses dans les pages qui précèdent, le modèle des *Confessions* détermine *Monsieur Nicolas* et les critiques de Rétif contre Rousseau sont souvent une façon de prendre des distances et de nier la dette à son égard, ce qui n'empêcha pas les contemporains d'appeler Rétif le « Rousseau du ruisseau ».

TROIS CENT SIXIÈME NUIT

Page 278.

1. *Ensevelie vivante.* Les signes cliniques de la mort étaient mal définis au XVIIIe siècle, d'où les hantises d'être enterré vivant et les anecdotes rapportées par Mercier et par Rétif (voir, en particulier, les 172e et 174e Nuits).

Page 279.

2. *Anima vili.* Faisons une expérience sur une âme méprisable.

TROIS CENT SEPTIÈME NUIT

Page 281.

1. *Calendes.* Premier jour du mois et référence pour l'établissement du calendrier à Rome. Rétif passe ainsi de ses *Inscriptions* à son *Calendrier*, c'est-à-dire « la liste historique et journalière des commémorations » des événements de sa vie et surtout des femmes qu'il a aimées.

TROIS CENT VINGT-TROISIÈME NUIT

Page 282.

1. Le Petit et le Grand Châtelet se trouvaient de part et d'autre de la Seine. Ils servaient tous deux de prison. Le Petit, à l'emplacement de l'actuelle rue du Petit-Pont, fut démoli en 1782 et le Grand en 1802 pour créer la place du Châtelet. Mercier applaudit à la démolition du Petit Châtelet : « Enfin, ce vieil édifice qui avait quelque chose de hideux, barbare monument du siècle de Dagobert, construction monstrueuse au milieu de tant d'ouvrages de goût (...) ce gothique et lourd bâtiment vient de tomber et de céder son terrain à la voie publique. » Son imaginaire est celui des romans noirs et des pamphlets politiques contre la Bastille : « Les voûtes entr'ouvertes, des cachots souterrains qui recevaient l'air pour la première fois depuis tant d'années, semblaient révéler aux yeux effrayés des passants les victimes englouties dans leurs ténèbres (*Tableau de Paris*, t. VI, p. 69).

Page 283.

2. Voir note 14 de la 52e Nuit.
3. *Maison-Blanche*. Petit village aux portes de Paris (près de la porte d'Italie), dont une station de métro conserve aujourd'hui le souvenir.

TROIS CENT VINGT-CINQUIÈME NUIT

Page 284.

1. Voir le début de cette histoire dans la 126e Nuit.

Page 285.

2. *Vert-de-gris*. Voir note 6 de la 200e Nuit.
3. *Croix de Saint-Louis*. Décoration militaire créée par Louis XIV pour les anciens officiers.
4. Antoine-François Desrues, célèbre empoisonneur, exécuté le 30 avril 1777. Son forfait et son exécution frappèrent les esprits et donnèrent lieu à toute une littérature. « Je soutiens ici que Desrues dans les carrefours de la capitale est plus célèbre que Voltaire » (Mercier, *Tableau de Paris*, t. VI, p. 43).
5. *Falot*. Voir note 1 de la 61e Nuit.

TROIS CENT VINGT-SIXIÈME NUIT

Page 286.

1. Les colporteurs vendaient les biographies et les complaintes des criminels exécutés. Mercier critique ces « complaintes sur les pendus et les roués que le peuple écoute la larme à l'œil et qu'il achète avec empressement » (*Tableau de Paris,* t. VI, p. 42).

Page 287.

2. *Rompu.* Voir la note 1 de la 10e Nuit.

TROIS CENT QUARANTE-QUATRIÈME NUIT

Page 288.

1. *Les Airostats.* Les premières ascensions de ballon à l'air chaud par les frères Montgolfier, Joseph-Michel et Jacques-Étienne, datent de 1782. Ils renouvellent plusieurs fois leur expérience à Paris, l'année suivante, devant un public toujours plus nombreux. Alexandre Charles et Noël Robert mettent au point parallèlement le ballon à hydrogène. Le 27 août 1783, ils s'élèvent du Champ-de-Mars et, le 1er décembre, partent des Tuileries pour un vol de 45 km. Une véritable épidémie de vols en ballon gagne alors l'Europe entière. Le succès mondain et le spectacle l'emportent parfois sur la recherche scientifique et technique. Un débat s'engage pour savoir comment nommer ces engins volants : aérostats, montgolfières ? Rétif écrit *airostat.*

2. La connaissance et la maîtrise des orages avaient récemment progressé avec la construction des paratonnerres sur les plans de Franklin à partir de 1752.

3. *Herschel, Cassini, Lalande.* Célèbres astronomes des XVIIe et XVIIIe siècles.

4. *Lunardi* est un aéronaute dont nous n'avons pas trouvé mention.

Page 289.

5. *Humblot.* Sans doute Denis Humblot, libraire parisien que Rétif a pu connaître par le milieu de l'édition.

6. Jean-Pierre, ou selon d'autres, François Blanchard (1753-1809) imagine en 1782 un navire volant. Il utilise ensuite la

découverte des Montgolfier et s'élève du Champ-de-Mars en 1784 avec la devise *Sic itur ad astra*. En 1785, il traversa la Manche de Douvres à Londres en aérostat. Il poursuivit ses ascensions jusqu'à l'accident qui lui fut fatal. Dans *La Découverte australe par un homme volant ou le Dédale français*, parue en 1781, Rétif fait voler ses héros avec des ailes mécaniques.

7. *Pilâtre* de Rozier fait sa première ascension en solitaire le 15 octobre 1783. Il voyage avec le marquis d'Arlandes le 21 novembre et se tue le 15 juin 1785 avec Romain en tentant de traverser la Manche.

TROIS CENT QUARANTE-HUITIÈME NUIT

1. Mercier commença par publier deux tomes du *Tableau de Paris* en 1781, puis le transforma en une série de douze volumes, parus de 1782 à 1788.

Page 290.

2. Quand il en arrive au chapitre de la prostitution parisienne, Mercier renvoie au roman de Rétif : « Un peintre qui a du génie, M. Rétif de la Bretonne en a tracé le tableau dans son *Paysan perverti* : les touches en sont si vigoureuses, que le tableau en est révoltant ; mais il n'est malheureusement que trop vrai. » Aussi Mercier consacre-t-il un chapitre entier au *Paysan perverti*, quelques pages plus loin : « J'ai renvoyé pour ce que je ne pouvais pas dire, à ce roman hardiment dessiné qui a paru il y a quelques années (...). Le silence absolu des littérateurs sur ce roman plein de vie et d'expression, et dont si peu d'entr'eux sont capables d'avoir conçu le plan et formé l'exécution, a bien droit de nous étonner et nous engage à déposer ici nos plaintes sur l'injustice et l'insensibilité de la plupart des gens de lettres (...) » (*Tableau de Paris*, t. III, p. 111 et 123-124). Mercier approuve également les projets du *Pornographe* : « L'original Rétif de la Bretonne a proposé dans son *Pornographe* un plan pour les courtisanes de toutes les classes (...). Serait-il donc impossible de l'adopter au moins en partie (...) ? » (t. VII, p. 15). Il le recommande au gouvernement : « Il pourrait mettre à profit plusieurs idées saines répandues dans *Le Pornographe* » (t. XII, p. 21). Une amitié naquit entre les deux hommes qui ne résista pas aux jalousies entre littérateurs. Sur les rapports entre Rétif et Mercier, voir Pierre Testud, *Rétif de la Bretonne et la création littéraire*, p. 323-325.

Page 291.

3. *Crocheteur.* Voir note 6 de la 136ᵉ Nuit.

4. *Le Tableau mouvant* est une imitation du *Tableau de Paris* publiée en 1787 par un pauvre diable qui avait initié Rétif au monde des belles lettres, mais a eu à ses yeux le défaut de vouloir profiter du succès du *Paysan* en publiant une *Paysanne pervertie* : il s'agit de Nougaret (1742-1823). Voir notre introduction à *Lucette ou les Progrès du libertinage* de Nougaret, au tome 4 de la collection L'Enfer de la Bibliothèque nationale, Fayard, 1986.

TROIS CENT QUARANTE-NEUVIÈME NUIT

Page 293.

1. L'écu d'argent vaut trois livres et le louis d'or vingt-quatre livres.

2. *Vers de Virgile.* Celui-ci sera toujours un dieu pour moi (remerciement à Auguste dans la bucolique I, vers 7).

TROIS CENT CINQUANTE ET UNIÈME NUIT

Page 294.

1. *M. D.-L.-R.* Grimod de La Reynière (1758-1838) bénéficiait de la fortune de son père, fermier général. Il mit en scène de fastueux dîners et inventa la littérature gastronomique : *L'Almanach des gourmands* (1803-1812) et le *Manuel des Amphitryons* (1808). Il avait avant la Révolution publié des *Réflexions philosophiques sur le plaisir par un célibataire* (1783) et *La Lorgnette philosophique* (1785). Il avait également composé dans le sillage du *Tableau de Paris* une *Lettre à M. Mercier ou réflexions philosophiques sur la ville de Lyon* (1788). Un fameux dîner en 1783 eut un tel écho que Grimod le répéta le 9 mars 1786, et non le 12 février, comme le dit Rétif qui a décrit le repas dans d'autres ouvrages : *Le Drame de la vie* ou *Les Contemporaines* (voir Grimod de La Reynière, *Écrits gastronomiques*, éd. Jean-Claude Bonnet, UGE, coll. 10/18, 1978, p. 411-418). Voir aussi *Monsieur Nicolas*, t. IV, p. 158.

2. *Castanio.* Entrepreneur de spectacles italien installé à Paris. Ses ombres chinoises ont inspiré Rétif dans *Le Drame de la vie*.

Page 295.

3. *Pétrone.* Dans le *Satyricon*.

Page 296.

4. *Quieti et Musis.* Au repos et aux muses. Voir *Monsieur Nicolas*, t. IV, p. 653.

TROIS CENT CINQUANTE-NEUVIÈME NUIT

Page 297.

1. On peut transcrire ainsi ces lignes en français moderne : il attendait la meilleure occasion, éteignit l'unique lumière de la pièce commune et prit la hache du coche d'eau qui se nommait le *Gouvernailleur*.

TROIS CENT SOIXANTE-NEUVIÈME NUIT

Page 298.

1. Le Salon est une exposition de peinture et de sculpture qui se tenait dans le Salon carré du Louvre. Créé par Colbert, il fut organisé régulièrement tous les ans en 1737, puis devint bisannuel en 1751. L'ouverture avait lieu généralement le 25 août, jour de la fête du roi, et le Salon durait jusqu'à la fin septembre. Mercier l'évoque ainsi : « On y voit des tableaux de dix-huit pieds de long qui montent dans la voûte spacieuse, et des miniatures larges comme le pouce, à hauteur d'appui. Le sacré, le profane, le grotesque, tous les sujets historiques et fabuleux y sont traités et pêle-mêle arrangés ; c'est la confusion même. Les spectateurs ne sont pas plus bigarrés que les objets qu'ils contemplent (...). Pendant l'ouverture du Salon, il paraît une multitude de brochures que tracent tour à tour l'envieux, l'ignorant et l'amateur. Chacun alors a la manie de se connaître en peinture » (*Tableau de Paris*, t. V, p. 318 et 320). Diderot rendit compte de plusieurs Salons pour la *Correspondance littéraire*.

2. *Mad. Lebrun.* Portrait de Marie-Antoinette avec ses enfants, par Mme Vigée-Lebrun, aujourd'hui au musée de Versailles.

Page 299.

3. *Joseph-Auguste.* Joseph II, empereur d'Autriche (1741-1790), fils de Marie-Thérèse et frère de Marie-Antoinette. Il mena une politique de réformes, à partir de son accession au trône en 1765. Rétif crut qu'il avait appliqué à Vienne les propositions du *Pornographe*.

4. *Profligateur*. Néologisme décalqué du latin : combattant, destructeur.

5. *Socrate mourant*. Tableau de David salué comme un chef-d'œuvre par le public de 1787 et aujourd'hui au Metropolitan de New York. Il couronnait le mouvement de retour à l'antique et la valorisation de la figure de Socrate par les philosophes des Lumières.

6. *Seigneur polonais*. Stanislas Potocki (1755-1821) et non, comme on l'a cru, Jean Potocki, l'auteur du *Manuscrit trouvé à Saragosse* ; homme d'état polonais, il fit plusieurs séjours en Italie et en France. Sa *Lettre d'un étranger sur le Salon de 1787* est adressée à Vivant Denon. Voir M. E. Zolowska, « La première critique d'art écrite par un Polonais », *Dix-huitième siècle*, VI, 1974. Rétif l'avait rencontré chez Fanny de Beauharnais (voir *Monsieur Nicolas*, t. IV, p. 229).

7. Rétif cite longuement en note l'essai de Potocki sur le Salon. Nous en extrayons le passage concernant *La Mort de Socrate* :

Enfin, venons-en à La Mort de Socrate, *à ce sublime sujet, traité d'une manière qui ne le dépare pas. C'était au moins pour la dixième fois que je l'examinais, et toujours ce tableau produisait sur moi l'effet inmanquable de ce qui est vraiment beau ; j'y découvrais toujours de nouvelles beautés, et je m'en allais plus satisfait que la veille.*

Socrate, au milieu d'une prison, dont on n'a pas cherché à augmenter l'horreur, pour produire un effet, qui doit se trouver dans le sujet même ; Socrate, dis-je, au milieu de ses amis, est prêt d'avaler la coupe mortelle, qui doit le séparer d'eux à jamais. La tristesse, l'accablement, la désolation sont peints sur leurs visages ; le bourreau même, attendri, lui présente la coupe, en détournant les yeux. Socrate la prend d'un air indifférent. Lui seul, calme et tranquille, occupé d'une plus grande idée, les yeux et la main levés vers le ciel, semble, par un discours sublime sur l'immortalité de l'âme, consoler ses amis, et leur reprocher doucement leur faiblesse ; son âme paraît avoir déjà quitté sa dépouille terrestre ; le peintre, par sa figure, dans son maintien, dans tous ses traits, qu'elle se peint d'une manière vraiment sublime. Socrate, dont la figure basse contrastait avec son génie vraiment divin, bien que rendu dans toute sa ressemblance, paraît un dieu, un génie bienfaisant, que la vertu élève au-dessus des autres hommes, et qu'elle embellit de tous ses charmes. Voyez ce groupe d'amis, de disciples désolés, placés au chevet de son lit ! Ce que la nature, ce que le choix de l'antique nous offre de plus beau, est réuni sur leurs figures ; leur expression est vraie, variée, touchante. Par quel contraste puissant, par quel charme Socrate, le difforme Socrate, écrase-t-il tant de beauté, de grâce et de sentiment réunis ? C'est le triomphe de la vertu, qu'un courage héroïque, qu'une âme divine élève au-dessus de tout. Mais ce sentiment, qui nous paraît naturel dans sa sublime simplicité, n'est pas aisé à concevoir ni à rendre ! Mille peintres l'essaieront ; mais il faut un grand homme pour y réussir. Remarquez, admirez la douleur simple et profonde de ce philosophe assis aux pieds du lit de Socrate ! la vive inquiétude de l'ami placé à ses côtés ! le désespoir du jeune homme qu'on voit dans le lointain ; enfin la démarche douloureuse et pénible de ce groupe qui sort de la prison !

Si l'ensemble de ce tableau frappe si avantageusement, il ne perd rien de sa beauté, au détail ; chacune de ses parties souffre l'examen le plus sévère. Si nous le prenons du côté du dessin et du coloris, premier mérite d'un peintre, nous le trouverons d'une pureté de dessin, d'une correction, d'une sévérité même et d'une grandeur qui tient aux plus beaux temps de la peinture ; son coloris est mâle et vigoureux ; sa touche ferme et hardie, sa manière large, son pinceau facile, bien que d'une exécution qui ne laisse rien à désirer. L'on a beau dire ; il n'est donné qu'aux grands artistes de finir sans recherche, et le comble de l'art est de rendre le travail aisé. Nous arrêterons-nous au goût, partie si essentielle de l'art ? Tout nous l'indique, dans ce tableau ; car tout y est calqué d'après les plus beaux modèles qu'offrent la nature et l'art. Le choix des draperies est parfait ; elles n'ôtent rien à la beauté des contours, et elles indiquent le nu avec cette simplicité pleine d'art, qui répand de la vérité, de l'aisance sur les objets les moins vrais, et les plus difficiles.

Enfin, si nous en venons à l'expression, partie sublime de l'art, qui tient nécessairement au goût, mais qui résulte du concours de toutes les autres, nous la trouverons ici dans son plus grand caractère, c'est-à-dire, vraie, simple, noble et touchante. Car le sentiment ne tient pas à la charge, qui trompe le vulgaire des spectateurs, et qu'on lui substitue si souvent ; mais puisé dans la nature, il saisit ses plus belles expressions, qui rendent les passions, mais que les passions ne défigurent pas. C'est le beau idéal de l'âme rendu sensible dans tous ses mouvements ; enfin ce sentiment profond et fin, que l'étude peut perfectionner, mais que la nature seule donne à ses peintres favoris.

Après avoir parcouru les beautés de ce tableau, relevons quelques légers défauts, qu'on lui reproche avec raison.

D'abord, dit-on, l'ami assis à côté de Socrate, a l'air de lui gratter la jambe ; expression de sentiment commune, pour ne pas dire fausse, sur laquelle, à ce que je crois, le peintre s'est mépris lui-même ; et qui, au reste, frapperait moins, si elle ne contrastait avec la sublimité des autres. On trouve l'épaule du bourreau un peu chargée, et dans quelques parties, telles que le bras de l'ami, je ne sais quoi de trop recherché, qui sent l'écorché. Enfin, bien des gens ont pensé, que la figure du philosophe assis aux pieds du lit était colossale ; et la prison trop éclairée. Ces deux dernières remarques ne m'ont pas paru de la justesse des premières. Je les cite pourtant, afin de faire voir combien la critique la plus sévère a peu de prise sur le seul tableau du Salon, en fait d'histoire, qu'on peut donner pour modèle aux jeunes gens, et que la postérité mettra au rang des chefs-d'œuvre des grands maîtres français.

Page 300.

8. *Gens de lettres*. Les écrivains prirent conscience de leurs intérêts communs face aux Comédiens-Français et aux éditeurs. Ils commencèrent à s'organiser à la veille de la Révolution. Beaumarchais prit l'initiative d'une société des auteurs tandis que se multipliaient

les projets concernant la propriété littéraire. Rétif composa sur le sujet un *Contr'avis aux gens de lettres*. La Révolution fit reconnaître les droits des écrivains.

TROIS CENT SOIXANTE-TREIZIÈME NUIT

Page 301.

1. *Ouvrage estimable. Le Prisonnier anglais*, comédie en 3 actes, mêlée d'ariettes, de François-Georges Fouques dit Desfontaines, musique de Grétry, créée aux Italiens, le 26 décembre 1787.
2. *Jaggas*. Peuplade d'Afrique du Sud considérée par beaucoup de voyageurs comme excessivement cruelle. Rétif tire sans doute son information de l'article « Jagas » de l'*Encyclopédie*.

Page 302.

3. *Rivaux*. Comédie en 5 actes de Barthélemy Imbert, adaptée de *The Rivals* de Sheridan et créée au Théâtre-Français le 18 décembre 1787.

Page 303.

4. Les spectateurs du parterre restaient traditionnellement debout. Des sièges sont installés dans la nouvelle salle du Théâtre-Français (l'actuel Odéon) en 1782. Le Théâtre-Italien (à l'emplacement de l'actuel Opéra-Comique) suit peu après. Rétif regrette cette réforme qui augmente le prix des places.

Page 304.

5. Rétif se plaint d'une accentuation du caractère socialement élitiste des grandes salles de spectacle et condamne par ailleurs les spectacles de foire, considérés comme « populaires ».

Page 305.

6. *Anthropographe* (1782). Sans doute Joseph II : voir note 3 de la 369e Nuit. Rétif écrit parfois *Andrographe*, parfois *Anthropographe*.
7. Tels sont les trois états traditionnels du royaume, en ces mois où se précise la revendication d'une convocation des États Généraux.
8. *La Vie de mon père*. Éditée pour la première fois en 1779, troisième édition en 1788.

Page 306.

9. Épisodes de *La Vie de mon père* que Rétif juge discutables d'un point de vue moral (la bigamie de Barbe-Ferlet) ou idéologique (Foudriat est un curé philosophe). L'histoire des Pombelins est

éliminée car elle montre les faiblesses du père durant son séjour à Paris.

10. *Tourbe*. Foule bruyante, agitée.

11. *Maréchal de Biron*. Commandant des gardes françaises, envoyées pour réprimer les mouvements de foule.

12. *Placets*. Requêtes en faveur des condamnés

TROIS CENT QUATRE-VINGTIÈME NUIT

Page 307.

1. Le 25 août 1788, le roi renvoie Loménie de Brienne, soutenu par les privilégiés et par la reine, et fait appel à Necker, congédié quelques années auparavant (en mai 1781). Ce rappel de Necker sous la pression de l'opinion publique suscite un mouvement de joie populaire qui dégénère en émeute. L'effigie de Brienne est brûlée et, quelques jours plus tard, le corps de garde qui se trouvait au milieu du Pont-Neuf, à côté de la statue de Henri IV, est pillé et incendié. On a pu dire que la Révolution était née sur le Pont-Neuf.

2. Rétif fait mourir sa Marquise alors que Mme de Montalembert vivra jusqu'en 1832. Il obéit sans doute aux nécessités de sa narration qui s'assombrit à la veille de la Révolution. L'euphorie sexuelle et sociale de sa jeunesse est passée.

3. *Claie*. Pièce d'osier à claire-voie, utilisée par les commerçants.

Page 308.

4. Michelet décrit ainsi la scène : « Trois jours, trois nuits, c'est dans les rues une furie d'illuminations, pétards, fusées, etc., et l'on casse les vitres des amis de la cour qui n'illuminaient point. » L'intervention de la troupe se solde par plusieurs morts : « La cour eut cette tache de sang » (*Histoire de France, Louis XV et Louis XVI*, chap. XXIII).

5. *Nouveau Palais-Royal*. On appelle ainsi le Palais-Royal depuis la construction des galeries par Victor Louis en 1781. Tout au début des *Nuits*, le narrateur avait remarqué : « J'allai au Palais-Royal : ce n'était pas cet édifice superbe qu'on admire aujourd'hui ; ce n'était qu'un jardin » (8e Nuit). Le chapitre, ici, superpose la transformation du lieu et celle du narrateur : en 1756, Rétif, âgé de vingt-deux ans, était compagnon imprimeur et découvrait les ressources de Paris.

6. *Caraco*. Veste de femme.

7. *Bazar*. A la fois lieu de commerce et lieu de désordre. Rétif

désigne souvent ainsi le Palais-Royal. « Ce célèbre bazar m'attirait par lui-même, et par les agréments que je rencontrais sur la route », « J'allai régulièrement au *Bazar* » (*Monsieur Nicolas*, IV, p. 240 et 250).

Page 309.
8. *Linon.* Tissu de fil de lin qui ressemble à la gaze.

Page 310.
9. *Vive Louis XVI.* L'émeute se passe au pied de la statue de Henri IV. Le parallèle entre Louis XVI et son aïeul, ainsi que celui qui assimilait Necker à Sully, est fréquent à l'époque. En 1781, le public avait transformé une représentation de *La Partie de chasse de Henri IV* en manifestation de sympathie pour Necker : toutes les références à Sully avaient été applaudies.

10. La Nuit suivante apprend au lecteur que « M. Du Hameauneuf mourut d'une fluxion de poitrine, le 20 septembre 1788 ».

11. Fanny de Beauharnais (1738-1813), femme de lettres qui tenait un salon où Mercier introduisit Rétif.

Page 311.
12. *Monsieur Nicolas* est divisé en neuf époques.

13. *Lèse-société.* Selon le mouvement d'opinion du temps, la sacralité se déplace de la personne royale au corps social dans son ensemble. Les crimes de lèse-majesté laissent place à ceux de lèse-société ou de lèse-nation.

14. Fanny de Beauharnais. Les dernières années de Rétif et ses derniers livres sont hantés par l'idée de métempsycose et de réincarnation. Mme Chatel, évoquée plus bas, sert également de substitut à la marquise de Montalembert.

Page 312.
15. *Mad. Chatel.* Elle apparaît dans *Monsieur Nicolas* sous un anagramme : « J'ai connu (...) une femme infiniment respectable, Mme Letâhc, qui, déguisée dans ses bonnes œuvres sous ce nom, s'était fait de la bienfaisance la plus prévenante une jouissance d'habitude et de nécessité. Cette femme délicate et sensible, l'héroïne innommée de mes *Nuits de Paris*, retirait avec une dextérité infinie les jeunes filles des occasions prochaines de chute ou de libertinage. Elle ne contrarierait pas, en janséniste sévère, les inclinations de ses obligées ; elle ne leur faisait pas, comme les dévotes, porter les livrées de sa bienfaisance : elle les laissait, dans leurs habitudes non vicieuses, conserver leur manière de se mettre » (*Monsieur Nicolas*, IV, p. 231). Pour apprécier ses revenus, voir la note 5 de la 2e Nuit.

POSTSCRIPT

1. Quoique gardien des privilèges aristocratiques, le Parlement, par son opposition au pouvoir du roi, passait, dans l'opinion, pour défenseur de la liberté. Les manifestations qui avaient salué le retour de Necker reprirent un mois plus tard pour la rentrée du Parlement.

Page 313.

2. *Fouarre*. Voir note 1 de la 216ᵉ Nuit.
3. *Imméables*. Néologisme qui signifie sans doute *impénétrables*.

Page 314.

4. *Hollande*. Des troubles avaient opposé en 1787 la bourgeoisie patriote des Pays-Bas à Guillaume V.
5. *Épigraphes*. Ces pratiques s'inscrivent dans une tradition qui va des placards du XVIᵉ siècle aux *graffiti* et aux *dazibao* modernes.

Page 315.

6. L'église Saint-Benoît se trouvait au coin nord-est de l'actuelle Sorbonne. Elle a, un temps, donné son nom à la rue Saint-Jacques. Il existait encore au XVIIIᵉ siècle une rue du Cimetière-Saint-Benoît (incorporé aujourd'hui dans le Collège de France) et un passage Saint-Benoît.

Page 316.

7. *Chambre des vacations*. Chambre chargée d'administrer la justice pendant les temps de vacances.
8. Ces vœux vont être brutalement contredits par les événements que son légalisme ne préparait pas Rétif à vivre. *La Semaine nocturne* et le dernier volume des *Nuits* porteront témoignage de son incompréhension et de sa peur.

INDEX DES LIEUX PARISIENS QUI ONT CHANGÉ DE NOM

NOM ANCIEN
(avec indication
du numéro de la Nuit)

EMPLACEMENT ACTUEL

Barillerie, rue de la (40, Postscript) — *boulevard du Palais*
Barrière du Trône (306) — *place de la Nation*
Basse-du-Rempart, rue (4) — *boulevards des Capucines et de la Madeleine*
Battoir, rue du (219) — *sans doute, rue Serpente*
Billettes, rue des (77, 112) — *rue des Archives, entre les rues Sainte-Croix-de-la-Bretonnerie et de la Verrerie*
Boucherat, rue (48) — *rue de Turenne*
Calandre, rue de la (40) — *préfecture de Police*
Champ-Fleuri, rue de (34) — *rue de Rivoli*
Chaume, rue du (89) — *rue des Archives*
Cordeliers, rue des (108) — *rue de l'École-de-Médecine*
Culture-Sainte-Catherine, rue (112) — *rue Elzévir*
Dauphin, quai (199) — *quai de Béthune*
Femme-sans-Tête, rue de la (186) — *rue Le Regrattier*
Ferraille, quai de la (188, 326) — *quai de la Mégisserie*
Foin, rue du (32) — *boulevard Saint-Germain, entre les rues Saint-Jacques et de la Harpe*
Fossés-Monsieur-le-Prince, rue des (108) — *rue Monsieur-le-Prince*

Index des lieux

Four, rue du (136)	rue Vauvilliers
Francs-Bourgeois-Saint-Michel, rue des (108)	rue Monsieur-le-Prince
Grecs (ou Grès), rue des (88)	rue Cujas
Haute-Borne, rue de la (4, 282, 325)	rue Oberkampf
Louis XV, place (111)	place de la Concorde
Marché-Palu (40)	rue de la Cité
Mathurins-Saint-Jacques, rue des (108, Postscript)	rue du Sommerard
Mortellerie, rue de la (158, 235, 349)	rue de l'Hôtel-de-Ville
Mouton, rue du (72, 158, 227, 235)	place de l'Hôtel-de-Ville, côté nord
Mûrier, rue du (81)	rue des Écoles
Neuve-des-Petits-Champs, rue (177)	rue des Petits-Champs
Neuve-Saint-Augustin, rue (99)	rue Saint-Augustin
Nouvelle Halle (63, 136, 145, 146)	Bourse de commerce
Orléans-Saint-Honoré, rue d' (87, 90, 200)	rue du Louvre, entre les rues Berger et Saint-Honoré
Oursine, rue de l' (77)	rue Broca
Pelleterie, rue de la (233)	tribunal de Commerce
Percée-Saint-Antoine, rue (112, 153, 258)	rue du Prévôt
Petit-Reposoir, rue du (177)	rue Vide-Gousset
Pont Henri (186, 233, 235, 344)	Pont-Neuf
Pont-Rouge (186, 235)	pont Saint-Louis
Port-au-blé (126, 158, 186, 235, 349)	section du port de l'Hôtel-de-Ville (le long du quai du même nom), entre les ports au foin et au vin et le port au bois
Poulies, rue des (186, 200)	partie méridionale de la rue du Louvre
Saint-Dominique, rue (108)	rue Royer-Collard
Saint-Louis, rue (48, Postscript)	rue de Turenne
Saint-Nicaise, rue (61)	place du Carrousel
Théatins, quai des (186)	quai Voltaire
Thévenot, rue (200)	rue Réaumur, entre les rues Saint-Denis et des Petits-Carreaux

Index des lieux

Tisseranderie, rue de la (90, 158) — *rue de Rivoli, entre la place de l'Hôtel-de-Ville et la rue de Sévigné*

Vannerie, rue de la (158) — *rue Victoria*
Verdelet, rue (177, 188) — *rue Étienne Marcel*
Vieille-Draperie, rue de la (40) — *rue de Lutèce*

TABLEAU DES MONNAIES
UTILISÉES DANS LES *NUITS*

1 louis = 8 écus (ou 24 livres)
1 écu = 3 livres
1 livre = 20 sous
1 sou = 4 liards (puis 6)
1 liard = 3 deniers

Pour apprécier la valeur approximative des monnaies, on se reportera aux notes 5 de la 2ᵉ Nuit et 1 de la 87ᵉ Nuit.

Préface 7

LES NUITS DE PARIS

Partie   Nuit

I. 1. 33
    2. La Vaporeuse 37
    3. Suite 41
       Lettre de la Vaporeuse 43
    4. Suite 46
       L'Homme-de-nuit 46
    6. Les Deux Jeunes Filles 53
    7. Le Trou au mur 55
    10. Le Rompu 56
    11. La Femme violentée 57
    13. Suite de la femme violentée 58
    17. 61
       Système de l'eau 61
    24. La Nuit des Halles 65
II. 31. Les Débris de cadavres 67
    32. Les Violateurs des sépultures 68
       Suite des violateurs 70
    33. Les Bals 70
       Bal payé 71
    34. Le Garçon en fille 74

	39.	Les Femmes par quartier	75
	40.	La Porte crochetée	79
	48.	L'Échelle de corde	81
	49.	Suite de l'échelle de corde	83
III.	52.	[La Morale des Égyptiens]	
		La Propriété	88
		Les Passions	90
		La Fille outragée	96
	57.	L'Assassiné	99
	61.	L'Aveugle éclairé	100
	62.	Le Solitaire	104
	63.		107
		Les Mouchards	108
IV.	72.	Le Feu de la Saint-Jean	111
		Le Mal sans remède	114
	76.	L'Incendie	115
	77.	L'Homme aux lapins	118
	80.	La Tête faible	121
	81.	L'Homme aux cheveux plats	122
V.	86.	Suite du lapiniste	124
	87.	Le Voleur des filles	127
	89.	Le Convoi	130
		Fille perdue	133
	90.	La Fille honteuse	136
	91.	Le XIV septembre	139
	97.	L'Homme échappé au supplice	140
	99.	L'Arbre fétiche	143
	102.	Les Tuileries	146
	108.	Le Luxembourg	147
VI.	111.	[Feu d'artifice]	150
	112.	Le Jardin des plantes	152
		La Fille qui s'évade	154
	113.	Suite du Jardin	156

	114.	Jardin de Soubise	159
	121.	Foire Saint-Laurent	163
		Duel de deux abbés	166
	126.	L'Homme qui ne dépense rien	168
	136.	La Nouvelle Halle	173
VII.	142.	Les Deux Ouvriers	177
	145.	[Les Titres]	179
		Le Chien enragé	182
	146.	La Fille qu'on promène la nuit	183
	149.	Conclusion des 2 abbés	186
	153.	L'Aveugle	189
	155.	*Nefanda!*	193
		Le Trouveur	194
	156.	Le Décolleur d'affiches	196
	158.	Exécution nocturne	198
VIII.	172.	La Morte vivante	201
	174.	Pendu, puis rompu	203
	176.	Les Balayeurs	208
	177.	Les Incongruités nocturnes	209
	179.	Les Couches de l'Hôtel-Dieu	212
	185.	L'Homme à l'affût	215
	186.	Les Bains	216
	188.	Les Billards : acteurs	221
	199.	Le Guetteur	225
	200.	La Sauvageté. Le Dégel	226
IX.	216.	Les Académies	229
	219.	Suite : Académie Saint-Jacques	231
		Immondices des bouchers	235
	222.	La Soirée grise	236
	224.	[Les Mille et Une Métamorphoses]	238
	227.	Combat de masques	244
	228.	Café	245
	229.	Les Littérateurs	246

	230. Suite : les contemporains	248
X.	232. Suite : le pauvre diable	250
	233. Suite du café : espions	252
	L'An 1888	255
	234. Suite : les tueurs de temps	257
	235. [Suite : 1888]	258
	237. [Suite : 1888]	261
	258. L'Homme dormant dans l'ordure	263
	259. Le Bal de l'Opéra	264
XI.	274. Les Passe-temps du ** de S**	266
	282. L'Incendie de l'Opéra	268
	284. [Sur l'éducation]	272
	295. Mes dates de l'île Saint-Louis	276
	306. La Fille ensevelie vivante	278
	307. Dates effacées	281
XII.	323. Cachots	282
	325. Conclusion de l'homme qui ne dépense rien	284
	Ombre de Desrues	285
	326. Exécution aux flambeaux	286
	344. Les Airostats	288
XIII.	348. Le Tableau de Paris	289
	Le Tableau mouvant	291
	349. L'Homme qui veut se noyer	292
	351. Second souper de M. D.-L.-R.	294
	359. Aventure du coche d'eau	297
XIV.	369. Le Salon. Mad. Lebrun. M. David	298
	373. Troubles aux Italiens	301
	380. La Place Dauphine	307
	Les Allées du Nouveau Palais-Royal	308
	Une femme généreuse	312
	Postscript	312

DOSSIER

Vie de Rétif de la Bretonne	319
Notice	325
Bibliographie	333
Notes	337
Index des lieux parisiens qui ont changé de nom	393
Tableau des monnaies utilisées dans les Nuits	397

COLLECTION FOLIO

Dernières parutions

1651. Hérodote — *L'Enquête, Livres I à IV.*
1652. Anne Philipe — *Les résonances de l'amour.*
1653. Boileau-Narcejac — *Les visages de l'ombre.*
1654. Émile Zola — *La Joie de vivre.*
1655. Catherine Hermary-Vieille — *La Marquise des Ombres.*
1656. G. K. Chesterton — *La sagesse du Père Brown.*
1657. Françoise Sagan — *Avec mon meilleur souvenir.*
1658. Michel Audiard — *Le petit cheval de retour.*
1659. Pierre Magnan — *La maison assassinée.*
1660. Joseph Conrad — *La rescousse.*
1661. William Faulkner — *Le hameau.*
1662. Boileau-Narcejac — *Maléfices.*
1663. Jaroslav Hašek — *Nouvelles aventures du Brave Soldat Chvéïk.*
1664. Henri Vincenot — *Les voyages du professeur Lorgnon.*
1665. Yann Queffélec — *Le charme noir.*
1666. Zoé Oldenbourg — *La Joie-Souffrance, tome I.*
1667. Zoé Oldenbourg — *La Joie-Souffrance, tome II.*
1668. Vassilis Vassilikos — *Les photographies.*
1669. Honoré de Balzac — *Les Employés.*
1670. J. M. G. Le Clézio — *Désert.*
1671. Jules Romains — *Lucienne. Le dieu des corps. Quand le navire...*
1672. Viviane Forrester — *Ainsi des exilés.*
1673. Claude Mauriac — *Le dîner en ville.*
1674. Maurice Rheims — *Le Saint Office.*

1675.	Catherine Rihoit	*La Favorite.*
1676.	William Shakespeare	*Roméo et Juliette. Macbeth.*
1677.	Jean Vautrin	*Billy-ze-Kick.*
1678.	Romain Gary	*Le grand vestiaire.*
1679.	Philip Roth	*Quand elle était gentille.*
1680.	Jean Anouilh	*La culotte.*
1681.	J.-K. Huysmans	*Là-bas.*
1682.	Jean Orieux	*L'aigle de fer.*
1683.	Jean Dutourd	*L'âme sensible.*
1684.	Nathalie Sarraute	*Enfance.*
1685.	Erskine Caldwell	*Un patelin nommé Estherville.*
1686.	Rachid Boudjedra	*L'escargot entêté.*
1687.	John Updike	*Épouse-moi.*
1688.	Molière	*L'École des maris. L'École des femmes. La Critique de l'École des femmes. L'Impromptu de Versailles.*
1689.	Reiser	*Gros dégueulasse.*
1690.	Jack Kerouac	*Les Souterrains.*
1691.	Pierre Mac Orlan	*Chronique des jours désespérés,* suivi de *Les voisins.*
1692.	Louis-Ferdinand Céline	*Mort à crédit.*
1693.	John Dos Passos	*La grosse galette.*
1694.	John Dos Passos	*42ᵉ parallèle.*
1695.	Anna Seghers	*La septième croix.*
1696.	René Barjavel	*La tempête.*
1697.	Daniel Boulanger	*Table d'hôte.*
1698.	Jocelyne François	*Les Amantes.*
1699.	Marguerite Duras	*Dix heures et demie du soir en été.*
1700.	Claude Roy	*Permis de séjour 1977-1982.*
1701.	James M. Cain	*Au-delà du déshonneur.*
1702.	Milan Kundera	*Risibles amours.*
1703.	Voltaire	*Lettres philosophiques.*
1704.	Pierre Bourgeade	*Les Serpents.*
1705.	Bertrand Poirot-Delpech	*L'été 36.*
1706.	André Stil	*Romansonge.*
1707.	Michel Tournier	*Gilles & Jeanne.*
1708.	Anthony West	*Héritage.*

1709.	Claude Brami	*La danse d'amour du vieux corbeau.*
1710.	Reiser	*Vive les vacances.*
1711.	Guy de Maupassant	*Le Horla.*
1712.	Jacques de Bourbon Busset	*Le Lion bat la campagne.*
1713.	René Depestre	*Alléluia pour une femme-jardin.*
1714.	Henry Miller	*Le cauchemar climatisé.*
1715.	Albert Memmi	*Le Scorpion ou La confession imaginaire.*
1716.	Peter Handke	*La courte lettre pour un long adieu.*
1717.	René Fallet	*Le braconnier de Dieu.*
1718.	Théophile Gautier	*Le Roman de la momie.*
1719.	Henri Vincenot	*L'œuvre de chair.*
1720.	Michel Déon	*« Je vous écris d'Italie... »*
1721.	Artur London	*L'aveu.*
1722.	Annie Ernaux	*La place.*
1723.	Boileau-Narcejac	*L'ingénieur aimait trop les chiffres.*
1724.	Marcel Aymé	*Les tiroirs de l'inconnu.*
1725.	Hervé Guibert	*Des aveugles.*
1726.	Tom Sharpe	*La route sanglante du jardinier Blott.*
1727.	Charles Baudelaire	*Fusées. Mon cœur mis à nu. La Belgique déshabillée.*
1728.	Driss Chraïbi	*Le passé simple.*
1729.	R. Boleslavski et H. Woodward	*Les lanciers.*
1730.	Pascal Lainé	*Jeanne du bon plaisir.*
1731.	Marilène Clément	*La fleur de lotus.*
1733.	Alfred de Vigny	*Stello. Daphné.*
1734.	Dominique Bona	*Argentina.*
1735.	Jean d'Ormesson	*Dieu, sa vie, son œuvre.*
1736.	Elsa Morante	*Aracoeli.*
1737.	Marie Susini	*Je m'appelle Anna Livia.*
1738.	William Kuhns	*Le clan.*
1739.	Rétif de la Bretonne	*Les Nuits de Paris ou le Spectateur-nocturne.*

1740.	Albert Cohen	*Les Valeureux.*
1741.	Paul Morand	*Fin de siècle.*
1742.	Alejo Carpentier	*La harpe et l'ombre.*
1743.	Boileau-Narcejac	*Manigances.*
1744.	Marc Cholodenko	*Histoire de Vivant Lanon.*
1745.	Roald Dahl	*Mon oncle Oswald.*
1746.	Émile Zola	*Le Rêve.*
1747.	Jean Hamburger	*Le Journal d'Harvey.*
1748.	Chester Himes	*La troisième génération.*
1749.	Remo Forlani	*Violette, je t'aime.*
1750.	Louis Aragon	*Aurélien.*
1751.	Saul Bellow	*Herzog.*
1752.	Jean Giono	*Le bonheur fou.*
1753.	Daniel Boulanger	*Connaissez-vous Maronne ?*
1754.	Leonardo Sciascia	*Les paroisses de Regalpetra,* suivi de *Mort de l'Inquisiteur.*
1755.	Sainte-Beuve	*Volupté.*
1756.	Jean Dutourd	*Le déjeuner du lundi.*
1757.	John Updike	*Trop loin (Les Maple).*
1758.	Paul Thorez	*Une voix, presque mienne.*
1759.	Françoise Sagan	*De guerre lasse.*
1760.	Casanova	*Histoire de ma vie.*
1761.	Didier Martin	*Le prince dénaturé.*
1762.	Félicien Marceau	*Appelez-moi Mademoiselle.*
1763.	James M. Cain	*Dette de cœur.*
1764.	Edmond Rostand	*L'Aiglon.*
1765.	Pierre Drieu la Rochelle	*Journal d'un homme trompé.*
1766.	Rachid Boudjedra	*Topographie idéale pour une agression caractérisée.*
1767.	Jerzy Andrzejewski	*Cendres et diamant.*
1768.	Michel Tournier	*Petites proses.*
1769.	Chateaubriand	*Vie de Rancé.*
1770.	Pierre Mac Orlan	*Les dés pipés ou Les aventures de Miss Fanny Hill.*
1771.	Angelo Rinaldi	*Les jardins du Consulat.*
1772.	François Weyergans	*Le Radeau de la Méduse.*
1773.	Erskine Caldwell	*Terre tragique.*
1774.	Jean Anouilh	*L'Arrestation.*
1775.	Thornton Wilder	*En voiture pour le ciel.*

1776. XXX	Le Roman de Renart.
1777. Sébastien Japrisot	Adieu l'ami.
1778. Georges Brassens	La mauvaise réputation.
1779. Robert Merle	Un animal doué de raison.
1780. Maurice Pons	Mademoiselle B.
1781. Sébastien Japrisot	La course du lièvre à travers les champs.
1782. Simone de Beauvoir	La force de l'âge.
1783. Paule Constant	Balta.
1784. Jean-Denis Bredin	Un coupable.
1785. Francis Iles	... quant à la femme.
1786. Philippe Sollers	Portrait du Joueur.
1787. Pascal Bruckner	Monsieur Tac.
1788. Yukio Mishima	Une soif d'amour.
1789. Aristophane	Théâtre complet, tome I.
1790. Aristophane	Théâtre complet, tome II.
1791. Thérèse de Saint Phalle	La chandelle.
1792. Françoise Mallet-Joris	Le rire de Laura.
1793. Roger Peyrefitte	La soutane rouge.
1794. Jorge Luis Borges	Livre de préfaces, suivi de Essai d'autobiographie.
1795. Claude Roy	Léone, et les siens.

*Impression Bussière à Saint-Amand (Cher),
le 24 décembre 1986.
Dépôt légal : décembre 1986.
1er dépôt légal dans la collection : mai 1986.
Numéro d'imprimeur : 3515.*
ISBN 2-07-037739-3./Imprimé en France.

39648